Prolog

1886

Dieses England war eine bösartige Hexe, die ihm Übles wollte. Am Pier von Southampton hatte sie ihn mit Donnergrollen begrüßt. Auf seiner Reise nach Norden waren Bäume von Blitzschlägen gespalten worden und wie Dominosteine auf die Straßen gestürzt. Das Bad im Fluss heute Morgen war zu einem Kampf gegen die Unterströmung geworden. Und nun ließ sich die Sonne sehen – obwohl gerade jetzt ein Sturm die passendere Kulisse gewesen wäre. Das bunte Glas der bleigefassten Fenster strahlte auf, und helles Sonnenlicht flutete das Innere der Kirche. Wie ein kleines Wunder kam es Alex vor, dass sie ihn nicht zu Asche verbrannte.

Die Messingbeschläge des Sargs glänzten matt.

Er kniete sich auf das kleine Kissen, das unter dem Druck leise seufzte und den Duft von Lavendel verströmte. Seine Hände legten sich in einer alten, längst überkommenen Gewohnheit zusammen und verschränkten sich zum Gebet. Doch ihm fiel keines ein. Seltsam distanziert fühlte er sich von dem Geschehen.

Es war die reinste Ironie. Seine ganze Kindheit hindurch hatte Alex darum gekämpft, seine Gefühle zu unterdrücken und zum Schweigen zu bringen, damit sie ihm nicht die Luft abschnürten – aber erst jetzt, nachdem seine Krankheit seit Langem überwunden war, beherrschte er diese Fähigkeit meisterhaft. Selbst tiefes Leid berührte ihn nicht mehr. Die

Gedanken, die ihm durch den Kopf gingen, fühlten sich frei an. Teilnahmslos lauschte er auf die ferne Stimme in seinem Bewusstsein, die von Zorn sprach.

Dieser Tod war sinnlos gewesen.

Richard und sein verdammter Leichtsinn.

Du bist schuld.

Was selbstverständlich Unsinn war.

Alex beobachtete, wie sich seine Finger anspannten. Die Knöchel hoben sich weiß gegen die Haut ab, die noch von der italienischen Sonne gebräunt war. Gut so, Melodramatik half oft, wenn ein Gebet es nicht vermochte. Richards letzte freundliche Worte an ihn – er konnte sich nicht daran erinnern. Sie waren betrunken gewesen. Doch am nächsten Tag war dann die Wut gekommen: Richards Anklagen gegen ihn, dann seine eigenen kalten Antworten darauf – und dazu auch noch der beißende Geruch von Gwens Brief, der im Kamin verbrannte. Daran erinnerte sich Alex genau, schließlich war er wieder nüchtern gewesen.

Auch deshalb durfte es keine Entschuldigung für das geben, was danach geschehen war.

In der Gewissheit, dass Richard wie ein neugieriger Welpe reagieren würde, hatte ihm Alex die Richtung in eine Wolfshöhle gewiesen. Seit Tagen schon hatte Richard nach einem Abenteuer gequengelt. Unstet und gereizt war er immer auf der Suche nach jenen leichtfertigen dummen Eskapaden gewesen, von denen in Reiseberichten von Junggesellen so gern die Rede war. Als ihm Alex vor einiger Zeit angeboten hatte, ihn als Partner in die Reederei aufzunehmen, hatte Richard vielleicht nicht erwartet, dass Geschäftemachen auch harte Arbeit mit sich brachte. *Welchen Sinn hat es, Gewinn zu machen, wenn wir nichts davon ausgeben können?*

Dann geh, hatte Alex zu ihm gesagt. Jene Spielhölle war in keinem Reiseführer verzeichnet gewesen, schließlich existierte sie außerhalb der Legalität. *Aber du gehst wohl besser allein. Wenn du der Meinung bist, ich sei darauf aus, deine Schwester zu verführen, dann legst du vermutlich keinen Wert auf meine Gesellschaft.* Mit dieser Bemerkung hatte sich Alex wieder einem Stapel von Finanzberichten zugewandt – als hätten derart blutleere Angelegenheiten mehr von seiner Aufmerksamkeit verdient als der naive Richard, den er losgeschickt hatte, um mit den Wölfen zu spielen.

Richard war also in jene Spielhölle gegangen, um etwas zu beweisen. *Du hast nichts, worauf du stolz sein kannst*, hatte er im Weggehen gesagt. *Denn trotz all deiner hochfliegenden Ideale treibt dich einfach nur die Feigheit an. Jeder kann das schnelle Geld machen, Ramsey. Jeder kann den Rebellen spielen.*

Für seine Naivität hatte Richard ein Messer zwischen die Rippen bekommen.

»Du bist ein verdammter Narr gewesen«, flüsterte Alex jetzt.

Und zweifellos der beste Freund, den ein Mann hatte haben können.

Richard war der einzige Junge gewesen, der sich während Alex' erstem Semester in Rugby die Mühe gemacht hatte, mit ihm zu sprechen. Das war in jenem Jahr gewesen, bevor sich sein Körper darauf besonnen hatte, verlässlich zu atmen und zu wachsen.

Richard hatte als Einziger Alex dazu ermutigt, seine Träume zu verwirklichen. Ganz im Gegensatz zu seinem Bruder Gerry. *Du bist ein einfältiger Träumer*, hatte der ihn verhöhnt. *Was meinst du wohl, wie weit du ohne die Beziehungen der Familie kommst?*

Richard jedoch war begeistert gewesen. *Bravo*, hatte er gerufen. *Lass uns ein Imperium aufbauen! Fangen wir gleich damit an!*

Alex legte die Hand auf den Sarg; das Holz fühlte sich kühl an und war auf Seidenglanz poliert worden. Bald würden sich die Würmer daran gütlich tun. Aber Richard war längst fort.

»Du bist besser gewesen als jeder andere von uns«, sagte Alex leise, atmete tief durch und zog die Hand zurück. »Ich werde auf deine Schwester aufpassen.«

Er hatte sie jetzt schon viel zu lange allein gelassen.

Der Gedanke veranlasste ihn, sich zu erheben. Gwen stand dort, wo das Hauptschiff der Kirche anfing, ihr Haar schimmerte wie ein blutroter Heiligenschein in dem diffusen Licht, das durch eines der Oberfenster auf sie fiel. Alex' Schwestern Belinda und Caroline, die Zwillinge, hatten sie zwar in ihre Mitte genommen, doch die Geier kreisten bereits über ihr: Trauergäste buhlten um Gwens Aufmerksamkeit und waren bestrebt, ihr zu kondolieren, damit sie in Erinnerung blieben. Vielleicht mochte ihnen das irgendwann einmal zum Vorteil gereichen.

Alex bahnte sich seinen Weg durch die Menge. Er kannte nur wenige der Anwesenden, aber wie üblich schienen die meisten ihn zu kennen. Blicke folgten ihm, das Getuschel wurde lauter. Er überhörte die Wortfetzen, die an sein Ohr drangen. Seine Sünden waren zahlreich und füllten ohne Zweifel Bände, aber die Gerüchte waren maßlos übertrieben.

Er hörte noch andere Bemerkungen: geflüsterte Einladungen nach Ascot oder zum Cricket-Duell zwischen Eton und Harrow auf dem Lord's. All diese Leute waren Gwens Freunde. Richard hatte keine Mühe gescheut, um nutzbringende Bekanntschaften zu knüpfen, doch seine Schwester hatte bereits nach dem ersten Monat ihrer ersten Saison mit nur einem einzigen Fingerwink ganze Scharen angelockt.

Der Kummer der Trauergäste ist vermutlich nicht völlig vorgetäuscht, dachte Alex. Der Tod ihres Bruders würde es Gwen für mindestens ein Jahr unmöglich machen, am Treiben des Heiratsmarktes teilzunehmen. Landsitze würden also weiterhin verfallen, Grundbesitz würde auf Auktionen angeboten werden, weil ihr Vermögen durch die einzuhaltende Trauerzeit ärgerlich – und unerreichbar – fern sein würde.

Alex hatte den Weg durch das Kirchenschiff zur Hälfte bewältigt, als Belinda ihn abfing. Beim Anblick ihrer rot geweinten Augen zog sich etwas in ihm zusammen. Es brachte jenen vagen Zorn in ihm dazu, stärker und drängender zu werden.

Er atmete tief durch. Wie absurd, dass sich sein Zorn auf Belinda richtete. *Du ziehst es vor, ein Ausgestoßener zu sein,* hatte Richard irgendwann einmal zu ihm gesagt – bewundernd, wenn Alex sich recht erinnerte. Aber das Offensichtliche war Richard entgangen. Ganz gleich, wie weit Alex reiste, die Liebe seiner Schwestern fesselte ihn enger als alle Ketten. Ihre vorwurfsvollen Briefe folgten ihm um den ganzen Globus. Sie schienen zu glauben, dass seine Anwesenheit ein Trost für sie wäre – ein *Segen* sogar. Würde er sich doch nur endlich in England niederlassen – selbst jetzt, nach allem, was geschehen war, glaubten sie das vermutlich noch immer.

Er nahm Belindas Hand und dachte, dass sie zu kalt und zu schlaff war. Sein Griff wurde fester. »Geht es dir gut?«

Sie nickte, dann trat sie dicht an ihn heran. »Gwen war nicht wohl, vorhin in der Kutsche«, wisperte sie. »Sie muss sich hinsetzen.«

Er sah an ihr vorbei. Eine ernst dreinblickende ältere Witwe unterhielt sich mit Gwen und berührte sie jetzt leicht am Arm. Als Reaktion darauf verzogen sich Gwens Lippen zu einem höflichen, aber mechanischen Lächeln.

Ja wirklich, es war etwas pervers Beeindruckendes daran, wie ergeben sie ihre Rolle spielte. Erbrechen in der Kutsche, Lächeln in der Öffentlichkeit; in diesem Moment würde sie sogar ihr Erbrochenes wieder herunterschlucken, selbst wenn sie daran ersticken müsste. Einige Gäste missachteten die Anstandsregeln, indem sie ihr bereits in der Kirche kondolierten, schließlich befand man sich auf dem Höhepunkt der Saison, und deren gesellschaftliche Verpflichtungen ließen keine Zeit, um auch noch an der Beisetzung oder dem anschließenden Empfang teilzunehmen. Doch dass diese Leute die Etikette damit verletzten, würde Gwen niemals zugeben. Sie schriebe dieses ungewöhnliche Benehmen vermutlich einer Freundlichkeit zu, die so groß war, dass sie jegliche Anstandsregel überschreiten durfte.

Alex wusste nicht, wie Gwen es fertigbrachte, sich selbst zum Narren zu halten. Schließlich war sie nicht dumm.

»Alex …« Belinda sah ihn prüfend an. »Bist du sicher, dass es *dir* gut geht?«

Ihr bedeutungsschwerer Tonfall verwirrte ihn, bis er bemerkte, dass sie mit den Fingerspitzen ihre Kehle berührte. Er ließ ihre Hand los. Dreizehn Jahre war es her, seit er das letzte Mal wie ein Fisch auf dem Trockenen nach Luft geschnappt hatte, aber das machte keinen Unterschied. Seine Schwestern redeten ständig davon, grimmig wie Krankenschwestern. »Es geht mir gut«, sagte er bewusst sanft, denn diese Besorgnis seiner Schwestern begann ihn allmählich zu zermürben, und seine von Müdigkeit benommenen Sinne drängten ihn eher zu einer heftigen Antwort. »Du hast recht. Vor der Beisetzung braucht Gwen eine Ruhepause.«

Belinda seufzte. »Dann versuch du dein Glück bei ihr. Als ich sie danach fragte, sagte sie, die Trauergäste könnten es ihr als Unhöflichkeit auslegen, wenn sie sich zurückzöge.«

Herrgott. »Dein Fehler war, dass du überhaupt *gefragt* hast«, erklärte er und setzte seinen Weg fort.

Die ältliche Witwe verabschiedete sich soeben von Gwen. Alex winkte seine Schwester zu sich und berührte Gwen am

Ellbogen. »Miss Maudsley«, sprach er sie bewusst förmlich an – eingedenk der Umstehenden, auf deren unausgesprochene Meinung sie so viel Wert legte. »Auf ein Wort, bitte?«

Sie wandte sich um. »Mr Ramsey.« Ihr Lächeln, das ihm galt, war so nichtssagend wie das für jeden anderen auch, ihre großen braunen Augen wichen seinem Blick aus. »Wie geht es Ihnen?«

»So, wie man es unter diesen Umständen erwarten kann.«

Ein leichtes Zittern zuckte um ihren Mund und ließ ihr Lächeln endlich zerbrechen. »Wie schwer dies für Sie sein muss«, sagte sie. »Von allen Menschen hier teilen Sie am ehesten meinen Schmerz, das weiß ich. Richard war so … glücklich über Ihre Freundschaft.«

»Und ich über seine. Kommen Sie doch für einen Moment mit mir zur Seite.« Als sie zögerte, ergriff er ihre Hand und legte sie auf seinen Arm. »Ich habe etwas für Sie … von Ihrem Bruder«, sagte er. »Ich wollte es Ihnen erst später geben, aber vielleicht gibt es Ihnen jetzt Kraft.«

Als er sie durch die Menge der schwarz gekleideten Trauergäste führte, schlossen sich die Zwillinge ihnen an. Alex wurde sich Gwens Hand auf seinem Arm zunehmend bewusster. Es war eine ganz leichte Berührung, doch sie entfachte seine Sinne wie ein Zündholz, das in der Dunkelheit angerissen wurde. Jener Brief damals, den sie ihm geschrieben hatte, war unverfänglich gewesen und nichts als eine höfliche Geste gegenüber einem Freund der Familie. Doch Richard hatte sich nicht einmal die Mühe gemacht, ihn zu lesen. Dass er ihn auf dem Schreibtisch in Alex' Suite gefunden hatte, war für ihn der nötige Beweis gewesen, der den Verdacht bestätigte, der bereits seit Monaten in ihm gegärt haben musste – das begriff Alex jetzt. *Du ermutigst Gwens Interesse,* hatte Richard geschrien. *Du wirst deine Finger von ihr lassen!*

Alex' Verblüffung über diesen Vorwurf war so groß gewesen, dass sie ihn zu einer wenig taktvollen Erwiderung verleitet hatte. *Herrgott noch mal! Ich habe doch kein Interesse an Schulmädchen.* Und dann: *Sie ist ein wirklich nettes Mädchen, das jeden anlächelt und sich mit jedem gut versteht. Das wird sie auf dem Heiratsmarkt sehr begehrt machen. Aber was mich betrifft, so kann ich mir nichts vorstellen, was mich mehr langweilen würde.*

Sein Dementi hatte auf Fakten beruht. Leider war er nicht aufrichtig gewesen.

Alex blickte kurz auf ihr Profil, das trotz der dunklen Schatten unter den Augen so heiter-gefasst wirkte. *Sie hat nichts anderes im Kopf als Kleider und ... sich zu verheiraten*, hatte Richard einmal lachend gesagt. Aber während ihrer seltenen Zusammentreffen im Laufe der letzten paar Jahre – zu Weihnachten bei seinen Schwestern oder zur Jagdsaison in Schottland – waren Alex auch noch andere Dinge an Gwen aufgefallen. Sie las viel, sprach aber nie darüber. Sie sah weitaus mehr, als sie zugab. Ihre unverwüstliche Zuversicht war nichts, was sie blind für alles machte, sondern wirkte eher wohlüberlegt. Sie hatte sich mit einer geradezu soldatischen Disziplin so erfolgreich darin geschult, dass selbst ihr eigener Bruder sich hatte narren lassen.

Alex verstand eine solche Disziplin. Er wusste, wie selten sie war und welchen Preis sie forderte. Und bei einer der wenigen Gelegenheiten, wenn er sie zufällig berührte, fragte er sich, wie Gwen wohl sein würde, wäre sie nicht so entschlossen gewesen, sich anzupassen. Wenn sie nicht Richards Schwester gewesen wäre. Wenn sie keine achtbare Frau gewesen wäre.

Er schätzte Raritäten. Es hätte ihm Spaß gemacht, die Schichten ihrer Heuchelei abzustreifen und herauszufinden, was sich hinter ihrem Lächeln verbarg. Er hätte sie dazu gebracht, ihre Stirn zu runzeln und sie ermutigt, all die verpönten, vulgären Gedanken zu flüstern, die sie mit so viel Kraft verdrängte. Er würde ihr sagen, dass sie bei ihm ganz ungezwungen sein könnte: Er gab nichts auf gute Manieren oder nutzlose Tugenden. Sie hatte etwas weitaus Interessanteres an sich, und in ihrer Selbstdisziplin lag ein großes Potenzial. Was versuchte sie nur, vor sich selbst zu leugnen? *Zeig es mir*, wollte er murmeln. *Lass uns sehen, was wir daraus machen können.*

Aber sie war entschlossen, angepasst zu bleiben. Und er hatte kein Interesse an einer dauerhaften Verbindung. Er hatte seine ganze Kindheit wie in Fesseln verbracht, eingeschränkt und gefangen; freiwillig würde er sich keinem Joch mehr unterwerfen.

Was das betraf, so hatte er Richard die Wahrheit gesagt: Niemals hatte er Gwen ermutigt.

Sie betraten einen kleinen Raum neben dem Säulengang, und hier nahm Gwen die Hand von seinem Arm. Alex kannte keine Regel für einen solchen Moment. Vielleicht gab es auch keine. Wortlos griff er in die Tasche und zog den Ring hervor.

Ihre Augen füllten sich mit Tränen, während sie auf den Ring starrte. »Ich …« Sie presste die Lippen aufeinander und griff danach. Der schlichte Goldreif funkelte in dem hellen Licht, das durch das Fenster hereinfiel, als er in ihre Hand glitt. »Ich dachte, er wäre gestohlen worden«, flüsterte sie.

»Die italienische Polizei hat ihn wiedergefunden.« Richards Mörder war gestern früh gehängt und somit seiner gerechten Strafe zugeführt worden; über diese Neuigkeit würde Alex zuerst mit den Zwillingen sprechen, ehe er entschied, wie er sie Gwen mitteilte. »Ich habe ihn heute Morgen bekommen.«

Ihre Hand schloss sich zur Faust. So eine kleine Faust. Sie senkte den Kopf. »Oh«, sagte sie, und eine Träne tropfte von ihrer Wange auf den Boden.

Dieses Bild stach Alex wie ein Messer in die Brust und legte eine Art Qual frei, pur und unverfälscht von Bedauern oder Zweifel. Sie traf ihn so heftig, dass er sich mit der Hand an der Steinmauer abstützen musste, um das Gleichgewicht zu wahren. *Idiot*, dachte er. Das stumme Wort wurde von einer Überraschung gefärbt, einem Hauch von Wunder. Menschen konnten also tatsächlich bis in ihre Grundfesten erschüttert werden und ins Wanken geraten: Es war nicht einfach nur eine Redensart.

Aus alter Gewohnheit holte er vorsichtig Luft. Seine Lungen reagierten, wie sie es sollten.

Eine weitere Träne fiel zu Boden. Warum zum Teufel nahmen seine Schwestern sie jetzt nicht in die Arme? Bel und Caro hielten den Blick abgewandt, ohne Zweifel aus dem fehlgeleiteten Empfinden heraus, dass Gwen in ihrem Kummer ihre Privatsphäre brauchte. Dabei wusste sogar Alex, dass diese Herangehensweise die falsche war.

Er räusperte sich. »Vergib mir, Gwen. Ich habe einen schlechten Zeitpunkt gewählt.«

Vehement schüttelte sie den Kopf und presste die Faust, den Ring darin fest eingeschlossen, auf ihr Herz. »Nein«, sagte sie rau. »Es ist – es ist das *Kostbarste* überhaupt … für mich, Alex. Er gehörte meinem Vater. Und Richard hat ihn getragen, als er …«

»Er hat ihn immer getragen«, beendete er den Satz, als klar war, dass sie ihn nicht zu Ende sprechen würde.

Sie nickte. Dann warf sie sich mit einem unterdrückten Schluchzen in Carolines Arme.

Gut so. Alex nickte seinen Schwestern zu und verließ den Raum. Einige Trauergäste reckten den Hals, um einen Blick in das Zimmer zu erhaschen. Ein Lächeln zeigte sich um Alex' Mund. Es musste … unfreundlich gewirkt haben, denn die meisten Gaffer wandten sich hastig ab.

All die Aufmerksamkeit, die ihm gegolten hatte, war nichts – verglichen mit dieser begierigen Neugier, die sich auf Gwen richtete. Erstaunlich. Mit seinen Reedereien hatte er ein Vermögen erwirtschaftet, doch gleichzeitig hatte er sich auch einen Ruf eingehandelt, der Menschen abschreckte. Gwen hingegen war ein unbeschriebenes Blatt: hübsch, elegant, reich, aufgestiegen aus dem Nichts. Und jetzt, da der Tod ihres Bruders sie ohne Familie zurückließ, musste sie dieser Meute wie ein Beutestück vorkommen, das bloß darum bettelte, beschlagnahmt zu werden.

Er lehnte sich mit der Schulter gegen den Türrahmen und versperrte den Blick in das Zimmer. Einer von diesen Männern hier würde Gwen bekommen. Richard hatte dafür gesorgt. *Versprich mir, dass du dich um sie kümmerst,* hatte er hervorgestoßen. *Sorg für sie … sie soll gut versorgt sein. Um meinetwillen.*

Alex blieb sich im Unklaren darüber, ob Richard ihm eine Strafe auferlegt oder ihm Vergebung gewährt hatte, indem er ihm dieses Versprechen abgenommen hatte. So oder so, er hatte jedenfalls begriffen, was mit diesem Vermächtnis gemeint war. Die Maudsleys hatten nie ein Geheimnis aus ihren Plänen für Gwen gemacht. Gwens Heirat würde der endgültige Triumph sein. Wenn es kein Prinz sein könnte, nun, dann würde ein Titel auch genügen. Für weniger allerdings hatten sich die Maudsleys ihren Weg an die Spitze der Gesellschaft nicht gebahnt.

Nun denn, er hatte den Schwur geleistet, und er würde ihn halten. Absichten auf Gwen hatte *er* jedenfalls keine.

Aber mochte Gott ihn davor bewahren, ihr bei der Suche nach einem Ehemann helfen zu müssen.

1

Freitage gehörten nicht zu Gwens Lieblingstagen; sie waren zu oft verregnet. Aber im April des Jahres 1890 schienen es ihre Glückstage zu sein. Am ersten Freitag des Monats erhielt sie einen zart nach Rosenwasser duftenden Brief von einem unbekannten Bewunderer. Am zweiten beaufsichtigte sie das Pflanzen der letzten Pagodenbäume im Park von Heaton Dale. Und am dritten Freitag, unter einer für die Jahreszeit ungewöhnlich warm scheinenden Sonne, versammelten sich gut dreihundert der erlauchtesten Mitglieder der Londoner Gesellschaft in einer Kirche, um ihrer Trauung mit Viscount Pennington beizuwohnen.

Gwen wartete in einem kleinen Nebenraum der Kirche, in dessen Kamin ein völlig überflüssiges Feuer brannte. Die Zeremonie hätte schon vor einer halben Stunde beginnen sollen, aber (so hatte Belinda es ihr berichtet, die sich eben ein weiteres Mal davon überzeugt hatte, dass der Brautschleier noch immer vollendet saß) die Gäste waren nach wie vor damit beschäftigt, ihre Plätze einzunehmen. Die bedeutendsten und strahlendsten Stützen der Gesellschaft hatten sich heute hier zusammengefunden; für einige war es das erste Ereignis, an dem sie seit dem Ende der letzten Saison teilnahmen. Folgte man der Meldung in einer der Gesellschaftsspalten heute Morgen, so konnte es »nur die engelsgleiche Miss Maudsley, die von allen bewundert wird, zustande bringen«, eine solche Anzahl von ihnen vor Pfingsten zu versammeln.

Gwen tat einen tiefen Atemzug und blickte hinauf zum

Fenster. Es war nicht verwunderlich, dass sie sich wünschte, jetzt schon bei den Gästen sein zu können. Oder dass sie draußen wäre. Im Park. Hier drinnen war die Luft stickig, und es war viel zu warm.

Die Wände schienen sie zu erdrücken.

Was tue ich?

Sie biss sich auf die Lippen. Ihr Unbehagen rührte selbstverständlich nur von dem Feuer her, auf das der Junge viel zu viel Holz aufgelegt hatte. Und vielleicht war ein klein wenig davon auch der Erinnerung an jenes andere Mal und jenen ersten Verlobten geschuldet. Es hatte Monate strahlenden gesellschaftlichen Erfolgs gebraucht, bis die Zeitungen aufgehört hatten, sie »die am Boden zerstörte Miss M-, die so schrecklich von dem betrügerischen Lord T- enttäuscht wurde« zu nennen.

Doch jetzt stand sie kurz davor, ihren größten Triumph zu erringen – wenn ihr das Korsett nicht zuvor die Luft abschnürte. Und ihr Kleid, das mit unzählig vielen Perlen bestickt war, wog mindestens dreißig Pfund. In einem solchen Kleid konnte man ertrinken! Und diese Schuhe mit den hohen Absätzen drückten ganz entsetzlich.

Sie machte noch einen tiefen Atemzug. *Dies ist der glücklichste Tag meines Lebens.*

Natürlich war er das. Ihre Füße schmerzten aber dennoch. Der Stuhl zu ihrer Rechten begann, ihr wie eine Sirene zuzuwinken. Eine böse Sirene. Denn die kunstvoll drapierte Schleppe ihres Kleides würde ein Sichhinsetzen nicht überstehen.

Ein vernehmliches Kichern brach auf der anderen Seite des Raumes aus. Vier Brautjungfern in Rosa und geschmückt mit elfenbeinfarbenen Bändern hatten sich an der Tür zum Seitenschiff zusammengeschart und spähten durch den schmalen Türspalt in die Kirche. »O mein Gott«, quiekte Katherine

Percy. »Ich glaube es nicht! Sie trägt Pfauenfedern zu einem Karomuster!«

»Das ist ja himmelschreiend«, sagte Lady Anne. »Deswegen wird man sie schneiden. Aber sie ist offensichtlich zu blind, um das zu bemerken.«

Gwen räusperte sich. »Lady Embury ist eingetroffen?«

Vier Gesichter wandten sich ihr zu, mit offenen Mündern. »Du bist ein Wunder«, stellte Katherine schließlich fest. »Woher weißt du das? Ja, sie ist es!«

Gwen presste die Hand auf den Magen, der sich so heftig hob und senkte, dass es einem Wunder gleichkam, wenn ihre Hand nichts davon spürte. Sie hatte der Baroness dringend geraten, auf die Federn zu verzichten. Schließlich hatten sie einen ganzen Vormittag damit verbracht, diesen Hut zu gestalten! Welchen Sinn hatte es, um Rat zu bitten, wenn man es dann ablehnte, ihn zu beherzigen?

»Oh!« Lucy legte die Hand auf Katherines Schulter. »Sieh nur! Gwen, dein Bräutigam ist eben vorbeigegangen!«

Lady Annes Rücken wurde so starr wie ein Schürhaken. Gwen hingegen empfand eine erschreckend starke Welle der Erleichterung. Ihr wurde in diesem Augenblick bewusst, dass sich etwas in ihr gegen ein weiteres Debakel wie jenes mit Lord Trent gewappnet hatte.

Nun, vielleicht würden sich ihre Nerven jetzt beruhigen. Dies war der Tag, von dem sie seit Jahren geträumt hatte. Da würde sie es doch gewiss schaffen, ihn zu genießen!

Charlotte Everdell sah zu ihr herüber. »Er sieht unglaublich gut aus, Gwen! Ich denke, der Viscount ist der attraktivste Mann von ganz London!«

Gwen brachte ein Lächeln zustande. Thomas sah keineswegs *unglaublich gut* aus. Diese Beschreibung passte besser zu dem engelhaft blonden Mr Cust. Oder, wenn man an dunkleres

Haar dachte, zu Alex Ramsey, dessen blaue Augen zusammen mit dem fast schwarzen Haar und den kantigen Wangenknochen eine so faszinierende Wirkung hatten. Aber was sollten solche Gedanken? Eine kluge Frau maß dem Aussehen keine übermäßige Bedeutung bei. Schließlich war Mr Cust ein niederträchtiger Tunichtgut und Alex ein berüchtigter Weiberheld. Gwen hatte selten fünf Minuten in seiner Gesellschaft verbracht, ohne sich auf die Zunge beißen zu müssen, damit sie auf einen seiner rüden Witze nicht auf ähnliche Weise reagierte. Genau genommen bestätigte Alex ihren Standpunkt: Das Aussehen zählte wenig, wenn das Benehmen nicht stimmte.

Glücklicherweise glichen Thomas' Manieren seinem Gesicht: Sie waren durch und durch angenehm. Seinem Kinn fehlte zwar ein wenig die Prägnanz, doch das glich er durch einen prächtigen Bart aus, der so schwarz wie sein Haupthaar war. Seine grünen Augen blickten freundlich, und seine feinen Lippen waren wie für ein Lächeln geschaffen. Und er liebte sie! Das war das Wichtigste überhaupt. Er hatte es ihr Hunderte Male gesagt. Und in spätestens einer Stunde würde sie wieder eine eigene Familie haben – eine richtige Familie, nicht nur eine, die aus Freunden und bezahlten Vertrauten bestand.

»Er ist weitergegangen«, sagte Katherine. »Buuhuuu!«

»Steht er am Altar?«, fragte Gwen leise.

»Nein, noch nicht. Oh, Gwen, was für eine glänzende Partie du machst. Ich freue mich so sehr für dich!«

»Das tun wir alle«, sagte Lucy. »Das netteste Mädchen Englands und der attraktivste Erbe des Königreiches! Irgendwie ist das wie im Märchen.«

Charlotte klatschte in die Hände. »Oh, Gwen – sag es uns, liebst du ihn nicht ganz *schrecklich*?«

»Natürlich tut sie das«, fauchte Lady Anne. »Also wirklich, wie absurd, ihr eine solche Frage auf ihrer Hochzeit zu stellen.«

Charlotte schrumpfte in sich zusammen. Lucy tätschelte ihr tröstend den Arm und sah Gwen bedeutungsvoll an.

Gwen gab vor, den Blick nicht zu bemerken, aber sie wusste, was er sagen sollte. Lady Anne hatte in der letzten Saison eine heftige Schwärmerei für Thomas entwickelt. Natürlich konnte sie ihn sich nicht leisten, waren doch die herrlichen Besitzungen ihres Vaters nahe Lincoln ebenso stark mit Hypotheken belastet wie seine eigenen. Nichtsdestotrotz waren ihm ihre Blicke bei jedem Ball über den Tanzboden gefolgt.

Gwen hatte großes Mitleid mit ihr empfunden. Vor vier Wochen noch hatte sie sich deswegen sogar recht miserabel gefühlt. Doch dann war ihr zu Ohren gekommen, dass Lady Anne sie gemeldet hatte, um für Lady Miltons Waisenhaus noch zehn Pullover zu stricken – und das vor dem Frühlingsausflug der Kinder nach Ramsgate. Zehn Pullover in einem einzigen Monat! Gwen war doch kein Webstuhl! *Es ist eine wunderbare Gelegenheit, dein Engagement zu beweisen,* hatte Lady Anne zu ihr gesagt. Es war nicht das erste Mal gewesen, dass sie an Gwens Stelle unmöglich einzuhaltende Versprechungen gemacht hatte. In der letzten Saison, kurz nach Thomas' Antrittsbesuch, waren es dreißig bestickte Taschentücher für Lady Miltons Wohltätigkeitsbasar gewesen, und das drei Wochen bevor dieser überhaupt stattfand. Es schien klar zu sein, dass diese Pullover Lady Annes letzter Versuch waren, Gwens Gesuch um einen Sitz im Wohltätigkeitskomitee zu hintertreiben.

Nichtsdestotrotz hatte ihr Gwen mit einem Lächeln gedankt und eine Wollbestellung aufgegeben. Verrücktheit war bei Menschen, die an gebrochenem Herzen litten, leicht zu verzeihen. (Nachdem Lord Trent ihres verschmäht hatte, hatte sie vorübergehend ein Interesse daran gezeigt, *Latein* zu erlernen!) Dennoch, wenn die Zeitungen schrieben, Gwen sei aufgrund ihres »angeborenen frohen Naturells jedermanns Busenfreundin«, dann entging ihnen wohl, wie viel Arbeit ihre Situation tatsächlich erfordert hatte – ganz zu schweigen von dem Preis, den ihre Handgelenke dafür zu zahlen gehabt hatten.

Vielleicht werde ich das Stricken nach der Hochzeit aufgeben, dachte Gwen.

Und das Sticken auch, wenn sie schon mal dabei war.

Was für ein wunderbarer Gedanke. Ob sie sich das auch traute?

Ein Klopfen an der Tür ertönte. Die Brautjungfern wichen zurück. Tante Elma trat ein und lächelte. Als Onkel Henry hinter ihr auftauchte, wurde Gwens Mund trocken. »Ist es so weit?«, wisperte sie.

»Ja, es ist so weit«, sagte Elma herzlich. »Ich bin gekommen, um deine Brautjungfern zu holen, Liebes.«

Die vier jungen Damen wandten sich Gwen zu, klatschten in die Hände und riefen aufmunternde Worte, warfen ihr Luftküsse zu und liefen aus dem Zimmer.

Und dann schloss sich die Tür hinter ihnen, und nur sie und Onkel Henry blieben zurück.

Stille breitete sich in dem Raum aus. Ohne das Geplapper ihrer Freundinnen schienen die Geräusche, die durch die Tür hereindrangen, plötzlich viel lauter zu sein als das Brüllen der Zuschauer in einem Zirkus. Sicherlich waren dreihundert Leute doch gar nicht *so* viel?

Immerhin, das waren sechshundert Augen.

»Also dann«, sagte sie fröhlich.

Henry Beecham war kein Mann von vielen Worten. Er räusperte sich, nickte ihr zu, strich sich mit der Hand über seinen silbergrauen Oberlippenbart und fuhr dann damit fort, seine Schuhspitzen einer genauen Prüfung zu unterziehen.

Gwen lächelte, als sie sich an das erste Mal erinnerte, da sie auf seiner Türschwelle aufgetaucht war und er sie auf genau dieselbe Art begrüßt hatte, mit einem Streichen über seinen Bart. Elma, seine Frau, hatte ihn aufgefordert, etwas zu sagen, damit Gwen ihn nicht für stumm halten musste. »Nun denn«, hatte er daraufhin gesagt – und das war das Letzte gewesen, was Gwen für ein oder zwei Tage von ihm gehört hatte.

Als Dreizehnjährige hatte sie sein Schweigen als verwirrend empfunden. Mehr noch, geradezu als furchterregend. Heute aber, zehn Jahre später, fragte sie sich nicht mehr als Erstes, was sie tun musste, wenn er in Schweigen verfiel.

Sie war froh, dass er es war, der sie zum Altar führen würde. Ihr Bruder hatte die Beechams dafür bezahlt, sie bei sich aufwachsen zu lassen und zu erziehen, aber deren Zuneigung hatte schon vor langer Zeit begonnen, aufrichtig zu sein. Seit Richards Tod waren die Beechams Gwens einzige Familie.

Aber in einer halben Stunde wird das anders sein. Um zwölf werde ich eine richtige *Familie haben.*

Doch auch die wäre gekauft.

Dieser Gedanke war dunkel und gemein und taumelte wie ein dicker schwarzer Käfer durch Gwens Bewusstsein. Sie schüttelte den Kopf, um ihn zu vertreiben – wenn auch sehr verhalten, um den Faltenwurf des Schleiers nicht in Unordnung zu bringen. Diese Heirat war kein Arrangement der Art, wie ihr Bruder es mit den Beechams getroffen hatte. Der Viscount *liebte* sie. Und wenn sie seinen gesellschaftlichen Rang bewunderte, so war das erklärlich. Sein Familienstammbaum war alt und bedeutend, während ihrer … nun, ihrer ähnelte eher einem zu niedrig geratenen Busch. Dass dieser Busch nun zufällig mit Gold überzogen war – oder mit den Färbemitteln, die ihr Vater erfunden hatte –, das machte wirklich keinen Unterschied. Dass es sie für Thomas attraktiver erscheinen ließ, als es ohne diese Draufgabe vielleicht der Fall gewesen wäre, wusste sie. Aber dennoch – sie bezahlte ihn nicht dafür, ihr

Ehemann zu sein. Und was seine Motive betraf … nun, ihr Vermögen hatte Lord Trent *nicht* dazu bringen können, sie zum Altar zu führen, oder?

»Ein glückverheißender Tag«, ließ Henry sich vernehmen.

»Ja.«

Abrupt hob er den Kopf. »Nervös?«

Die Stimme versagte ihr. Sie nickte.

Leise lachte er. »Du hättest mich sehen sollen. Mir haben die Knie gezittert. Der Diener musste mir den Nachttopf halten, als ich mich übergeben habe. Ich werde dir sagen, was er damals zu mir gesagt hat: ›Solange man den Grundstein richtig setzt, wird Zuversicht das Haus errichten.‹«

Gwen brachte ein Lächeln zustande, auch wenn sie den Spruch unheilvoll fand. Thomas besaß dreizehn Häuser, und alle befanden sich in einem erschreckend reparaturbedürftigen Zustand – und ein weiteres würde den nötigen Aufwendungen jetzt hinzugefügt werden.

Ein erneutes Klopfen an der Tür ertönte, und Onkel Henry bot ihr seinen Arm. Erst jetzt, als ihre Finger sich lockerten, wurde Gwen bewusst, dass sie die Hände zu Fäusten geballt hatte.

Aber er liebt mich, dachte sie. *Das ist doch alles, was zählt. Er liebt mich, und ich will das hier. Wofür wäre all dies gut gewesen, wenn nicht hierfür? Ich habe mir das schon immer gewünscht.*

Und auch Mama und Papa und Richard haben das gewollt. Sie wünschten sich dies für mich. Wir alle wünschten es uns.

Und ich will es.

Gwen räusperte sich. »Ja«, sagte sie und legte die Hand auf Henrys Arm. »Ich bin bereit.«

Ohne Vorankündigung traf Alex im Haus seines Bruders ein und brachte den Butler aus der Fassung, weil er es ablehnte, sich anmelden zu lassen. Es galt hier ein Rätsel zu lösen, und nach Alex' Erfahrung waren derartige Überfälle ein zweckmäßiger Weg, die Wahrheit herauszufinden.

Auf Beinen, in denen er noch die Schlingerbewegungen des Schiffes zu spüren glaubte, ging er auf Gerards Arbeitszimmer zu. Auf seiner Haut konnte er noch immer das Parfüm der Witwe riechen, und der Geruch verstärkte seine Müdigkeit noch und ließ seinen Magen brennen. Die Lady war in der vergangenen Nacht in seine Kabine geschlüpft, nach dreißig Tagen müßigen Flirtens, aber der Kopfschmerz, der ihn jetzt quälte, reichte, ihn das Intermezzo bereuen zu lassen. Die Anziehungskraft zwischen ihnen war eher das Produkt von Langeweile als das eines aufrichtigen Interesses gewesen. *Was kann es schon schaden?*, hatte er sich gedacht. Er hätte ohnehin nicht schlafen können, schließlich erinnerte er sich kaum noch daran, wie sich ein gesunder Schlaf anfühlte.

Seltsam zu denken, dass er die Schlaflosigkeit anfangs als Segen empfunden hatte. So viel nutzbare Zeit, die nicht länger mit Schlaf vergeudet wurde. Aber nach fünf Monaten hatten die Nächte angefangen, sich zu ruhelosen Ewigkeiten auszudehnen. Die Gesellschaft der Witwe hatte auch nicht dazu beigetragen, dass die Zeit schneller vergangen war.

Alex bog um die Ecke und konzentrierte sich auf die Aufgabe, die vor ihm lag. Es wäre dienlich, eine schlüssige Erklärung für das Handeln seines Bruders zu bekommen, denn nichts im Haus zeugte von Mangel. Die abgetretenen Aubusson-Teppiche waren nicht durch neue, billigere ersetzt worden. Die Wände zeigten keine hellen Flecken, wo Bilder entfernt worden wären. In den Pferdeställen, die er sich bei seiner Ankunft angesehen hatte, leistete jetzt ein weiteres Gespann Kastanienbrauner den beiden altgedienten Grauen Gesellschaft. Die Kutschen hatten keinerlei Zeichen von Vernachlässigung gezeigt. Alles hatte ausgesehen wie immer, und das machte Gerrys Entscheidung umso rätselhafter.

Die Tür zum Arbeitszimmer stand offen. Für einen kurzen Moment verharrte Alex an der Schwelle, denn er hatte das Gefühl, auf eine längst nicht mehr existierende Szene zu schauen: sein Vater, der kerzengerade am Schreibtisch saß und konzentriert die Haushaltsbücher prüfte. Zusammen mit diesem Déjà-vu tauchten andere vergessene Gedanken auf – stumm zu bleiben; vorbeizugehen; einen Kampf zu vermeiden, der nicht zu gewinnen war. Die Schwäche, die Alex jetzt spürte, rührte nicht nur vom Schlafmangel her, aber auch nicht von der langen Reise. Als Junge hatte er sehr hart dafür arbeiten müssen, an Möglichkeiten zu glauben.

Er stieß einen Atemzug aus. Dort am Schreibtisch, das war nur Gerard. Auch wenn sein älterer Bruder das Ebenbild des verstorbenen Earls of Weston sein mochte: hohlwangig und gedrungen und dabei so muskulös wie ein Stier. Doch er kam häufiger des Abends nach Hause. Und es gab weitere kleine Unterschiede – zum Beispiel die Tatsache, dass ihr Vater sich eher erschossen hätte, als seinen Anspruch auf den Landbesitz der Familie abzutreten. Oder Land zu verkaufen.

Natürlich wäre das nach Alex' Ansicht die Verschwendung einer Kugel gewesen. Er hatte kein Interesse am väterlichen Erbteil. Und es stand ihm ohnedies nicht zu.

Was zum Teufel will ich dann überhaupt hier?

Er seufzte. Er war diese Frage von Herzen leid, hatte er sie sich doch den ganzen Weg von Gibraltar bis hierher gestellt. In den stillen Stunden vor dem Morgengrauen hatte er allerdings auch wenig anderes zu tun gehabt. Die beste Antwort lautete: Seine Schwestern hatten ihn darum gebeten. Es war ein Gefallen, den er den beiden tat – und es würde reichen, sich zwölf Monate Freiheit von weiterer Belästigung zu sichern. »Wie geht's?«, fragte er von der Tür aus.

Gerard schaute auf. »Was – Alex!« Er wollte aufstehen, blieb dann aber sitzen. »Du bist zurück! Wir hatten ja keine Ahnung!«

»Ich auch nicht. Es war eine spontane Entscheidung, als ich in Gibraltar ankam. Der ganze Felsen stinkt nach Blutwurst – was mir die Heimat in Erinnerung gebracht hat.«

Genau genommen hatte er während seines Zwischenaufenthalts dort einige Telegramme bekommen: zwei empörte Tiraden von seinen Schwestern und ein halbes Dutzend Warnungen von Freunden, die Christopher Monsanto mit dem peruanischen Handelsminister in Buenos Aires beim Abendessen gesehen hatten. Vermutlich hatte der Ami sein gieriges Auge auf die Verträge geworfen, die Alex zuvor mit der Regierung Perus geschlossen hatte.

Diese Überlegung schien seine Erschöpfung noch fühlbarer zu machen. Wahrscheinlich würde er es bedauern, nicht sofort nach Lima zurückgekehrt zu sein.

»Nun.« Gerrys kritischer Blick inspizierte Alex von Kopf bis Fuß. »Ich muss schon sagen, das ist eine gelungene Überraschung.«

Wie immer ging Alex diese Inspektion auf die Nerven. Und wie immer lächelte er dazu. »Werde ich noch eine Weile am Leben bleiben?«, fragte er. »Oder droht mir das Sterbelager?«

Sein Bruder besaß den Anstand zu erröten. »Du siehst recht wohl aus. Setz dich doch.«

Alex griff sich auf seinem Weg zum Schreibtisch einen Sessel.

»Vorsicht!«, rief Gerry sofort. »Der ist schwer.«

Herr im Himmel! Alex setzte den Sessel vor dem Schreibtisch ab und nahm darin Platz. »Er wiegt nicht mehr als ein

Zehnjähriger«, sagte er. »Wirklich, Gerry, ist es deiner Aufmerksamkeit entgangen, dass ich dich inzwischen um Haupteslänge überrage?« Seit seinem vierzehnten Geburtstag überholte und bezwang er seinen Bruder auf vielen Gebieten. Aber selbst wenn er lediglich einen Spielzeughund hochhob, würde Gerry vermutlich den Drang verspüren, ihm eine Warnung zuzurufen.

»Körpermasse, nicht Größe«, sagte dieser entschlossen. »Die Masse ist entscheidend.«

Alex spähte auf den stets weiter werdenden Leibesumfang seines Bruders. »Ja, vermutlich ist das durchaus ein Standpunkt, es zu betrachten.«

»Du siehst aus, als könntest du etwas zu essen brauchen. Und ein bisschen Schlaf.«

Er zuckte die Schultern. »Du warst dabei, etwas zu schreiben?«

»Ah … ja.« Gerard befingerte die Ecke des Blattes. »Eine Rede für morgen. Dieser Unsinn mit den Buren …« Er seufzte. »Die Hälfte der Lords will einen Krieg.«

»Wie neu.«

Sein Bruder sah ihn stirnrunzelnd an. »Um genau zu sein, Alex, wir haben im Jahr '81 in Transvaal gekämpft.«

Gerry hatte noch nie ein Gespür für Ironie gehabt. »Haben wir das? Dann wird es ja nie langweilig.«

Allmählich glättete sich das Stirnrunzeln wieder. »Hm, ja. Wann bist zu zurückgekommen? Hast du die Zwillinge schon gesehen?«

Hätte Alex nicht darauf geachtet, vermutlich hätte er bei dieser letzten Frage die leichte Besorgnis in Gerrys Stimme überhört. Sein Bruder wusste also nicht, dass die Zwillinge ihn bereits über den Verkauf des Landsitzes in Cornwall informiert hatten. »Nein, noch nicht.«

»Vor Freude, dich zu sehen, werden sie gewiss ganz aus dem Häuschen geraten. Sie haben sich große Sorgen um dich gemacht.«

»Hört das denn nie auf?« Alex hatte gehofft, dass Kinder zu haben den Fokus seiner Geschwister von ihm weglenken werde, aber sie alle schienen eine sagenhafte Fähigkeit zu besitzen, eine Art multidirektionaler Sorge zu hegen.

Er griff nach Gerrys Stift und spielte damit. Das Schildplatt war zweitklassig, eine schlechte Imitation aus dem Panzer der Chinesischen Karettschildkröte, vermutlich auf Mauritius gefertigt. Es war genau jene Art von Handelsprodukt, auf die sich Monsanto spezialisiert hatte – bis jetzt.

Aus dem Augenwinkel sah er, wie Gerry die Fingerspitzen aneinanderlegte. Es war der Inbegriff des Moralisierens. Alex legte den Stift aus der Hand und lächelte.

»Das kannst du ihnen nicht verdenken«, sagte sein Bruder. »Du würdest die Gerüchte nicht glauben, die wir über dich gehört haben.«

»O doch, das würde ich«, entgegnete Alex.

Gerry ignorierte diesen Kommentar. »Hör zu, verdammt noch mal«, fuhr er ärgerlich fort. »Oder lies es nach, wenn dir das lieber ist. Die verdammten Zeitungen sind voll davon! Dreck, verbrämt als Finanznachrichten. Und was erwartest du denn auch? Allein das Spektakel um diese Sängerin – ich bin schon überrascht, dass man dich nicht strafrechtlich verfolgt hat.«

Welche Sängerin? Vage erinnerte sich Alex an einen Bekannten in New York, der ihn ebenfalls auf diese Schlagzeilen angesprochen hatte. Wie bizarr. Einige dieser Storys hatte Alex selbst gefördert. Sein schlechter Ruf eliminierte dankenswerterweise die meisten der öden gesellschaftlichen Verpflichtungen, bei denen er sich sonst hätte sehen lassen müssen. Aber die Sängerin gehörte zu den vielen Gerüchten, die freundlicherweise andere über ihn in die Welt gesetzt hatten. Hätte er diese gesichtslosen Wohltäter dafür bezahlt, sie hätten ihm keine besseren Dienste leisten können.

»Ich habe sie entehrt, oder?« Er war neugierig, was er gemacht haben sollte.

»Ich wüsste nicht, wie man ein solches Benehmen in der Öffentlichkeit sonst bezeichnen könnte!«

In der Öffentlichkeit, ausgerechnet. Das klang nicht so sehr beeindruckend als vielmehr dumm. Wie typisch für Gerard, das von ihm zu glauben. »Ja, sie hatte kräftige Lungen«, sagte Alex mit einem Schulterzucken. »Dumm von mir, das zu unterschätzen. Sie sagte, sie sei Altistin, aber um ehrlich zu sein: Ich denke, ihr Stimmumfang ging höher. Vielleicht hatte es ihr bis dahin nur an der richtigen … Anleitung gefehlt.«

Gerard schnaubte verächtlich. »Soll mich das jetzt schockieren?«

»Nein. Wäre es meine Absicht, die Menschen zu unterhalten, so wäre ich zum Theater gegangen.«

Ohne jeden Zweifel brachte Gerards Blick seine verweichlichten, jammernden Opponenten im Oberhaus dazu, den Schwanz einzuziehen und zu zittern. Ein oder zwei Mal in ihrer Kindheit hatte er damit auch Alex zittern lassen – bis der es darin irgendwann selbst zur Meisterschaft gebracht hatte. Nach Alex' Erfahrung wirkte dieser Blick auch bei Vertretern ausländischer Handelsministerien sehr gut, und bei Unternehmern, die verzweifelt nach Investoren suchten. Gepaart mit einem Lächeln konnten Frauen angesichts dieses Blickes umfallen wie die Dominosteine – auch wenn er das bei einer Sängerin leider noch nie ausprobiert hatte. Normalerweise zogen die das Geld einem Lächeln vor, doch Alex benutzte Geld nur, um Waren zu kaufen; er kaufte keine Menschen.

Auf jeden Fall war der starre Blick nützlich. Doch er strengte auch die Augen an. »Du handelst dir noch ein Aneurysma ein«, warnte er milde.

Gerard rieb sich die Stirn. »Sag mir eines: Glaubst du wirklich, ich verschwende meinen Atem aus Arroganz?«

Das Schweigen verlangte eine Antwort. Herrgott. Musste es denn wirklich *jedes Mal* so ablaufen, wenn er nach Hause kam? »Nein«, sagte Alex. »Ich denke, du verschwendest ihn aus Sturheit.« Wäre es in seiner Familie üblich gewesen, Alex hätte einer Kirche angehört. Die Welt war dabei, sich zu verändern. Getreide von den Amerikanern, Fleisch und Wolle vom Kontinent – das bedeutete Einschnitte in die Ertragskraft der englischen Landwirtschaft. Aber den Ramseys ging es noch gut, und kein Sohn Lord Westons, so hatte ihm sein Vater oft gesagt, würde sich die Hände damit schmutzig machen, Handel zu treiben. Mit anderen Worten: Die Ramseys hielten an der Vergangenheit fest und ignorierten die Gegenwart so lange, wie sie es sich leisten konnten.

Schon als Junge hatte Alex diese Philosophie für absurd gehalten. Er hatte seine ganze Kindheit zurückgezogen auf dem Lande verbracht – zu seinem eigenen Besten, hatten sie gesagt; zum Besten seiner Gesundheit. Also hatte er gewiss nicht die Absicht, sich auch noch als erwachsener Mann vor der Welt zu verstecken.

»Du kannst es nennen, wie du willst«, sagte Gerard, »Sturheit oder dummen Optimismus, ich weiß es selbst nicht. Aber eines weiß ich ganz sicher: Führe dieses Boheme-Leben so weiter, und du wirst eines Tages dafür bezahlen müssen. Lauf dem falschen Mann über den Weg, und du wirst eine Kugel in den Kopf bekommen. Und bis dahin ist dein Leben verdammt peinlich – vor allem für *uns*.«

Alex rieb sich die Augen. Sie waren trocken wie Sand. Vielleicht hatte er in den ersten Jahren nach Oxford tatsächlich ein gewisses Vergnügen daran gehabt, aufgeblasene Wichtigtuer zu schockieren – aber selbst damals hatte er es nur getan, wenn der Zufall es so mit sich gebracht hatte. Niemals hatte ein Plan dahintergesteckt. »Die Sache mit der Sängerin ist Quatsch«, sagte er. »Ich benehme mich in der Öffentlichkeit keineswegs daneben, Gerry. Das wäre nur schlecht fürs Geschäft.«

Gerry schnaubte. »Oh, wirklich? Gott erhalte uns unsere Gewinnspanne! Und selbst wenn es Quatsch sein sollte, was davon genau entspricht denn nicht der Wahrheit? Glaubst du, es zählt jetzt noch, ob diese Geschichten wahr sind oder nicht? Bei deiner Art zu leben, wie kann man das da wissen? Wer macht sich überhaupt die Mühe, sich zu fragen, ob es wahr ist oder nicht? Aber wie dem auch sei, *wir* sind es jedenfalls, die den Preis dafür bezahlen!«

Alex nickte und griff sich in die Innentasche seines Jacketts.

»Ja? Bloß ein *Nicken*? Ist das alles, was du dazu zu sagen hast?«

Alex legte einen Bankwechsel auf den Schreibtisch.

Gerard beugte sich vor, um den Wechsel anzusehen, dann blickte er auf und runzelte die Stirn. »Was soll das bedeuten?«

»Du brauchst doch Geld, hab ich recht?«

»Sagt wer?«

Alex lehnte sich zurück, streckte die Beine aus und schlug sie über den Knöcheln bequem übereinander. »Die Passatwinde.« Er sah sich im Zimmer um. Sieben Monate war er fort gewesen, zuerst in den Vereinigten Staaten und dann in Peru und Argentinien. In dieser Zeit hatte seine Schwägerin renovieren lassen. Die Büste irgendeines toten Römers starrte jetzt mit blinden Augen aus einer Ecke. Eine ganze Wand wurde von einem Ölgemälde eingenommen, das irgendein Massaker des 18. Jahrhunderts darstellte, reichlich mit glänzenden Schwertern versehen, mit qualvoll von Schmerz verzogenen Gesichtern und reiterlosen Pferden, deren Augen weit aufgerissen waren. »Ein neues Bild«, bemerkte er.

Eine Pause. »Ja«, sagte Gerry schroff. »Ich habe es bei einer Auktion erstanden. Ich erwarte nicht, dass es dir gefällt.«

»Nun, es ist recht beeindruckend.«

»Ich weiß, was du vorziehst.«

»Ja, das weißt du. Kindergekritzel, glaube ich, hast du es genannt.«

Gerry versuchte sich an einem Lächeln. »Nun, eines musst du zugeben, Alex. Es erfordert nur wenig Talent.«

Alex zuckte die Schultern. Was moderne Kunst erforderte, war eine Vorstellungskraft, die über die Möglichkeiten engstirnigen Denkens hinausging. Gewiss war das Werk Gauguins nicht dazu angetan, einem britischen Imperialisten und seiner Sichtweise über seine Rolle in der Welt zu gefallen. »Aber ich meinte es durchaus ernst«, sagte er. »Das Bild ist wirklich beeindruckend. Ich bewundere vor allem diese dezenten Blutlachen. Du hast es günstig bekommen, vermute ich?«

Gerards Kinn spannte sich an. »Ich kann mir den Kauf durchaus leisten, aber offensichtlich denkst du anders darüber. Ich wäre dir verbunden, du würdest mir sagen, wer meinen Namen in den Dreck zieht.«

»Deine Schwestern. Das kannst du ihnen aber nicht verdenken. Es war eine folgerichtige Schlussfolgerung, nachdem sie erfahren hatten, dass du den Landsitz in Cornwall an Rollo Barrington verkauft hast.«

Langsam ließ Gerry die Hand sinken. »Oh.«

Alex wartete, aber das schien schon das Äußerste an Reaktion vonseiten Gerrys gewesen zu sein – was an sich bemerkenswert war. Sein Bruder ließ nur selten eine Gelegenheit aus, sich selber reden zu hören. Eine gesunde Selbstachtung war die

Bestimmung eines jeden Adligen. »Interessanter Mann, dieser Barrington«, sagte Alex leichthin. »Ich habe ihn nie kennengelernt, nur im Vorbeigehen gesehen. Doch ich habe auch so einiges über ihn gehört. Er ist gerade dabei, sich den Ruf zu erwerben, englischen Grund und Boden aufzukaufen. Merkwürdig ist allerdings, dass niemand sagen kann, woher er das Geld dafür hat.«

Schweigen.

»Was mich verwirrt, ist, warum du nicht zuerst zu mir gekommen bist«, sagte Alex.

Sein Bruder errötete. »Weil ich deine Hilfe nicht brauche.«

Er lachte leise. Wäre Gerry am Verdursten und sähe Alex zwei Schritte von einem Brunnen entfernt stehen, selbst dann würde er noch denken, die Hilfe seines jüngeren Bruders nicht zu benötigen. Es würde ihm einfach nicht in den Sinn kommen, dass Alex fähig sein könnte, sie ihm zu geben. »Ich verstehe. Also hast du es … nur so zum Spaß verkauft?«

»Dieser Besitz hing mir wie ein Mühlstein um den Hals, und das weißt du ganz genau. Die Pachterträge fallen seit fünf Jahren in Folge. Kaum ein Pächter ist davon verschont geblieben.«

»Richtig.« Aber wann hatte Gerard angefangen, sich mit solchen finanziellen Weisheiten zu beschäftigen? Er war ein einziger knarzender Anachronismus, der seine Freizeit in muffigen Herrenclubs verbrachte, wo er gegen das Abgleiten der Nation in die kapitalistische Barbarei wetterte. Sein einziger Trost war, wie er oft sagte, dass sich das meiste von Englands Boden noch in zivilisierter Hand befand. Dass er eine ansehnliche Menge dieser geheiligten Substanz verkauft hatte, ließ die Vermutung einer Vielzahl von Möglichkeiten zu, aber keinesfalls etwas so Rationales wie eine kluge ökonomische Entscheidung.

Gerards Gesicht wurde noch röter. »Was kümmert dich das

überhaupt? Die Zwillinge haben niemals auch nur eine Nacht dort verbracht. Und Gott weiß, dass ich dich zu keinem Zeitpunkt habe gut über diesen Ort reden hören.«

»Nein, ich hege tatsächlich keine besondere Liebe für Heverley End.« Als Kind war es für Alex ein Gefängnis gewesen – das Haus mit den dumpf widerhallenden Wänden, in das er monatelang verbannt worden war, als seine Atemprobleme schlimmer geworden waren. »Aber du musst zugeben, die Entscheidung wirkt doch seltsam. Darüber hinaus war doch klar, dass Bel und Caro durch Gerüchte davon erfahren. Wenn du über Peinlichkeiten diskutieren möchtest, könnte ich mir vorstellen, dass dieser Verkauf der Sache mit der Sängerin einen harten Kampf bieten wird.«

Gerard warf einen Blick auf seine halb fertige Rede, seine kräftigen Finger verhakten sich ineinander, dann löste er sie wieder und ballte sie zur Faust. Schließlich legte er sie abrupt auf seinen Schoß. Wie Geheimnisse, die versteckt werden sollen, dachte Alex.

Diese Geste weckte ein unangenehmes Gefühl in ihm, dem er aber nicht näher nachspüren wollte. Falls Gerry sein Mitleid erwartete, dann wollte er die Ursache gar nicht wissen. Anders als seine Geschwister hatte er kein Vergnügen daran, sich Sorgen zu machen. Es war eine nutzlose Übung, durch die nichts gewonnen wurde. »Nenne mir das Problem«, sagte er sachlich. »Ich werde es in Ordnung bringen.« Schließlich war dies der Grund, aus dem er hergekommen war, obwohl er eigentlich auf halbem Wege um die Welt sein sollte, um sich um seine eigenen Geschäfte zu kümmern.

»Hör zu, Alex: Du wirst dich da heraushalten.«

»Wenn ich das nur könnte. Leider habe ich den Zwillingen versprochen, den Besitz zurückzukaufen.« Und er war entschlossen, diese Reise nicht vergebens gemacht zu haben.

Sein Bruder starrte wie versteinert auf das Ölgemälde.

Alex atmete durch, um seine Ungeduld zu zügeln. »Barrington wird einen erheblichen Profit machen, wenn er es mir verkauft«, sagte er gleichmütig. »Mein letztes Gebot war das Doppelte von dem, was er dir gezahlt hat. Doch erweist es sich als bemerkenswert schwierig, sich mit ihm in Verbindung zu setzen. Bis jetzt habe ich ihm vier Briefe geschickt und keine Antwort bekommen. Ich hatte gehofft, du könntest unsere Bekanntschaft vermitteln.«

»Alex.« Gerard sah ihm in die Augen. »Ich sagte, halt dich da raus.«

Was zur Hölle ging hier vor? »Vielleicht werde ich das tun«, sagte er mit einem Schulterzucken. »Ich bin von Natur aus bequem, wie du weißt.« Als sein Bruder schnaubte, lächelte er schief. »Nenn mir einen Grund dafür, mich herauszuhalten, Gerry.«

Gerards Schnauben dämpfte sich zu einem höhnischen Grinsen – demselben verdammten höhnischen Grinsen, das jeder erstgeborene Sprössling geerbt hatte, dem Alex zu seinem Pech je begegnet war. »Es scheint ganz so, als müsse ich dich an eine sehr grundlegende Tatsache erinnern«, sagte er durch die zusammengebissenen Zähne. »Ich bin dir keine Rechenschaft schuldig –«

»Dafür sei Gott gedankt«, sagte Alex. »Ich hab ohnehin schon zu wenig Zeit.«

Gerry schlug mit der Hand auf den Schreibtisch. »Witzig!«, spie er aus. »Du bist sehr witzig, Alex, ohne Zweifel. Ein richtiger Familienclown. Das Land gehört mir, also kann ich darüber verfügen. Du kannst ja die Zwillinge daran erinnern, wenn es dir gefällt. Und in meine Angelegenheiten darfst du dich an dem Tag einmischen, an dem du mir die Zügel deines kleinen Geschäfts übergibst.« Er ließ ein nur halblautes, aber hässliches

Lachen hören und klang für einen Moment ganz genau so wie der Schulhoftyrann, der er einst gewesen war. »Großer Gott, *das* wäre doch was! Chinesen um ihren Tee zu betrügen! Indischen Tagelöhnern ihr Teakholz abzuschwatzen! Herrgott, aber du stehst ja für den Familienstolz!«

Alex legte den Kopf schief. »Nicht stolzer, als du im Oberhaus dafür stehst. Eine feine Show, deine Fäuste gegen die Buren zu schütteln, weil sie es wagen, sich das Land zu nehmen, das ihr ihnen gestohlen habt.« Er stand auf. »Soll ich mir irgendwo eine Bleibe suchen?«

Gerry sah ihn an. Er kämpfte sichtlich darum, sich der weniger autokratischen Verpflichtungen als Oberhaupt der Familie zu erinnern. »Sei kein Narr«, sagte er schließlich barsch. »Du bist immer willkommen, hier zu wohnen.«

Es war ein deutliches Zeichen von Alex' Übermüdung, dass er diese Bemerkung fast anrührend fand. »Und es sähe reichlich merkwürdig für dich aus, würde ich es nicht tun«, sagte er trocken. Nun, er würde sich eine Woche Zeit nehmen, um in Gerrys Unterlagen herumzustochern und abzuwarten, was zu entdecken wäre. Das Rätsel würde ihn jetzt so lange beunruhigen, bis er es gelöst hatte.

Sein Bruder versuchte sich vergeblich an einem Lächeln. Vielleicht machte ihm aber auch nur seine Verdauung einen Moment lang schmerzhaft zu schaffen. Sein Mund hatte sich so verzerrt, dass beide Annahmen infrage kamen. »Wie lange werden wir uns deiner Gesellschaft erfreuen dürfen?«

»Nicht lange.« Niemals lange. Nirgendwo. *Gönnen Sie sich Ruhe, und die Ruhe wird kommen,* hatte der Arzt in Buenos Aires gesagt. Ein Rat, der leicht zu geben war. Ein hübsches Wortspiel, aber als medizinischer Rat war es nutzlos. Alex machte einen tiefen Atemzug. »Genau genommen warten auf dem Kontinent ein paar Sängerinnen auf mich.« Ein Bekannter in Gibraltar hatte erwähnt, dass sich Barrington im Frühling vorzugsweise in Paris aufhielt. Er warf einen Blick auf die Uhr. »Das Mittagessen wird noch immer um halb zwölf serviert?«

»Ja, aber heute natürlich nicht.« Gerard erhob sich. »Oder willst du die Hochzeit verpassen? Wenn du schon in London bist, kannst du uns auch begleiten.«

Er brauchte einen Moment, sein Lächeln wiederzuentdecken. »Ach ja. Mein brillantes Timing.« In Indien hatte er Zauberer kennengelernt, die das Schicksal vorausgesagt hatten, basierend auf der Auswirkung des Mondes auf die Gezeiten. Hätte sein Schiff mit einer gegenläufigen Strömung oder einem widrigen Wind zu kämpfen gehabt, so wäre er jetzt nicht hier. Nur eine Stunde Verspätung im Hafen heute Morgen, und er wäre noch immer in Southampton – und frei, dieses glückverheißende Ereignis zu versäumen.

Als sie zum Altar schritt, nahm Gwen nichts von dem wahr, was um sie herum geschah, so sehr war sie davon in Anspruch genommen, in ihren drückenden Schuhen über die Steinplatten zu schreiten. Der Altar schien wie aus dem Nichts emporzusteigen. Onkel Henry ließ sie ohne viel Federlesens an diesem Altar stehen, was sie verunsicherte; sie hatte einen Kuss auf die Wange erwartet – oder dass er, zumindest dies, ihren Arm drückte. Thomas lächelte sie an und nahm ihre Hand, und für einen Moment konnte Gwen nicht atmen; das Korsett musste erstaunlicherweise noch enger geworden sein und war drauf und dran, sie umzubringen. Doch dann sah sie den Ring ihres Bruders an Thomas' Finger funkeln. Es war ihr Verlobungsgeschenk an ihn.

Der Atem kehrte in ihre Lungen zurück. Natürlich wünschte sie sich dies alles hier. Wer würde sich das nicht wünschen? Jeder mochte Thomas. Er sah gut aus, war von hoher Geburt und stets fröhlicher Laune. Er war der netteste Mann, den sie kannte.

Sie ging einen Schritt vor. Der Geistliche begann mit seiner Predigt.

Gwen versuchte, seinen Worten zu folgen, aber das feine Kribbeln, das plötzlich in ihrer Nase begann, verhinderte es. Verflixt! Vielleicht würde es besser werden, wenn sie die Nase krauszog – aber sie traute sich nicht.

Das Kribbeln wurde zum Niesreiz.

Thomas blickte in Richtung der Gäste, und Gwen nahm das als Erlaubnis, es ebenfalls zu tun. *Zieh nicht die Nase kraus. Tu es nicht.* Was für eine Überfülle von Blumen Elma bestellt hatte! Rosen über der Kanzel, von den Balken hingen Orchideen, Lilien überschwemmten das Taufbecken – du lieber Himmel, kein Wunder, dass sie gleich niesen musste! Londons Gewächshäuser mussten kahlgepflückt sein. Es war schade, dass sich die Leute in Bezug auf Blumen als so schrecklich unbeirrbar zeigten. Zweige von Pinien und Geißblatt hätten genauso gut ausgesehen, aber davon wäre natürlich niemand beeindruckt gewesen, weil die Zweige nichts gekostet hätten.

Gwen wandte ihre Aufmerksamkeit wieder auf Richards Ring und starrte so intensiv darauf, dass ihr Blick zu verschwimmen begann. *Ich werde nicht niesen,* dachte sie und riskierte es, ein wenig Luft durch die Nase einzuatmen. Doch es half nicht. Was für eine monströse Ansammlung von Blüten; kein natürlicher Garten würde sich jemals in einer derart überwältigenden Mischung aus Düften darbieten.

Der Geistliche leierte weiter seine Predigt herunter. Gwen zwang sich, an etwas anderes als den Niesreiz zu denken. Thomas' Haar war von einem so schönen, tiefen Schwarz. Sie hoffte, es würde sich ihrer Haarfarbe als überlegen erweisen. Ihr Haar war zwar von einem annehmbaren Kastanienbraun, doch

Richard und ihre Mutter hatten flammend rotes Haar gehabt. Gwen wollte nicht, dass ihren Kindern einmal Spitznamen wie »Karottenkopf« zufielen.

Oh ihr Sterne am Himmel. Wenn sie jetzt nieste, würde ihr das Tante Elma niemals verzeihen.

Warum schaute Thomas ständig zur Seite?

Gwen folgte seinem Blick. Kerzenlicht schien auf juwelenbesetzte Hutnadeln, hüpfte in Blitzen und Strahlen über den raschelnden Regenbogen aus Satinkleidern. Sie hatte den undeutlichen Eindruck von lächelnden Gesichtern, aber auch von Tränen, die dezent weggetupft wurden. Wärme durchströmte sie, und der Drang zu niesen schwächte sich ab. All diese lieben, lieben Menschen! Sie waren heute gekommen, sich für sie zu freuen. Wie sehr sie alle dafür liebte!

Wieder sah sie Thomas an. Er sah jetzt sehr ernst aus. Seine Hand hielt ihre ganz fest.

Gwen ertappte sich dabei, dass sie die Tränen zurückblinzelte. Sie würde immer gut zu Thomas sein, liebevoller als er es sich je erträumt hätte. Er konnte alles haben, was ihm gefiel; sie würde nicht einen einzigen Penny zurückhalten, ganz gleich, was ihre Anwälte ihr geraten hatten.

»Willst du, Thomas John Whyllson Arundell, die hier anwesende Gwendolyn Elizabeth Maudsley zu deiner –«

Die Eingangstür der Kirche wurde geöffnet und wieder geschlossen. Thomas' Blick flackerte erneut fort.

»– sie zu beschützen und sie zu ehren –«

Sein Gesicht wurde weiß. Gwen ließ den Blick zur Eingangstür der Kirche gleiten, konnte jedoch nichts Ungewöhnliches entdecken.

»– bis dass der Tod euch scheidet?«

Thomas öffnete den Mund.

Schloss ihn wieder.

Aber er hatte nichts gesagt. Oder?

Hatte sie es … irgendwie überhört?

Sie spähte auf seine Lippen. Sie hatten sich verzerrt, hatten sich zusammengepresst, formten ein schmales hartes Siegel. Seine Hand löste sich von ihrer.

Sie fasste ihn fester und sah ihn fragend an, drängend.

Sein Blick wich ihr aus.

Neben Thomas stand Mr Shrimpton, der Trauzeuge des Bräutigams, und runzelte die Stirn. Gwens Herz schlug schneller. Das Seltsame dieser Unterbrechung bildete sie sich schließlich nicht ein.

Der Geistliche räusperte sich. »Sir?«

Ein leichtes Schnaufen pfiff durch Thomas' Nase.

Du lieber Himmel. *Die Blumen.* Natürlich! Sie mussten auch auf ihn wirken!

Sie warf dem Geistlichen einen flehenden Blick zu. *Geben Sie ihm die Chance, Luft zu holen*, zwang sie ihn stumm.

Der Pfarrer ignorierte sie jedoch und sah den Trauzeugen fragenden Blickes an.

Mr Shrimptons Schultern strafften sich. Er trat vor, seine Schuhe quietschten in der mucksmäuschenhaften Stille, die in der Kirche herrschte. Er flüsterte Thomas etwas ins Ohr.

Er sprach zu leise, als dass Gwen es hätte verstehen können, aber Thomas schloss die Augen und atmete jetzt tief durch, seine Kehle arbeitete in der Anstrengung des Schluckens. Oh, der arme Mann! Wie schrecklich für ihn! Würde er ohnmächtig werden?

Ein Raunen erhob sich aus der Gästeschar. Gwens Herzschlag beschleunigte sich, während sie ein zuversichtliches Lächeln an die Menge richtete. Sollte sie es laut sagen? *Wirklich, es ist nichts. Es sind nur die Blumen.*

Eine kurze Bewegung lenkte ihre Aufmerksamkeit auf Thomas zurück. Seine Schultern zuckten, und fast hätte sie vor Erleichterung gelacht. Mein Gott, er sammelte sich nur, um zu sprechen, er überwand einen kurzen Anfall von allergischer Reaktion. Was für eine amüsante Geschichte würde dies sein, um sie später auf Dinnerpartys zu erzählen! *Wir kämpften beide gegen den Drang zu niesen an, verstehen Sie …*

Dann erkannte sie die Ursache der Bewegung, die Thomas gemacht hatte: Der Trauzeuge hatte ihm die Faust in den Rücken gedrückt.

Das passiert nicht wirklich.

Über Thomas' Schulter hinweg warf ihr Henry Shrimpton einen panischen, schreckerfüllten Blick zu. »Sag es«, wisperte er Thomas zu.

Ich träume das nur.

»Sir«, murmelte der Priester.

Ich werde gleich aufwachen.

»Nun sag es doch«, zischte Mr Shrimpton.

Thomas stieß einen erstickt klingenden Laut aus.

»Das netteste Mädchen der Stadt«, murmelte jemand aus der Gästemenge, und etwas Kaltes breitete sich in Gwens Magen aus. Eine Million Mal hatte sie diese Beschreibung von sich schon gehört, aber niemals hatte jemand das so voller *Mitleid* gesagt.

Sie sah in die Menge, aber es war unmöglich, die Quelle der Bemerkung zu entdecken. Plötzlich tuschelten auch viele andere Leute, ihre leisen Bemerkungen und das spekulierende Wispern vermischte sich zu einem anschwellenden Summen.

Du großer Gott! Gwen schluckte. Sie erkannte dieses Summen wieder – in ihren Alpträumen hatte sie damit Bekanntschaft gemacht –, aber niemals, *niemals* hätte sie erwartet, es tatsächlich zu hören. Nicht dieses Mal. Nicht, wenn der Bräutigam tatsächlich gekommen war!

Wieder sah sie Thomas an. »Sir«, wisperte sie. »Alle – alle denken, dass Sie –«

Ihr schnürte sich die Kehle zu. Ein kalter Schauder lief ihr den Rücken herunter. Sie konnte den Satz nicht zu Ende bringen. Sie konnte es einfach nicht in Worte fassen. Er musste doch wissen, was die Leute dachten!

Er warf ihr einen verzweifelten, glotzäugigen Blick zu, den sie nicht deuten konnte. Sie schüttelte den Kopf – hilflos, verzweifelt.

Der Blick aus seinen jetzt blutunterlaufenen Augen richtete sich wieder auf die Menge.

Wohin schaute er denn nur? Sie folgte seinem Blick, aber sie konnte nichts Besonderes entdecken, außer einem Meer von offen stehenden Mündern, die schärfer wurden und dann wieder verschwammen, immer im Takt des Brüllens, das sich in ihrem Kopf erhob. Ihr Blick blieb an der vorletzten Reihe hängen, und der Anblick der vier Ramseys drang trotz ihrer Panik kurz zu ihr durch – Caroline, die ihr Gesicht an Belindas Hals verbarg; Belinda, hochrot im Gesicht, die sich abwandte, um ihrem Mann etwas ins Ohr zu flüstern (oh, sie hatte nichts übrig für solche Spielchen; das hier würde sie Thomas niemals vergeben); Lord Weston mit gerunzelter Stirn; und gleich am Gang saß Alex, der die Hand hob, um dahinter ein Gähnen zu verbergen.

Der Anblick durchzuckte Gwen. Alex war zurück in London?

Und er *gähnte?*

Langweilte ihn das hier?

Ihre Blicke trafen sich. Seine Hand sank herunter. Seine Schulter zuckte kaum sichtbar, als wollte er sagen: *Na und, was macht das schon?*

Ihre Gedanken überschlugen sich. Hielt er diese Geste etwa für tröstlich?

Nein, das tat er nicht. Er sah einfach nur müde aus. Überraschte ihn denn gar nichts? Ihr Bruder hatte das immer behauptet. Unerklärlicherweise hatte ihr Bruder ihn genau deshalb so sehr gemocht – wegen seiner unerschütterlichen, fast unmenschlichen Gelassenheit.

Alex richtete den Blick auf Thomas. Sein Mund verzog sich.

Sie holte verwundert Luft. Der Anblick seines Grinsens wirkte wie Eiswasser auf ihre benommenen Sinne. Weil – wirklich, warum sollte er nicht höhnisch grinsen? Das Summen steigerte sich zu einem Dröhnen. Thomas hatte *vor dem Altar* kalte Füße bekommen.

Welche Art Frau ließ das zwei Mal mit sich machen?

Sie schaute zurück zu Thomas. Sein gerötetes Gesicht wurde jetzt noch röter. »Ich will«, zischte sie ihm zu. »Sagen Sie *Ich will*.«

Seine Augenlider flatterten heftig. Einer der Gäste rief laut: »Sag es, Mann!«

Einer der Gäste! Es war über alle Maßen demütigend; ihre Hochzeit war zu einer Varietényummer verkommen! Doch alles, was Thomas tat, war, einfach nur dazustehen wie ein glotzendes Huhn!

Sie räusperte sich. Ihre Knie zitterten. »Viscount«, brachte sie heraus. O lieber Gott, mach, dass er es sagt, und ich werde diese hundert Pullover stricken! Und ich werde nie wieder bis zum Mittag schlafen oder auch nur einen einzigen unfreundlichen Gedanken über wen auch immer denken – »Wollen Sie den Eheschwur nicht sprechen?«

Thomas taumelte einen Schritt zurück. »Vergeben Sie mir«, brachte er nun keuchend heraus und wandte sich auf dem Absatz um. Wandte sich ab – von ihr.

Mr Shrimpton trat einen Satz nach vorn, um ihn am Arm zu packen, aber Thomas machte sich davon frei und rannte an seinem Trauzeugen vorbei. Mit einem Satz sprang er über das Geländer und in das Hauptschiff.

Die Menge erhob sich mit einem allgemeinen Aufschrei. »Schwein!«, rief jemand und »Fangt den Flegel!«.

Thomas sprintete durch das Kirchenschiff und schlug einen scharfen Haken nach links zum Säulengang. Jemand wollte ihn ergreifen; er duckte sich jedoch zu einem Salto vorwärts, sprang wieder auf die Füße, verschwand hinter der Säulenreihe und war verschwunden.

Neben ihr stieß Mr Shrimpton einen leisen Pfiff aus. Gwen wandte sich um, ihn anzusehen. Die Welt zog langsam an ihren Augen vorbei.

Er hatte die Augenbrauen so hoch gezogen, dass sie seinen Haaransatz berührten. »Ich hatte keine Ahnung, dass er so schnell rennen kann«, sagte er.

Schraubzwingen krallten sich in ihre Arme. Sie sah herab. Hände waren es – blasse, schlanke Finger, die Handgelenke umwunden von flatternden Bändern und weißen Rosen. *Oh*, dachte sie. Ihre Brautjungfern versuchten, sie vom Altar wegzuführen. *Wieder*.

Gott im Himmel. Es war schon *wieder* geschehen.

Er hat mich tatsächlich bis vor den Altar gehen lassen.

Das hatte nicht einmal Lord Trent ihr angetan.

»Oh«, sagte sie, und der Klang ihrer eigenen Stimme ließ sie zusammenzucken. »Oh«, wisperte sie, als sie über ihre Schleppe stolperte, die Kerzen noch heller zu scheinen schienen und der Duft der Blumen immer betäubender wurde, ihr in die Augen stach und ihre Nase zum Laufen brachte. Sie schüttelte die Hände ab. Dies war aber neu, ganz und gar neu sogar. Lord Trent hatte doch zumindest den Anstand besessen, sie einen Tag *vor* der Hochzeit sitzen zu lassen, und so *ihr* die Möglichkeit gegeben, die Auflösung der Verlobung bekannt zu geben.

Zwar war es ein schreckliches Debakel gewesen, vierhundert Gästen mitteilen zu müssen, dass ihr Erscheinen nicht mehr nötig war; die Zahl der Briefe, die sie geschrieben hatte, hatte ihr noch für Wochen danach einen Krampf in der Hand beschert. Aber das hier?

Oh, dies war *ganz* anders. Zum *zweiten* Mal jetzt.

Gwen schwankte einen Schritt zurück, dann noch einen.

Der Altar wich zurück.

Von einem Schlag wie diesem erholte man sich nie mehr.

2

»Bitte, Miss. Madam wünscht, dass Sie herunterkommen.«

Gwen zog die Knie noch enger an die Brust. Sie hatte sich unter ihrer Decke vergraben und sich ein Kissen auf das Gesicht gedrückt. Aber das war noch immer nicht genug. Was sie brauchte, war ein Panzer. Dann könnte sie dort hineinkriechen und sich verstecken, ganz gleich, wo sie wäre. In dieser Hinsicht waren Schildkröten wirklich glücklich dran. »Noch einmal«, sagte sie, »ich lasse mich entschuldigen.«

»Miss, sie besteht aber darauf! Es ist Besuch gekommen!«

Es waren nur die Ramseys, die ihr diese Unhöflichkeit verzeihen würden. Nichtsdestotrotz veranlasste die jammernde Stimme des Hausmädchens sie, das Kissen ein wenig anzuheben. Eine ungesunde Röte überzog Hesters Wangen. Kein Wunder! Tante Elena hatte sie in der letzten halben Stunde fünf Mal die Treppe zu ihr hinaufgescheucht.

Gwen warf das Kissen zur Seite und setzte sich auf. »Wenn meine Tante das nächste Mal nach mir schickt, ignorieren Sie es. Warten Sie einfach einen Augenblick in der Halle und sagen ihr dann, dass ich mich noch immer weigere.« Als Hester sie daraufhin zweifelnd ansah, stand Gwen auf, um ihren Worten mehr Autorität zu verleihen. »Ich versichere Ihnen hiermit, dass ich genau das tun werde, wenn Sie noch einmal hereinkommen.«

Das Mädchen stöhnte leise, dann knickste es und ging. Als sich die Tür geschlossen hatte, versank das Zimmer wieder in Dunkelheit.

Gwen schwankte unentschlossen. Sie hatte keineswegs das Bedürfnis, irgendetwas zu tun. Ihr ganzer Körper schmerzte. Aber sie glaubte auch nicht, dass sie jetzt wieder einschlafen könnte.

Sie ging zum Fenster und zog die Vorhänge auf.

Überrascht hielt sie den Atem an. Stücke eines hellblauen Himmels schimmerten durch das grüne Laub, das die Fensterscheibe streifte. Es war noch immer heller Tag! Wie war das möglich? Es fühlte sich an, als läge das schreckliche Ereignis schon Jahre zurück.

Ungläubig blickte sie zu der Uhr auf dem Kaminsims. Erst Viertel nach fünf! Um diese Zeit spazierten die Menschen noch durch den Park! Sie hatten ihren Nachmittagstee noch nicht getrunken, während sie bereits aufgestanden war, gefrühstückt hatte, fast geheiratet hätte, sich in den Schlaf geweint hatte und fünf Mal von einer Tante aufgescheut worden war, die wünschte, dass sie herunterkam und in Gesellschaft über ihre öffentliche Demütigung sinnierte.

Eine ganze Menge, was da bis jetzt in einen einzigen Tag hineingepasst hatte.

Tränen stachen ihr in den Augen. Nicht schon wieder! Sie blinzelte sie fort. *Hör auf zu heulen*, dachte sie. *Du hast ihn doch gar nicht geliebt.* Sie hatte ihn sehr gemocht, und sie hatte gehofft und geschworen, ihn lieben zu lernen, aber diese endlosen Tränen galten auch gar nicht dem Leben, das sie miteinander geteilt hätten. Sie sind der Demütigung geschuldet, hatte sie gedacht. Und dem Verrat und dem Schock. Und sie hatten ihr bereits fürchterliche Kopfschmerzen beschert, darum wollte sie nicht, dass sie noch schlimmer wurden.

Gwen ließ die Hand vom Vorhang sinken und wandte sich mit einem Seufzen vom Fenster ab. Ein Stück Papier lag unbeachtet auf dem Teppich. Nachdem Gwen es einen Moment lang angestarrt hatte, erkannte sie es: Ihr anonymer Bewunderer hatte heute einen weiteren Brief geschickt; bei ihrer Rückkehr aus der Kirche hatte er schon auf sie gewartet. Hatte sie ihn bereits gelesen? Es schien so, auch wenn sie sich beim besten Willen nicht daran erinnerte.

Sie hob das Blatt auf und setzte sich auf einen bequemen Sessel. Ja, auf dem Papier waren Tränenflecken zu sehen. Gwen schluckte und beschloss, sie zu ignorieren. Die Schrift wirkte doch sehr elegant, nicht wahr? Oh, sie würde sich keinen Illusionen mehr hingeben. Bei ihrem Glück plagte den Verfasser vermutlich die Gicht, und er hatte sechs Kinder und eine Glatze.

Da ich befürchtete, Ihnen zu nahe zu treten, habe ich bislang gezögert, einen weiteren Brief zu schreiben, aber meine glühende Bewunderung drängt mich, die Grenzen der Korrektheit zu überschreiten. Ich möchte Ihnen meine Gedanken zu der Frage darlegen, die mich bereits seit geraumer Zeit beschäftigt: Wie hätte ich mich nicht *in Sie verlieben können, Miss Maudsley?*

Ihr unbekannter Bewunderer sollte sich vielleicht einmal mit Thomas unterhalten. Der könnte ihm diese Frage sicher beantworten. Und Lord Trent ebenso.

Was *stimmte* denn bloß nicht mit ihr? Vor dem Altar sitzen gelassen zu werden – und das schon zum *zweiten Mal!*

Gwen ließ den Brief sinken und starrte blicklos zum Fenster. Sie musste einen schrecklichen Makel an sich haben. Das war die Schlussfolgerung, die nahelag.

Aber diese naheliegende Schlussfolgerung ergab keinen Sinn! Es war doch nicht unbescheiden, wenn sie selbst sich für leidlich hübsch hielt, für halbwegs charmant und von allen gemocht. Darüber hinaus hatte sie alles richtig gemacht. Wirklich alles! Sie hatte jede Regel beachtet. Hatte über Beleidigungen gelächelt. Hatte alle diese snobistischen Drachen für sich eingenommen, die sie wegen ihrer nicht standesgemäßen Herkunft bekrittelt hatten. Sie hatte jedes zweite Glas Wein abgelehnt! Hatte das Radfahren aufgegeben, weil es die Röcke zerriss, hatte sich zurückgehalten, in Gesellschaft zu singen, hatte sich auch nicht an ausgelassenen Gesellschaftsspielen beteiligt. Sie hatte Miesepeter aufgeheitert und schroffe Antworten geschluckt, hatte schlechte Laune verziehen und niemals – kein einziges Mal! – den Namen des Herrn missbraucht. Sie hatte in drei Wochen dreißig Taschentücher bestickt! Als sie damit fertig gewesen war, hatte die Stickerei sie noch bis in den Schlaf verfolgt.

Und wofür?

Gewiss nicht für das, was heute geschehen war.

Der Knoten in ihrer Kehle schnürte ihr schon wieder die Luft ab. Na schön, wenn sie weinen wollte, dann würde sie um ihre Eltern weinen. Sie hatten so vieles aufgegeben, um ihr alle Chancen zu sichern! Sie hatten sogar *sie* dafür hergegeben. Nachdem Gwen zur Schule geschickt worden war, waren die Briefe und Ferien alles, was sie von ihren Eltern noch gehabt hatte – immer viel zu kurz und niemals genug. Sie hatten gesagt, dass sie sich ein anderes Schicksal für ihre Tochter wünschten, als sie selbst es gehabt hatten. Als Erwachsene zu Reichtum gekommen, hatten ihre Eltern alle alten Freunde verloren – einige von ihnen hatten sich mit ihnen nicht mehr wohlgefühlt, andere hatten versucht, sie auszunutzen. Aber neue Freunde von ähnlich großem Vermögen waren auch nicht geblieben. Ihr Auftreten und ihre Gewohnheiten, ihre Ansichten und Interessen waren zu verschieden gewesen, um wahre Freundschaft möglich werden zu lassen.

Diese Erfahrungen waren für Gwens Eltern eine Lektion gewesen, die sie an ihre Tochter weitergegeben hatten. Ein Mädchen, das eine so große Mitgift wie Gwen mitbrachte, musste gemeinsam mit gleichaltrigen Geschlechtsgenossinnen erzogen werden – mit den Töchtern der angesehensten und reichsten Mitglieder der feinen Gesellschaft. Aber in solchen Kreisen würde ein Mädchen aus Leeds, das mit einem unüberhörbaren Akzent sprach und ein eher rustikales Benehmen zeigte, niemals etwas erreichen können. Deshalb hatten ihre Eltern sie auf eine Schule geschickt, und nachdem sie gestorben waren, hatte Richard dem elterlichen Wunsch entsprochen und eine angesehene Familie gefunden, die Gwen erziehen und sie erfolgreich durch ihr gesellschaftliches Debüt führen sollte.

Und sie *hatte* Erfolg gehabt. Großen Erfolg sogar! Um ihrer Eltern willen ebenso wie für sich selbst hatte sie ihr Bestes gegeben und auf jede erdenkliche Weise triumphiert.

Auf jede … bis auf eine.

Ein Lachen, das wie ein Keuchen klang, entrang sich ihr. Nur eines hatte sich beharrlich ihrer Kontrolle entzogen. Und Thomas war ihr als eine so sichere Wahl vorgekommen! Ganz und gar Gentleman, so verlässlich, so … verzweifelt. Oh, dieses Ungeheuer! Sein Anblick, wie er mit großen Schritten vom Altar davongelaufen war, hatte sich in ihre Erinnerung eingebrannt; in ihrem Halbschlaf hatte sie dieses Bild wieder und wieder vor sich gesehen, quälend wie eine Melodie, die einem nicht mehr aus dem Kopf ging. Thomas hatte sie doch geliebt, oder? Sie hatte darum gebetet, dass es so wäre, hatte aber schon befürchtet, dass er ihr Geld noch mehr liebte. Und am Ende – wie seltsam! – hatte sich keine dieser beiden Überlegungen als richtig erwiesen.

Drei Millionen Pfund hatte er am Altar stehen lassen! Es war mehr als ein Vermögen. Und er war *völlig pleite!* Was könnte er mehr von einer Frau verlangen?

Es war sehr schwer, nicht zu glauben, dass etwas mit ihr nicht stimmte.

Eine flüchtige Bewegung erregte ihre Aufmerksamkeit. Es war ihr Spiegelbild gewesen war, als sie die Faust gegen den Mund gepresst hatte. Herrje, sie sah wie eine Wahnsinnige aus – das Haar wirr, die Augen weit aufgerissen und mit wildem Blick, ihr schlichtes grünes Morgenkleid zerknittert und faltig.

Gwen ließ die Faust sinken und zwang ihre Aufmerksamkeit zurück auf den Brief.

Natürlich muss ich Ihre Freundlichkeit nicht erwähnen. Ihre Mildtätigkeit gegenüber den Waisen ist legendär; Sie sind eine enge Freundin all derer, die das Glück haben, Sie zu kennen. Jeder in der Stadt lobt Ihre unbeirrbare moralische Gradlinigkeit und Ihr unerschütterlich heiteres Naturell. Selbst die boshaften Kolumnisten können keinen Fehl an Ihnen finden.

Eine heftige Gefühlsaufwallung schnürte Gwen die Kehle zu. Ja, eine ganze Reihe von Journalisten hatte ihr in gedruckter Form bescheinigt, dass sie ein Vorbild war. Und wie würde man sie jetzt beschreiben? Nicht nur »schrecklich enttäuscht von dem verräterischen Lord T–«, sondern auch »abscheulich geschmäht von dem niederträchtigen Lord P–«. Ihretwegen würde den Kolumnisten womöglich die Druckerschwärze ausgehen. Oder die passenden Adjektive.

Aber nein, dass ihnen die passenden Worte ausgingen, würde natürlich nicht passieren. Bemitleidenswert: Das würde das Wort sein, das sie verwenden würden. Es war die nächste Stufe nach »schrecklich enttäuscht« und ließ einen dauerhafteren Zustand ahnen. *Eine* zerbrochene Verlobung war doch schon schlimm. *Zwei* standen allerdings für beschädigte Ware.

Gwen ließ den Brief zu Boden fallen. Er war anonym verfasst – was bedeutete er schon? Es war nur ein weiteres Stück Feigheit, das von noch so einem mittellosen Halunken stammen mochte.

Männer! Sie hatten kein Rückgrat, einer wie der andere.

Sie sprang auf und ging hin und her. Nun, sie hatte keine Verwendung für rückgratlose Hundesöhne. Genau genommen hatte *sie* Mitleid mit dem armen Mädchen, das Thomas bekommen würde. Dieses Mädchen würde für ihr Geld nicht den angemessenen Gegenwert bekommen! Wenn Gwen an all das Störende dachte, das sie in der Zeit seiner Werbung um sie hatte schlucken müssen: seine Gewohnheit, Ladys auf den Busen zu starren – was für einen Mann natürlich war, wie Elma ihr erklärt hatte; seine abscheuliche Vorliebe für anzügliche Wortspiele, von denen sie sich selbst eingeredet hatte, sie fände sie amüsant; sein Hang zum Spielen, obwohl das Dach seines Landsitzes eingestürzt war, weil das Geld für Reparaturen fehlte; sein Snobismus gegenüber Menschen niedrigerer gesellschaftlicher Schichten – als hätten ihre Eltern nicht einst auch zu jenen gehört. Nun, wenn man all das betrachtete, so war sie eigentlich *froh*, dass er sie verschmäht hatte!

Sie blieb stehen, als ihr ganz plötzlich ein Gedanke in den Sinn kam. Wie überrascht wäre Thomas wohl, würde er von all dem erfahren? Vermutlich stellte er sich vor, dass sie vor Kummer am Boden zerstört war und sich wehklagend das Haar raufte. Als ob *er* ein unersetzlicher Verlust wäre. Ein Mann, der aus der Kirche davonlief wie eine Ratte vor dem Tageslicht!

Vielleicht sollte sie ihn das wissen lassen. Was für eine brillante Idee! Sie könnte ihm gleich jetzt schreiben und die vielen Gründe aufzählen, warum sie *so überaus* glücklich war, ihn nicht geheiratet zu haben.

Sie eilte an ihren Sekretär.

Sie halten sich für einen hervorragenden Tänzer, dabei haben Sie mir bei jeder Drehung auf die Füße getreten.

Das Kratzen des Stiftes über das Papier klang wunderbar gewalttätig.

Ihr Atem hat so oft nach Zwiebeln gerochen, dass ich mich schon gefragt habe, ob Sie gelegentlich auch etwas anderes essen.

Sie glaubte nicht, dass ihre Schrift je zuvor so kühn und schwungvoll ausgesehen hatte.

Jedes Mal, wenn Sie mich küssten, bin ich fast erstickt. Offen gestanden denke ich, dass Sie schlechter küssen als jeder andere Mann, den ich kenne.

Das sagte schon etwas aus – auch wenn sie nur *einen* anderen Mann kannte, um einen solchen Vergleich anstellen zu können. Und Lord Trents Leistung auf diesem Gebiet hatte sich auch eher in Maßen gehalten. Thomas' Küsse waren allerdings besonders … nass gewesen. Und diese Nässe zusammen mit all dem Lutschen und Lecken hatte sie an einen Terrier denken lassen.

Oh, könnte sie das nicht aufgreifen und noch ein wenig … näher ausführen?

Genau genommen haben Sie mich mit Ihrem Sabbern an einen Terrier erinnert.

Gut so! Das würde ihm zu denken geben!

Sie haben oft über die Dinge gesprochen, die Sie für uns tun wollten, als wäre tun *gleichbedeutend mit* kaufen. *Sie haben nie eingeräumt, dass es* mein *Geld war, das Sie in Ihrer Fantasie so großzügig ausgegeben haben – und dass es* Ihre *eigenen Wünsche gewesen sind, nicht meine, die Sie zu befriedigen beabsichtigten. Warum sollte ich mich denn danach sehnen, dass Ihrem Landhaus ein Rauchzimmer hinzugefügt wird? Und warum haben Sie sich nicht an erster Stelle ein neues Dach für ebendieses Haus gewünscht?*

Ein wunderbares Gefühl erwachte in Gwen zum Leben. Es machte, dass ihr Atem schneller ging und die Benommenheit aus ihrem Kopf verschwand. Ihr Herz klopfte, und ihre Haut prickelte auf genau die gleiche Weise wie im letzten Sommer, als sie eine Ballonfahrt über Devonshire unternommen hatte.

Was mich betrifft, so geben Sie sich besser nicht dem Irrtum hin, dass ich wegen des heutigen Ereignisses in mein Kissen weine. So, wie Sie mein Geld begehrten, begehrte ich Ihren Namen. Ich hielt das für einen fairen Handel, um wahrzumachen, was sich meine Eltern für mich erträumt hatten.

Viel Glück übrigens mit dem Dach von Pennington Grange. Ich hoffe für Sie, dass es in diesem Sommer nicht allzu häufig regnen wird.

Nein, nein. Das klang viel zu verbittert. Außerdem hatte sie kein Interesse daran, sich zu rechtfertigen, indem sie auf die Hoffnungen ihrer Eltern hinwies. Sie hatte es nicht nötig, sich bei ihm zu entschuldigen.

Ich gebe zu, dass mir der Gedanke gut gefallen hat, eine Viscountess zu sein. Es scheint, dass ich ebenso oberflächlich und eitel bin wie Sie. Aber zumindest gebe ich das zu! Außerdem habe ich eine Entschuldigung: Ich hatte keine genaue Vorstellung davon, wie leer und unbedeutend ein Titel sein kann – bis mir dessen Wertlosigkeit durch Ihre *unmännliche Feigheit vor Augen geführt wurde.*

Nichtsdestotrotz dürfen Sie mich auch weiterhin für habgierig halten: Es interessiert mich einfach nicht.

»Es interessiert mich nicht«, flüsterte Gwen. Was für eine erstaunliche Aussage. Sie legte den Stift aus der Hand. Stimmte das? »Es interessiert mich *nicht*.« Hatte sie diese Worte jemals zuvor gesagt?

Gwen hoffte, dass es sich wirklich so verhielt, denn sie wusste, was als Nächstes kommen würde. Alles Mitleid der Welt würde über sie ausgeschüttet werden. Und dieses Mal wäre es noch schlimmer als beim ersten Mal, denn jetzt war sie ganz offensichtlich das Opfer.

Vielleicht sollte sie eine Anzeige in die Zeitung setzen: *Vergeuden Sie nicht Ihr Mitgefühl an mich. Ich brauche es nicht. Ich bin froh, dieses Schwein los zu sein.* Warum eigentlich nicht? Gewiss lag mehr Würde darin, für rüde als für tief unglücklich gehalten zu werden. Sie hatte sehr viel Zeit in Lady Miltons Waisenhaus verbracht; sie hatte gesehen, wie die Unglücklichen lebten, und sie hatte gesehen, mit welchem Widerwillen die anderen Ladys den Kindern dort begegnet waren. Es gab nichts Schlimmeres, als für unglücklich gehalten zu werden. Und sie war nicht unglücklich! Das Dach über *ihrem* Kopf drohte nicht einzustürzen.

Erneut griff sie nach dem Stift, und der Glanz des Goldbandes über der Feder brachte einen Akkord in ihr zum Klingen. Gwen starrte mit gerunzelter Stirn darauf, versuchte nachzudenken –

– und richtete sich wie vom Blitz getroffen auf. Er hatte ja noch Richards Ring! Den Ring ihres Vaters!

Sie schlug die Hand vor den Mund. Entsetzen erfüllte sie, heiß und demütigend. Was hatte sie sich nur dabei gedacht? Sie hatte eingewilligt, Thomas zu heiraten, ohne Liebe in ihrem Herzen zu fühlen, und doch hatte sie ihm ihr kostbarstes Andenken geschenkt! Selbst bei Trent war sie vorsichtiger gewesen.

Es war unverzeihlich. Oh, wie elend ihr zumute war. Und er hatte ihn vor dem Altar getragen! Galle stieg ihr in die Kehle. Thomas hatte sich aus der Kirche davongemacht – mit ihrem Ring am Finger!

Sie würde ihn sofort zurückfordern. Wenn er sich erdreistete, ihn zu verkaufen oder zu verpfänden, dann würde sie – sie würde die Polizei auf ihn ansetzen!

Der Gedanke überraschte sie. Die Polizei jagte einen Viscount. Ein Lachen stieg in ihr auf. Nun, ganz so nett und lieb, wie alle dachten, war sie wohl doch nicht.

Gwen warf einen Blick auf die Worte, die sie in ihrer Wut niedergeschrieben hatte. Man könnte meinen, ein Mann hätte sie verfasst. Ein Terrier! Ein Gedanke, der sie erneut zum Lachen brachte. Vielleicht war Boshaftigkeit ihr wahres Naturell. Schließlich – wohin hatte ihre Nettigkeit sie denn gebracht? Von *enttäuscht* zu *bemitleidenswert*, dahin hatte es sie gebracht! Mit ekligen Sabberküssen geküsst von abscheulichen Männern!

Zum *Teufel* damit, nett zu sein! Es hatte ihr überhaupt nichts eingebracht. Und es war anstrengend gewesen! Und hier war der Beweis: Noch vor fünf Minuten hatte sie sich erschöpft gefühlt, während sie sich jetzt so fühlte, als könnte sie auf den Flur hinaushüpfen und – schreien! Nein, schreien war nicht genug. Sie fühlte sich, als könnte sie etwas *zerschlagen*!

Sie ballte die Faust und schlug versuchsweise damit auf den Schreibtisch. Ja, sie könnte etwas zerschlagen. Sie sah sich um. Die Uhr? Nein, besser nicht, Tante Elma hing an dieser Uhr.

Der Spiegel? Das käme ihr dann doch ein wenig zu schaurig vor. Wahnsinnige Frauen zerschlugen oft Spiegel. Diesen falschen Eindruck wollte sie nicht erwecken.

Die Blumenvase? Ja! Ja, die *könnte* sie zerschlagen!

Auf seinem *Kopf!*

Allein schon, sich das vorzustellen, steigerte das seltsame Hochgefühl in Gwen um das Doppelte. Es wuchs so schnell und heftig an, dass sie sich beherrschen musste, nicht laut irgendetwas herauszuschreien. Es fühlte sich wie diese Fahrt mit dem Ballon an, genau so: Alle Taue wurden gekappt, und man erhob sich plötzlich so schnell in die Luft, dass es einen schwindelte.

Und noch etwas – sie würde diese Pullover *nicht* stricken! Lady Anne hatte das Versprechen gegeben. Sollte sie sich doch damit vergnügen! Gwen würde ihr sogar das Garn zur Verfügung stellen. Fünfzig Stränge guter Merinowolle lagen zurzeit in ihrem Ankleidezimmer und sehnten sich nach der zarten Hand der Tochter eines Earls.

Was alles würde sie außerdem nicht tun? Himmel noch mal, der Möglichkeiten schien es verwirrend viele zu geben. All diese garstigen kleinen Gedanken, die sie bisher immer brav verdrängt hatte – warum sie nicht ein einziges Mal zu Ende denken?

Kein Kauf mehr von Kleidern, die ihr nicht gefielen, nur weil der Ladeninhaber so traurig dreinschaute.

Keine Teilnahme mehr an Wohltätigkeitsveranstaltungen, wenn sie den Verdacht hatte, dass die Spenden direkt in die Taschen des jeweiligen Gastgebers flossen.

Und kein einziges Mal mehr würde sie die boshaften Andeutungen ignorieren, die hinter ihrem Rücken über ihre Herkunft gemacht wurden! Zehn Jahre ging das jetzt schon so – sie hatte genug davon! *Nun, Lady Featherstonehaugh, Sie wollen die Damen daran erinnern, dass mein Vater Apotheker war, ein ganz kleiner Ladenbesitzer? Wie nett von Ihnen. Lassen Sie mich diese Freundlichkeit zurückgeben. Darf ich die Damen daran erinnern, dass Ihr Gatte Ihnen die Apanage um die Hälfte gekürzt hat, nachdem er Sie mit Mr Bessemer im Bett erwischt hat?*

Und sie würde nie wieder vortäuschen, es nicht zu bemerken, wenn ein Gentleman während des Tanzens mit der Hand über ihre Brust strich. *Haben sich Ihre Finger da eben verirrt? Gleich werden sich die meinen in Ihr Auge verirren.*

Keine Morgenempfänge mehr bei Hofe! Danach war sie immer von den Handgelenken bis zu den Schultern mit kleinen Wunden übersät heimgekommen – dank der garstigen Frauen, die den Leuten Nadeln in die Arme stachen, um sich den Weg die Treppe hinauf zu erzwingen. Die Konzerte bei der Queen waren ohnehin sterbenslangweilig.

Und nie wieder würde sie den Kuss eines Mannes ertragen, der sabberte. Irgendetwas mehr musste am Küssen dran sein, warum sonst würden die Ladys darüber so kichern? Nun, sei's drum, sie würde es selbst herausfinden! Wenn sie nicht mehr nett sein wollte, warum nicht sofort damit anfangen?

Da das Nettsein jetzt nicht mehr für sie zählte, sollte sie sich vielleicht eine Liste jener Dinge machen, die sie tun *wollte*.

Aber zuerst musste sie die Aufgabe erledigen, die direkt vor ihr lag. Sie nahm den Stift wieder zur Hand und schrieb in dieser wunderbar aggressiven und neuen kühnen Handschrift: *Sie werden sofort den Ring meines Bruders zurückgeben!*

Trotz der Unterstreichung wirkte ihr das Ganze noch nicht nachdrücklich genug.

Ah! In großen Blockbuchstaben setzte sie hinzu:

SONST PASSIERT WAS …

Alex begann allmählich zu wünschen, er hätte sich selbst etwas Alkoholisches mitgebracht. Alkohol und gesunder Schlaf schlössen sich aus, hatte der Arzt gesagt, den er in Buenos Aires konsultiert hatte. Seit einer Stunde hörte er sich nun schon diesen Unsinn an, und das Ganze strapazierte seine Geduld langsam. Henry Beecham, Gwens De-facto-Vormund, hätte eigentlich wütend und auf Blut aus sein sollen, doch stattdessen war er immer munterer geworden. Entspannt zurückgelehnt saß er im Sessel am Kamin und spritzte Tropfen seines vierten oder fünften Whiskys in die Flammen. Bei jedem Verzischen grinste er verschmitzt wie ein kleiner Junge.

»Aber Fulton Hall wird nicht infrage kommen«, sagte Belinda. Sie saß in einem Sessel ganz in der Nähe und wirkte nach außen hin gelassen und ruhig. Ihre schweren Lider verliehen ihren blauen Augen ein täuschend sanftmütiges Aussehen, und das kastanienbraune Haar trug sie zu einem grausam strengen

Knoten frisiert. Aber da Alex ihr Temperament kannte, wusste er, auf welche Anzeichen er achten musste. Ihre rechte Hand hatte sich von der linken gelöst, die noch sittsam auf ihrem Schoß lag; ihre kräftigen Finger kneteten in einem heftigen und gleichmäßigen Rhythmus die Armlehne des Sessels. Vermutlich stellte sie sich in diesem Moment vor, wie sie Thomas Pennington eigenhändig die Kehle zudrückte. Darauf würde Alex jeden Betrag wetten. Außerdem hatte sie ihm bereits angekündigt, dass sie Gerard den Hals umdrehen werde – für die Sünde, ein muffiges altes Haus verkauft zu haben, das zu besuchen sie sich nie die Mühe gemacht hatte.

»Aber Fulton Hall ist wunderschön«, wandte Elma Beecham ein und warf einen hoffnungsvollen Blick auf Caroline, die ermattet auf dem Sofa ruhte.

Wie man es ihren Rollen entsprechend von den Zwillingen erwartete, hatte Belinda in der Kirche laut gekreischt, während Caro in Tränen ausgebrochen war. Jetzt lächelte Caro bedauernd und schüttelte den Kopf.

Elma seufzte. »Nein, vermutlich wohl doch nicht. Es liegt zu nah an Penningtons Landsitz.«

»Dann behaltet sie in London«, sagte Alex rundheraus. Er rieb sich die Augen. »Ich hatte euch doch gesagt, dass der Viscount auf dem Weg auf den Kontinent ist.«

Henry Beecham war geradewegs von der Kirche nach Hause zurückgekehrt, Alex hingegen nicht. Er war zu Penningtons Stadthaus gefahren und hatte es in einem Zustand der völligen Auflösung vorgefunden. Der Herr sei eiligst zum Bahnhof aufgebrochen, hieß es, in der Absicht den Zug nach Dover zu erreichen.

Elma sah ihn mit offenem Mund an. »Aber sie ist von niemandem eingeladen worden, Mr Ramsey. Alle dachten doch, sie sei jetzt auf der Hochzeitsreise.«

»Das wäre ohnehin unerheblich«, bemerkte Belinda. »Seine Mutter ist in London.«

Caroline schüttelte sich. »Sie ist eine absolut grässliche Person.«

»Richtig«, sagte er. »Diese Hexe würde Gwen vermutlich mit ihrem unfreundlichen Blick erwürgen. Aber wen – verdammt noch mal – kümmert das?«

Elma keuchte.

Die meisten Leute konnten seine Schwestern nicht auseinanderhalten. Er hatte in dieser Hinsicht keine Probleme, aber es verblüffte ihn immer wieder, wie sie einen anstarren konnten – mit absolut dem gleichen Ausdruck.

»Achte auf deine Wortwahl«, wies Belinda ihn zurecht. »Und bitte belehre uns *nicht* mit einem deiner bissigen Kommentare über die Gesellschaft.«

Gut, normalerweise war er ein wenig subtiler in seiner Vorgehensweise, aber dieses Gespräch drehte sich im Kreis. »Ich belehre euch also? Und ich dachte schon, ich täte nichts anderes als faulenzen, ignorieren und flüchten.« *Flüchten*. Vor Sehnsucht danach hätte er fast geseufzt. Zu flüchten war eine exzellente Idee.

Belinda begann mit einem Vortrag, dem zuzuhören er sich nicht die Mühe machte. Seine Aufmerksamkeit glitt zu dem leeren Sofa auf der anderen Seite des Zimmers, einem dick gepolsterten Stück aus rotbraunem Brokat. Scheußlich. Und ungewöhnlich lang. Fast so lang wie ein Bett.

Es sah aber recht bequem aus.

Schlafen. Der Arzt in Buenos Aires hatte ihn vor kurzen Pausen des Schlafens gewarnt. Ohne Zweifel ein leicht zu gebender Rat.

Belinda hob die Stimme. Alex nickte zustimmend, und sie belohnte ihn damit, dass sie die Stimme zu einer weniger dissonanten Lautstärke senkte. »… *du* magst Höflichkeit lästig finden, Alex, aber Gwen nimmt ihren Platz in der Gesellschaft sehr wichtig.«

»Gewiss«, sagte er. »Aber wenn Taten für den Charakter sprechen, wie du mir oft gesagt hast« – er lächelte sie gewinnend an – »dann betrachte ich diesen Vormittag als eine glückliche Fügung für sie. Du nicht auch?«

Belinda seufzte. »Nun, ich bin versucht, dem zuzustimmen.« Sie zog die Nase kraus. »Was für eine Kröte dieser Viscount doch ist!«

»Ich kann es einfach nicht verstehen«, murmelte Elma. Während sie tief durchatmete und weiterhin hin und her marschierte, richtete sich Caroline auf und blinzelte Alex verschmitzt an.

Als Rückmeldung zog er eine Augenbraue hoch. Weil die Eitelkeit es Elma nicht erlaubte, eine Brille zu tragen, gestaltete sich ihr Hin-und-her-Gelaufe dramatisch. Drei Mal war sie bereits gegen den großen Tisch in der Mitte des Zimmers gestoßen, und jetzt schien das vierte Mal unmittelbar bevorzustehen.

»Ich begreife noch immer nicht, warum Trumbly Grange nicht infrage kommt«, grummelte Elma. »Der Frieden und die Ruhe dort würden ihr so guttun.«

Bel und Caro schnaubten laut. Nicht gewöhnt an deren synchrone Geringschätzung blieb Elma stehen. Der Tisch in der Zimmermitte hatte sich gegen sie behauptet, zehn Zentimeter von ihr entfernt. Alex schüttelte den Kopf, während Caro eine Grimasse schnitt.

»Es ist ein trauriges kleines Haus am Rande des Moores, nicht wahr?« Belinda war noch nie jemand gewesen, der ein Blatt vor den Mund nahm, selbst wenn der Besitz, über den sie abwertend sprach, ihren Gastgebern gehörte. »Auf Meilen gibt es dort keine Nachbarn. Würdest du gern in Trumbly Grange leben?« Als Elma sie verständnislos ansah, setzte Belinda hinzu: »Du wirst Gwen selbstverständlich begleiten müssen. Sie kann schließlich nicht allein reisen!«

»Oh!« Offensichtlich war es Elma noch nicht in den Sinn gekommen, dass das Reiseziel, das sie vorgeschlagen hatte, auch das ihre war. »Ja, natürlich werde ich sie begleiten. Trumbly Grange …« Sie wandte sich an ihren Mann, um sich mit ihm zu beraten. »Hal, hattest du nicht die Absicht, in den Norden zu reisen und dir dort dieses Fohlen für die Yorkshire Oaks anzusehen?« Als keine Antwort kam, stemmte sie die Hände in die Hüften und hob die Stimme. »Mr Beecham. Ich rede mit Ihnen!«

»Was ist?« Beecham rieb sich die Nase und stellte seinen Drink zur Seite. »In den Norden? Nein, ich habe meine Pläne geändert. Schlimme Zerrung der Hinterhandsehne. Sie taugt nicht mehr für Rennen.«

»Ach!« Elma wandte sich wieder an die Zwillinge. »Nun, ich denke, der Norden wird passend sein. Ja, genau, warum denn nicht? Ist euch schon einmal aufgefallen, wie jung dort jeder aussieht? Das ist so wegen der mangelnden Sonne, denke ich.« Sie klang jetzt entschieden herzlich. »Ja, was für eine großartige Idee. Der Norden wird das Beste sein!«

Alex schluckte ein Lachen herunter. Elma hatte eine bemerkenswerte Fähigkeit, alles unter der möglichen Wirkung auf ihr Äußeres zu beurteilen. Da ihr Glaube an ihre Schönheit auch im Alter von fünfzig Jahren üppig gedieh, verhalf ihr das zu einer unerschütterlichen Zuversicht. Das Grau in ihrem blonden Haar ließ es nur umso blonder aussehen. Die kläglichen Misserfolge ihrer Köchin wirkten sich segensreich auf ihre Knochenstruktur aus, indem sie »diesen Babyspeck an meinem Kinn« wegschmolzen. Vor drei Sommern, als ein Fieber sie während eines Wochenendes in Caros Landhaus erwischt hatte, hatte sie in honigsüßem Ton Alex gegenüber bemerkt, dass die Fieberröte auf ihrem Gesicht ihre haselnussbraunen Augen strahlend grün aussehen ließe. Ob er ihr nicht zustimme?

Er hatte tatsächlich zugestimmt, aber er hatte auch dafür gesorgt, nicht mehr mit ihr allein zu sein. Sie hatte die beunruhigende Angewohnheit, mit ihm zu reden, als wäre sie zwanzig und in einem Puff aufgewachsen. Noch schlimmer war es jedoch bei den seltenen Gelegenheiten, wenn ihr Ehemann anwesend war. Er neigte dazu, hinter ihr zu stehen und aufmunternd zu nicken, als wollte er sagen: *Nur zu, nutz deine Chance bei ihr. Ich habe nichts dagegen.*

»Der Mangel an Sonne ist ein vernünftiger Hinweis«, entschied Belinda. »Gwen braucht einen fröhlichen Ort.«

»Hmm«, sagte Alex. »Das schließt England aber aus, oder?«

Belinda warf ihm einen scharfen Blick zu.

»Also nicht der Norden«, sagte Elma zögernd.

»Nein, nicht der Norden«, bestätigte Belinda.

Seufzend lehnte Alex den Kopf in den Nacken und betrachtete die Decke. Es war eine Liste interessanter Orte, die man aufgestellt hatte. Wegen der Schande konnte Gwen nicht in London bleiben. Wegen des Stolzes konnte sie nicht in den Süden reisen. Wegen der darniederliegenden Lebensgeister kam der Norden nicht infrage. Und im Osten lag das Meer.

Seine Augen waren ihm zugefallen.

Er zwang sie auf und sagte: »Bliebe noch der Westen.«

Sein Sarkasmus war an Elma verschwendet. »Sie meinen also Wales?«

Da war er wieder, ihr honigsüßer Ton. Alex wandte den Kopf, um sich zu überzeugen. Ja, sie stellte sich für ihn in Positur. Mit der Hand strich sie über den Ausschnitt ihres Kleides. Alex unterließ es, jetzt zu ihrem Ehemann hinüberzublicken.

Belinda räusperte sich. Sie sah skeptisch aus, und er dachte, dass das vielleicht nicht nur wegen Wales der Fall war. »Vielleicht Herefordshire.«

»Irland«, rief Caroline. »Whisky muntert eine Lady ebenso auf wie einen Mann.« Sie sah jetzt auffällig zu Henry Beecham hinüber, der nicht angeboten hatte, seinen Whisky zu teilen.

»Boston?« Elma zog die Stirn kraus. »Kennen wir jemanden in Boston?«

»Neufundland«, schlug Alex vor. »San Francisco – ein bisschen neblig, zweifellos, aber die meisten Londoner würden das Klima dort tropisch nennen. Oder warum nicht China? Gehe immer weiter nach Westen, und du wirst ein Ziel finden. Bei mir gelingt das.«

»Du könntest wünschen, das nochmals zu überdenken«, sagte Caro. »Wenn ich mich recht erinnere, bist du letztes Jahr aus China hinausgeworfen worden.«

»Bin ich das? Nun, das erklärt die barsche Antwort auf meinen Gruß an die Hafenbehörde – ich dachte, ich wäre in Japan.«

»Dein Leichtsinn nützt niemandem«, warf Belinda ein.

Er zuckte die Schultern. »Ihr schlagt vor, Gwen irgendwo zu verstecken, ganz so wie ein zerbrochenes Spielzeug. London ist ihr Zuhause, und ihr wollt sie daraus vertreiben. Handelt so ein Freund?«

Caroline beugte sich vor. »Alex, du *musst* versuchen, das zu verstehen. Es ist ganz und gar nicht so wie beim letzten Mal! Dieses Mal hat sich der Bräutigam aus dem Staub gemacht. Und das auf eine so schreckliche Art und Weise – dabei brauchte er doch so dringend ihr Geld! Die Leute werden annehmen, dass er im allerletzten Moment irgendetwas Schreckliches über Gwen herausgefunden hat.« Sie wurde blass und sackte in sich zusammen. »Ich fürchte wirklich, sie ist …«

»Ruiniert«, wisperte Belinda.

Elma zuckte zusammen.

»Um Himmels willen.« Als Alex auffiel, wie hart seine Stimme geklungen hatte, riss er sich zusammen. »Es ist doch nicht so, als sei sie in flagranti delicto erwischt worden. Ihr redet von Londons Liebling. Ich hoffe, ihr trichtert ihr diesen Unsinn nicht ein. Sie ist dumm genug, das zu glauben.«

»Du bist ja so naiv«, stellte Belinda mitleidig fest. »Wie kommst du nur an all diesen fremden Orten zurecht, die du besuchst?«

Er seufzte. Bei einem Streit war Belinda wie ein Hund mit seinem Knochen: Niemals ließ sie von ihrer Meinung ab. »Naivität bedeutet in diesem Fall anzunehmen, dass Gwen nach dem Geschehen heute alle Türen verschlossen bleiben werden. Naivität, Belinda, ist deine absolute Unterschätzung der Macht von drei Millionen Pfund. Lamentiere ruhig weiter über das, was die Leute sagen werden. In Shanghai tratschen sie, wenn eine Frau zu große Füße hat – in Valparaiso, wenn sie ihre Mantille zu eng um den Oberkörper trägt. Aber ganz gleich, wer man ist, Geld lässt jede Sünde vergessen. Es wäscht jeden dunklen Fleck weg. In dieser Beziehung ist es wirksamer als Essig.«

Seine Schwester starrte ihn fassungslos an. »Das kannst du doch nicht wirklich glauben. Aber wenn doch, dann bist du zu lange von der Zivilisation fort gewesen.«

»Eine schöne Zivilisation«, entgegnete er süffisant. »Die Hälfte der Hochzeitsgäste hat heute Vormittag die Gelegenheit genutzt, darum zu beten, dass die Grundstückspreise steigen, damit sie ihre fünfzehntausend Hektar verkaufen und vom Erlös ihre Schulden bezahlen können, ehe sich die Gläubiger ihre Stadthäuser holen und ihnen die Saison verderben. *Das* ist eure Zivilisation. So korrupt wie jede andere auch.«

Belinda reckte kämpferisch das Kinn, sagte aber nichts.

»Oh, und lasst mich euch noch eines sagen«, fügte er hinzu. »Die Bodenpreise werden *nicht* steigen. Nicht sehr jedenfalls. Und nicht in absehbarer Zeit.«

Das Schweigen dehnte sich aus. Es kam ihm wie ein kleines Wunder vor. Endlich hörten seine Schwestern auf die Stimme der Vernunft.

Er beschloss, das auszunutzen, denn diese Gelegenheit kam nur alle Jubeljahre einmal vor. »Werdet endlich aktiv, statt bloß danebenzustehen und zuzusehen, wie Gwen wieder in eine Verlobung mit dem erstbesten Schurken stolpert, der sich die Mühe macht, sie anzulächeln. Ich schlage vor, dass ihr einen Kandidaten findet, der ihr ein anständiger Ehemann sein wird – oder der zumindest bis nach der Trauung bei der Stange bleibt.«

Belinda schnaubte. »Oh Alex.«

Natürlich hatte sie einen Einwand, er sah es ihr an. »Raus damit!«

»Was schlägst du vor? Dass wir ihr einen Mann aussuchen und ihm befehlen, sie zu lieben?«

Er schnaubte. »Liebe? Habt ihr nicht –«

»Paris!«, rief Elma.

»Nein«, lehnte Caroline den Vorschlag ab. »Der Viscount wird sich auf der Durchreise dort aufhalten. Der Zug nach Dover, du weißt –«

»Dann vielleicht Guernsey?«

»Guernsey«, echote Belinda.

»Ja, das ist perfekt! Was denkt ihr? Sonnenschein, frische Luft und absolut niemand von Bedeutung!«

Alex ließ sich in seinen Sessel zurücksinken. Es war einfach sinnlos. Sie sollten lieber einmal darüber sprechen, wie Gwen es immer wieder schaffte, sich den schlechtesten aus einer großen Menge möglicher Heiratskandidaten herauszupicken. Zuerst Trent und jetzt dieser hier. Was den schlechten Geschmack an Ehebewerbern anging, so machte sie wahrhaftig schon Anne Boleyn Konkurrenz.

Er schüttelte den Kopf, als Caroline Cornwall gegen Guernsey ins Feld führte und die Debatte über mögliche weitere Verstecke wieder Fahrt aufnahm. Vielleicht irrte er sich aber auch über den Grund, warum Gwen sich immer Versager aussuchte. Vielleicht lag es ja daran, dass sie ihre Ratschläge bisher von diesem Haufen hier bekommen hatte. Zwar würde er um seiner Schwestern willen Messer verschlucken, aber falls sein Leben oder auch nur sein nächstes Mittagessen davon abhinge, würde er sie niemals um Rat fragen. Er hatte seine Schwestern noch nie für das Paradebeispiel gesunden Menschenverstandes gehalten. *Liebe*, hatte Belinda gesagt. Gwens Ziel hatte doch nichts mit Liebe zu tun. Sie war auf einen Status aus, auf einen Titel. Doch solange so gut wie jeder in ihrer Umgebung sie dazu ermutigte, diesen Ehrgeiz mit naiver Romantik zu verbrämen, würde ihre Suche nach dem goldenen Prinzen unfehlbar nur Kröten zutage fördern.

Verdammt. Er hatte Richard versprochen, sich um sie zu kümmern. Aber er hatte sich geweigert, direkt in diese Hochzeitssache einzugreifen. Und sein Sich-nicht-Kümmern hatte zu diesem Desaster heute geführt.

Schwarzer Humor machte sich in Alex breit. Hatte er überhaupt Zeit für diesen Unsinn? Nein. Aber wie schwer konnte es sein, einen vertretbaren Ehemann für Gwen aufzutreiben? Irgendwo musste es doch einen unverheirateten Idioten mit Titel geben, der nicht gewalttätig war. Der weder die Syphilis noch einen übermäßigen Durst auf Alkohol noch einen zerstörerischen Hang zum Kartenspiel hatte. Also jemand, der zu keinerlei Perversion neigte, weder in illegaler noch in außergewöhnlicher Hinsicht.

Fast konnte Alex diesen Musterknaben vor sich sehen: kahl werdend vielleicht, mit einem stattlichen Bauch, ausgeufert während langer Nachmittage, an denen er im Oberhaus auf seinem Hintern gesessen hatte, und während der entspannten Abende, die er in seinem Club verbracht hatte, Portwein trinkend und ein Steak genießend, während er mit seinen Freunden über die Dreistigkeiten neureicher Ausländer herzog. Jemand, der sich gegen gemeinsame Feinde empörte und sich seinen Freunden gegenüber gutmütig zeigte, der ritterlich gegen Frauen und gut zu seinen Hunden war, der ein Faible für schlechte Witze hatte und sich – das vor allem – durch und durch loyal gegenüber jenen verhielt, die den guten Geschmack bewiesen, ihn zu bewundern. Und Gwen *würde* ihn bewundern. Wenn sie es geschafft hatte, Trent zu bewundern, dann schaffte sie es gewiss auch, praktisch jeden zu bewundern.

Also gut, er würde eine Liste mit Kandidaten aufstellen. Und einen Mann engagieren, der diese dann genau unter die Lupe zu nehmen hatte. Das sollte höchstens zwei, drei Wochen in Anspruch nehmen. Er würde diese Liste seinen Schwestern zeigen und sie bitten, sie Gwen zu geben. Und dabei Bemerkungen über das Vermögen und die Heiratsabsichten der Herren zu machen. Und dann verginge wahrscheinlich noch ein weiterer Monat, bis jemand einen Antrag machte? Ja, so ungefähr müsste es ablaufen.

Wenn er die Sache ein wenig vorantrieb, könnten sie Gwen binnen acht Wochen verlobt haben. Wenn dann der nächste Hochzeitstermin anstand, wäre er bereits wieder fort, auf halbem Wege um die Welt. Er würde ein Glückwunschtelegramm schicken. Vielleicht würde er sich aber nicht einmal an das Datum erinnern, und irgendjemand, sein Sekretär möglicherweise, müsste ihn daran erinnern, wenn das Ereignis näher rückte. *Ja*. Das hörte sich nach einem exzellenten Plan an.

Was ich brauche, dachte Alex, ist eine Ausgabe von Debrett's Adelsverzeichnis. Und eine sehr starke Tasse Kaffee.

Er stand auf. »Ladys – wenn ihr mich jetzt bitte entschuldigt?«

3

Alex war kaum einige Schritte den Korridor hinuntergegangen, als er abrupt stehen blieb. Elma hatte ihm versichert, dass Gwen vom Kummer erschüttert zu Bett gegangen sei, aber – sie war hier! Sie kam gerade die Treppe herunter und trug mit beiden Händen eine große Reisetasche. Und mit den Zähnen hielt sie einen Briefumschlag fest.

Dieser Anblick verblüffte Alex, schien er ihm doch geradezu von historischer Dimension zu sein. Für dieses Schauspiel könnte er Eintrittskarten verkaufen. Die korrekte Gwen Maudsley trug der Bequemlichkeit halber einen Brief im Mund.

Jetzt, da sie Kreativität zeigte, konnte er sich genau genommen für ihre Lippen auch noch ein paar andere Dinge vorstellen.

Es war ein heißer, durchschaubarer Gedanke, ärgerlich und überflüssig, und, das vor allem, *verwirrend.* Bei so vielen bereitwilligen, erwachsenen Frauen in der Welt hatte er wenig Achtung vor Männern, die auf Mädchenhaftigkeit standen. Unschuld war erklärtermaßen die Abwesenheit von Erfahrung, Persönlichkeit und Reife. Diese Abwesenheit zu begehren schien ihm ziemlich abartig zu sein. Gewiss spiegelte sich darin eine schreckliche Trägheit. Oder ein Mangel an Fantasie. Was zum Beispiel seinen Bruder Gerry dazu trieb, nur Künstler zu unterstützen, die seine kleine heile Welt nicht ins Wanken brachten.

Da er gerade an seinen Bruder dachte – schade, dass er bereits verheiratet war. Gerry brauchte bedingungslose Bewunderung, und Gwen war entschlossen, nichts anderes als liebenswürdig und angepasst zu sein. Ein langweiligeres Ziel konnte sich Alex gar nicht vorstellen.

Es sprach nicht für ihn, dass er einfach dastand und Gwen beobachtete. Sie war mitten auf der Treppe stehen geblieben, zog die Schultern hoch und versuchte, den Brief mit den Zähnen fester zu halten.

Wie lange war es her, seit er sie so nah vor sich gesehen hatte? Letzter Herbst, dachte er – im Garten von Heaton Dale. Der Wind hatte ihren Schal fortgeweht, und das Licht des späten Nachmittags, das durch die Kronen der Eichen gefallen war, hatte ein zartes filigranes Muster aus Gold auf ihre glatten blassen Schultern gemalt –

Nun ja, sie war schon immer blass gewesen, nicht wahr? Viele Mädchen waren das, daran war nichts Besonderes. Dass sie jetzt so blass war, mochte dem erlittenen Schock geschuldet sein.

Da sie einen schweren Tag gehabt hatte, trat Alex in den Flur zurück, damit sie ihn nicht sah. Er würde warten, bis sie gegangen war. Ohne Zweifel würde es ihr den Todesstoß versetzen, wenn sie wüsste, dass jemand sie bei ihrem undamenhaften Benehmen beobachtet hatte.

Ein gedämpfter Aufschrei drang an seine Ohren. Alex beugte sich vor. Vermutlich war sie gestrauchelt, hatte sich aber schon wieder gefangen. Die Reisetasche war fast zu groß für sie, um darüber hinwegschauen zu können. Wenn sie sich weiterhin zu sehr auf den Brief zwischen ihren Zähnen konzentrierte, würde sie doch noch fallen, ehe sie den Fuß der Treppe erreicht hätte.

Alex unterdrückte einen Fluch, verließ seinen Rückzugsort und ging zur Treppe. »Kann ich helfen?«

»Oh!« Die Tasche fiel auf ihre Füße. Der Umschlag entglitt ihrem Mund und flatterte beschwingt zu Boden, prallte dort ab und glitt noch einige Stufen tiefer. Er war adressiert, doch Alex konnte den Namen nicht entziffern.

»Alex!« Ihr Blick löste sich von dem Umschlag, der jetzt näher bei ihm lag als bei ihr. Gwen lächelte Alex sehr breit an, was die seltsame Vermutung in ihm weckte, dass sie ihn von genau dieser Tatsache ablenken wollte. »Wie geht es dir heute Nachmittag? Wie schön, dich wieder in London zu sehen!«

So viel gute Laune schien unglaubwürdig – was sogar sie zu bemerken schien. »Ganz gut«, entgegnete er langsam. Ihre Augen waren leicht gerötet. Und jemand müsste ihr wieder Farbe in die Wangen reiben. Aber nicht er. Das würde irgendein Fremder tun, mit einem Titel. Er räusperte sich. »Und wie fühlst du dich jetzt?«

Sie stellte einen Fuß auf die Reisetasche und hob das Kinn. Ihre Haltung erinnerte ihn an die eines Forschers, der die Fahne seines Souveräns in neu erobertes Terrain rammte. »Mir geht es hervorragend.«

Ein Lächeln erschien um seinen Mund. Also wirklich, jemand sollte ihr einen Pokal überreichen. *In Anerkennung Ihrer unermüdlichen Hinwendung an eine grundlos gute Laune.* »Ich bin beeindruckt«, sagte er. »Zumindest Kopfschmerzen hätte ich erwartet.«

Ihre kastanienbraunen Augenbrauen zogen sich zusammen. »Oh.« Erst jetzt schien sie sich der Ursache eines möglichen Kummers zu erinnern. »Nun, nicht gerade hervorragend, denke ich. Natürlich nicht. Wie dumm wäre das! Aber es geht mir besser, danke. Ich habe ein Weilchen geschlafen. Schlaf ist sehr erquickend!« Sie sprach schneller und schneller. »Und wie freundlich von dir zu kommen. Ich weiß deine Sorge zu schätzen. Es geht mir schon sehr viel besser. Und natürlich die deiner Schwestern.« Ihre Lider flatterten. » – deren Sorge, meine ich. Ich schätze sie sehr. Ich hoffe, sie sind wohlauf?«

»Es geht ihnen gut«, entgegnete er. Und weil es ihm plötzlich ratsam schien, fügte er auch noch hinzu: »Was ist denn in der Tasche?«

»Oh, die – die Tasche? Nur ein paar …« Sie strich sich mit der Hand über die Stirn. Ihr Haarknoten stand im Begriff, sich aufzulösen. Er hatte ihr Haar bisher nie anders gesehen als streng gezähmt. »Pullover«, sagte sie fröhlich und lachte ein leichtes, scheußlich falsch klingendes Lachen. »Pullover für Lady Miltons Waisenhaus. Sie hat mich darum gebeten, sie heute zu bringen.«

Er hielt jetzt den Mund und hoffte, dass ihr ein kurzes Schweigen die absolute Absurdität dieser Behauptung deutlich machen könnte. Aber in ihrer Miene regte sich nichts; sie sah ihn ernst an. Oder war es Trotz? Nein, dieses Gefühl konnte er nicht mit dem in Einklang bringen, was er von ihr wusste. »Sie ihr bringen«, wiederholte er. »Heute.«

»Ja, heute.«

Ungläubig lächelte er sie an. »Vor oder nach der Trauung? Hat sie einen genaueren Zeitpunkt genannt?«

»Ich weiß, ich hätte einen Diener damit schicken können, aber …« Hilflos zuckte sie mit den Schultern. »Die Waisenkinder, du weißt schon.«

»Nein«, sagte er. »Nein, das weiß ich nicht. Ich kenne keine Waisenkinder, es sei denn, du und ich zählen mit.«

»Verwaiste Kinder.« Offensichtlich sah sie in seinem Gesicht einen Ausdruck von Mitgefühl, das er nicht empfand – denn er bezweifelte, dass diese Waisen überhaupt existierten –, denn sie setzte hinzu: »Ich weiß, es ist ganz schrecklich, nicht wahr? Ich habe für all diese armen Dinger Pullover gestrickt. Für jedes einzelne Kind.«

»Wie rechtschaffen«, sagte er trocken.

Sie schien ihn nicht gehört zu haben. »Und jetzt sind sie

fertig, endlich, deshalb dachte ich, ich könnte sie hinbringen und die Freude haben zu sehen, wie die Pullover … verschenkt werden.« Eine rote Locke machte sich selbstständig und sprang hinter ihrem Ohr hervor, kitzelte sie an der Wange.

Die Haarlocke wirkte unheilvoll. Alex bemerkte, dass er fasziniert darauf starrte, denn deren Botschaft schien klar: Er wurde Zeuge des mentalen und physischen Zusammenbruchs von Londons goldenem Mädchen. Wenn sich ihr Haar dabei gänzlich löste, hätte er nichts dagegen einzuwenden.

Er verdrängte das Bild, indem er tief durchatmete. Jetzt brachte sie schon sein Gehirn zu einer solchen Fehlleistung. Wenn sie zusammenbrach, würde er es sehr viel schwerer haben, einen Mann zu finden, der sie heiraten wollte. Verrückten fehlte es gemeinhin an Prestige.

Sie hob die Hand, um die Locke zurückzuschieben. »Schrecklich tragisch«, sagte sie geistesabwesend. »Kleine Jungen und Mädchen, ohne …« Sie sah auf ihre Reisetasche und runzelte die Stirn.

»Pullover«, sagte er helfend. Im Allgemeinen war sie eine viel bessere Lügnerin als jetzt, beglückwünschte sie doch jede beliebige Anzahl von Menschen zu Tugenden, die sie gar nicht besaßen. Wäre es anders, hätte sie in diesem Spiel, das die feine Gesellschaft beständig spielte, niemals so große Beliebtheit erlangt.

»Pullover, ja!« Mit einem weiteren strahlenden Lächeln, das ihm galt, und einem verstohlenen Blick auf den Brief, beugte sie sich herunter, um die Tasche aufzuheben. Danach zu urteilen, wie mühelos ihr das gelang, könnten sich tatsächlich Kinderpullover darin befinden. Für diesen Fall würde er jedoch zu dem Schluss kommen, dass sie wirklich den Verstand verloren hatte.

Als sie sich aufrichtete, flackerte ihr Lächeln leicht, dann festigte es sich wieder. »Aber wie freundlich von dir vorbeizuschauen. Vor allem nach dieser fürchterlichen Szene. Ich hoffe, sie hat dir nicht zu viel Unbehagen bereitet. Ich denke, wir werden uns noch sehen, bevor du wieder ins Ausland reist?«

Das war ein sehr ungeschickter Versuch, ihn loszuwerden. Alex gab seiner Beunruhigung nach und ging zwei Stufen hinauf. Gwens Pupillen sahen normal aus, sie hatte also keine Medikamente genommen. »Hast du heute einen Schlag gegen den Kopf bekommen?«

Sie blinzelte. »Nein, natürlich nicht. Warum fragst du?«

Er tippte sich an den Kopf. »Würdest du dieses Verhalten denn als … für dich typisch bezeichnen?«

Ob dieser Frage fühlte sie sich sichtlich unbehaglich. »Alle sind im Salon, weiß du.« Ihr Blick stahl sich erneut zu dem Brief, der jetzt neben Alex' Fuß lag.

»Ja, von dort komme ich gerade. Willst du dich uns nicht anschließen?« Ganz gewiss konnte er sie nicht einfach gehen lassen, in diesem … Zustand. Was immer der auch zu bedeuten haben mochte. Vermutlich sprach es nicht zu seinen Gunsten, dass er ihn ziemlich faszinierend fand. Gwen Maudsley, die die Selbstkontrolle verlor. Er hatte immer eine Faszination dafür gehegt, wie Dinge sich auflösten – Uhren, Telefone, das Was-auch-immer. Aber bis jetzt hatte er vor der Demontage von Menschen eine Grenze gezogen. »Sicherlich können die Waisen noch eine Stunde warten?«

Sie öffnete den Mund. Er zog eine Augenbraue hoch. Sie seufzte und schaute rasch an ihm vorbei, dann sagte sie leise: »Ich will offen zu dir sein. Ich möchte bei der Komiteesitzung nicht dabei sein.«

»Komiteesitzung.« Allmählich fühlte er sich wie ein Papagei.

»Ja, du weißt schon, das Komitee zur Errettung Gwens vor der ewigen Demütigung, *schon wieder*.« Sie brachte ein schiefes Lächeln zustande. Es erwies sich jedoch als wenig stabil, denn es verschwand ganz rasch. »Aber du darfst dich nicht von mir davon abhalten lassen. Ich denke, du kannst ihnen von großem Nutzen sein. Sie haben ihre besten Ideen schon beim letzten Mal aufgebraucht.«

Sie ging eine Stufe hinunter. Er legte die Hände auf beide Seiten des Geländers, um ihr den Weg zu versperren. »Und was ist mit dir? Solltest du an dem Ergebnis der Beratung nicht sehr interessiert sein?«

Sie blickte auf seine Hände. »Nein, eher nicht. Ich habe mich für meinen eigenen Weg entschieden.«

»Oh? Wie faszinierend. Wohin führt er?«

Sie sah ihn nichtssagend an. »Ins Waisenhaus.«

Richtig. Er beugte sich herunter und hob den Brief auf. Ein Keuchen ertönte über ihm. »Der gehört mir!«, rief sie.

»Ich will ihn nur aufheben –«

Etwas Großes, Weiches traf Alex am Kopf und brachte ihn aus dem Gleichgewicht. Er taumelte zur Seite, den Brief in der Hand; dabei übersah er eine Stufe, fluchte und machte einen großen Satz einige Stufen weit hinunter.

Sicher auf den Füßen gelandet, richtete er sich auf und schaute zu Gwen hinauf. Die Hände vor den Mund geschlagen, starrte sie ihn aus weit aufgerissenen Augen an. Die Reisetasche lag jetzt einige Stufen unterhalb von ihr. Sie hatte sich geöffnet und gewährte den Blick auf ein großes Durcheinander aus … Wolle.

Sein Verstand stockte. »Du hast doch nicht – hast du wirklich damit nach mir geworfen?« Nein. Das war undenkbar.

Ebenso undenkbar wie die Tasche, die jetzt senkrecht vor ihm niederfiel.

Gwen hatte die Hände sinken lassen und hielt sie zu Fäusten geballt auf Höhe ihrer Taille. »Ich will meinen Brief!«

Alex lachte verblüfft. »Du *hast* nach mir geworfen. Aber, aber, Miss Maudsley. Sie garstiges Mädchen.«

»Sie ist mir aus den Händen gerutscht.«

»Das enspricht aber nicht ganz dem Gesetz der Schwerkraft.«

Sie schniefte. »Bring jetzt nicht auch noch die Wissenschaft ins Spiel.«

»Richtig, das ist sehr schlimm von mir«, sagte er. »Ich vergesse immer, sie mit meinem Hut zusammen an der Tür abzugeben. Also gut, dann sag mir eines: Hast du vergessen, die Pullover *zu stricken*?« Er wies mit einem Kopfnicken auf die Tasche. »Oder hattest du vor, es die Waisenkinder für dich tun zu lassen?«

»Niemals«, sagte sie heftig. Eine weitere rote Locke machte sich selbstständig; diese fand den Weg bis hinunter zu Gwens Taille. »Ich werde nämlich Pullover für diese Waisenkinder *kaufen*.«

»Natürlich«, murmelte er. Ihr Haar war von einer wirklich außergewöhnlichen Farbe. Wenn das Sonnenlicht darauf fällt, hat es den Ton eines edlen Spätburgunders, dachte er.

»Ich werde hundert Pullover kaufen«, sagte sie. »Tausend! Aber ich werde sie nicht stricken, und ich werde auch nicht so tun, als hätte ich das getan!«

Genau genommen hatte sie genau das vor einer Minute noch vorgegeben, aber jetzt schien nicht der geeignete Zeitpunkt zu sein, sie darauf hinzuweisen. »Gut«, sagte er. »Gut gesprochen. Warum solltest du auch?«

Die Frage war rein rhetorisch, aber sie nahm sie ernst. »Lady Milton und Lady Anne möchten, dass ich es tue. Beide sind solche Heuchler, musst du wissen. Ihnen sind diese Waisen so gleich. Lady Milton macht nicht einmal bei dem Ausflug mit – warum nach Ramsgate fahren, wenn man in Nizza ausspannen kann!« Sie verschränkte die Arme und rollte ihre Schultern, als wollte sie solche Gedanken von Doppelzüngigkeit abstreifen. »Heuchlerinnen«, wiederholte sie dann aber. »*Ich* kümmere mich um die Waisen.«

Oho, also ein Streit. Ohne Zweifel waren darin eine Vielzahl in Seide gekleideter Frauen mit Brillantgehängen an den Ohren verwickelt, die darüber diskutierten, wer sich mehr für den armen kleinen Oliver einsetzte – und die beim Streiten nur eine Pause einlegten, um dem Diener zu gestatten, ihnen das Champagnerglas aufzufüllen. »Selbstverständlich sorgst du dich um sie.«

Ihre Augen wurden schmal. »Du glaubst mir nicht? Vielleicht werde ich mein eigenes Waisenhaus gründen. Und ich werde die Kinder mit mehr füttern als nur mit Haferschleim, darauf kannst du dich verlassen!«

Der schrille Klang ihrer Stimme dämpfte seine Erheiterung. Nun gut, das Fehlen von Tränen und das Schreien verwirrte ihn, aber wenn es nach seinem Urteil ging, war sie hysterisch. Bei genauerer Betrachtung schien es geradezu typisch zu sein, dass Gwen es sich lediglich gestattete, nur die leichtesten Symptome dieses Leidens zu zeigen. »Jeden Abend Rindfleisch«, stimmte er zu. »Warum auch nicht? Ganz gewiss hast du die Mittel dafür.«

Eine Falte bildete sich zwischen ihren Augenbrauen. »Mach dich nicht über mich lustig.«

»Habe ich das je getan?« Der Gedanke überraschte ihn. »Falls es so war, dann rein zufällig. Kein Grund, viel Aufhebens davon zu machen.«

Sie zögerte, dann lächelte sie ihn an. »Das ist wahr. Du hast nie die Mühe gescheut, freundlich zu sein.«

Er erwiderte ihr Lächeln; auch wenn sie Unsinn redete, wirkte sie ganz reizend in ihrer Hysterie. »Eröffne das Waisenhaus«, sagte er. »Du kannst alles tun, was dir gefällt. Deine

Möglichkeiten werden durch die heutigen Vorkommnisse in keiner Weise eingeschränkt werden.«

»Oh?« Sie ging die Stufen hinunter und streckte die Hand aus. »Dann werde ich dich jetzt bitten, mir mein Eigentum zurückzugeben.«

Er warf einen Blick auf den Brief. An den *Right Honourable The Viscount Pennington.* »Oh, guter Gott. Was –«

Sie griff nach dem Brief. Alex packte sie am Handgelenk. Ihr Puls schlug wie eine Trommel in einem wilden Dschungeltanz. Heiße Haut, und dann so unglaublich weich unter seinem Daumen. »Er gehört mir«, sagte sie. Er hätte nicht gedacht, dass ihre braunen Augen so starr gucken konnten, aber im Moment sahen sie für ihn keinesfalls rehäugig an. Sie wehrte sich heftig gegen seinen festen Griff. »Lass mich los!«

»Du schreibst an Pennington?« Als er sie losließ, empfand er ein Gefühl von Verlust. »Was in Gottes Namen soll das?« Ihr Optimismus ging zu weit, wenn sie hoffte, dass dieser Bastard seine Meinung änderte.

Ihr Kinn reckte sich trotzig. »Das geht dich gar nichts an.«

Er konnte sich nicht erinnern, dass die lästige Entdeckung von Rückgrat zu den Symptomen der Hysterie zählte. »Ich habe deinem Bruder etwas versprochen«, erinnerte er sie. Leider, leider war es ein Versprechen am Sterbebett gewesen. »Und deshalb geht es mich sehr wohl etwas an, fürchte ich.«

Die Erwähnung ihres Bruders schien Gwen aus der Fassung zu bringen. Sie zögerte. »Also gut. Es ist eine Liste der Gründe, aus denen ich ihn hasse.«

»Ich will die Wahrheit wissen«, sagte er ausdruckslos.

»Das ist die Wahrheit!« Ihre Finger fingen eine lose Haarsträhne ein, die sie um den Finger zwirbelte. Als sie sich auch noch auf die Lippen biss und zu ihm aufsah, wirkte sie wie das sehr gelungene Abbild eines Barflirts.

Eine ärgerlichere Entwicklung konnte er sich nicht vorstellen. Er verließ sich darauf, dass sie sittsam und unberührbar aussah. »Lass dein Haar los«, schnappte er.

Ihre Hand sank herunter. Sie sah ihn erstaunt an. »Du bist ziemlich garstig, weißt du das?«

»Das fällt dir erst jetzt auf? Ich hätte vermutet, dass dir die Gerüchte über mich zu Ohren gekommen wären. Wenn nicht, hast du es gewiss von Belinda gehört.«

»Ja, aber …« Ihre Augen verengten sich. »Alex, Belinda erzählt mir die ganze Zeit, wie sehr du es verabscheut hast, wenn dein Bruder versucht hat, dich zu drangsalieren. Warum tust du das Gleiche jetzt mit mir? Gib mir meinen Brief zurück.«

Überrascht von dieser abwegigen Argumentation lachte er. »Oh, das ist clever, Gwen. Aber es stimmt: Von allen Rollen, die ich spielen könnte, gefällt mir die des Drangsalierers am wenigsten. Aber wenn du entschlossen bist, die Idiotin zu spielen –«

»Ich spiele *nicht* die Idiotin!« Erneut griff sie nach dem Brief.

Er machte einen Schritt zurück und hielt den Brief so hoch, dass sie nicht heranreichen konnte. »Außerdem spielt das jetzt ohnehin keine Rolle mehr. Pennington hat sich davongemacht. Er ist gar nicht mehr in der Stadt.«

Diese Neuigkeit überraschte sie. Sie zog sich einen Schritt weit zur Treppe zurück. »Davongemacht?«, wisperte sie.

»Er hat den Zug nach Dover genommen, mit Anbindung zum Kontinent. Es tut mir leid«, fügte er hinzu. »Er ist ein Stück Dreck.«

»Aber er hat meinen Ring!«

Für einen kurzen Augenblick begriff er nicht. *Sie* hatte die Eheringe gekauft? Hatte der Viscount denn gar nichts in diesen Bund einbringen wollen?

Warum war sie es zufrieden gewesen, sich so billig zu verkaufen?

Und dann, als er ihr Gesicht sah, kam ihm eine andere Möglichkeit in den Sinn. »Richards Ring.«

»Ja!«

Herrgott noch mal. Er erinnerte sich allzu gut an ihren Gesichtsausdruck, als er ihr diesen Ring nach der Trauerfeier in die Hand gelegt hatte. Er seufzte. »Dann werde ich ihn zurückholen.«

Ihre großen Augen verschleierten sich. Sie schien durch ihn hindurch auf irgendeine schreckliche Szene zu schauen, die sich Meilen entfernt ereignete. »Aber wenn er ihn mit ins Ausland genommen hat –«

»Sein erster Aufenthalt wird zweifellos Paris sein, und ich bin sozusagen auf dem Sprung dorthin. Morgen reise ich ab.« Und dann, weil sie noch immer auf diese gebrochene, verwirrte Weise dreinschaute, die ihn lästigerweise an eine Puppe ohne Augen denken ließ, fügte er hinzu: »Ärgere dich nicht, Süße. Du wirst den Ring schon bald zurückbekommen. Und was den Mann selbst angeht, so sei froh, dass du ihn los bist.«

Sie blinzelte und konzentrierte sich auf ihn. Ein neugieriger Ausdruck huschte über ihr Gesicht. Dass ihr Mund sich plötzlich verzog, schien fast … berechnend.

»Also gut«, sagte sie langsam. »Du möchtest wissen, was in dem Brief steht? Ich werde ihn dir vorlesen, wenn du willst. Aber nur, wenn du mir dafür etwas versprichst.«

Seine Instinkt rührte sich, mahnte ihn zur Vorsicht.

Wie lächerlich. Hölle, vielleicht war Hysterie ja ansteckend. Gwen war so harmlos wie ein Kaninchen. »Nur heraus damit«, sagte er und begann schon, das Siegel zu brechen.

»Nicht hier!« Sie sah sich rasch um. Jetzt machte sie fast den Eindruck, als habe sie Fieber – hellrote Flecken leuchteten auf ihren blassen Wangen, und ein seltsames Glänzen lag in ihren Augen. »Diskretion, Alex! Lass uns in die Bibliothek gehen.«

Das seltsame Lächeln, mit dem sie ihn ansah, ehe sie auf dem Absatz kehrtmachte, ließ seinen Instinkt erneut Alarm schlagen.

Doch er ignorierte es. *Sie ist so harmlos wie ein Kaninchen*, dachte er noch einmal und folgte ihr in die Bibliothek.

4

Entschlossen ging Gwen den Korridor hinunter. Sie fühlte sich wie verwandelt, hatte sie doch das Gefühl, ein neues und besseres Kapitel in ihrem Leben aufzuschlagen. Neu war erstens, dass sie weit ausschritt. Zuvor war sie stets nur dahingetrieben. Und zweitens ging sie voran – und zeigte niemand Geringerem als Alex Ramsey den Weg! Alex folgte nicht jedem. Es schien ihr eine beachtliche Leistung zu sein, ähnlich der, einen Stier an seinem Nasenring zu führen.

Als sie die Tür zur Bibliothek öffnete, spürte sie, dass sie auf dem besten Wege war, einen überwältigenden Erfolg zu erringen. Auf dem Tisch in der Mitte des Zimmers lag ein Buch über weibliche Tugenden, aus dem Elma ihr an den Abenden vorgelesen hatte, während sie gestrickt hatte. Sie würde es auf die Straße werfen! Jene Weltkarte dort an der linken Wand, die noch voller weißer Flecken war – sie würde zu jedem von ihnen reisen und ihre Eindrücke dokumentieren!

Warum nicht? Ihr Schwindelgefühl zeigte kein Anzeichen, geringer zu werden. Vielleicht war diese Einstellung kein vorübergehender Impuls, sondern Ausdruck ihres wahren Naturells, das so lange Zeit gefesselt gewesen war: von fester Korsettschnürung und endlosem Sich-Gedanken-Machen und einer Enthaltsamkeit hinsichtlich all der vielen köstlichen Speisen, vor denen Elma sie gewarnt hatte, weil sie sie dick machen würden.

Alex betrat die Bibliothek und bedachte sie mit einem jener kühlen Von-Kopf-bis-Fuß-Blicke, die ihr noch gestern das Gefühl gegeben hätten, als entsetzlich konventionell abgeschätzt und bewertet zu werden. Sie warf die Tür hinter sich zu. »Ich denke, wir sollten nach Scones klingeln«, sagte sie. »Und einer Riesenmenge Sahne! Ein frugaler Imbiss in der Bibliothek! Was hältst du davon?«

Er schob die Hände in die Hosentaschen und legte den Kopf schief. »Vielleicht brauchst du etwas noch Stärkeres. Eine Dosis Laudanum etwa«, sagte er milde.

»Oder Brandy!«, rief sie. »Ja, was für eine brillante Idee! Warum nicht?«

Er zögerte kurz. »Bestell dir, was du willst. Ich werde mich nicht von dem Brief ablenken lassen, aber ich bin bereit zu warten.«

Ah, das war schon eher der Ton, den sie von ihm gewohnt war: amüsiert.und eine Spur herablassend. In einem solchen Ton erklärte Lady Milton den Waisenkindern, dass der Nährwert eines Essens wichtiger sei als dessen Geschmack.

»Oh, ich wünsche dir keine Unannehmlichkeiten zu bereiten«, sagte sie süßlich. »Noch so viele Länder, die es zu besuchen gilt, so viel Profit, der gemacht werden muss! So wahnsinnig wichtige Geschäfte. Dafür verzichte ich mit Freuden auf meinen Brandy. Jetzt mach den Brief schon auf, wenn du es unbedingt willst.«

Seine blauen Augen weiteten sich, während er die Hand auf sein Herz legte. »Sarkasmus, Miss Maudsley?«

Sie hielt ihr Lächeln allein durch die Kraft ihres Willens aufrecht. »Ich habe keine Ahnung, was du meinst.«

Er schüttelte den Kopf und wandte sich ab. Sie folgte ihm durch die Bibliothek und nahm nahe dem Fenster Platz, während er den Brief auseinanderfaltete und sich dann mit der Schulter gegen den Fensterrahmen lehnte.

Seine lässige Haltung machte ihr bewusst, wie korrekt und

sittsam sie dasaß. Sie versuchte, die Schultern hängen zu lassen, aber ihr Korsett ließ es nicht zu.

Als er zu lesen begann, fiel das Licht der untergehenden Sonne auf sein Gesicht und zeichnete jeden Winkel hell nach. Sie musterte ihn, wollte sie sich doch selbst die kleinste seiner Regungen nicht entgehen lassen. Schließlich war er ein Experte in rüdem Benehmen – eine Tatsache, die ihn plötzlich ziemlich interessant machte. Zum Lehrmeister womöglich. Kannte auch er dieses wunderbare Gefühl von Freiheit, wenn man den Zwängen der Konvention entfloh?

Seine Miene blieb enttäuschend ausdruckslos, während er las. Gwen erinnerte sich daran, was sie heute Morgen in der Kirche über ihn gedacht hatte. Er sah besser aus als Mr Cust, entschied sie jetzt. Selbst wenn man Blond bevorzugte, war Mr Cust lediglich … hübsch. Aber Alex' Gesicht war eckig und kantig, als habe ein genialer Bildhauer es mit nur wenigen Schlägen aus einem Stück Holz herausgehauen. Sein Kinn war eckig, seine Nase lang, aber vollendet gerade, abgesehen von einer leichten Erhebung in der Mitte. Letzteres sah bei Belinda und Caroline nicht ganz so gut aus, aber da es die Art ausglich, wie sein Gesicht unterhalb der Wangenknochen schmaler wurde, machte es Alex faszinierend attraktiv.

Sein Mund verzog sich. »Das hier ist recht …«

»Oh!« Sie richtete sich auf. »Welchen Satz meinst du?«

Er schüttelte den Kopf.

»Nein, wirklich, du musst es mir sagen.«

Er machte eine abwinkende Geste, als wäre sie eine lästige Sechsjährige. Gereizt lehnte sich Gwen wieder zurück. Wie nützlich für ihn, dass er zufällig auch noch gut aussah. Schließlich würde ein Schürzenjäger ohne das entsprechende Aussehen umso mehr Charme aufbringen müssen, und davon hatte Alex schließlich nicht die Spur.

Schürzenjäger. Sie lauschte dem Wort neugierig nach. Sein Ruf war ihr immer wie eine Art von Gebrechen vorgekommen, so nervtötend wie eine unheilbare Krankheit oder eine Entstellung, wenngleich weitaus unangenehmer, weil er alles dafür getan hatte, sich ihn zu erwerben. Belinda stimmte dem zu, doch Caroline verteidigte ihn. Sie sagte, dass die Frauen, mit denen er verkehrte, kein Interesse an einer Heirat hätten. *Künstlerinnen, Schauspielerinnen und Suffragetten,* hatte Caro ihr eines Tages beim Tee erzählt. *Radikale*. Und dann, im Flüsterton: *Weißt du, ich denke, mir wäre es lieber, er würde die Debütantinnen verführen! Dann finge ihn eines der heiratswilligen Mädchen vielleicht ein.*

Gwen empfand Ärger, als sie sich an ihren eigenen bestürzenden Schock erinnerte. Drei Jahre lag es jetzt zurück. Wie selbstgefällig war sie gewesen, ihre Heirat mit Lord Trent durchgeplant und die Einladungen versandt zu haben. Wie naturgegeben ihr eine Ehe damals vorgekommen war. Sie hatte gedacht, dass die Frauen, mit denen Alex sich befasste, nicht normal sein konnten, wenn sie nicht heiraten wollten – und dass, umgekehrt, Alex nicht normal war, da er sie bevorzugte.

Jetzt fragte sie sich, ob sie nicht etwas von diesen Frauen lernen konnte. Auf jeden Fall hätte keine von ihnen eingewilligt, eines der beiden Schweine zu ehelichen, die sie sich herausgepickt hatte.

Alex räusperte sich und faltete den Brief zusammen. »Das ist …« Seine Lippen pressten sich kurz zusammen, als müsse er ein Lächeln unterdrücken. »Es ist nicht das, was ich erwartet hatte, sagen wir es einmal so.«

»Oh? Was hattest du erwartet?« Es könnte lehrreich sein zu erfahren, welcher Taten er sie für fähig gehalten hatte. Vergangenen Herbst war er vor seiner Abreise nach New York nach Heaton Dale gekommen, um sich von seinen Schwestern zu verabschieden. Ein oder zwei Mal hatte sie ihn dabei ertappt, dass er sie recht seltsam angesehen hatte – als erwartete er, dass sie jeden Moment etwas Schreckliches täte, zum Beispiel etwas in der Art, wie … einen Cancan zu tanzen.

Den Cancan lernen! Das war eine exzellente Ergänzung ihrer Liste der Dinge, die sie jetzt tun wollte, da sie sich nicht länger darum scherte, was andere von ihr dachten. Und was noch besser war – Paris war genau die Stadt, um es in Angriff zu nehmen.

»Ist das von Belang?« Alex zuckte kurz mit den Schultern, während er den Brief in seine Jacke steckte. »Vermutlich habe ich erwartet, dass es die flehentliche Bitte sei, zu dir zurückzukommen. Aber das hast du großartig gemacht, Gwen. Du hast es ihm richtig gegeben.«

Das Lob hätte sie ermutigen können, wäre es nicht mit unüberhörbarer Herablassung ausgesprochen worden. Sie runzelte die Stirn, als Alex seine lässige Haltung aufgab und sich aufrichtete. Das rötliche Sonnenlicht fiel auf seine Gestalt, und Gwen fühlte ihre Gereiztheit zunehmen. Verflixt noch mal. Ihre Kritik an Thomas war nicht annähernd so umfangreich, wie sie es hätte sein sollen. Er brüstete sich mit seiner Körpergröße, aber Alex war noch größer. Thomas' Schultern waren ausreichend breit gewesen, aber Alex' Schultern waren breiter. Genau genommen schien ihr deren Breite in Proportion zu Alex' schlanker Taille und den schmalen Hüften umso beeindruckender.

Sie vermutete, dass seine dubiosen sportlichen Gewohnheiten dafür verantwortlich waren. Alle wussten, dass er jeden Morgen eine Stunde damit verbrachte, herumzuspringen und wie ein wild gewordenes Kaninchen gegen Dinge zu treten. In Frankreich betrachtete man dies offensichtlich als eine Art richtigen Sport, aber schließlich waren die Franzosen an sich schon ein seltsamer Menschenschlag. Wahrscheinlich war Alex einer von den zehn Menschen auf der gesamten Insel, der dieser Nation für etwas anderes als deren Wein Anerkennung zollte. Auf jeden Fall erinnerte sie sich nicht, anderen Gentlemen in der englischen Gesellschaft mit einer ähnlichen Figur begegnet zu sein.

Diese Seltenheit erschien ihr plötzlich sehr bedauerlich.

Alex sagte gerade etwas: »– bleib hier und behaupte dich. Obwohl die Entscheidung natürlich bei dir liegt.«

Sie öffnete den Mund, doch ihre Erwiderung kam nicht, weil ihr unerwartet etwas auffiel: Auf dem Weg von der Halle in die Bibliothek hatte er seine Jacke aufgeknöpft, die sich jetzt noch weiter geöffnet hatte. Sein Bauch unter der dunklen Weste war vollkommen flach. Warum hatte sie das bisher nie bemerkt? Katherine Percy, ihre pferdeverrückte Brautjungfer, würde ihn vermutlich mit einem edlen Rennpferd verglichen haben.

Alex war ganz gewiss ein brauchbarer Vertreter seiner Gattung.

»Gwen«, sagte er. »Geht es dir gut?«

Sie blinzelte. Fragend zog er die Augenbraue hoch. Ein heißes Kribbeln überlief sie, Beunruhigung und Aufregung packten sie gleichzeitig. Wie ein leichtes Mädchen hatte sie ihn angeglotzt. Alex Ramsey, Londons passioniertester Junggeselle. Erstaunlich zu sehen, wie blind einen seine Beschränkung der Auswahl gemacht hatte. Unkonventionelle Frauen mussten entschieden froh darüber sein, dass ihn keine respektable Lady für sich in Betracht zog!

»Mir geht es ausgezeichnet«, erwiderte Gwen. Sie fühlte sich, als hätte eine elektrische Ladung sie gepackt. Welche anderen neuen Dinge würde sie zu sehen bekommen, jetzt, da es sie nicht länger kümmerte, tugendhaft zu sein. »Darf ich den Brief zurückhaben?«

»Ich fürchte, nein.« Er legte eine Hand auf die Hüfte und klopfte auf seine Jackentasche. »Du weißt, dass du das nicht abschicken kannst.«

Die Versuchung war zu groß, ihr zu widerstehen. Sie sah ihn mit einem Augenaufschlag an. »Warum nicht?« Grundgütiger Himmel, zu liebäugeln machte richtig süchtig. Wie hörte man jemals damit auf, hatte man es sich erst einmal angewöhnt? Man könnte tagelang liebäugeln, es gab so viele interessante Dinge. Seine Lippen, zum Beispiel! Was für einen wohlgeformten Mund er hatte. Natürlich hatte sie das schon zuvor bemerkt. Thomas hatte eher schmale Lippen.

Jetzt sprachen seine Lippen. »Aus mehreren Gründen«, sagten sie. »Sicherlich kannst du sie dir denken. Zuerst und vor allem weißt du nicht, was er mit diesem Brief machen wird.«

Alex wüsste, wie man richtig küsste. Unkonventionelle Frauen würden Sabbern nicht dulden. Nur Ladys, die entschlossen waren zu heiraten, tolerierten derartige Demütigungen.

Nicht dass sie ihn küssen wollte, natürlich nicht. Allein dieser Gedanke ließ sie zusammenzucken. Er schien schon so alt, obwohl er genau genommen nur vier Jahre älter war als sie, und – nun, zwei Jahre jünger als Thomas! Thomas schien ihr im Vergleich dazu so jung. Außerdem war er auch nicht so weit gereist wie Alex. Er hatte niemals etwas Schreckliches oder Außergewöhnliches getan (vom heutigen Tag natürlich abgesehen). Er hatte auch kein Vermögen angehäuft (obwohl seine Familie es nötiger hatte als die der Ramseys), hatte weder Argentinien bereist noch Suffragetten den Hof gemacht, denen der Sinn nicht nach Heirat stand. Derart weitläufige und verschiedenartige Erfahrungen machten wahrscheinlich die Aussicht, ein respektables Mädchen zu küssen, um nur einen Bruchteil interessanter als die, gegen eine Wand zu starren.

Und wie war ihre Meinung dazu, Alex zu küssen? Er hatte

Richard so nahegestanden, dass es so wäre, als würde sie ihren Bruder küssen!

Nun ja, nicht genau so. Aber vermutlich würde Alex denken, sie zu küssen sei, wie eine seiner Schwestern zu küssen.

Plötzlich fühlte sich Gwen nervös. Was dumm war. Es war doch nur Alex – rüde, amüsiert und herablassend wie immer.

»Gwen«, sagte er gedehnt. »Versuch, mir zuzuhören. Soll ich langsamer sprechen?«

»Ich habe dich gehört«, sagte sie. »Du hast mich gefragt, was er wohl mit dem Brief machen würde. Ich denke, er wird ihn lesen.«

»Und ihn seinen Freunden zeigen«, sagte er trocken, »und ihn dann zweifellos an die Presse verkaufen. Gott weiß, dass er Geld braucht, und der Verkauf von privater Korrespondenz ist nichts so Schockierendes, wie sich die Hände durch Arbeit schmutzig zu machen.« Er hielt inne und grinste. »In der Tat würde ihm der Brief ein hübsches Sümmchen einbringen. Eingedenk der Details, die du eingefügt hast, solche wie –« Er räusperte sich. »Das –« Sein Grinsen verzerrte sich jetzt zu einer Grimasse. Er wandte das Gesicht ab, und seine Schultern zuckten.

Sie hatte den panikerfüllten Gedanken, dass er eine Art Anfall erlitt – seine Lungen, das alte Leiden aus Kindertagen – und sprang ihm bei, ergriff seinen Arm. »Bist du –«

»Oh du großer Gott«, sagte er rasch, und dann platzte ein Lachen aus ihm heraus.

Sie zog die Hand zurück. Ein Anfall hätte sie weniger erschreckt als dieses Lachen. Er hatte sie schon früher ausgelacht, sicherlich, aber dies war ein ehrliches Lachen, tief und heiser und vollkommen rückhaltlos. Sie musste ebenfalls lächeln; seine Fröhlichkeit war seltsam ansteckend.

Er hielt sich die Faust vor den Mund, und nach einem offensichtlichen Kampf wurde er wieder ruhiger. »Der –« Er räusperte sich. »Der Terrier«, brachte er heraus, aber als sie nickte, veranlasste ihn das zu einem Schnauben, das sich zu einem weiteren Lachanfall entwickelte.

Auch sie ergab sich dem Lachen. Freude breitete sich in einem warmen, schwindelig machenden Ansturm aus. Endlich erkannte er es an: Die Formulierung mit dem Terrier war brillant gewesen!

Nach einem tiefen Luftholen gewann er schließlich seine Fassung zurück und räusperte sich, während er sie ansah. »Vergib mir«, sagte er heiser und wischte sich die Augenwinkel mit dem Handrücken trocken. »Du hast eine Art, mit –«, sein Mundwinkel hob sich; er presste die Lippen zusammen und holte hörbar durch die Nase Luft, »so eine Art, mit Worten umzugehen. Ich gestehe, ich hätte das nicht für möglich gehalten.«

»Danke! Aber du siehst, allein schon aus diesem Grund würde Thomas den Brief niemals der Öffentlichkeit preisgeben. Dieser Brief ist intelligent und rüde. Und Thomas ist überaus eitel.« Sie hielt inne und sah ihn an. »Obwohl ich nicht verstehen kann, warum.«

Er grinste. »Ah, Kindermund tut Wahrheit kund«, sagte er. Als ob er so viel älter wäre! »Und vielleicht hast du recht, aber es bliebe ein Vabanquespiel, verstehst du? Und in diesem Fall wäre der mögliche Gewinn dieses Risiko nicht wert.«

Sie runzelte die Stirn. »Welches Risiko?«

Er fuhr sich mit der Hand durchs Haar. Alle Ramseys hatten so wunderbar dichtes Haar. Lord Westons wurde langsam grau, aber Alex' Haar glänzte wie eine glatte Kastanie. »Versteh mich nicht falsch; ich bin keineswegs der Ansicht, dass du es nötig hast, der guten Meinung wegen zu Kreuze zu kriechen. Dieser Vormittag war ein Unglück, aber er wird deinen Heiratschancen keinen dauerhaften Schaden zufügen.«

»Wie bitte?« Ihre Brust fühlte sich plötzlich eng an. »Natürlich sind meine Chancen geschmälert!«

Alex ließ die Hand sinken und sah sie prüfend an. »Ich werde jetzt ganz offen sein, einverstanden?« Sein Mundwinkel hob sich. »Die Neuigkeit mag dich in der Tat beeindrucken, aber die Hälfte dieser feinen Leute mit Rang und Namen steht ohne einen Penny da. Deshalb macht dich dein Vermögen zu einer äußerst attraktiven Heiratskandidatin. Darüber hinaus verfügst du über das übliche Arsenal an weiblichem Charme.« Er sah sie von Kopf bis Fuß an, als hätte er plötzlich Zweifel, und zuckte dann mit der Schulter. »Ja, ich denke, die meisten Männer werden über diesen Skandal hinwegsehen.«

Gütiger Himmel. Er könnte recht haben. Sie war schließlich Londons beste Freundin, das netteste Mädchen der ganzen Stadt. Ihr Ruf war exzellent. Zusammen mit drei Millionen Pfund könnte er den Schatten ihres ersten offiziellen Sitzengelassenwordenseins tatsächlich überleben. Geeignete Bewerber würden sie auch weiterhin belästigen.

Gwen sank in einen Sessel. Sie hatte das deutliche Gefühl, bleischwer zu werden. Ein säuerlicher Geschmack rührte sich in ihrem Magen – es war ihr Hochgefühl, das gerade zerrann. Was für eine Närrin sie doch war! Sie hätte wissen müssen, dass es nicht dauern konnte. Aber es tat ihr im Magen weh, all die Möglichkeiten aufzugeben, die sie mit einem ruinierten Ruf gehabt hätte. Für eine kurze Zeit hatte sie sich so … unbeschwert gefühlt.

Alex stieß einen ungeduldig klingenden Laut aus. »Guter Gott. Nun sitz nicht da und schmolle. Du hast schließlich sehr hart dafür gearbeitet, diese Beliebtheit zu erlangen. Genieße zumindest die Früchte.«

Er hatte ja recht. Es hatte eine Menge Arbeit gekostet.

Und jetzt würde sie all das *noch einmal* durchmachen müssen.

Zu jedem heiratswilligen Gentleman, der ihr seine Aufmerksamkeit schenkte, hatte sie von engelsgleicher Geduld zu sein. Sie musste sich für einen davon entscheiden und ihre Hoffnungen neu gestalten, und hätte sich dann dem anzupassen, was er vorgab.

Und die Vorbereitungen. Die endlosen Anproben für wieder ein anderes Kleid, eine weitere Aussteuer. Die guten Wünsche von allen Seiten, obwohl doch jeder wusste, was das letzte Mal und das Mal davor passiert war. Überall abschätzendes Getuschel, verstohlene Blicke, Gespräche, die abrupt verstummten, wenn sie näher kam, der gelegentliche geistlose Trunkenbold, der ihr auf den Hintern klopfte und in lustigem Ton mitteilte, dass aller guten Dinge drei seien.

Und danach? Wieder in die Kirche, für die längste und quälendste Warterei ihres Lebens!

»Gwen.« Die Nähe seiner Stimme ließ sie zusammenzucken; sie hob den Kopf und sah, dass er vor ihr hockte. »Schau nicht so trübsinnig drein«, sagte er ruhig. »Bisher ist es nicht gut für dich gelaufen, aber das ist nicht deine Schuld gewesen.« Er schwieg einen Moment. »Das heißt, du könntest natürlich an deinem Geschmack arbeiten, was Männer angeht. Aber abgesehen davon war es einfach – Pech.«

Eine gewaltige Welle von Verlegenheit durchströmte sie. Sie musste ein hoffnungsloserer Fall sein, als sie gedacht hatte, wenn *Alex* sie tröstete.

Sie wandte das Gesicht ab, denn plötzlich standen ihr die Tränen in den Augen. Sie konnte das einfach nicht noch einmal durchstehen. Man sollte doch aus seiner Vergangenheit lernen, oder nicht? Und das Schicksal schien entschlossen zu sein, ihr die Sinnlosigkeit des Weges zu zeigen, den sie eingeschlagen hatte. Sie wünschte sich eine Familie? *Niemand* war ihr geblieben. Nicht ihre Eltern, nicht ihr Bruder, und auch nicht ihre beiden Verlobten. Sich durch einen weiteren Versuch zu zwingen, das wäre … grotesk!

Ich werde es nicht noch einmal tun.

Der Gedanke wirkte wie ein Tonikum. Er fühlte sich wie eine Offenbarung an. Eine erstaunliche Ruhe kam über sie. Sie richtete sich in ihrem Sessel auf. Sie hatte kein Verlangen mehr zu heiraten! Andere Frauen konnten sich ein unabhängiges Leben nicht leisten, aber sie hatte Geld wie Heu. In der Tat – was könnte sie nicht alles damit tun?

Sie würde über ihre Möglichkeiten nachdenken, beschloss sie, nachdem sie sich den Ring zurückgeholt hatte.

»Hör mir zu«, sagte Alex knapp. »Ich werde mich um alles kümmern. Ich werde Richards Ring zurückholen, und ich werde einen passenden Ehemann für dich finden. Heitert dich das ein wenig auf? Im Herbst werden wir alles erledigt haben.«

Was?

Oh nein.

Sie sprang auf. »Du meine Güte, Alex, das ist … das ist sehr nett von dir, wirklich, und ich bin überzeugt, mein Bruder hätte das zu schätzen gewusst, aber auch wenn ich mich in seinem Namen aufrichtig bei dir bedanke – nein! Bitte unternimm überhaupt nichts. Das ist – ich entlasse dich aus dem Versprechen, das du ihm gegeben hast! Du weißt, dass er dich nicht darum gebeten hat, dafür Sorge zu tragen, dass ich *heirate.* Es ging ihm nur darum, dass ich irgendwo einen Ort habe, an dem ich ohne Sorgen leben kann. Und ich habe keine Sorgen. Das versichere ich dir. Dieses Gemälde dort an der Wand, das ist ein Boucher! Und dieser Teppich ist ein Aubusson. Du siehst also, es geht mir sehr gut. Du hast wirklich genug getan!«

»Großer Gott.« Er starrte sie an, offensichtlich entsetzt. »Dieser Teppich ist *kein* Aubusson.«

»Was?« Sie runzelte die Stirn und starrte auf den Teppich.

»Nein, ich bin mir dessen ganz sicher. Ich habe ihn letztes Jahr auf der Crombley-Auktion ersteigert. Sieh doch nur, wie fadenscheinig er schon ist!«

»Was für einen schrecklichen Geschäftsmann würdest du abgeben.« Er klang jetzt mitfühlend. »Jemand hat ihn bis auf das Grundgewebe mit einem Bimsstein bearbeitet, Liebes.«

Sie wischte den Einwand zur Seite. »Egal. Ich kann mir einen anderen kaufen. Der Punkt ist –«

»Der Punkt ist, dass ich bei der Wahl eines Heiratskandidaten bis jetzt so gut wie untätig gewesen bin«, sagte er geduldig. »Es wird nicht schwer sein, es wiedergutzumachen. Ich werde eine Liste erstellen. Wir werden die Sache diesmal ökonomisch angehen. Du nennst mir deine ungefähren Vorstellungen, wie zum Beispiel Haarfarbe, Augenfarbe –«

»Nichts dergleichen!«

»Nichts? Das ist ein bisschen viel verlangt, Gwen. Unter den Aristokraten mangelt es an Albinos.«

»Ich habe beschlossen, nicht zu heiraten.« Sie wartete auf seine Reaktion, doch er zog lediglich eine Augenbraue hoch. Etwas fester wiederholte sie darum ihren Entschluss: »Ich werde nicht heiraten. Das habe ich beschlossen. Ich werde – andere interessante Dinge tun.«

»Gott weiß, dass es einige gibt«, sagte er leichthin. »Als da wären?«

»Gartenarbeit«, sagte sie.

Er seufzte. »Oh, Gwen.« Er klang wie ein Lehrer, der an seinem Schüler verzweifelt.

»Was? Was ist so falsch daran? Ich habe mir immer gewünscht, die Botanik zu studieren. Ich werde reisen und seltene Pflanzen sammeln, genau wie Linnaeus es getan hat – zu den Hängenden Gärten! Ich werde an viele fremde Orte reisen, so wie du!«

»So wie ich?« Er lachte. »Dir ist aber schon bewusst, dass es keine *couturiers* in den meisten Häfen gibt, die ich besuche? Und Blumen sind nicht immer schön. Einige von ihnen versuchen sogar, dich zu verspeisen.«

»Ich bevorzuge gar nicht die Blumen«, sagte sie. »Ich habe kein Interesse an kleinen Hochbeeten, Alex; ich denke an Parklandschaften. Ich habe ein Talent dafür, sie zu entwerfen, glaube ich – du solltest dir einmal Heaton Dale ansehen, wie es jetzt ist; es ist herrlich! Warum –«

Gwen verstummte abrupt. Alex sah sie mit einem Ausdruck milder, toleranter Ungläubigkeit an.

»Nun«, sagte sie. »Der Punkt ist, dass ich mein bisheriges konventionelles Leben hinter mir lassen werde.«

Er neigte leicht den Kopf. »Ach so. Es besteht also kein Grund mehr, diese Liste zu machen. Ist es so?«

»Genau richtig«, sagte sie munter. »Du brauchst dich auch nicht weiter zu kümmern, um absolut« – sie fuhr mit der Hand durch die Luft – »gar nichts. Das ist doch ganz in deinem Sinn! In Bezug auf mich, heißt das. Natürlich tust du eine Menge, allgemein gesprochen.«

»Ich verstehe«, murmelte Alex. »Nun, das ist eine Erleichterung. Ich muss sagen, dass ich es nicht genossen hätte, den Ehestifter zu spielen.« Nach einer kurzen Pause und einem weiteren neugierigen Blick auf sie fügte er hinzu: »Der Tag war außerordentlich anstrengend, deshalb sollte ich dich jetzt allein lassen, damit du dich ausruhen kannst. Lass uns diese Unterhaltung ein andermal fortsetzen, einverstanden?«

Ihr sank das Herz. Sie hatte sich ermutigt gefühlt, aber diese letzte Bemerkung verhieß nichts Gutes. »Nein«, sagte sie. »Ich habe dir gesagt, du sollst auch weiterhin tun, was du immer tust! Und darf ich dich daran erinnern, dass du es wie bisher nur ein Mal im Jahr einplanst, mich zu sehen. Ansonsten werden wir uns auch in Zukunft nur zufällig begegnen, Weihnachten zum Beispiel, und wir werden uns über nichts so Bedeutendes unterhalten, dass man das als Gespräch bezeichnen könnte.«

Sein antwortendes Lächeln war freundlich. Ohne eine Spur von Spott! »Das ist ganz in Ordnung, Gwen. Ich wünsche dir jetzt noch einen guten Tag.« Und dann – Schrecken aller Schrecken – verbeugte er sich vor ihr.

Du lieber Gott! Da: Sie hatte den Namen des Herrn missbraucht, und der Anlass verdiente es durchaus. Alex spielte den Gentleman.

Er glaubte ihr kein Wort. Er hatte noch immer die Absicht, diese Liste möglicher Heiratskandidaten aufzusetzen.

Das sollte nicht sein.

Während er sich zur Tür wandte, sagte sie scharf: »Alex, ich meine es ernst. Ich spaße nicht.«

Er schaute über die Schulter zurück, während er die Hand auf den Knauf legte. »Ausgezeichnet«, sagte er sanft. »Sei so wild, wie du es möchtest. Gott weiß, dass ich kein Verfechter des Pfades der Tugend bin. Und jetzt, wenn du nichts dagegen hast, muss ich wirklich –«

»Darf ich dich also nach Paris begleiten?«

Ganz langsam wandte er sich um, seine Miene wirkte wie in komischem Entsetzen erstarrt. »Paris«, sagte er. »Mit mir. Meinst du das ernst?«

»Absolut«, sagte sie. »Du könntest mir die Sehenswürdigkeiten zeigen!«

Sein Lachen klang jetzt deutlich fassungslos. »Dir die Sehenswürdigkeiten zeigen. Du meinst, dich auf eine Führung durch den Louvre mitnehmen? Oh, wäre das nicht umwerfend! Vielleicht könnten wir danach in den Tuilerien unseren Tee trinken und Blumen zum Trocknen in unsere Skizzenbücher legen.«

Sie schnitt eine Grimasse. »Die Tuilerien sind nichts Ursprüngliches, und Museen gefallen mir nicht besonders. Also – ich will es Pennington heimzahlen! Und danach, nun, all die offiziellen Dinge habe ich bereits gesehen. Die Oper, die Weltausstellung, diesen neuen Turm, den sie gebaut haben – er schwankt bei Sturm, was äußerst grässlich ist. Aber ich habe noch gar nichts von dem gesehen, was wirklich Spaß macht. Die Dinge, die anständige Mädchen nie zu sehen bekommen!«

Seine Hand glitt vom Türknauf. »Du bist eine Heidin«, stellte er fest. »Der Eiffelturm ist ein Wunder der Ingenieurskunst. Und was das andere angeht – ich habe keine Ahnung, von welchen Dingen du eigentlich redest. Vom Fischmarkt vielleicht? Den Arbeitshäusern?«

»Ich rede von den anrüchigen Orten! Ich rede vom *Bal Bullier* und vom *Moulin Rouge*, von den Orten, an denen die Ladys die ganze Nacht den Cancan tanzen –«

Er keuchte. »Italien, Gwen. Ich schlage vor, du fährst nach Italien. Ich wünsche dir dort recht viel Spaß. Pesto, Rom, die Medicis – wer kann da widerstehen? Du solltest dir einen schönen Giftring kaufen und dem Viscount einen Tausch vorschlagen.«

»Aber er kann bis jetzt doch noch gar nicht bis nach Italien gekommen sein«, sagte sie geduldig. »Paris wird sein erster Aufenthalt sein, auch wenn sein eigentliches Ziel irgendwo auf dem Kontinent liegen mag. Und ich habe dir bereits erklärt, dass ich den Ring zurückhaben will.«

»Und ich habe dir gesagt, dass ich ihn für dich zurückholen werde«, sagte er mit einer Spur von Ungeduld in der Stimme. »Also zerbrich dir nicht deinen hübschen kleinen Kopf darüber.«

»Mein Kopf ist nicht klein, und ich bin auch nicht besonders besorgt. Wo hast du nur all diese schrecklichen Ausdrucksweisen aufgesammelt, Alex? Du solltest dich wirklich vor den Amerikanern hüten!«

Er schüttelte den Kopf, als müsse er ihn klar bekommen. »Richtig. Gwen, wie ich bereits sagte – wir werden später darüber reden. Und jetzt geh auf dein Zimmer und ruh dich aus.«

Es war das Lächeln, mit dem er diese Bemerkung abschloss, das ihren Geduldsfaden reißen ließ. Dieses Lächeln – es war begütigend. Verhätschelnd.

Er nahm kein einziges ihrer Worte ernst.

Nun, sie kannte einen Weg, ihre Absichten ganz klar zu beweisen. Suffragetten und Schauspielerinnen hatten diese Methode auch schon erprobt. Er wollte sie verspotten, ohne Zweifel, aber zumindest danach würde er sie ernst nehmen müssen. »Warte«, sagte sie, während er die Tür öffnete.

Er seufzte und wandte sich wieder um. »Um Gottes willen. Was denn noch?«

Sie holte tief Luft. Sie schaffte das. Warum nicht? »Du hast mir vorhin versprochen, mir einen Gefallen zu tun.«

»Ich werde dich nicht mit nach Paris nehmen«, sagte er ausdruckslos. »Ich bin doch nicht dein verdammter Anstandswauwau.«

»Nein! Das war es ja auch gar nicht, um was ich dich bitten wollte.«

Er schloss die Tür wieder, steckte die Hände in die Taschen und wartete, obwohl das ungeduldige Klopfen mit dem Fuß verriet, dass er ihr nicht mehr allzu viel Zeit zugestehen wollte. »Na los, sag es schon.«

Sie war zwar recht groß für eine Frau, aber als sie auf seinen Mund schaute, schien es ihr unklug, die Dinge dem Zufall zu überlassen. »Vielleicht solltest du dich zuerst setzen.«

Er verdrehte die Augen zur Decke, dann ging er zum nächstbesten Stuhl. Während er sich setzte, sagte er düster: »Ich bin auf alles gefasst.«

Sie ignorierte den Sarkasmus, nickte nur kurz, raffte die Röcke und ging entschlossen auf ihn zu.

Seine Augenbrauen hoben sich um einen Millimeter.

Sie lächelte.

Als sie nur noch zwei Schritte entfernt war, legte er den Kopf schief.

»Rühr dich nicht«, ermahnte sie ihn.

Als ihre Röcke seine Knie streiften, verengte er die Augen und sah dabei aus, als wolle er etwas sagen. Sie legte die Hände fest auf seine Unterarme und drückte ihren Mund auf seinen.

Er war nur aus harten Muskeln gebaut; unter ihren Händen spannte sich sein Bizeps steinhart an. Seine Lippen waren warm und regungslos. Er roch nach Seife, sehr sauber, kaum eine Spur von Schweiß war an ihm. Vermutlich hatte er vor Kurzem ein Bad genommen. Oder: Er hatte vor Kurzem seinen großen Körper in eine Badewanne gesenkt, vollkommen nackt.

Der Gedanke richtete in ihrem Bauch etwas Schreckliches und zugleich Schönes an. Ihre Hände glitten wie von selbst zu seinen Schultern hinauf, und dann presste sie ihren Mund härter auf seinen. Einen Mann nackt sehen. Guter Gott: Hatte sie wirklich vor, *dies* ihrer Liste hinzuzufügen?

Sie spürte seinen Atem heiß auf ihrem Mund. Und dann sagte er leise: »Gwen, du bist hysterisch.«

Sie zog sich zurück, ihre Wangen brannten. Er saß vollkommen reglos da, seine blauen Augen blickten in ihre, seine Miene war undurchdringlich. Was für dunkle dichte Wimpern er hatte. Sie wollte sie berühren, aus Dankbarkeit oder aus Staunen, denn aus irgendeinem Grund lachte Alex sie nicht aus. »Nein«, sagte sie, »wie ich dir schon gesagt habe, ich bin fertig mit den gesellschaftlichen Regeln. Außerdem gehe ich einer Frage auf rein wissenschaftliche Weise nach. Ich kann nicht glauben, dass jeder Mann wie ein Terrier küsst.«

Seine Nasenflügel bebten. »Und?«

Sie trat einen Schritt zurück. »Nun, du sabberst nicht. Auf keine Weise war es hündisch.«

Er stand sofort auf, zwang sie, zu ihm hochzusehen. »Nicht hündisch«, wiederholte er grimmig. »Gwen. Du brauchst jetzt *Ruhe*.«

Kein Wunder, dass er nicht gelacht hatte. Er glaubte sie wirklich fest im Griff irgendeines Wahnsinns. »Ich fühle mich sehr wach. Außerdem zählen Taten mehr als Worte, also betrachte meinen Kuss bitte als Beweis – «

Er stieß einen seltsamen Ton aus, etwas zwischen einem spöttischen Schnauben und einem Knurren. »Das war wohl kaum ein Kuss.«

» – als Beweis, dass ich damit fertig bin, mich zu benehmen.« Und auch fertig mit männlichen Urteilen! Diese ganze arrogante Spezies dürfte sich aus dem Fenster stürzen. »Also bitte verschwende deine Zeit nicht mit dieser dummen Liste, denn ich werde nicht heiraten, selbst wenn du mir eine Waffe an den Kopf hältst – eine Methode, von der ich denke, dass du sie verstehst, und zwar ganz besonders du.« Ihre verletzte Eitelkeit verleitete sie, noch hinzuzusetzen: »Und wenn das kein richtiger Kuss war, so ist das nicht meine Schuld, nicht wahr? Man sollte meinen, dass ein Mann von *deinem* Ruf wissen müsste, dass es auch ein bisschen Anstrengung von seiner Seite erfordert hätte!«

Seine Lippen öffneten sich. Endlich, zum ersten Mal in der Geschichte ihrer Bekanntschaft hatte sie ihn überrascht! Oder waren seine Gefühle verletzt?

Welch unglaublicher und faszinierender Gedanke. Er bewirkte, dass sie sich großzügig fühlte. »Aber mach dir darüber keine Gedanken«, fügte sie hinzu. »Ich bin sicher, du kannst es besser. Selbst ohne eine eigentliche Kenntnis davon kann ich sagen, dass du Trent ebenbürtig bist.«

Sie wandte sich ab, doch sein fester Griff um ihren Ellbogen zog sie zurück. »Wie bitte?«

Nun – jetzt hatte sie ihn bei seiner Eitelkeit gepackt! Das Lachen, das ihr entfloh, entsprang purem Erstaunen. Alex Ramsey, der übersättigte Lebemann – wie leicht war er in dieser Hinsicht zu reizen! »Ich sagte, du bist Trent ebenbürtig. Und weit besser als Pennington! Und ich bin sicher – «

Sein Daumen strich über ihren Unterarm, und ihre Stimme erstarb. War das Absicht gewesen? »Ich bin sicher, dass du auch andere Männer hinter dir lässt – wenn du dich dadurch besser fühlst.«

»Oh ja, sehr viel besser«, sagte er sarkastisch und zog sie an sich. Seine freie Hand umschloss ihr Kinn, und er legte seine Lippen auf ihre.

Verwunderung ließ sie erstarren. Welch ein brillanter Triumph! Alex dazu zu treiben, sie zu küssen, nachdem er erst versucht hatte, den Bruder zu spielen! Sie hätte sich nie vorgestellt, ein Talent zum Verführen zu besitzen, aber für ihren ersten Tag als unmoralische Frau machte sie das ganz hervorragend! Was seine Leistung betraf, so stellte er sich allerdings auch nicht schlecht an. Sein Mund strich über ihren, was sich unbedenklich anfühlte. Jetzt hielt er mit den Zähnen ihre Unterlippe fest, was dann, genau genommen, doch sehr dem glich, was ein Terrier wohl tun würde –

Seine Zunge folgte ihren Zähnen. Sie zeichnete einen heißen Pfad an dem Saum ihres Mundes entlang. Ihr Magen senkte sich. Sie schloss die Augen. Oh. Er kostete sie, seine Lippen formten ihre nach, ganz leicht, überredend. Sie legte die Hand an seine Wange und fühlte, wie heiß sie war, ein wenig rau unter dem Streicheln ihres Daumens. Seine Hand drückte ihre Taille, zog sie an seinen Körper, heiß spürte sie seine Brust an ihrer; sie atmete zittrig ein, während seine Zunge in ihren Mund glitt.

Ihr Körper erwachte verwirrt zum Leben – ihr Nacken, ihr Bauch, die Stelle zwischen ihren Beinen. Er schmeckte nach Tante Elmas Tee; nie wieder würde sie eine Tasse davon so beiläufig trinken können wie bisher. Ihre Finger fanden die weiche Fülle seiner Haare, vergruben sich darin und spannten sich an. Solche Dinge konnte sie tun, jetzt, da sie aufgehört hatte, sich über alles Sorgen zu machen! Sie lehnte sich an ihn, mit all ihrem Gewicht. Er war so viel größer als sie. Sie stellte sich auf die Zehenspitzen und rieb sich an ihm. Er gab einen erstickten Ton von sich, und sein Mund presste sich auf ihren Nacken. Dem leichten Kratzen seiner Zähne folgte ein weiches, heißes Saugen; sie glaubte, sich aufzulösen wie Zucker im Tee.

Er drehte sie herum, seine Hände drängten sie nach unten. Ein Sesselpolster stieß gegen ihren Po. Grundgütiger, er war … er kniete sich über sie, seine Hände aufgestützt auf die Armlehnen, sein Mund glitt ihren Hals hinauf, kehrte dann zurück zu ihrem. Ihre Mattigkeit veränderte sich, wurde zu etwas Schärferem und Forderndem; sie fasste ihn fester an und öffnete wieder den Mund, hoffte, dass vielleicht seine Zunge –

Er zog sich so abrupt von ihr zurück, dass ihre geöffneten Hände einen Moment in der Luft schwebten, ehe sie sie auf den Schoß sinken ließ.

»Nun«, sagte er knapp. »Das sollte deine Neugier zufriedengestellt haben.«

Benommen blickte sie zu ihm hoch. Es verwirrte sie, dass sein Kinn so angespannt wirkte. Der Kuss hatte ihm doch gefallen, oder nicht? Seine Brust hob und senkte sich recht heftig. In all den Romanen, die sie gelesen hatte, war das ein Zeichen für

Leidenschaft, und dass sie selbst auch kurz und schnell atmete, schien es nur zu bestätigen.

Vielleicht empfand er den Kuss wie einen Verrat an ihrem Bruder. Ja, das ergab Sinn. »Es tut mir leid«, sagte sie zögernd. »Ich habe dich verlockt, das gebe ich zu. Sicherlich wird Richard wissen, dass es meine Schuld war.«

Für einen Moment sagte er gar nichts. Und dann, mit einem heftigen Ausatmen, stieß er zwischen zusammengebissenen Zähnen hervor: »Geh wieder ins Bett, Gwen. Ich fürchte, du hast deinen fröhlichen kleinen Verstand verloren.«

Er machte auf dem Absatz kehrt und stürmte aus dem Zimmer.

Guter Gott! Noch nie zuvor hatte sie erlebt, dass Alex die Beherrschung verloren hätte.

Andererseits hatte *sie* noch nie einen Schürzenjäger geküsst.

Ein Lächeln legte sich auf ihr Gesicht. »Oh du wunderbare neue Welt«, murmelte sie und stand auf. Mit oder ohne Begleitung – sie musste unbedingt eine Fahrkarte nach Paris kaufen.

5

»Du verschwendest meine Zeit!«, brüllte Bruneau.

Jemand in der Ecke lachte. *»Fais gaffe à toi!«* Sieh dich vor.

Bruneau hat jeden Grund zur Klage, dachte Alex. Sie umkreisten sich jetzt seit gut drei Minuten. Beide hielten jeweils den rechten Arm angewinkelt vor der Brust, den Ellbogen vom Körper weggestreckt, um einen Schild aus Muskeln und Knochen zu bilden. Wie es die Regeln vorschrieben, hielt Bruneau den linken Arm hinter seinem Kopf und unterstützte damit seine Balance, während er das Gewicht auf die Fersen verlagerte, um seinen Angriff vorzubereiten. Doch sein Arm zitterte. Offensichtlich war er nicht an Gegner gewöhnt, die es ablehnten anzugreifen.

Andererseits gab es nur wenige Männer, die Savate zwar praktizierten, aber – wie Alex – das Kämpfen eher verabscheuten.

Tief atmete Alex die abgestandene, schweißgeschwängerte Luft in der *salle d'armes* ein. Wenn er in Paris war, versäumte er es nie, hier zu trainieren. Bisher hatte er das jedoch noch nicht in der körperlichen Verfassung getan, in der er sich zurzeit befand. Kaum mehr als zehn Stunden Schlaf hatte er in den vergangenen fünf Tagen gefunden. Er wusste, wem er die Schuld daran geben konnte.

Er veränderte die Körperhaltung und bot seinem Gegner absichtlich die Chance zum Angriff.

Bruneau vollführte einen Sprung nach vorn. Doch es war eine allzu durchsichtige Finte, und Alex verharrte reglos.

»Verdammter *boy*«, knurrte der Mann in kehligem Französisch. »Ich bin nicht zum Spielen hergekommen!«

Er konnte sich seinen Atem sparen. Seit dem ersten Jahr in Rugby reagierte Alex nicht mehr auf Hohn und Spott. Jenes erste Jahr war auch das Jahr gewesen, in dem Richard wegen seiner Herkunft zur Zielscheibe für Schikane geworden war. Und jeder, der mit ihm befreundet gewesen war, gleich mit. Richard hatte wie ein Tiger gekämpft und gegen Alex' Zurückhaltung gewettert. *Warum kämpfst du nicht? Hat dein Bruder es dir nicht beigebracht? Man sagt doch, er könnte sogar George Steadman vermöbeln!*

Als Reaktion darauf hatte Alex die Schultern gezuckt. Es zu erklären, wäre zu kompliziert gewesen. Er hatte gewusst, wie man kämpfte, ohne seiner Wut freien Lauf zu lassen – und die Wut und die körperliche Betätigung zusammen hätten seine Lungen besiegt, noch ehe die älteren Jungen auch nur die Hand gegen ihn hätten erheben können. Vor die Wahl gestellt, herumzukeuchen und fast ohnmächtig zu werden oder zu lernen, Schmerz zu ertragen, hatte er sich für Letzteres entschieden.

Im zweiten Jahr hatten sich die Dinge dann allerdings grundlegend verändert.

Alex änderte jetzt die Richtung und umrundete Bruneau gegen den Uhrzeigersinn. Die Art, wie jemand kämpfte, enthüllte dessen Charakter, und gestern Vormittag hatte er dabei zugesehen, wie Bruneau drei Männer in Rekordzeit besiegt hatte. Dieser Mann war jähzornig, selbstsicher und ungeduldig – nicht weil er kämpfen, sondern weil er siegen wollte. Der Sieg war sein einziges Ziel. In dieser Hinsicht war er Alex nicht unähnlich. Wenn man fähig war zu gewinnen, dann kämpfte man nicht, um zu verlieren.

Der Unterschied zwischen ihnen lag darin, wie jeder die Sache anging. Für Bruneau schien die Anstrengung des Kampfes eine ärgerliche Notwendigkeit auf dem Weg zum Sieg zu sein. Alex hingegen schätzte einen Sieg, der ihm ohne ein wenig harte Arbeit zufiel, eher gering ein. Man kämpfte, um sich seinem Gegner zu beweisen, und ein Kampf, der zu schnell endete, ließ den Unterlegenen oftmals über die Gründe für die Niederlage im Unklaren. Möglicherweise suchte er die Fehler bei sich selbst, statt dem Gegner Anerkennung zu zollen, weil dieser einfach besser gewesen war.

Alex schnellte vor, Bruneau reagierte mit einem zurückweichenden Sprung. Kaum hatte er sich gefangen, stieß er mit dem Fuß zu, aber Alex war bereits außerhalb seiner Trittweite.

»Miserabel«, höhnte Bruneau.

Die anderen Männer in der *salle* hatten sich an die Wände zurückgezogen, um dem Kampf zuzusehen, und ihre Stimmen bildeten einen fernen Klanghintergrund zu dem überlauten Schlagen von Alex' Herz. Er würde das Duell nicht verlieren. Bruneau hatte mit diesem Sport bereits als Junge begonnen, hatte sich auf den rauesten Straßen des Quartier Latin darin geübt; zudem war er einige Zentimeter größer, was bei Savate durchaus einen Vorteil bedeutete.

Doch Alex verfügte über seinen eigenen Vorteil. Er verabscheute das Kämpfen, verdammt noch mal. Seit neun Jahren kam er jetzt in diese Trainingshalle, und jedes Mal, wenn er sie betrat, kämpfte er wieder gegen den Drang des Erbrechens an. Damals, im ersten Jahr in Rugby, war es ihm so ergangen, wann immer er Reginald Milton um die Ecke hatte kommen sehen. Nichts schärfte die Reflexe eines Mannes so sehr wie die Angst. Wurde das zweckmäßig eingesetzt, konnte nicht einmal Wut mithalten.

»Bist du vielleicht ein Feigling?«, höhnte Bruneau.

Alex grinste. »Ja.«

Diese Antwort erschöpfte Bruneaus Geduld endgültig. Mit einem Sprung griff er zu. Alex duckte sich unter dem Fuß weg, der an seinem Kopf vorbeistieß, wirbelte herum und trat ebenfalls zu. Bruneau wehrte die Attacke mit einem Tritt gegen Alex' Schienbein ab. Alex wich knurrend zurück, sein Gegner fuhr blitzschnell herum. Sein Gegenstoß prallte gegen Alex' Brust.

Hätte Alex mehr Schlaf bekommen, wäre das hier vielleicht zu vermeiden gewesen. *Zum Teufel mit dir, Gwen.*

Er versuchte sie aus seinen Gedanken zu verdrängen. Seit einer Woche hatte sich die Erinnerung an sie als schwerer zu bekämpfen erwiesen als ein afrikanischer Parasit – etwa einer dieser Würmer, die Menschen blind machen konnten.

Alex ließ sich von dem Aufprall leiten, wankte, ehe es ihm gelang, sein Gleichgewicht zurückzuerlangen. Während er noch schwankte, sah er schon Bruneaus Faust auf sein Gesicht zukommen. Fehler. Alex blockte den Schlag ab und trieb den Ellbogen gegen die Kehle seines Gegners. Keuchend taumelte Bruneau rückwärts.

Gerry wäre jetzt stolz auf ihn gewesen, behauptete er doch immer, dass ein Engländer in einem Faustkampf keinen Gegner kannte.

Bruneau erholte sich schnell. Während er mit dem Fuß ausholte, machte Alex einen Satz nach hinten. Dadurch rettete er zwar seine Kniescheibe, opferte aber auch sein Gleichgewicht. Und jetzt, wie immer in Momenten, in denen eine Niederlage zu einer Möglichkeit wurde, empfand Alex einen Gleichklang zwischen Körper und Geist, der die Zeit anzuhalten schien. Es gab keine andere Wahl, als zu fallen. Was nicht bedeutete, dass er für immer zu Boden ging. Er ergab sich der Schwerkraft, doch es gelang ihm, sich gerade noch so lange auf den Beinen zu halten, dass Bruneau auf die Idee kam, ihm auf den Leib zu rücken. Jetzt ließ sich Alex fallen wie ein Stein. Seine Handflächen prallten auf den Boden.

Über Bruneaus knolliges Gesicht blitzte ein Begreifen, für den Bruchteil einer Sekunde, bevor Alex seinen Fuß um den Knöchel des Mannes hakte. Bruneau taumelte, dann fiel er rückwärts. Sein Kopf schlug krachend auf dem Boden auf.

Aus einem unerfindlichen Grund glaubten die Franzosen, dass die Engländer diesen Trick nicht kannten.

Alex rappelte sich hoch. Gott im Himmel, er fühlte sich gut. Das war ein weitaus besser Start in den Morgen als Kaffee. Er verbeugte sich, um den Beifall der Zuschauer entgegenzunehmen, dann ging er zu Bruneau, der noch immer benommen am Boden lag und blinzelnd zur Decke starrte. »Alles in Ordnung?«, fragte er.

Der Mann setzte sich auf, schüttelte den Kopf und bedachte Alex dann mit einem trüben Lächeln. »Das machst du nur einmal mit mir«, sagte er. »Morgen werde ich darauf vorbereitet sein.«

»Dann also morgen Vormittag?« Er reichte Bruneau die Hand und zog ihn auf die Füße hoch. Oder vielleicht doch jetzt gleich, hätte er fast hinzugesetzt, denn während die Wirkung des Adrenalins nachließ, stürzte die ganze Realität der Welt wieder auf ihn ein: der Trainingssaal mit den Schwertern, die paarweise überkreuzt an den Wänden hingen; das Rumpeln von Karren über das Kopfsteinpflaster und die lauten Rufe der Straßenverkäufer, die durch die geschlossenen Fenster hereindrangen; der Gedanke an das beunruhigende Telegramm von Belinda, das ihm heute Morgen in seine Hotelsuite gebracht worden war.

GWEN AUF DEM WEG NACH PARIS MIT ELMA STOP FÜRCHTE SIE SUCHT VISCOUNT STOP ELMA

AHNUNGSLOS STOP BITTE BRING SIE ZUR VERNUNFT STOP

Diese Entwicklung war allerdings mehr als beunruhigend. Von Rechts wegen sollte Gwen jetzt damit beschäftigt sein, Hochzeitsgeschenke zu öffnen und Dankesschreiben zu verfassen. Alex hatte erwartet, solch einen Brief von ihr zu bekommen. Er hatte sich darauf gefreut. Es wäre der Moment der Einlösung des Versprechens gewesen, das er Richard gegeben hatte.

Stattdessen war Gwen in Paris aufgetaucht, das war eine Änderung der Lage, die eine böse Vorahnung in ihm auslöste. *Vorahnung*. Das war die erste und höchst beunruhigende Stufe von Besorgnis, die auf nichts Konkretem beruhte, sondern sich eher als ein unangenehmes Gefühl in der Magengegend zu erkennen gab. Einer Magenverstimmung nahe verwandt. Für das Gefühl, das sich zurzeit in ihm ausbreitete, gab es kein anderes Wort. Für ihn gehörte Gwen zu derselben Art von Verpflichtung, die auch seine Schwestern und seine Nichten einschloss – eine leicht zu händelnde Schar, für die lediglich Geschenke zu Weihnachten erforderlich waren, Postkarten zu den Geburtstagen und gelegentlich ein Kartengruß (vorzugsweise mit einem Pferd oder einem Kätzchen als Motiv: Carolines Jüngste hatte ihm kürzlich diese Information gegeben). Sie sollte nicht in Paris sein. Er sollte nicht in Paris sein. Er konnte gut darauf verzichten, auf sie aufzupassen oder den Wächter seines Bruders zu spielen. Wenn Gerry Land an Rollo Barrington verkauft hatte, sollte Rollo Barrington doch seine Freude daran haben. Wo Alex jetzt eigentlich sein sollte, das war Lima, um hinter die Pläne zu kommen, die Monsanto ausheckte.

Aber nein! Stattdessen befand er sich eine halbe Weltreise von Peru entfernt und verfolgte einen Mann namens *Rollo* (Herrgott, was für ein Name!) und sollte sich gleichzeitig auch noch um Gwen und ihre Probleme kümmern. Nichts in Penningtons Hintergrund wies darauf hin, dass er es sich leisten konnte, auf eine solche Mitgift wie die Gwens zu verzichten. Und Gwen – nun, Jesus Christus. Wenn sie glaubte, er küsste ungefähr so gut wie Trent, dann musste sie irgendwo und irgendwie doch einen ernsten Schlag gegen den Kopf bekommen haben.

Bruneau versetzte ihm den obligatorischen Hieb auf den Rücken. (Und jetzt hatte ihn Gwen auch noch dazu gebracht, in den Tag hineinzu*träumen*, erkannte Alex mit Abscheu.) Pflichtbewusst klopfte auch er dem Mann auf die Schulter. Der Franzose trat einen Schritt zurück und machte eine respektvolle Bemerkung.

Anständigerweise fiele es nun Alex zu, einen Drink in der Bar gegenüber vorzuschlagen, bei dem sie sich dann Geschichten über gute Kämpfe und unfaire Gegner erzählen konnten. Sie würden gutmütige Spötteleien austauschen, die ihrem Revanchekampf morgen etwas Würze hinzufügten. Gern hätte Alex eine Runde ausgegeben – aber, gottverdammt, er musste sich jetzt nicht nur Barrington an die Fersen heften, sondern auch einer naiven Erbin und ihrer hohlköpfigen Anstandsdame.

Er verfluchte die Erfindung des Telegramms.

Alles Leben der Welt wimmelte auf den Boulevards und drängelte sich unter den Fliederbäumen, die in voller Blüte standen. Auf den grünen Bänken, die den Bürgersteig säumten, saßen Dandys in weißen Mänteln mit Pelzkragen und rauchten Zigaretten, wobei sie lässig auf ihre breiten Schnurrbärte achteten. Elegant gekleidete Damen sprangen furchtlos aus Omnibussen, und Dienstboten eilten in Erledigung ihrer vielfältigen Aufgaben vorbei – Nannys führten kleine Jungen in samtenen Knickerbockern und Ärmelmanschetten aus belgischer Spitze spazieren; Hausmädchen wurden von getrimmten Pudeln hinter sich hergezerrt, die sich auf die Olivenhändler stürzten und die Nelkenverkäuferinnen dazu brachten, aufzukreischen und zur Seite zu springen. Jeder Laternenpfahl war mit bunten Programmzetteln beklebt, und der Junge am Zeitungsstand schrie mit einer Stimme, die längst schon heiser geworden war, unablässig die Schlagzeilen aus.

Unter der gestreiften Markise eines bezaubernden kleinen Cafés saß Gwen, nippte an einem Glas Wein und betrachtete fasziniert ihre Umgebung. Zwei Mal hatte sie Paris bereits besucht, aber bei diesen Aufenthalten hatte sie nichts von dem gesehen, was sie jetzt sah. Ihre Vormittage waren von den dunklen Gängen des Louvre verschluckt worden, und ihre Nachmittage hatte sie mit Anproben bei Laferrière, Redferns und Worth verbracht. Gestern hatte Elma darauf bestanden, dass sie den Abend damit vergeudeten, in einer dunklen kleinen Loge in der Oper zu sitzen. Aber die Wahrheit über Paris war an diesen Orten nicht zu finden. Die Wahrheit befand sich hier, sie paradierte zu ihrer Unterhaltung vorbei, während der Gentleman am Nebentisch seinen Curaçao trank und sie keines Blickes würdigte. Der Kellner hatte ihr sogar Absinth angeboten!

Gwen fühlte sich außerordentlich zufrieden mit sich selbst. Ihr Baedeker verkündete, dass die Cafés auf der Südseite der Boulevards für Ladys geeignet wären, aber der Autor hatte bei dieser Empfehlung gewiss nicht angenommen, dass sie ihren Wein *ohne* die Begleitung einer Anstandsdame trinken würde.

Lächelnd sah sie wieder in die Zeitung, die aufgeschlagen vor ihr auf dem Tisch lag. *Galignani's Messenger* druckte täglich eine Liste englischer Neuankömmlinge in Paris ab; jeweils an den Freitagen wurde diese Liste erweitert, um bemerkenswerte Abreisen zu anderen Orten Europas bekannt zu geben. Ein erstes Darüberschauen hatte keinen Hinweis auf Thomas'

Namen gebracht. Vermutlich weilte er noch immer in der Stadt. Aber wo er sich aufhalten könnte, war bislang ein Rätsel geblieben. Ihr Portier im *Grand Hôtel du Louvre* hatte in ihrem Auftrag diskret Erkundigungen angestellt, deshalb wusste sie, dass er dort nicht logierte, ebenso wenig im *Maurice,* im *Brighton,* dem *Rivoli* oder dem *Saint James and Albany*. Er hatte nicht einmal Halt gemacht, um im *Richard-Lucas* zu speisen. Für einen Engländer erwies sich Thomas als bemerkenswert unberechenbar.

»Amüsierst du dich?«

Sie fuhr herum, das Herz klopfte ihr bis zum Hals. *Was um alles in der Welt …?* »Alex!«

»Der und kein anderer«, sagte er. Dabei machte er den exzellenten Eindruck eines wohlhabenden Pariser Bürgers: grauer Anzug, graue Weste, grauer Filzhut, Handschuhe aus grauem Wildleder – sogar die Halsbinde war grau. Nach dem Vorbild der Einheimischen trug er sie sehr leger gebunden. Er sah nach Geld und äußerst kultiviert aus – und, dank der dunklen Schatten unter seinen Augen, obendrein äußerst sündig: ein Mann, der die Nacht ebenso ausgiebig genoss wie den Tag.

Er zeigte auf den leeren Stuhl ihr gegenüber. Sie nickte. Was sonst sollte sie tun?

Während er sich setzte, zwangen die eng stehenden Tische sein Knie gegen ihre Röcke. Er warf ihr ein überraschend freundliches Lächeln zu. Vielleicht wechselte er seine Laune mit dem Land, in dem er sich aufhielt, ebenso wie seine Garderobe. Gwen versuchte vergeblich, den Blick von seiner Kehle abzuwenden, auf die sie wie gebannt schaute. Seit ihrer Ankunft gestern hatte sie wohl hundert Gentlemen gesehen, die ihre Halsbinde auf diese Weise getragen hatten. Aber bei Alex war die Wirkung … verwirrend. Als wenn er während des Ankleidens unterbrochen worden wäre.

Ihr ging durch den Sinn, was geschehen war, als sie sich das letzte Mal gesehen hatten: Er hatte wahrhaft gekonnt geküsst. Da spürte sie, dass sie errötete.

Er schlug die langen Beine übereinander und schaute sich so lässig um, als wäre er ihr nicht gerade erst unvermutet in einem fremden Land begegnet. Gwen saß sehr still da. Sie spürte ein Prickeln in den Fingerspitzen. Seine Wangenknochen übten eine geradezu dramatische Wirkung auf sie aus.

Unmoralische Ladys hatten wahrscheinlich sündige Träume … wegen seiner Lippen.

Diese Lippen, über die kein Wort kam.

»Was *tust* du hier?«, platzte sie heraus.

Er zog eine Augenbraue hoch, als er sie ansah. »Was für eine wenig originelle Frage. Ich hatte dir doch gesagt, dass ich nach Paris reisen wolle.« Das Lächeln, das um seinen Mund spielte, war nicht zu deuten. »Vielleicht sollte ich dich fragen, ob du mir nachgereist bist.«

»Was für eine dumme Frage wäre das«, erwiderte sie gereizt, »da ich in unserem letzten Gespräch bereits meine Absicht zum Ausdruck gebracht hatte hierherzukommen.«

Alex musterte sie aus schmalen Augen. »Ich glaube aber, ich hatte als Erster diese Absicht geäußert.«

»Ja, meine Idee entstand jedoch ganz unabhängig davon. Das hatte mit dir überhaupt nichts zu tun.«

»Du –« Er strich sich mit der Hand über das Gesicht und murmelte leise etwas vor sich hin, das sie nicht verstand. Dann richtete er sich auf und lächelte müßig. »Ach, was soll's. Paris ist schließlich groß genug für uns beide.«

»Warum bist du dann hier in meinem Café?«

Ein Muskel zuckte kurz an seinem Kinn. »Eine gute Frage«, sagte er nach einer Weile. »Meine Schwestern haben kein Vertrauen in deine Anstandsdame, und offensichtlich ist ihr

Misstrauen sogar berechtigt. Sie macht ein Nickerchen mit Gurkenscheiben auf ihrem Gesicht, während du allein herumziehst und Weinkaraffen leer trinkst.«

»Du hast also die Nachricht gelesen, die ich Elma hingelegt habe?«

Sein Mundwinkel hob sich, doch es schien nicht das Zeichen für gute Laune zu sein. »Ja«, sagte er. »Ich habe die Nachricht gelesen.«

»Nun, ich hoffe, du bist nicht gekommen, um mich zurück nach London zu verfrachten. Ich glaube, dass ich meine Meinung sehr deutlich gemacht habe – in Hinsicht auf diesen lächerlichen Plan, mich bis zum Herbst zu verheiraten.«

»Ja, das hast du«, sagte er. »Ich habe keinesfalls die Absicht, Sie irgendjemandem aufzudrängen, Miss Maudsley. Ich wünschte nur, meine Schwestern dächten ebenso. Ich bin nach Paris gekommen, um Ferien zu machen, nichts anderes.« Als wolle er dies unterstreichen, hielt er das Gesicht in die Sonne. Eine leichte Brise erhob sich gerade. Alex schloss die Augen und rutschte tiefer in seinen Stuhl, streckte sich aus wie eine große, sich sonnende Hauskatze.

»Hmmm«, sagte Gwen und wünschte, er nähme von ihrer Skepsis Notiz. Soweit sie wusste, war Alex noch nie irgendwohin gereist, nur um Ferien zu machen, die ihm keinen Profit einbrachten.

Hinter seiner Hand verbarg er ein Gähnen. Vielleicht sagte er die Wahrheit. Gewiss war jedenfalls, dass sie ihn noch nie so … unbekümmert gesehen hatte.

Diese ungewöhnliche Entspanntheit beruhigte sie und gab ihr überdies die Möglichkeit, sich Alex so genau anzuschauen, wie sie es wollte.

Unwillkürlich beugte sie sich vor. Sein Mund war wirklich bemerkenswert. Sollten Männer solche Lippen haben? Sie wirkten einen Hauch dunkler als seine gebräunte Haut, die obere ein wenig breiter als die untere, aber nicht ganz so voll. Die Konturen waren so präzise geformt, dass sie sie hätte nachzeichnen können, hätte sie Reispapier und einen Stift gehabt.

Als er, ohne die Augen zu öffnen, etwas sagte, zuckte Gwen erschreckt zusammen. »Hast du den Viscount gefunden?«

Sie lehnte sich zurück. »Noch nicht.«

Er schlug die Augen auf und sah sie an. »Ich hatte dir doch gesagt, dass ich ihn für dich auftreiben werde. Traust du mir das etwa nicht zu?«

Seltsam, dass sie sich nicht erinnern konnte, seine Augen in der Vergangenheit als beunruhigend empfunden zu haben. Aber sie waren von einem verwirrend hellen Blau und schienen sie festzuhalten wie eine Hand, die sich um ihre Kehle geschlossen hatte. »Ich bezweifle deine Fähigkeiten gar nicht«, sagte sie. »Und ich weiß, mein Bruder hätte dein Angebot zu schätzen gewusst. Aber wie ich bereits sagte, ich bin aus einer Reihe von Gründen nach Paris gekommen. Und einer davon ist, den Viscount darüber in Kenntnis zu setzen, wie groß mein Abscheu über sein Verhalten ist.« Sie machte eine Pause. »Ich hatte diesbezüglich einen Brief verfasst, aber jemand hat ihn mir auf rüde Art abgenommen und mir verboten, ihn abzuschicken.«

»Es dir verboten?« Alex sah amüsiert aus. »Hörst du immer auf das, was andere dir sagen, darüber, was du tun sollst? Das kommt mir ziemlich *konventionell* vor.«

»Ich bin ein ganz unerfahrener freier Geist«, entgegnete Gwen mit einem Schulterzucken. »Meine Flügel sind noch dabei, sich auszubreiten. Aber du hast vollkommen recht; ich werde mich bemühen, dich künftig *absolut* zu ignorieren.« Als er lachte, fügte sie hinzu: »Selbst wenn du darauf bestehst, mir weiterhin auf diese brüderliche Weise zu folgen.«

Er lachte und setzte sich auf. »Brüderlich? *Brüderlich?* Was für Lügen haben meine Schwestern dir denn aufgetischt? Ich glaube, das letzte Mal war ich 1876 *brüderlich*, und Belinda hatte sich gerade das Knie aufgeschlagen.« Sein Mundwinkel hob sich. »Brauchen Sie mich, damit ich Ihre Knie in Augenschein nehme, Miss Maudsley?«

Sie reckte das Kinn. »Meine Knie sind in Ordnung.«

»Gut zu wissen.« Er legte den Zeigefinger an die Karaffe mit Burgunder, die neben ihrem Glas stand und bewegte die Fingerspitze müßig über das von Kondenswasser beschlagene Glas. »Man kann nur hoffen, dass sie das auch bleiben«, sagte er, »denn ich vermute, du hast sehr hübsche Knie. Aber davonzulaufen kann gefährlich sein. Dabei könnte man hinfallen.«

Sie beobachtete seine Hände. Seine Finger waren schlank und elegant, hervorragend geeignet für Musikinstrumente; sie hatte sie schon mit anmutiger Gewandtheit über die Tasten eines Klaviers gleiten sehen. Offensichtlich konnten sie genauso leicht einen Mann schlagen, bis ihm das Kinn brach – so flüsterte man es sich zu, wenn weder er noch der unglückliche Mr Reginald Milton anwesend waren. Was Lady Milton anging, Reginalds Mutter, so hielt diese Alex offenbar für die Inkarnation des Teufels. Aber wahrscheinlich würde sogar sie seine Hände bewundern, wenn sie nicht wüsste, zu wem sie gehörten.

Gwen betrachtete ihre Finger, die sie ineinander verschränkt still auf dem Schoß hielt. Sie waren kurz, die Hände einer Waschfrau, und das im wahrsten Sinne: Ihre Großmutter väterlicherseits war in einem der Häuser der Rolands Küchenmädchen gewesen. Natürlich offenbarte sie diese Tatsache nicht, wenn sie mit Baron und Lady Roland zu Mittag speiste.

Wenn sie die beiden das nächste Mal traf, *würde* sie es vielleicht erwähnen. »Ich ›laufe nicht davon‹«, stellte sie klar. »Ich bin dreiundzwanzig Jahre alt. Aber ich denke, ich kann sagen, dass ich das Recht habe, einfach zu *gehen* – wann und wohin es mir gefällt.«

»Eine bewundernswerte Philosophie«, murmelte er. Seine Fingerspitze klopfte gegen die Karaffe. »Du solltest es vielleicht zunächst etwas ruhiger versuchen.«

Sie runzelte die Stirn. Er sah an ihr vorbei und spannte das Kinn an. Irgendwie schaffte er es damit, den Kellner an ihren Tisch zu beordern, einen schlaksigen Burschen, der sein sandbraunes Haar in der Mitte gescheitelt und nach vorn gebürstet über einem Paar großer, flügelgleicher Ohren trug.

Alex' Bitte um *une bock* schien ihn zu entzücken. »Sofort!«, rief er und war wie der Blitz verschwunden.

Gwen runzelte die Stirn. Ihre Bestellung hatte nicht so viel Begeisterung hervorgerufen.

»Hast du dich mit Mrs Beecham gestritten?«, fragte Alex leichthin.

Sie sah ihn verblüfft an. »Was? Natürlich nicht. Wir sind nur gestern Abend in der Oper gewesen, um uns eine Vorstellung anzusehen.« Sie schnitt eine Grimasse. »Es war ziemlich dramatisch.«

»Ein düsteres Stück?«

»Oh, ganz und gar nicht. Aber weder sie noch ich konnten etwas mit dem Französisch anfangen – diese Umgangssprache ist schrecklich schwer zu verstehen und sehr verwirrend – und dann ist uns auch noch das Münzgeld für die vielen Trinkgelder ausgegangen. Dabei war das gar nicht unsere Schuld! Die Angestellten im Garderobenraum beharrten darauf, uns auf diese Sitze mit den klapprigen Fußbänken zu platzieren. Wir haben ihnen alle unsere Münzen gegeben. Als die Platzanweiserin herumging, um Programmhefte zu verkaufen, haben wir deshalb versucht, es abzulehnen. Nur dass sie es uns nicht angeboten hatte, eines zu kaufen, sondern es von uns verlangt hat. Dazu hat sie eine ganz fürchterliche Szene gemacht. Es war eine ausgesprochene Ungezogenheit!« Sie schüttelte den Kopf. »Ich habe Elma gesagt, dass ich nicht noch einmal dorthin gehen werde. Und ich meine es auch so, obwohl sie versuchen wird, mich zu überreden.«

Er lachte. »Deswegen war sie weniger besorgt. Vielmehr ging es ihr um deine Weigerung, sie bei ihren Besuchen zu begleiten.«

»Ich dachte, sie wollte ihren Mittagsschlaf halten.«

»Hat sie auch, aber dann hat sie sich dazu herabgelassen, für einen Moment eine der Gurkenscheiben anzuheben.«

Gwen seufzte und griff nach ihrem Weinglas. Ein Schluck, um Mut zu fassen, vielleicht. »Elma hat hundert Freunde hier und wünscht, sie alle zu besuchen. Sie hat eine Liste gemacht, und die ist drei Seiten lang, sortiert nach den Orten: Heute arbeitet sie sich durch den Faubourg Saint-Germain. Morgen sind die Rue de Varenne und die Rue de Grenell an der Reihe. Zwölf, fünfzehn Familien jeweils.« Während Gwen den Wein trank, tat sie ihr Bestes, keine Grimasse zu schneiden; die Wärme der Sonne ließ den Burgunder säuerlich schmecken. »Auf jeden Fall erachte ich es als einen Gefallen, sie die Besuche allein machen zu lassen. Jeder wird den neuesten Klatsch aus London hören wollen, und da *ich* der Klatsch bin, kann sie ihn ja kaum zum Besten geben, wenn ich neben ihr sitze.«

»Das ist sehr großzügig von dir«, sagte er trocken. »Wohin willst du dann gehen?«

Sie versuchte erneut, nur mit einer Schulter zu zucken – so wie er. Doch alles, was sie zustande brachte, war ein Krampf im Nacken. »An all die Orte, an denen man einen Engländer in Paris antreffen kann.«

Der Kellner kehrte mit einem schlanken hohen Glas Bier zurück. Sie wollte auch eines probieren – und war längst damit durch, ihre Wünsche zu unterdrücken. Deshalb sagte sie zu dem Jungen: »Une canette, s'il vous plaît.«

»Das wäre eine größere Größe«, klärte Alex sie auf.

»Das weiß ich«, sagte sie. »Deshalb habe ich es ja bestellt. Nur ein Bruder würde darauf hinweisen«, fügte sie hinzu.

»Ein Bruder würde dich auch zurück ins Hotel tragen, wenn du ohnmächtig wirst, aber du kannst dich darauf verlassen: Diese Mühe werde ich mir nicht machen.«

Sie lächelte. Alex war der einzige Mann, den sie kannte, der es immer darauf *anzulegen* schien, dass man rüde reagierte. Bisher hatte sie das an ihm immer gestört; die Verpflichtung, seine Provokationen zu ignorieren, hatte bei ihr gelegen. Aber jetzt konnte sie zum ersten Mal mit gleicher Leichtigkeit antworten, und die Wirkung war seltsam berauschend, sogar noch berauschender als der Wein. »Ich habe einen harten Schädel, musst du wissen.«

»Ja, wie ich höre, hast du einmal zwei ganze Gläser von dem Zeug getrunken.«

»Und *ich* habe gehört, dass Sarkasmus kein Ersatz für Klugheit ist.«

»Und – hast du auch das Folgende schon gehört? Entführte Erbinnen sind nicht gerade der Stoff für Romane.«

»Entführt?« Sie musste lachen. »Wäre das nicht eine unglaubliche Ironie! Von zwei Männern sitzen gelassen und von einem dritten entführt!«

Alex schwieg. »Du solltest nicht allein ausgehen«, sagte er in verändertem, jetzt ernstem Ton. »Das wollte ich damit sagen. Die Welt ist nicht so gut, wie sie in Mayfair aussieht.«

»Sieht sie denn so gut aus in Mayfair?«, fragte sie höflich zurück. »Vielleicht hatte ich in der letzten Woche eine eher schlechte Meinung darüber, als ich da so allein vor dem Altar stand.«

»Ich spreche nicht von verletzten Gefühlen«, sagte er ruhig. »Solche Dinge geschehen. Du musst nur an deinen Bruder denken, um das zu wissen.«

Verwirrt sah sie ihn an. Er erwiderte ihren Blick, aber seine äußere Regungslosigkeit verriet doch das Wissen um die Bedeutung dieses Augenblicks: Noch nie zuvor hatten sie über Richards Tod gesprochen. Alle Details darüber wusste Gwen von den Zwillingen.

Doch sie wollte wieder zurück zur Oberflächlichkeit, zu der Stimmung, die bis eben noch zwischen ihnen geherrscht hatte. Und hörte sich dennoch sagen: »Ich vermisse ihn.«

»Ja«, sagte er nach einiger Zeit. »Ich auch.«

Die Schlichtheit seiner Antwort drückte Gwens Lebensgeister noch weiter zu Boden. Auch ihm hatte Richard viel bedeutet.

Es war Alex gewesen, der ihr damals den Ring zurückgebracht hatte.

An jenem Tag war sie ihm so unendlich dankbar dafür gewesen. Selbst inmitten all der anderen verrückten, traurig machenden Gedanken, die ihr durch den Kopf gegangen waren, hatte sie ihn nur umarmen und an seiner Schulter weinen wollen. Weil er ihr den Ring zurückgebracht hatte.

»Ich kann nicht begreifen, dass ich ihn weggeben konnte«, wisperte sie.

Alex zuckte die Schultern. Offensichtlich musste er nicht fragen, wovon sie sprach. »Du hast geglaubt, dass du den Mann heiraten wirst, Gwen.«

In seiner Stimme schwang kein Urteil mit. Und Elma und die Zwillinge hatten das Gleiche gesagt. Aber vielleicht war das der schlimmste Teil: Sie hatte es als richtig empfunden, Thomas den Ring zu geben.

Wie bereitwillig hatte sie sich selbst betrogen! Sie hatte nicht einmal den Mut besessen, ihre eigene Heuchelei zu erkennen. Es drehte ihr den Magen um, wenn sie jetzt daran dachte. Es war wie in diesem Kinderspiel, in dem man sich um sich selbst drehte, weiter und weiter und weiter, bis man es endlich schaffte, sich selbst zu überzeugen, dass der Himmel und die Erde die Plätze getauscht hatten und der Horizont so nah war, dass man ihn beinahe berühren könnte. Doch wenn man stehen blieb, holte die Welt einen wieder ein und alles glitt an seinen Platz zurück, schwer und unverändert. Nichts Neues. Und dieses Schwindelgefühl tief in einem drin war halb aus Staunen, halb aus Angst geboren: *Wie habe ich davon überzeugt sein können, sei es auch nur für einen Augenblick, dass die Dinge anders gewesen sind? Ich kannte doch die ganze Zeit über die Wahrheit.*

Ihre Bestellung wurde gebracht und lenkte sie von ihren Gedanken ab. Der Bierschaum stellte Gwen vor ein kleines Problem. Sie beschloss, ihn zu durchpflügen, und kam schließlich darauf, ihn sich von der Nase zu tupfen.

Alex lächelte leicht. *»Oui?«*

»Oui«, sagte sie, weil ihr das Lächeln und die Tatsache gefielen, dass er sie nicht neckte. Obwohl es abscheulich schmeckte.

»Ich habe das Gefühl, dass du auf einer größeren Mission bist, hier in Paris.« Er sprach langsam.

Höflich lächelte sie ihn an. »Ich habe vor, ein paar neue Dinge auszuprobieren, wenn es das ist, was du meinst. Das Leben ist zu kurz, um es damit zu verbringen, sich bloß zu *benehmen*, meinst du nicht?« Mit einem Lachen fügte sie hinzu: »Aber vielleicht hast du das nie versucht, Alex. Vielleicht solltest du mein Beispiel sein.«

Er stützte den Ellbogen auf den Tisch und das Kinn in die Hand. »Ich würde dir raten, dich nach jemand anderem umzusehen, denn an meinem Beispiel wäre nichts Gutes.«

»Vielleicht will ich ja gar nicht dorthin, wo man gut sein muss.«

Sein Lächeln wirkte nachdenklich. »Aber der einzige Ort, an dem ich Verwendung für dich hätte, wäre das Bett.«

Sie erstarrte. Er meinte doch gewiss nicht …

»Oh, du hast es schon richtig verstanden«, sagte er. »Ich meine das auf eine rein sexuelle Art. Und daran ist ganz und gar nichts Brüderliches.«

Das Wort wirkte wie ein körperlicher Schlag. Hastig stellte Gwen ihr Glas ab, bevor sie es fallen ließ, dann blickte sie sich panisch um. Niemand schien es mitgehört zu haben.

Sein Lachen lenkte ihre Aufmerksamkeit wieder auf ihn. »Du hast es nicht in dir, das zu tun, Gwen.«

Der Klang ihres Namens durchfloss sie wie ein Funkenstrom. Er hatte eine schöne Stimme, tief und glatt. *Gwen*. Sie hatte nie bemerkt, wie hübsch ihr Name klingen konnte. »Was – was meinst du?« Großer Gott! Was würden seine Schwestern sagen, wären sie in der Lage, diese Unterhaltung zu hören? Alex – interessiert an ihr auf eine rein sexuelle Weise! »Ich habe es nicht in mir, *was* zu tun?«

»Zu rebellieren.«

»Du irrst dich. Ich habe vor, nur noch für mich selbst zu leben.«

Er legte den Kopf schief. »Ich streite nicht über deine Motive«, sagte er. »Aber nur noch für dich zu leben, das heißt doch auch, dass du damit aufhörst, dich zu sorgen, was andere von dir erwarten.«

»Ja, ich weiß. Aber vielleicht möchte ich beurteilt werden.« Gestern Abend war Elma ganz erfüllt von den Neuigkeiten über irgendeinen Duke gewesen, der kürzlich geschieden worden war – eine Tatsache, die weniger bestürzend war, wenn man erfuhr, dass er siebzig Jahre alt war. Aber sein Alter hatte Elma nicht davon abgehalten, sich einen großartigen Plan zurechtzulegen: Gwens Ansehen wiederherzustellen, indem sie sie zu einer Duchess machte. Das hohe Alter würde den Mann vermutlich auch nicht davon abhalten, ihr den Hof zu machen. Elma hatte ihr versichert, dass seine von und zu Uralt-und-Tattrig-Gnaden verzweifelt dringend Geld brauchte. »Vielleicht würde mir ein ruinierter Ruf gefallen«, sagte sie. Sie hatte ein für alle Mal damit abgeschlossen, sich einen Bräutigam zu kaufen.

Was wäre nötig, um diese Männer gründlich abzuschrecken? Ein Skandals apokalyptischen Ausmaßes? Nur etwas wahrhaft Abscheuliches würde dem Anreiz ihrer drei Millionen Pfund entgegenwirken können. Gift, Mord, Teufelsanbetung. Der Anblick eines Altars.

»Wenn es richtig angestellt wird, würde es dir sicherlich gefallen, deinen Ruf nachhaltig zum Teufel zu schicken«, sagte Alex und wirkte dabei sehr heiter. »Aber die Konsequenzen würden dir nicht gefallen. Du bist ein Lämmchen, Gwen, und ich sage das ohne jegliche Kritik. Du lebst, um angelächelt zu werden und um alle zu bezaubern. Daran ist selbstverständlich nichts Falsches, solange du dir zum Bezaubern die richtigen Menschen aussuchst. Dein Fehler war es, bis jetzt immer die falsche Wahl getroffen zu haben.«

Diese Worte taten weh, aber nur, weil sie noch vor Kurzem so wahr gewesen waren. Warum denn überhaupt jemanden bezaubern? Was für eine sinnlose Anstrengung schien das jetzt zu sein! Menschen trieben davon wie die Samen einer Pusteblume, wurden vom Tod davongetragen oder von der Gleichgültigkeit oder aus einer unerklärlichen Laune heraus. Warum sich die Mühe machen, sie festzuhalten? Letztlich würde man doch nur enttäuscht werden.

Und von allen Menschen verstand *Alex* das am besten. Schließlich hatte er sein ganzes Erwachsenenleben damit verbracht, sein Zuhause und seine Familie zu meiden. Welche Heuchelei von ihm, sie zu etwas zu ermutigen, worum er sich nie geschert hatte. »Ich sage dir, dass mich das nicht länger kümmert«, erklärte sie heftig.

Er richtete sich auf seinem Stuhl auf und sah Gwen nachdenklich an. »Also gut«, sagte er nach einer Weile. »Lass es uns ausprobieren. Bist du bereit?«

»Ja«, entgegnete sie sofort. »Warum nicht? Sieh mich mit deinem bösesten Stirnrunzeln an. Schimpf mit mir so heftig, wie du willst.«

»Oh, aber ich bin der letzte Mensch, der dich kritisieren würde. Ich bin doch ein Lump, oder? Nein, was wir brauchen« – bei diesen Worten sah er sich im Café um – »sind ein paar aufrechte Bürger, die du vor den Kopf stoßen kannst. Dort«, sagte er, zog die Augenbraue hoch und wies mit dem Kinn auf jemanden, der hinter ihr saß.

Gwen wandte sich auf ihrem Stuhl um. Eine Familie, vermutlich amerikanische Touristen, hatte an dem Tisch dort Platz genommen. Der Mann mit Halbglatze paffte genüsslich seine Zigarre, während er durch *The World* blätterte und dabei den Blick seiner korpulenten Frau erfolgreich ignorierte. Mit den Hängebäckchen und dem breiten Perlencollier sah sie wie ein Hund mit Halsband aus. Die Tochter, eine stupsnäsige Schönheit in einem Promenadenkleid aus Seidenbengaline, stieß einen leidgeprüften Seufzer aus und blickte zum Trottoir hinüber. Ihr Kleid war sehr modisch in Schnitt und Material, aber seine Klasse wurde von der getroffenen Farbwahl stark beeinträchtigt – ein ungünstiges, geradezu vulgäres Purpurrot.

Gwen wandte sich wieder Alex zu. »Was hast du im Sinn? Soll ich … zu ihnen gehen und mich entschuldigen? Mein Vater hat diese Farbe erfunden, musst du wissen. Sie hat noch nie irgendjemandes Teint positiv betont.«

»Du lieber Gott, Gwen. Es geht darum zu *schockieren*. Nicht neue Wege zu finden, wie du dich einschmeicheln kannst.«

»Aber das *wäre* doch schockierend! Ein Gespräch zu beginnen, ohne zuvor korrekt vorgestellt worden zu sein …« Sie verstummte, als sein Lächeln einen unfreundlichen Zug annahm. »Also gut«, sagte sie mit einem tiefen Atemholen. Er wollte es schockierend?

Sie nahm ihre benutzte Serviette und warf sie über die Schulter.

Herzklopfend wartete sie auf einen empörten Aufschrei. Sie hatte eine benutzte Serviette auf jemanden geworfen – vor fünfzig Jahren war eine solche Beleidigung Grund für ein Duell gewesen.

Eine ganze Weile verging. Kein Laut war von der Gegenpartei zu hören, die beleidigt worden war. Alex gähnte hinter vorgehaltener Hand. Stirnrunzelnd spähte Gwen über ihre Schulter.

Ihre Serviette lag genau hinter dem Stuhl des jungen Mädchens am Boden. Das Mädchen hatte es nicht bemerkt und spielte mit der Manschette ihres Handschuhs.

»Es funktioniert besser, wenn du genau zielst«, erklärte Alex. »Soll ich es dir demonstrieren?« Er zog ein Taschentuch aus seiner Tasche und tauchte es in Gwens Weinglas, dann knüllte er es zusammen.

»Nein! Das kannst du nicht tun. Wein macht Flecken!« Als er grinste, die Hand öffnete und das Taschentuch auf den Tisch fallen ließ, fühlte sie ihren Geduldsfaden reißen. »Das ist überaus kindisch und obendrein auch noch nutzlos. Ich sagte, ich wünsche frei zu leben, aber nicht, dass ich irgendwelche Leute mit Gegenständen bewerfen möchte.«

»Nein«, korrigierte er sie, »du sagtest, dass du dich nicht länger um das Urteil anderer scherst.«

»Das eine zieht das andere nach sich.«

Er legte den Kopf schief. »Genau mein Reden. Also – bringst du es fertig? Versuch es mit dem Weinglas.«

»Das Weinglas? Aber es würde zerbrechen!«

»Wohl wahr«, sagte er nachdenklich. »Und zudem auch noch ziemlich laut.« Er nahm ihr Glas und streckte den Arm zum Gang zwischen den Tischen aus.

Seine Hand öffnete sich.

Das Glas zerschellte klirrend am Boden.

»Ach herrje«, hörte Gwen das amerikanische Mädchen murmeln. Die anderen Gäste schauten zu ihnen herüber, einige von ihnen errötend – aus mitfühlender Verlegenheit.

Es war gar nicht so schlimm, wirklich nicht. Gwen sah Alex an und zuckte mit den Schultern.

Er lächelte und hob sein Bierglas wie zu einem Toast. »Um die Toten zu erwecken«, sagte er und ließ es auf den Boden fallen.

Rufe wurden laut. Die Matrone am Tisch hinter ihr sagte sehr laut, dass er das absichtlich getan hätte. Der Mann mit dem Curaçao sprang auf und fluchte in einer Sprache, die Gwen nicht verstand. Ihr war durchaus klar, dass er sich belästigt fühlte, da die Bierspritzer sein Beinkleid befleckt hatten.

»Du bist rot geworden«, stellte Alex fest. »Fühlst du dich ein wenig … unbehaglich?« Mit einem beiläufigen Stoß seines Handrückens stieß er Gwens Wasserglas vom Tisch.

Zu diesem Zeitpunkt begannen die Leute auf dem Bürgersteig stehen zu bleiben und neugierig zu schauen.

Gwen saß da wie erstarrt. Alex stützte die Unterarme auf den Tisch und beugte sich vertraulich zu ihr hinüber. »Wir scheinen unseren Vorrat an Gläsern erschöpft zu haben. Aber da wäre immer noch die Karaffe. Oder wenn du ein richtiges Drama anrichten möchtest, kann ich auch den ganzen Tisch umwerfen.«

»Nein«, fauchte sie.

»Oh, ich bitte sehr um Entschuldigung – möchtest du es vielleicht selbst tun?«

»Das ist nicht *unmanierlich*. Das ist absichtliche Zerstörung!«

Er zuckte die Schultern. »Ein Tisch, ein Glas, der Charakter einer Lady … alles bricht sehr leicht. Was schade ist.«

Jemand packte Gwen am Arm. Der Kellner schimpfte auf sie herunter, Speichel flog von seinen Lippen.

Alex fasste über den Tisch und packte den Mann am Handgelenk, dabei sagte er etwas, scharf und kurz.

Der Kellner reagierte mit einem kehligen Fluch.

Alex' Knöchel färbten sich weiß, und der Kellner keuchte, doch sein Griff lockerte sich. Gwen entzog sich seiner Hand, und Alex ließ die Hand sinken. Dann lehnte er sich auf seinem Stuhl zurück.

Der Kellner hielt jetzt seinen Arm an die Brust gedrückt und begann mit einem Redeschwall in ärgerlichem Französisch, dem Gwen nicht folgen konnte – bis auf die Erwähnung von *les gardes municipaux*.

Polizei.

Das hieß Polizei.

Sie stand auf und fasste nach der kleinen Tasche, die sie an ihrem Gürtel trug. All ihr Geld befand sich darin. Für ihre gestammelte Entschuldigung schien sie nicht die passenden Worte gefunden zu haben. »Steh auf!«, schrie sie Alex an. Warum *lächelte* er? »Er will die Polizei rufen!«

Alex neigte den Kopf, um zu lauschen. »Nun ja, das wird er wohl tun. Offensichtlich sind wir ein öffentliches Ärgernis.« Er nickte kurz. »Ich habe schon immer vermutet, dass du ein Ärgernis bist, Gwen.«

Pfundnoten. Pence-Stücke. Francs, da, endlich! Sie drückte eine Banknote in die Hand des Kellners. Er warf einen Blick darauf, verstummte sofort und begann, sich tief vor ihr zu verbeugen, während er sich zurückzog.

Ein Raunen erhob sich aus der Menge auf dem Bürgersteig. Plötzlich sah jeder sie sehr seltsam an.

Alex lachte.

»Was ist?« Gwen war kurz davor, mit dem Fuß aufzustampfen. Ihn zu *erwürgen*. »Was ist denn so komisch? Ich würde meinen, dass wir ihm fünfzig Francs schuldig waren … für dieses Chaos!«

»Du hast ihm aber das Zehnfache gegeben«, sagte er, während er aufstand. »Das war ein Fünfhundert-Franc-Schein. Wie's scheint, werden wir an deinen Bestechungsfähigkeiten noch arbeiten müssen.«

Bei Gott, sie war es leid, ausgelacht zu werden! »Ach ja?« Dann wandte sie sich um und griff sich den irdenen Krug, der auf dem Tisch der Amerikaner stand, wobei sie das laute *»Hey!«* des Mannes mit der Zeitung ignorierte.

Alex zog die Augenbrauen hoch.

Sie sah ihm in die Augen, als sie ihm den Krug an den Kopf warf.

Er duckte sich und die Menge hinter der Trennbarriere duckte sich mit ihm. Der Krug zerbrach auf dem Bürgersteig.

Völlige Stille.

»Das war ein wenig übertrieben«, kritisierte Alex. »Aber zumindest hast du dieses Mal gezielt.«

Jemand klopfte ihr auf die Schulter. Der junge Kellner, die Stirn kraus gezogen, streckte ihr gebietend die Hand hin.

»Weitere fünfhundert Francs, was meinst du?« Die Belustigung in Alex' Stimme trug nicht gerade dazu bei, Gwens Zorn zu dämpfen. In einer Minute würde sie nicht einmal mehr *glauben*, was sie gerade eben getan hatte.

»Hundert«, sagte sie zu dem Jungen, und ihr Blick drohte ihm, sich zu unterstehen, den Geldschein nicht anzunehmen.

Er war kein Narr. Erneut verbeugte er sich tief vor ihr, während er sich zurückzog, den Geldschein fest in der Hand haltend.

Sie wandte sich Alex zu. »Ich brauche deine Hilfe nicht.«

Das Grübchen in seiner Wange strafte seine betrübte Miene Lügen: Er musste ein Lächeln unterdrücken. *»Mais non«*, sagte er. »Aber wenn du schon vorhast, so etwas zu tun, dann musst du es auch richtig machen. Das nächste Mal sollten fünfzig Francs voll und ganz genügen.«

6

Le Highlife du Westend. In der Creme der französischen Gesellschaft war dies der Begriff, der auf mokante Weise den jährlichen Einfall von Engländern in Paris bezeichnete. Zugleich stand er für deren plumpe Art von Amüsement: der unersättliche Appetit auf Champagner (den kein echter Pariser anrührte, es sei denn während des Karnevals); die glühende Verfolgung der pausbäckigen *cocottes*, die in den Varietétheatern und in den Cafés des Quartier Latin arbeiteten; und dann die ausgedehnten Mittagsmahlzeiten bei Rinderkeule im *Richard-Lucas*. Kurz gesagt galt dieser Begriff als spöttische Bestätigung dafür, dass die gut situierten Engländer nach Paris kamen, um hier genau die gleichen Dinge zu tun, die sie in London zu tun pflegten. Wenn auch mit der zusätzlichen Möglichkeit, auf eine fremde Lebensweise zu starren, um sich in der Meinung zu bestärken, dass dem eigenen Heimatland der Vorrang gebühre.

Alex war überrascht, als er herausfand, dass es Barrington gelungen war, sich in der Rue de Varenne niederzulassen. Allgemein galt, dass die Nachbarschaft dort eifersüchtig über ihr aristokratisches Unter-sich-Sein wachte und nur wenige Ausnahmen für nur wenige ausgesuchte Amerikaner machte. Dass Barrington hier ein Haus bezogen hatte, bedeutete daher, dass er höheren Ortes über gute Beziehungen verfügen musste.

Aber Beziehungen waren nicht die einzige Quelle, auf die Barrington zurückgreifen konnte. Ebenso überraschend war die große Zahl von Männern, die sein Haus und Grundstück bewachten. Während Alex an der nächstgelegenen Straßenecke stand und vorgab, seine Pfeife zu rauchen, beobachtete er, dass ein Lieferant und auch der Briefträger angehalten und befragt wurden, bevor sie bis zur Eingangstür des Hauses vorgelassen wurden. Der Briefträger enttäuschte nicht und machte dem Zorn über diese Missachtung seiner Würde nachdrücklich Luft. Das wiederum veranlasste einen weiteren Wachmann, aus den Schatten des Erdgeschosses aufzutauchen, und dann einen dritten, sich aus einem der Fenster zu lehnen, um das Geschehen im Auge zu behalten.

Drei Männer, allein um den Eingang zu bewachen. Das schien seltsam. Englische Grundstücksbarone brauchten solche Sicherheitsvorkehrungen im Allgemeinen nicht.

Nach ungefähr einer halben Stunde entschied sich Alex gegen den Versuch, eine Annäherung zu unternehmen. Es war besser, zunächst so viel wie möglich über den Mann herauszufinden. Der erste und naheliegendste Gedanke war, herauszufinden, über wen er an dieses Haus gekommen war.

Und wer eignete sich dazu besser als die Großmeisterin des Klatsches höchstselbst? Heute, so erinnerte sich Alex, war die Rue de Varenne das Ziel von Elma Beechams gesellschaftlichem Besuchsmarathon.

»Nein«, sagte Elma geistesabwesend, »ich weiß nicht, wem das Haus gehört.« Sie warteten unter dem Kronleuchter der Lobby des *Grand Hotels* darauf, dass Gwen zum Essen herunterkam. »Aber natürlich kann ich es herausfinden«, setzte sie hinzu.

»Wenn Sie das tun könnten –«, sagte Alex. »Eine diskrete Erkundigung, natürlich. Woanders hätte ich meine Kontakte, aber nach Paris führen mich meine Geschäfte nur selten …«

Er verstummte, als ihm plötzlich klar wurde, dass Elma weder auf weitere Erklärungen noch darauf erpicht war, seine Aufmerksamkeit zu bekommen. Genau genommen sah sie immer wieder zur Treppe hinüber. Sie hob die Hand, um sich nervös über das glatt frisierte blonde Haar zu streichen, und begann dann, mit ihrem Fächer einen unregelmäßigen Takt gegen die Innenseite ihres Handgelenks zu schlagen. »Wo bleibt sie nur?«, murmelte sie.

»Und wie geht es Gwen?«, fragte er langsam.

»Oh, sie – da kommt sie ja«, rief Elma.

Er folgte ihrem Blick zur Treppe und sah Gwen auf sie zuschweben.

Ich bin ein Idiot, dachte er. Er hatte den grundsätzlichsten Grundsatz des Geschäfts vergessen: auf keine Herausforderung einzugehen, wenn man nicht darauf vorbereitet war, ihr zu begegnen.

Gestern Nachmittag hatte er Gwens Enthusiasmus noch als relativ harmlos eingestuft. Die Freude, mit der sie sich das Bier bestellt hatte, hatte ihn an seine Nichten erinnert, wenn sie mit Carolines Juwelen spielten und sich damit schmückten. Wo zwei Armbänder genügen würden, beharrten Madeleine und Elizabeth immer auf zwanzig, wobei sie sich die Armreifen bis hoch an die Achseln überstreiften.

Aber in den vergangenen vierundzwanzig Stunden schien Gwen Armbänder und Bier hinter sich gelassen zu haben, dafür aber kopfüber in einen Topf Rouge gefallen zu sein. Zwar sah sie noch immer wie ein Kind aus, das sich am Kleiderschrank seiner Mutter bedient hatte – aber nur, wenn diese Mutter eine Edelprostituierte war, deren Vorliebe rosafarbenem Satin und Ausschnitten galt, die sehr viel tiefer reichten, als die Tageszeit es zuließ.

»Sind Sie mit ihr einkaufen gewesen?«, fragte er. *In einem Bordell?*

Elma lächelte ihn nervös an. »Oh, es war nur ein kurzer Spaziergang durch die Arkaden im Erdgeschoss. Wir haben eine

Menge witziger Geschenke gekauft. Ich muss den Moment versäumt haben, als sie dieses besondere … Na ja, in London würde sie so etwas natürlich nie tragen! Aber es hat ihr gefallen, und ich – Sie wissen doch, wie die Pariser sind. Niemand wird davon Notiz nehmen.«

»Richtig«, sagte er langsam.

Gwen rauschte heran. »Mr Ramsey«, begrüßte sie ihn. Sie trug eine kleine rosafarbene Rose hinter dem Ohr und eine weitere – er musste zweimal hinschauen – an ihrem Dekolleté. Er hoffte, niemand werde eine Bemerkung darüber machen. An den Ohren schwang ein Paar Brillantohrringe hin und her, die so groß waren, dass es verwunderte, warum sie die Ohrläppchen nicht bis hinunter auf die Schultern zogen. Die Summe, die sie dafür bezahlt hatte, dürfte reichen, um die Bevölkerung eines kleinen Landes ein ganzes Jahr lang mit Lebensmitteln zu versorgen.

»Nun also«, sagte er. »Wollen wir aufbrechen, Ladys? Ich habe im *Maison Dorée* reservieren lassen, und es scheint, dass wir Glück haben: ein Chambre séparée ist heute Abend verfügbar.«

Missbilligend verzog Gwen den Mund. »Wie altmodisch«, sagte sie. »Können wir nicht woanders essen? Ich möchte nicht so abgeschieden in einem muffigen kleinen Raum sitzen.«

Elma warf Alex einen bedeutsamen Blick zu, von dem er nicht wusste, wie er ihn deuten sollte. »Aber, Gwen, Liebes!«, sagte sie. »Das *Maison Dorée* ist das beste Restaurant auf dem Kontinent. Es ist praktisch unmöglich, dort eine Reservierung zu bekommen. Wenn also Mr Ramsey so freundlich gewesen ist …«

»Das ist kein Problem«, sagte er mit einem Schulterzucken. »Ich habe auch Beziehungen zum *Le Lyon d'Or,* wenn du das vorziehst. Ich kenne den Mann, der einige von deren Bestellungen für ihre geheimen Gewürze erledigt.«

Gwen sah an ihnen vorbei, ihr Blick folgte einer Gruppe von Gentlemen mit Zylinderhüten und Capes. »Nein«, sagte sie entschieden. »Ich habe so viele interessant aussehende Ausländer in der Lobby gesehen. Lasst uns am *table d'hôte* essen.«

Und mit diesen Worten ging sie an Alex vorbei auf den Speiseraum zu.

Er sah ihr nach und beobachtete ungläubig ihren lasziven Gang. Wiegte sie sich tatsächlich in den Hüften?

»Also gut«, sagte Elma und griff nach Alex' Arm. Sie mussten sich beeilen, um Gwen einzuholen. »Aber halt nach Italienern Ausschau, Gwen. Mit denen lässt sich am besten flirten! Ich habe einige kennengelernt, als ich als junges Mädchen auf dem Kontinent war. Sie sind ja so unglaublich gut erzogen.«

Und so kam es, dass Alex zwanzig Minuten später an einem der langen Tische im Speiseraum des Hotels saß und den ersten Gang einer Reihe unerträglich mittelmäßiger Speisen ertrug, während er langsam von der Wolke eines schwülen Parfüms erstickt wurde. Zur Linken hatte er einen ausgezeichneten Blick auf Gwens kompliziert geschlungenen Haarknoten: sie hatte sich ganz von ihm abgewandt, völlig vereinnahmt von dem blonden *Italiener* zu ihrer Linken. Gegenüber saßen zwei ergrauende Deutsche, die sich als Österreicher vorgestellt hatten, vermutlich um Spucke in ihrem Essen zu vermeiden; sie waren entweder taub oder schwermütig und konzentrierten sich ausschließlich auf ihre Teller. Zu seiner Rechten, irgendwo in der nasenbetäubenden Parfümwolke, saß Elma. Über ihm hallte das Aufeinanderprallen eines Dutzends Sprachen von der vergoldeten Decke wider und ließ die Kronleuchter, die in einer Reihe hingen, erzittern.

Fast beneidete Alex diese Kronleuchter. Zumindest war die Luft dort oben frei vom Gestank des Bouquet Impérial Russe.

»Sie sieht recht wohl aus, nicht wahr?« Elma klang leicht

nervös. »Mr Beecham war ganz und gar gegen diese Reise, aber sehen Sie nur, wie fröhlich sie zu sein scheint!«

»Gewiss doch«, sagte er trocken. Gwen schien so fröhlich wie eine dieser wahnsinnigen mechanischen Puppen zu sein, die in Madam Montesques Haus der Wunder Kinder terrorisierten. Inzwischen machte der arme Italiener den Eindruck, als würde er allmählich von einem Hagelsturm niedergerungen. Was um alles in der Welt erzählte Gwen ihm denn da? Wahrscheinlich eine unentwirrbare Mischung aus Komplimenten über seine Person und Erklärungen bezüglich ihrer erfolgten Befreiung. *Gestern habe ich eine Serviette auf den Boden geworfen und ein Glas zerbrochen. Heute habe ich mein Gesicht bemalt. Und morgen, man kann nie wissen, morgen könnte ich auf den Bürgersteig spucken …*

Wenn sie das tat, wischte sie es hinterher auf. Darauf würde Alex wetten.

»Mr Beecham war überzeugt, wir würden sie nicht aufmuntern können«, sagte Elma ein wenig verzweifelt. Lieber Gott, jetzt rückte sie näher. Er wandte das Gesicht ab, um kräftig durchzuatmen. »Aber ich sage Ihnen eines – er hat so wenig Verständnis für das Herz einer Frau. Im letzten Winter dachte ich, ich würde an Schwermut sterben, so schrecklich trüb war das Wetter. Wochenlang kein einziger Sonnenstrahl. Aber eine kleine Ferienreise hat er nicht einmal in Erwägung gezogen. ›Du kannst im Wintergarten Karten spielen‹, hat er zu mir gesagt. Nun, um Gwens willen habe ich mich dieses Mal durchgesetzt. Ich habe ihm gesagt: Was kann Paris schon schaden? Selbst wenn sie dem Viscount über den Weg läuft – *er* wird sich hüten, ihr zu nahe zu kommen. Und jetzt sind *Sie* hier. Nun müssen wir uns über gar nichts mehr sorgen! Nicht wahr?«

Alex verzichtete auf einen Kommentar. Er sah eine Vielzahl von Dingen, über die man sich durchaus Sorgen machen konnte. Er wartete noch immer auf eine Antwort des peruanischen Handelsministers. Die Frau, die er vor Kurzem gebeten hatte, *diskret* zu erfragen, wem das Haus in der Rue de Varenne gehörte, erzählte ihm gerade Geschichten über ihren Mann. Und der *vin ordinaire* an diesem Tisch trank sich dicker als Stierblut.

Letzteres hätte ihn nicht sonderlich gestört, würden ihn nicht beide Frauen mit der Begeisterung hartgesottener Seeleute trinken.

Alex griff nach seinem Glas Sodawasser. »Das hier ist eine schöne Pariser Sitte«, sagte er und kippte die Hälfte des Wassers in Elmas Wein. Dann streckte er den Arm aus und goss die andere Hälfte in Gwens Glas. Der Italiener warf ihm einen flehenden Blick zu. Alex lächelte maliziös.

»… kaufe alle Blumen in Paris«, sagte Gwen soeben, »und fülle ein ganzes Hotel damit! Wäre das nicht schrecklich lustig? Ich denke, dann wären alle gezwungen, sich wegen des Niesreizes woanders einzuquartieren! *Sie* würden doch nicht niesen, oder? Sie scheinen *viel* zu männlich, um niesen zu müssen.«

Gott im Himmel. Jemand musste ihr wirklich beibringen, wie man flirtete.

Elmas Atem wehte an sein Ohr. »Ja, Sodawasser, eine sehr gute Idee. Dass ist Gwens drittes Glas heute Abend; sie hat sich vorhin schon eines aufs Zimmer bringen lassen. Ich wollte sie davon abhalten, das heißt, ich habe *versucht*, sie davon abzuhalten, aber sie hat zu mir gesagt, dass *ein* Glas nicht schaden könne, was vermutlich richtig ist. Man sagt, Wein mache das Blut dicker, nicht wahr? Und sitzen gelassen zu werden zehrt an der Verfassung.« Eine Spur von Angst huschte über ihr Gesicht. »Ich will doch nur, dass sie Spaß hat«, fügte sie leise hinzu. »Gott weiß, dass Ferien in Paris immer seltener werden, wenn sie erst verheiratet ist.«

Und nach dieser Bemerkung leerte sie ihr Glas in einem Zug.

Alex seufzte, erahnte er doch plötzlich das ganze Ausmaß dieser Reise. Gwen war nicht die Einzige, die nach Paris gekommen war, um sich zu befreien. Mr Beecham litt offensichtlich auch an seiner Verfassung.

Welch verdammtes Glück, dass ihn nichts davon etwas anging. Gwen hatte recht: Er hatte Richard weder versprochen, dafür zu sorgen, dass sie sich benahm, noch hatte er ihren Aufpasser zu spielen, während sich ihre eigentliche Anstandsdame in nostalgischen Gefühlen wegen ihrer verlorenen Jugend suhlte. Falls seine Schwestern dieses Telegramm geschickt hatten, weil sie hofften, er würde das Durcheinander regeln, dann hatten sie sich gründlich geirrt. Er hatte gar nicht die Energie dafür. Er brachte auch kaum die nötige Konzentration zustande. Lieber Gott, er brauchte etwas Schlaf.

Genau genommen hatte er keine Idee, warum er zugestimmt hatte, mit den beiden Frauen zu Abend zu essen. Er sollte sich zurückziehen und sich auf die Suche nach einem Mahl machen, das genießbar war. Und als Dessert vielleicht eine Dosis Laudanum wählen. Bis jetzt hatte er den Drogen immer widerstanden; Gott wusste, dass er sein Maß an Medikamenten in seiner Jugend bekommen hatte. Aber an einem gewissen Punkt musste man sich in das Unvermeidliche fügen –

Ein Radieschen flog an ihm vorbei, es kam von irgendwo weiter unten an der Tafel. Es mochte der vergebliche Versuch einer wegen zu großen Weingenusses unsicher geführten Gabel sein, es aufzupieksen. Es landete in Elmas Glas, was einen internationalen Aufschrei den Tisch herauf und herunter nach sich zog: *Oh lá lá! Youpi! Gut gemacht!*

Errötend hob Elma das Glas zu einem triumphierenden Toast. Der kahl werdende Herr zu ihrer Rechten entbot ihr daraufhin seinen eigenen. Sie wandte sich ihrem Bewunderer zu und überließ Alex' ungeteilte Aufmerksamkeit Gwen, die noch immer lachte.

Es war ein reizender, unbefangener Klang, und er veranlasste sogar die finster blickenden Österreicher, zu ihr hinzuschauen und sie anzulächeln. Alex selbst lächelte auch ein wenig. Gwens Lachen drückte mehr aus als einfach nur Erheiterung. Wenn man es hörte, hatte man den Eindruck, dass sie entzückt war, auf der Welt zu sein.

Sie sah ihn an, während sie verstummte, aber ihre dunklen Augen funkelten noch immer vor Heiterkeit. »Ich mag diese fliegenden Radieschen«, erklärte sie. Ihre Wangen glühten vom Wein, und im gedämpften Licht sah ihr Haar wie der rostrote Farbton von Herbstlaub aus. Sie machte einen einladenden und unwiderstehlich warmen Eindruck, ein Freudenfeuer inmitten einer kalten Winternacht. »Ich glaube allerdings nicht, dass ich fliegenden Kohl zu schätzen wüsste«, fügte sie hinzu, »aber Radieschen wären mir jederzeit willkommen.«

Er räusperte sich. »Lebe frei«, sagte er. »Wirf selbst eines.«

»Vielleicht werde ich das tun.« Ihre Miene spiegelte Schalk wider. »Sicherlich habe ich gestern bewiesen, dass ich dazu fähig wäre.«

Es gab ein Dutzend verlockender Stellen, sie zu berühren. Die Grube ihrer Kehle. Der Schwung ihrer Augenbraue. Der Schatten unter ihrer Unterlippe, der die Form eines nach unten gewandten Halbmondes hatte. Er hatte sie alle auch zuvor schon gezählt. Sie ergaben eine Liste triftiger Gründe, sich von ihr verdammt dringend fernzuhalten.

»Gestern hast du bewiesen, dass du weißt, wie du dich aus einer problematischen Situation freikaufst«, sagte er. »Nicht viel mehr.«

»Oh?« Sie zog die Augenbraue hoch, streckte die Hand aus und legte einen Finger unter sein Kinn.

Damit hatte er nicht gerechnet. Sein Atem stockte vor purer Überraschung.

Aus anderen Gründen spannte sich jeder Muskel seines Körpers an.

»Ich weiß, wie man flirtet«, murmelte sie. »Der Italiener hat es mir beigebracht.«

Er griff nach ihrer Hand und hielt sie fest. Wenn er jetzt aufstand, würde er sich zu der Art von Spektakel machen, die eigentlich eher von vierzehnjährigen Schuljungen geboten wurden. »Du bist betrunken«, sagte er. »Gefällt dir das?«

Sie lachte leise. Ihre Augen glänzten warm und dunkelbraun, sie hatten die Farbe von Lehm, wenn er vor der Saat an die Oberfläche gepflügt wurde. »Das habe ich noch nicht entschieden.«

Sein Daumen entdeckte seinen eigenen Willen und drückte sich ganz langsam in die warme, dunkle Höhle ihrer Handfläche. Heiß und weich, ein wenig feucht; ihr Schweiß würde besser riechen als jedes Parfüm. »Du musst es mich wissen lassen«, sagte er, und seine leise Stimme ließ etwas in ihm zusammenzucken; er klang selbst betrunken.

Ihre Augen weiteten sich leicht, als er ihre Hand streichelte. Er beobachtete es. Er beobachtete alles und jedes an ihr: Seine Sinne fühlten sich an wie Bänder, die miteinander verschlungen waren und plötzlich mit großer Kraft bis zum Zerreißen gespannt wurden. Sie waren so in ihrem Fleisch verankert, dass sich jede noch so kleine Bewegung, die sie machte, in seinen Nerven fortsetzte. Und das war …

Es war so quälend wie die Hölle.

Ich weiß, wie man flirtet, hatte sie zu ihm gesagt. Hatte ihn gewarnt, höchstwahrscheinlich.

»Das ist aber kein Flirten.« Seine Stimme klang prägnant genug, um sich wieder zu konzentrieren. Abrupt ließ er ihre

Hand los und schaute demonstrativ zu Elma hinüber. Aber in Wahrheit stellte er einfach seine Fähigkeit auf den Prüfstand, etwas anderes anzusehen, sich auf etwas anderes zu konzentrieren, auf irgendetwas anderes als Gwen.

Jesus Christus.

Die Schlaflosigkeit zermürbte ihm das Hirn.

Als ihre Hand seinen Arm berührte, musste er sich zusammenreißen, sie nicht fortzustoßen. »Was?«, fragte er kurz. Jetzt wäre eine gute Zeit für Elma, wieder ängstlich zu werden, aber nun war sie zu sehr damit beschäftigt, sich von ihrem amerikanischen Tischnachbarn bewundern zu lassen.

»Was habe ich falsch gemacht?«

Er wandte sich ungläubig um. Gwen sah durch das, was zwischen ihnen geschehen war, ganz und gar nicht verunsichert aus. Weit davon entfernt. Herrgott, sie *grinste*.

»Du hast gesagt, es wäre kein Flirten«, sagte sie ernst. »Ich möchte wissen, an welcher Stelle ich etwas falsch gemacht habe. Hat es etwa so ausgesehen, als würde ich mich nicht zu dir hingezogen fühlen? Habe ich nicht genügend Komplimente gemacht?«

»Es war kein Flirten«, sagte er knapp, »weil du den Eindruck gemacht hast, du würdest sofort deine Röcke heben, sobald ich eine Münze auf den Tisch lege.«

Eine Sekunde zu spät bedauerte er diese Worte. Sie waren einem Zorn entsprungen, der sich nicht missdeuten ließ: Seine gottverdammte *Eitelkeit* war davon verletzt gewesen, wie unbeteiligt sie ausgesehen hatte.

Sie versteifte sich und wurde blass.

»Es tut mir leid«, sagte er ruhig. »Verzeih mir, Gwen. Das war eine abscheuliche Bemerkung.«

»Ja«, sagte sie. Ihre Unterlippe zitterte.

»Die passend gewesen wäre, wenn sie gestimmt hätte«, fügte

er hinzu. »Aber das tat sie nicht. Du hast sehr gut geflirtet. Das gebe ich zu.«

Ihr Versuch zu lächeln misslang. »Behandle mich nicht von oben herab, Alex. Nicht *jeder* von uns ist dazu geboren zu wissen, wie man mondän und kultiviert ist. Einige von uns müssen diese Tricks erst lernen.« Sie blickte auf ihren Teller. »Ich – ich versuche nicht, jemanden zu verführen, ganz gewiss nicht. Aber ich habe dir gesagt, dass ich … einfach nur ein bisschen Spaß haben möchte.«

Die Worte lösten plötzlich Ungeduld in ihm aus. *Spaß*. Was für ein naives kleines Ziel. Durch irgendeinen unerklärlichen Umstand ging sie ihm unter die Haut. Wäre er noch zwanzig, vielleicht hätte er es dann genossen, ein oder zwei Wochen lang ihr Amüsement zu sein. Wenn er ein gänzlich anderer Mann wäre, könnte er einen Vorteil aus ihrer Unschuld ziehen, könnte ihr Verlangen gegen sie wenden, es ausnutzen und für seine Bemühungen drei Millionen Pfund verlangen.

Dieser Gedanke klang nach, ärgerte ihn. Sie auszunutzen wäre so leicht. »Gwen«, begann er, aber als sie aufschaute, verstummte er. *Sei vorsichtig*, wollte er sagen. *Sei auf der Hut – vor jedem.*

Aber welchen Einfluss würde eine solche Warnung haben? Er erinnerte sich nur zu gut an ihr kleines Lachen von gestern, als er über die Gefahr einer Entführung gesprochen hatte.

Sein Gewissen rührte sich. Ein unbehagliches, lästiges Gefühl. Wenn er den Viscount ausfindig gemacht hatte, würde er diesem Stück Scheiße ganz genau zeigen, was Männern widerfuhr, die ihr Wort nicht hielten.

Nun, alles konzentrierte sich auf diesen Ring. Sobald er ihn zurückhatte, gäbe es keine Entschuldigung mehr für Gwen, noch in Paris zu bleiben. Wieder in der Obhut seiner Schwestern würde es ihr gut gehen.

Trotzig neigte sie das Kinn. »Mr Carrega hat angeboten, mir heute Nacht die Stadt zu zeigen.«

Der italienische Bursche? Warum machte sie sich die Mühe, ihn darüber in Kenntnis zu setzen? Wollte sie, dass er den Bruder spielte und ihr verbot mitzugehen? Sie musste sich wirklich entscheiden, was sie wollte.

»Ich erwäge, seine Einladung anzunehmen«, fügte sie hinzu.

»Wie klug von dir«, sagte er höflich.

Ihr Kinn spannte sich an. »Niemand sonst hat es angeboten.«

»Wie schade. Wolltest du denn, dass jemand es anbietet? Vielleicht solltest du in der Lobby ein Schild hochhalten, um deinen Wunsch anzuzeigen.«

Ihr Seufzer klang ungeduldig. »*Du* hast es jedenfalls nicht angeboten.«

»Ich weiß mit meiner Zeit Besseres anzufangen, als Debütantinnen herumzuführen. Falls du jedoch den Mut aufbringst, mich darum zu bitten, könnte ich es eigentlich tun. Ich denke, es würde amüsant sein zu sehen, wie deine Augen so groß wie Untertassen werden.« In der Tat würde ihr eine solche Erfahrung von Nutzen sein können, wenn es dazu kam, sich einen neuen Bräutigam zu suchen. Ein bisschen weniger Naivität, und sie würde nicht mehr ganz so blind in die nächste Verlobung stolpern.

Ihre Augen wurden nicht groß. Sie wurden schmal. »Ich bin nicht sicher, ob ich mir deine Begleitung wünsche.«

»Dann *viva l'Italia*«, sagte er und nahm einen großen Schluck von seinem Wein. Natürlich war es ausgeschlossen, dass Elma sie mit dem Italiener von dannen ziehen ließe, und Gwen wusste das sehr gut.

»Aber wenn du mich ausführen würdest, wäre ich für ein bisschen Spaß dankbar.«

Er nickte und stellte sein Glas ab, dann schaute er sich im

Speisesaal um, warf einen Blick auf diese Ansammlung europäischen Gesindels, das zu viel Geld hatte und hier saß und bis zum Stumpfsinn aß und trank. »Dies ist nicht der richtige Ort, um anzufangen«, sagte er. »Wir werden ins *Pigalle* gehen, einverstanden?«

Ihr Lächeln traf ihn unvorbereitet. Es löste etwas Seltsames und Süßes in seiner Brust aus. »Brillant! Ins Pigalle. Aber –« Sie beugte sich vor, um ihm etwas zuzuflüstern, und er nahm den Duft wahr, der von ihrer warmen Haut ausging – worauf er sofort hart wurde. »Lass uns Elma aber sagen, dass wir noch ein wenig spazieren gehen.«

Gwen nahm Alex' Arm, stieg aus der Kutsche und geriet in eine ungeheure Höhle – Schreie, aufeinanderstoßend mit Pfiffen, scheppernde Glocken, Fetzen von übermütiger Musik, trunken im Chor gesungene Lieder. Ein Mädchen in Hosen lief vorbei, fügte sich zwischen zwei Gentlemen ein, jeden am Ellbogen festhaltend und dann kreischend vor Lachen, als die beiden sie hochhoben. Die Luft roch nach Tabakrauch und den gerösteten Kastanien von den Kohlepfannen der Straßenverkäufer. Ein zartlila Blütenblatt schwebte vorbei, schimmernd wie eine Rose im fahlen Licht.

»Die falsche Richtung.« Alex berührte Gwen am Ellbogen, damit sie sich umwandte.

Ihr stand der Mund offen.

Über ihr thronte die Windmühle des Moulin Rouge, mit dem roten Dach und den elektrisch angetriebenen Flügeln, die sich vor einem Hintergrund aus tief hängenden rötlichen Wolken langsam drehten. Rote Glühbirnen blitzten an den Rändern der Flügel auf und blinkten in langen Ketten an den Fenstern und Türen entlang. Das Licht der Lampen warf einen karmesinroten Schein über die Menschen, die darunter entlanggingen, es pulsierte über die weißen Jacken und Gamaschen junger Männer, glitzerte auf den Stolen und dem Perlen- und Federschmuck der Frauen, die am Eingang standen.

»Grundgütiger Himmel«, sagte Gwen. Sie fühlte sich so lebendig und voller Energie wie diese Lichter.

»Gwen. Könntest du nicht einen weniger frommen Ausruf wählen?«

Sie sah ihn von der Seite an. »Sterne?«

Er lachte. »Hoffnungslos. Vorwärts, jetzt.« Er bot ihr seinen Arm an.

Seltsam, dass sie einen Moment der Scheu empfand, als sie ihn ergriff. Sie schaute verstohlen auf Alex' Profil, als er sie weiterführte. Die Zwillinge beharrten immer darauf, dass er keinen Bart trug; sie bewunderten sein Kinn so sehr, und Gwen vermutete, dass sie sich da nicht irrten. Es hatte eckige Kanten und gab den richtigen Rahmen für seinen breiten, lebhaften, sehr sinnlichen Mund. Aber es war nicht sein Aussehen, das jetzt ihr Interesse fesselte. Er hatte zugestimmt, sie hierherzubringen, obwohl er selbst es offensichtlich gar nicht gewollt hatte – und vielleicht reizte sie auch, dass seine Hand beim Essen ihre berührt hatte. Das schien dieses Fieber in ihr ausgelöst zu haben. Jedes Mal, wenn sie ihn jetzt ansah, durchströmte sie ein heißes, pulsierendes Gefühl.

Es fühlte sich seltsamerweise wie Eifersucht an.

Er versucht nicht, sich skandalös zu benehmen, hatte Caroline einmal gesagt. *Er hält sich nur einfach nicht damit auf, sich zu fragen, was korrekt ist.*

Selbst jetzt noch, als er sie durch dieses Chaos führte – zwei Jungen rannten johlend vorbei; ein Fahrradfahrer wich ihnen aus – schien er so *entspannt* zu sein. Und er tat nicht nur so, das wusste sie. Er ruhte in sich. Das ergab auf gewisse Weise auch Sinn: Ein Mann, der ständig durch die Welt reiste, musste sich doch in seinem Körper wohlfühlen. Alex trug seine Sicherheit, sein Zugehörigkeitsgefühl in sich.

Wie eine Schildkröte, die ihren Panzer mit sich herumträgt, dachte sie. Die Einfältigkeit dieses Vergleichs ließ sie leise kichern. Doch wie angenehm musste es sein, so zu leben wie er! Sie hatte keine Ahnung, wie man sich ein solches Selbstvertrauen erwarb, aber Alex machte ihr deutlich, dass *das* ihr Ziel war.

Sie gingen unter dem Torbogen hinein in eine warme, abgeschiedene Welt, einen schmalen Gang entlang, aufgetakelt mit rotem Samt und vergoldetem Kupfer. Eine Frau mit rot gefärbtem Haar und gelangweilter Miene saß in einer kleinen Bude mit Fenstern und kassierte von den Besuchern Geld. Alex gab ihr zwei Francs für Karten. Die Musik, die von drinnen kam, war sehr laut, ein lebhafter schottischer Reel, durchbrochen von gedämpftem Schreien und Lachen.

Alex gab Gwen ihre Karte, dann stand er und schaute auf sie herunter, ein leichtes Lächeln spielte um seine Lippen. »Kopf hoch, Maudsley. Dein Absturz naht.«

Sie lachte. »Welcher Absturz? Ich habe vor zu springen.«

Zwei Schritte weiter öffnete sich der Gang unvermutet zu einer großen Tanzfläche, umstanden von kleinen Tischen und flankiert von Sitzreihen, die sich einige Etagen hoch hinaufzogen. Elektrische Kronleuchter warfen ihr Licht auf das Menschengedränge auf der Tanzfläche. Die laute Musik ließ den Boden vibrieren. Der Glanz grellroten Satins zog Gwens Aufmerksamkeit auf sich, das Funkeln von Champagnerflöten, der Schimmer von Zylindern aus schwarzer Seide, zuckende Blitze von Licht über Strassschmuck an Hälsen und Handgelenken. Zur Linken, auf einer Bühne mit Dekorationen aus scharlachroter Seide und langen gelben Bändern, führten einige Frauen einen Tanz auf, bei dem sie so wild herumwirbelten, dass ihre gerüschten Röcke hochflogen und ihre Beine sehen ließen.

Beine, die in Strümpfen steckten, die oberhalb des Knies endeten und sonst nackt waren. Unterhalb der Bühne saßen in einem Orchestergraben die Musiker, und Gwen dachte bei sich, wie sehr gentlemanlike sie doch sein mussten, dass sie nicht ständig hochschauten.

Sie machten jeweils einen Schritt in die Menge hinein, als ein lauter Knall ertönte, dem sofort ein zweiter folgte. Gwen zuckte zusammen, doch dann wurde ihr klar, dass irgendjemand vermutlich gerade Gläser gegen die Wand geschmettert hatte.

»Wie gut –«, begann sie lachend und merkte, dass sie beträchtlich lauter sprechen musste. »Wie gut«, rief sie, »dass ich gestern geübt habe, Dinge zu zerbrechen!«

Alex legte die Hand um sein Ohr. »Was sagst du?«, brüllte er.

Sie holte tief Luft. »Ich sagte, *wie gut* –«

Sein Lachen ließ sie verstummen. Er hatte sie genau verstanden. Sie streckte ihm die Zunge heraus.

Er beugte sich zu ihr, und dabei streifte sein Mund ihr Ohr. Die Berührung ließ sie erstarren. »Nimm dich lieber in Acht, jemand könnte das als Einladung verstehen«, sagte er. Seine Stimme klang tief und verwirrend ruhig, sein Atem war heiß.

Gänsehaut überzog ihre Arme. Seine Worte hatten sich weniger wie eine Warnung denn wie ein Versprechen angehört.

Als er sich wieder aufrichtete, spürte Gwen noch immer dieses Kribbeln. Sie berührte ihr Ohr, wandte den Blick ab – und betrachtete das Geschehen auf der Bühne genauer. Eine nach der anderen stieß jede der Tänzerinnen einen schrillen Jubelschrei aus, warf die Arme hoch und – Gwen stellte sich auf die Zehenspitzen, um es ganz genau zu sehen – landete nach einem Luftsprung im Spagat auf dem Boden.

Oh nein. Wenn der Cancan *das* erforderte, würde sie diesen Tanz niemals lernen.

Ohne Warnung riss Alex sie an sich. Eine Tänzerin wirbelte

vorbei, ihr ausgestreckter Fuß verfehlte Gwen um Haaresbreite. »Was für ein gefährlicher Tanz«, sagte sie staunend. »Da wird noch jemand ein Auge verlieren!«

Er lachte laut, dann nickte er und rief: »Wir gehen wohl besser, bevor wir von den Revuetänzerinnen zu Blinden gemacht werden.«

Sie wollte protestieren, begriff dann aber, dass er es nicht ernst meinte. Er führte sie an der Bühne vorbei auf eine Reihe von Türen zu, die in den Garten hinausführten.

Dankbar atmete Gwen tief durch, als sie in die warme Frühlingsluft hinaustraten. Reihen von bunten Laternen beleuchteten das Areal, und als eine milde Brise zu ihnen heranwehte, löste sie den silbrigen Klang von tausend winzigen Glöckchen aus, die in den Linden am Rand des Gartens standen. Gwen machte einen Schritt und blieb dann ganz plötzlich stehen, zu überrascht, um auch nur einen Mucks von sich zu geben: Ein *Affe* war gerade an ihr vorbeigelaufen.

»Sie sind zahm«, versicherte Alex. »Aber ich würde trotzdem nicht versuchen, sie anzufassen.«

Sie sah ihn verwundert an – und schaute noch einmal. »Hinter dir steht ein Elefant«, wisperte sie. Das riesige Tier aus Gips überragte eine kleine Bühne zu seiner Rechten. Ebenso erstaunlich wie seine Größe – das Wesen war höher als ein zweistöckiges Gebäude – wirkte sein verblüffend echtes Aussehen. Die Hautfarbe war in gedämpften Grautönen nachempfunden worden, und große Hautfalten hingen um seinen Körper. Es musste das Werk eines sehr talentierten Künstlers sein.

»Ja«, wisperte er zurück. »Ein etwas überbeanspruchter Elefant, mit einer kleinen Musikkapelle in seinem Brustkorb und einer ägyptischen Tänzerin in seinem Bauch. Leider dürfen Ladys nicht hinein.« Das Aufblitzen seiner weißen Zähne verlieh dieser Mitteilung eine Spur von Anrüchigkeit.

»Wie ungerecht«, murmelte Gwen. An der Eingangstür des Elefanten verriet eine Wahrsagerin mit gurrender Stimme Schicksale. An den Hinterbeinen des Elefanten befand sich ein kleiner Stand mit Erfrischungen. In dessen Nähe hatte sich eine kurze Menschenschlange gebildet. Dort wartete man darauf, an einem Apparat zu spielen, der aus bemalten Holzscheiben bestand. Eine junge Lady betätigte den Hebel an der Seite des Kastens, woraufhin sich die hölzernen Scheiben zu drehen begannen, bis sie nach kurzer Zeit wieder stehen blieben. Sie zeigten verschiedene Bilder: einen Apfel, ein Schwein, einen Baum. Das erzielte Ergebnis enttäuschte das Publikum jedoch, das mitfühlend zischelte.

»Bier?«, fragte Alex.

Gwen nickte stumm.

Sie machten sich auf den Weg, zwei Gläser Allsopp-Bier vom Erfrischungsstand zu holen. Als sie sich aber abwandten, stellte sich ihnen ein sommersprossiges Mädchen in den Weg. Es trug ein blaues Kleid, das kaum ihre Brüste bedeckte. Die junge Frau hielt Alex am Arm fest. Sie sprach ein recht gewöhnliches Französisch, dem Gwen nicht folgen konnte. Alex' Antwort kam in einem unverständlich schnellen Tempo und klang zwar höflich, aber amüsiert. Die Frau schüttelte heftig den Kopf und zupfte weiterhin an seiner Manschette, was darauf schließen ließ, dass sie nicht seiner Meinung war. Aber sie hatte Probleme, ihren Schmollmund weiterhin zu machen; beständig verzog er sich zu einem Lächeln.

Alex sah Gwen an, eine Augenbraue entschuldigend hochgezogen, dann trat er einen Schritt zurück und befreite sich energisch aus dem Griff des Mädchens. Es warf Gwen einen finsteren Blick zu, ehe es sich umwandte und in den Tanzsaal zurückging.

»Was wollte sie?«, fragte Gwen.

Er grinste, während er ihr ein Glas reichte. »Gesellschaft.«

»Oh.« Zu ihrem Ärger fühlte sie Röte in ihren Wangen aufsteigen. »Aber – sie hat doch gesehen, dass ich bei dir bin!«

»Ich glaube nicht, dass sie das gestört hat«, erwiderte er lachend.

Gwen brauchte einen Moment, die Bedeutung seiner Antwort zu verstehen. Dann, während sie ihm an einen der Tische folgte, legte sie die Hand an den Mund. Nein! Sicherlich hatte sie ihn missverstanden!

Um ihren schockierten Gesichtsausdruck zu verbergen, schützte sie Interesse für die Vase mit den orangefarbenen Tulpen vor, die in der Mitte des Tisches stand, den zudem eine Decke schmückte. Eine derart biedere Dekoration hatte Gwen inmitten dieser unkonventionellen Umgebung nicht erwartet. Sie schaute wieder zu dem Elefanten hinüber, aus dessen Innerem jetzt eine fremdländisch klingende Melodie zu hören war. Einige Paare tanzten dazu auf der kleinen Tanzfläche, die von einem Baldachin überspannt war.

Ein seltsames Staunen erfüllte Gwen. *Ich tue dies wirklich. Ich trinke ein Bier in einem Pariser Vergnügungsetablissement.* Und ja, es war Alex, der jetzt neben ihr saß, und der sie mit offensichtlicher Neugier ansah, ohne sie jedoch zu beurteilen.

Ihre Ungläubigkeit wandelte sich zu etwas, das sich unbeschwert und leichtsinnig anfühlte. Wie großzügig von ihm, sie beim Wort zu nehmen – und trotz seiner offensichtlichen Skepsis beim Dinner ihren Wunsch nach Abenteuern zu respektieren! Sie merkte, dass sie ihn dankbar anlächelte. »Kommst du oft hierher?«

Leicht schüttelte er den Kopf. Sein Blick streifte ihren Mund, ehe er wieder zu den Tanzenden schaute. »Nie, genau genommen.«

»Warum kennst du dich dann so gut aus?«

Sein Lachen schien über ihre Haut zu gleiten, und sie spürte ein seltsames Flattern in ihrem Bauch. »Diese Etablissements sind überall sehr ähnlich, Gwen. Das *Bal Bullier*, das *Moulin*, das *Père Château* …«

»Nun, danke, dass du dich bereit erklärt hast, mich zu begleiten. Ich weiß, dass du es eigentlich nicht wolltest. All dies muss für dich ja eher langweilig sein.«

Er stieß einen ungeduldig klingenden Ton aus. »Wenn du vorhast, verrucht zu sein, dann kommt hier mein erster guter Rat für dich: Fische nie nach Komplimenten, indem du dich selbst kleinmachst. Geh einfach davon aus, dass es keinen Ort auf der Welt gibt, an dem ich lieber sein würde, als an deiner Seite.«

»Aber ich weiß doch, dass das nicht stimmt.«

»Es ist gleichgültig, was *meine* Wahrheit ist. Wisse um deinen Wert und setze voraus, dass andere das auch tun. Bescheidenheit ist die unverzeihlichste Art der Falschheit: Sie ist eine Lüge, die niemandem außer dir selbst schadet.«

Sie lachte. »Sie schadet? Mir gefällt Bescheidenheit aber. Natürlich, du bist schon von Haus aus ein Ketzer. Aber die meisten Gentlemen sind der Meinung, dass Bescheidenheit einer Lady gut zu Gesicht steht.«

»Zweifellos sind sie das.« Alex streckte die Hand aus und schloss sie um eine der Tulpenblüten. »Ohne Zweifel sind das die gleichen Gentlemen, die Ladys auch mit Blumen vergleichen.« Er zog die Tulpe aus der Vase, und zwar so behutsam, wie ein Mann das Kinn einer Lady zu einem Kuss heben mag, und streichelte sie mit der Fingerspitze.

Ein unbekanntes Schwindelgefühl ergriff Gwen. Sie versuchte, den Blick von seiner Hand abzuwenden, aber es wollte ihr nicht gelingen.

»Doch es gibt auch Männer, die nicht glauben, dass es die

vorrangige Aufgabe einer Frau ist, ein Zimmer zu schmücken.« Er ließ die Hand sinken.

Gwen hob den Kopf und blickte in seine Augen. Ihr Mund fühlte sich trocken an. Wie merkwürdig. Es war doch nur Alex. Und dennoch – etwas exotisch-mystisches schien ihn plötzlich zu umgeben. Jedes Mal, wenn er aus dem Ausland zurückkehrte, hafteten die Spuren einer neuen fremden Welt an ihm.

»Bescheidenheit ist nutzlos«, stellte er mit einem Schulterzucken fest. »Und wie ich bereits sagte, sie ist sogar absolut nutzlos. Vergiss sie für heute Nacht.« Er machte eine Geste, als wollte er demonstrieren, wie sich diese Tugend verflüchtigte.

Diese Geste brachte in Gwen eine unbekannte Saite zum Klingen. Sie klang wie die Fanfare zu einem exotischen Tanz, entschieden fremdländisch. Alex lehnte sich zurück und stützte den Ellbogen auf die Rückenlehne seines Stuhls. Seine schwarze, eng sitzende Jacke betonte, wie flach sein Bauch war. Und er saß so nah neben ihr, dass sie nur die Hand ausstrecken müsste, um ihn zu berühren.

Das Schweigen zwischen ihnen schien drückender zu werden, doch eine seltsame Spannung überbrückte die Distanz zwischen ihnen. Gwen spürte mit jeder Faser, dass nur ein Atemhauch ihre Haut von seiner trennte. Sie hatte ein intuitives Gespür dafür, wie weit er gereist war, für all die fernen Länder, die er gesehen hatte – da hatte es dunkle Abenteuer und sinnliche Nächte gegeben, von denen sie nie etwas erfahren würde. Ihre Hand schloss sich, als sie sich jetzt daran erinnerte, wie es sich angefühlt hatte, ihn zu berühren. Wie hart seine Muskeln gewesen waren. Sie hatte die Finger in seine Arme gegraben, als er sie geküsst hatte. Er hatte sich so fest angefühlt.

Warum hatte er sie nicht noch einmal geküsst? Er kümmerte sich doch nicht um Moral.

Sie warf einen Blick auf ihr Glas und trank einen großen Schluck.

»Versuche es«, sagte er.

»Was?«

»Übung macht den Meister. Sag etwas Unbescheidenes. Etwas, das nicht sittsam ist.«

Sie holte tief Luft und schaute auf. »Ich möchte dich berühren.«

Er lächelte. »Sehr gut. Aber vielleicht sollte die erste Lektion eher die sein, wie man Bierschaum vermeidet.« Er strich mit den Fingerspitzen über ihre Wange.

War ihm denn nicht klar geworden, dass sie es ernst gemeint hatte? Ein unbezähmbarer Impuls durchzuckte sie. Sie fasste nach seinem Handgelenk.

Sein Lächeln wurde breiter. »Du hattest da Schaum«, sagte er geduldig. »Auf deiner Wange. Ich wollte ihn nur wegwischen.«

Sie spürte seinen Puls unter ihrem Daumen. Sie öffnete den Mund, aber es kam kein Wort heraus. Sein Handgelenk fühlte sich kräftig und heiß an. Ihre Finger schlossen sich fester, probierten es aus.

Sein Gesichtsausdruck veränderte sich. Es war eine kaum wahrnehmbare Veränderung, in der sich seine Pupillen weiteten, während seine Lippen sich leicht öffneten. Aber ihr Körper verstand es. Dieser wilde Impuls ließ ihren Daumen härter zudrücken. Welch unglaublicher, räuberischer Gedanke: *Ich habe dich gefangen.*

Er atmete hörbar ein. »Lass los.«

»Nein.« Das Wispern fühlte sich an, als zöge eine unbekannte Macht es aus ihr heraus. Als er ihren Blick erwiderte, empfand sie keinerlei Verlegenheit. Das schwache Leuchten der feenhaften Lichter, der abrupte Übergang, mit dem die

Musiker einen Walzer zu spielen begannen, ließ die Szene surreal erscheinen. Traumgleich.

Sie brauchte also einen Skandal, um künftig Bewerber abzuschrecken? *Er* könnte doch ihr Skandal sein.

7

In Alex' Augen spiegelte sich das Flackern der Lampen. Sein Mund verzog sich zu einem halben Lächeln, doch es sah eher unwillig und nicht nach echter Erheiterung aus. »In Ordnung«, sagte er leise. »Du hast die Unbescheidenheit besiegt. Und jetzt lass uns etwas ins Auge fassen, das ein wenig kultivierter ist.«

Er hat mich doch nicht missverstanden, dachte Gwen. Aber warum tut er dann so? Wärme durchströmte sie; instinktiv begriff sie, dass sein Rückzug in dieses Vortäuschen einen Triumph für sie bedeutete. »Und was –« Ihr Mund war trocken geworden. Sie befeuchtete sich die Lippen mit der Zungenspitze. Alex beobachtete sie, sein Mund schien sich anzuspannen. »Was wäre, wenn ich dich bitten würde, mich noch einmal zu küssen?«

Mit dem Handrücken berührte er ihr Kinn und strich leicht darüber. »Eine interessante Annäherung«, sagte er dann. Sein Daumen legte sich auf ihre Unterlippe und übte einen kaum spürbaren Druck aus. Ihre Lippen öffneten sich. Sie schmeckte das Salz auf seiner Haut, und alles in ihr schien sich zusammenzuziehen. Instinktiv beugte sie sich vor und berührte mit der Zungenspitze seinen Daumen.

Er holte hörbar Atem, zog die Hand fort und lehnte sich zurück. »Ein bisschen riskant für deine erste Nacht der Abenteuer.« Seine Stimme klang angespannt.

»Ich bin auch in der Stimmung, etwas zu riskieren.«

Seine Augen wurden schmal. »Ich schlage etwas Subtileres vor.«

»Ich spiele nicht, Alex.«

Er legte die Hand um ihr Kinn und hielt es überraschend hart fest. »Es ist aber besser, es beim Spielen zu belassen«, sagte er. »Zumindest zwischen uns.«

Sie rührte sich nicht, senkte auch nicht den Blick. »Warum?«

Er stieß einen Atemzug aus, was fast wie ein Lachen klang. »Sicherlich muss ich dir die Gründe nicht aufzählen. Du kennst mich gut genug. Denkst du, ich habe Interesse an Debütantinnen?«

»Nein«, erwiderte sie. »Aber ich bin keine Debütantin mehr.«

»Da gäbe es aber noch diese kleine Sache mit deinem Bruder.«

»Richard?« Es traf Gwen wie ein Schlag, und sie zog sich zurück. »Was hat *er* damit zu tun?«

Sein Blick hielt ihren fest, stetig und ohne auch nur mit der Wimper zu zucken. »Wenn wir nicht nur so tun als ob, dann müssen wir offen reden, nicht wahr? Ich habe meinen Schwestern die ganze Geschichte erzählt – über den Streit, den ich in der Nacht mit ihm hatte, in der er starb. Sie müssen es dir gesagt haben.«

»Ja«, bestätigte sie. »Aber Richard hatte natürlich unrecht –«

»Oh, du und ich, wir beide wissen das. Aber wir wissen auch, was er sich für dich gewünscht hat – und was er *auf gar keinen Fall* wollte.«

»Womit er dich gemeint hat.«

»Womit er *jemanden* wie mich gemeint hat«, korrigierte er sie ungeduldig. »Richard kannte mich gut, und er kannte auch dich gut. Seine Sorge war unbegründet, aber hätte sein Argwohn einen Grund gehabt, wäre sie durchaus angebracht gewesen.«

»Du willst also sagen, dass ich auf gewisse Weise … sein Andenken missachte … wenn ich dich bitte, mich zu küssen?«

Der Gedanke war ungeheuerlich. »Richard wollte, dass ich glücklich bin, Alex. *Das* war es, was er wollte. Und ich suche mein Glück, genau hier und jetzt. Und wenn dazu ein Skandal nötig ist, dann wäre es ihm gewiss lieber, ich würde ihn mit dir auslösen statt mit irgendeinem namenlosen Fremden!«

»Ich verstehe«, sagte Alex nach einer Weile. »Du hast also vor, mich dazu zu benutzen, deinen Ruf zu ruinieren?«

»Du hast es doch selbst gesagt: drei Millionen Pfund.« Ihre Stimme klang plötzlich bitter. Welche Frau in der Geschichte der Welt hatte je ihren Wunsch, verführt zu werden, begründen müssen, um einen Mann wie ihn zu überzeugen, sie auszunutzen? Es schien so ungerecht. Vermutlich versuchte er nur, sie verlegen zu machen. »Es wird einiges dazu nötig sein, meine Anziehungskraft nachhaltig zu mindern. Ein Mann von deinem Ruf käme da gerade recht.«

Seine Augen wurden schmal. »Wie charmant. Auf welchen Aspekt meines Rufes beziehst du dich?«

»Vergiss nicht, dass wir ehrlich miteinander sind. Ich beziehe mich auf die Tatsache, dass du ein berüchtigter Weiberheld bist.«

»Ah, ja.« Er lehnte sich zurück und lächelte unangenehm. Dabei drehte er das Bierglas in seinen Händen hin und her und verlieh der Bewegung den Anstrich von Nachdenklichkeit. »Vermutlich stimmt das. Und selbstverständlich schmeichelt es mir, dass du dich herablässt, gerade diese eine ach-so-beeindruckende Leistung für dich nützlich zu finden. Aber wenn du Sex willst, so gibt es in London genügend Männer, die ihre Hosen nicht zulassen können. Kein Grund, mir deshalb nach Paris zu folgen.«

Ihre Wangen schmerzten vom Ansturm heißer Röte. »Verspotte mich nicht«, brachte sie heraus. »Du hast dir diesen Ruf schließlich redlich *verdient*.«

»Nein, nein, ich verspotte dich nicht«, sagte er sachlich. »Als Geschäftsmann gratuliere ich dir sogar zu deiner Strategie; sie ist äußerst zielgerichtet, sehr ökonomisch. Ohne Zweifel würde allein schon die leichteste Berührung mit meinen Rockschößen ausreichen, den Heiligenschein einer Heiligen zu trüben. Aber du musst mir verzeihen, wenn ich kein Interesse daran habe, dein Mittel zum Zweck zu sein. Wie du ganz richtig hervorgehoben hast, habe ich einen Ruf zu wahren, und den Manipulationen einer Jungfrau zum Opfer zu fallen, würde mich in eine durch und durch armselige Gesellschaft verbannen.«

Sie starrte ihn an. »Was meinst du? Welche Gesellschaft?«

Er stürzte den Rest seines Biers hinunter. »Trent«, sagte er, nachdem er sein Glas geleert hatte. »Pennington. Jeder armselige Aristokrat, den du in Betracht gezogen hast, ihn zu kaufen, um zu deinem Titel zu kommen.«

»Ihn zu kaufen –«

»Leugnest du es? Ich dachte, wir wollten ehrlich sein.«

Sie konnte seinem Sarkasmus Paroli bieten. »Wenn es mich gereizt hat, einen Titel zu tragen, dann nur aus einem Grund: Weil dann niemand mehr gewagt hätte, so mit mir zu sprechen, wie du es jetzt tust.«

Er schockierte sie, indem er lachte. »Niemand hat je so mit dir gesprochen, Gwen.« Behutsam stellte er sein Glas auf dem Tisch ab. »Du hast dir viel Mühe gegeben, dafür zu sorgen. Dieses Lächeln, das du nicht wirklich meinst, diese Komplimente, die du an Menschen verschwendest, die sie nicht verdienen, selbst diese traurige kleine Angewohnheit, dich selbst abzuwerten – du manipulierst genauso geschickt, wie jeder Financier es tut. Nur dass deine Methode eine andere ist.«

»Und mein Motiv«, sagte sie wütend. »Im Gegensatz zu Ihnen, Mr Ramsey, bewerten wir nicht alle einen Menschen wie eine Ware, die einen Gewinn bringen soll. Ich wünschte mir eine Familie; ich wünschte mir ein Zuhause. Aber ich habe nie eine Ehe angestrebt, die nur mir etwas eingebracht hätte. Jetzt haben sich meine Ziele geändert, doch nach wir vor bin ich an einem fairen Handel interessiert. Wenn du mir nicht helfen willst, so werde ich einfach jemand anders finden, der es tut.«

»Die Hölle wirst du«, sagte er grimmig.

»Ich würde gern sehen, wie du mich davon abhalten willst.«

»Vielleicht hast du dich nicht so eingehend mit meinem Ruf beschäftigt, wie du es behauptest. Sonst würdest du nicht auf die Idee kommen, zu mir zu passen.«

»Ich betrachte mich wohl kaum als für dich passend. Ich habe eine weitaus höhere Meinung von mir.«

»Oh? Wie ich schon sagte, diesen Punkt könnte ich bestreiten.«

»Ich will es gar nicht hören.«

»Ich bin sicher, dass du das nicht willst.« Er schaute an ihr vorbei, als langweile ihn das Gespräch. Doch plötzlich veränderte sich sein Gesichtsausdruck, seine Augen wurden schmal, bevor seine Miene eine absolute Ausdruckslosigkeit annahm.

Die Veränderung war so krass, dass ein Hauch von Neugier Gwens Wut durchbrach. Sie drehte sich um und folgte seinem Blick. Er schaute auf die junge Frau in dem tief ausgeschnittenen blauen Kleid. Sie hatte inzwischen ein neues Objekt für ihre Aufmerksamkeiten gefunden – einen gut aussehenden blonden Mann in einem hervorragend geschnittenen Frack. Er und seine Begleiter hatten sie zum Kichern gebracht, während er mit der Spitze seines Spazierstocks über ihre Rocksäume strich.

»Warte hier eine Minute«, sagte Alex. Und dann fügte er mit einem harten Blick hinzu: »Ich meine es ernst. Rühr dich nicht von diesem Stuhl.«

Ohne weitere Erklärung stand er auf und ging davon.

Ungläubig sah Gwen ihm nach. Er ging gezielt auf den blonden Mann zu. Kurz bevor er bei ihm war, hinderten ihn die Begleiter des Mannes am Weitergehen. Jetzt redeten sie mit Alex. Inzwischen hatte der Blonde den Arm des Mädchens ergriffen und ging mit ihr an der Gruppe vorbei. Sie kamen in Gwens Richtung.

Alex folgte dem Paar. Wieder verstellten ihm die anderen Männer den Weg. Einer von ihnen zeigte auf das Innere des Gebäudes. Nach einem sichtlichen Zögern und einem kurzen, undeutbaren Blick auf Gwen wandte sich Alex ab und folgte den Männern.

Er brachte sie hierher und ließ sie dann allein?

Aufgeregt schaute sich Gwen um. Allein im Moulin Rouge! Inmitten all dieser Menschen!

Sie reckte das Kinn und starrte auf den Elefanten. Es würde ihr nichts geschehen. Eigentlich brauchte sie weder Alex' Begleitung noch die von jemand anderem. Sie konnte sehr gut allein zurechtkommen.

Die Augen des Elefanten blickten sie traurig an. Warum hatte sich der Künstler entschieden, ihm dieses Aussehen zu geben? Seine großen, dunklen Augen richteten sich wehmütig auf einen Punkt in der Ferne, während er die Possen von dummen Jungen ertrug, die in seinen Bauch stiegen und wieder herauskamen. Diese arme, stumme Kreatur! Sie sah so resigniert aus. Und so einsam.

Eine Welle unendlichen Mitleids stieg in Gwen hoch. Tränen, die *mehr* als dumm zu sein schienen, sprangen ihr in die Augen; ungeduldig presste sie die Fingerspitzen auf die Augenlider. Welch Unsinn. Es war doch nur eine Figur. Diese Augen und der Ausdruck darin, all dies war das Werk eines sehr begabten Künstlers.

Dennoch fühlte sich ganz plötzlich irgendetwas an dem Anblick unerträglich an. Der Knoten in ihrem Hals wurde fester.

Sie stand auf, sie wollte Alex folgen oder gehen und sich selbst eine Droschke rufen und –

– als sie sich umwandte, prallte sie direkt gegen den blonden Mann, dem Alex sich zu nähern versucht hatte. Das Mädchen im blauen Kleid hing an seinem Arm und warf Gwen einen feindseligen Blick zu, aber der Gentleman blieb sofort stehen und deutete eine kurze Verbeugung an. »Verzeihung, Mademoiselle«, sagte er auf Englisch. »Ich hatte Sie nicht gesehen.«

»Nein, nein, es war meine Schuld«, sagte Gwen. Sie hätte erkennen müssen, dass er ein Landsmann war. Er hatte das rotwangige, gesunde Aussehen, das davon zeugte, dass er viel Zeit auf den Sportplätzen elitärer Internatsschulen verbracht hatte, und von Sommern, in denen man mit einer Meute Hunde im Schlepptau durch die freie Natur streifte. »Bitte nehmen Sie meine Entschuldigung an, Sir.«

Seine Augenbraue zog sich hoch. Vielleicht verwirrte ihn ihr Akzent. Man erwartete nicht, einen so vornehmen Akzent von einer Frau ohne Begleitung zu hören – zumindest nicht an diesem Ort.

Diese Erkenntnis belebte Gwens Zorn neu. Ihre Hand schloss sich instinktiv um ihre Handfläche, als die Erinnerung an zahllose schmerzhafte Hiebe mit dem Lineal in ihr aufstieg. *Wir sagen nicht »nee«, Miss Gwendolyn. Wir sagen »nein«.*

Herrje, dachte Gwen, *ich bin ein abgerichteter, sprechender Hund gewesen.* Kein Wunder, dass Alex sie verachtete. Ihr ganzes Leben lang hatte sie das getan, was man ihr gesagt hatte, und wenn sie nach Aufmerksamkeit gekläfft hatte, so hatte es nur eines Wortes bedurft, und sie hatte gehorsam gekuscht.

»Vielleicht können Sie mir eine Auskunft geben«, sagte der Gentleman, »da meine Begleiterin kein Englisch zu verstehen scheint.« Er warf einen Blick auf besagte Begleiterin, während er mit einem Lächeln ihren Ellbogen losließ und ihren sofortigen Protest ignorierte. »Sollte es heute Abend nicht auch Gesangsdarbietungen geben?«

Gwen fühlte den finsteren Blick des Mädchens wie einen heißen Druck auf ihrer Wange. »Ja, aber erst um Mitternacht.« Es schien unnötig hinzuzufügen, dass sie dies eher aus ihrem Reiseführer wusste denn aus eigener Erfahrung.

Er nickte langsam. »Wie schade«, sagte er. »Dann werde ich etwas anderes finden müssen, um meine Zeit auszufüllen.«

Sein Akzent war nicht so vornehm wie ihrer. Jetzt hörte sie es heraus – ein verborgener, leicht robuster Tonfall, der bei seiner Aussprache der Vokale anklang. Aus irgendeinem Grund machte ihr diese Erkenntnis Mut. »Ich habe eine sehr hübsche Gesangsstimme«, sagte sie. »Leider kenne ich keinen Text, der zu dieser Art von Musik passen würde.«

»Oh?« Der Engländer wandte sich gerade weit genug ab, um dem französischen Mädchen seinen Rücken zuzuwenden. Dieses offensichtliche Zeichen veranlasste sie, die Arme vor der Brust zu verschränken, sich dann umzudrehen und davonzugehen. »Gestatten Sie, dass ich mich vorzustelle«, sagte der Blonde höflich. »Ich bin Rollo Barrington, aus Manchester.«

»Weit entfernt von Zuhause«, sagte sie leichthin.

»Was nur umso besser ist«, entgegnete er und sah sie an. »Ich weiß nicht, ob Sie jemals in Manchester gewesen sind, aber ich sage immer, dass *Flucht* das einzige Substantiv ist, das korrekt beschreibt, wie es sich anfühlt, von dort abzureisen.«

Sie lachte. »Und wie nennt man dann die Abreise aus Paris?«

»Strafe«, erklärte er mit einem Lächeln. »Mademoiselle – darf ich einen kühnen Vorschlag machen? Sicherlich ist es die Umgebung, die mich dazu ermutigt.«

Durch die offen stehenden Flügeltüren zum Ballsaal erspähte sie Alex, der sich gerade seinen Rückweg durch die Menge bahnte. Ihr Herz stolperte, dann schlug es schneller. »Sie können es mit Kühnheit versuchen, Sir. Ich verspreche aber nicht, Sie darin zu bestärken.«

Er hatte ein gewinnendes Lachen, es wirkte unbeschwert und frei von Bosheit. »Dann werde ich meinen Mut zusammennehmen und fragen, ob Sie mir die Ehre erweisen, Sie zu betrachten, wenn Sie ein Glas Champagner trinken.«

Gwen zögerte. Alex erwartete, sie genau dort vorzufinden, wo er sie zurückgelassen hatte. Natürlich erwartete er das. Gehorsame Hündchen liefen schließlich nicht davon.

Erneut kochte Wut in ihr hoch. Sie fühlte sich stärker, und sie empfand einen heftigeren Schwindel als nach dem Bier, das sie getrunken hatte.

Dann setzte sie ein Lächeln auf. »Vermutlich werden Sie mich tatsächlich Champagner trinken sehen. Aber ich stelle zwei Bedingungen.«

Mr Barrington zog eine Augenbraue hoch. »Ich hoffe, ich kann sie erfüllen.«

»Oh, meine Bedingungen sind sehr einfach«, beruhigte sie ihn. Erstaunlich, welche Wirkung ihr Lächeln jetzt hatte! Der Gentleman beugte sich zu ihr herüber, sein Benehmen war aufmerksam und zugewandt. Sie spürte einen weiteren verwirrenden Ansturm von Wärme – von Befriedigung; von Macht; vielleicht auch von Erleichterung. Alex würde lernen müssen, dass er sie nicht so gut kannte, wie er glaubte. »Erstens müssen Sie mir die gleiche Ehre gewähren, denn Champagner sollte man nie allein trinken. Und zweitens müssen Sie versprechen, dass wir trinken werden, um einen Erfolg zu feiern.«

Er lachte. »Und welcher Erfolg könnte das sein, wenn ich fragen darf?«

»Dass Sie mich erfolgreich in den Elefanten hineingeschmuggelt haben.«

Ein Bestechungsgeld von fünf Francs stellte den Burschen zufrieden, der am Bauch des Elefanten Wache stand. Gwen ging voran. Die kurze eiserne Treppenflucht führte zu einer Plattform, die mit Teppichen ausgelegt war und von bläulich brennenden Gaslampen beleuchtet wurde. In der Mitte der Fläche stand ein zweisitziges Kanapee aus rotem Samt. Exotische Seidenstoffe in Schattierungen von Scharlachrot, Blaugrün und Safrangelb, verziert mit Silberstickereien und Fransen aus goldfarbenen Münzen, schmückten die Wände. Am Ende der Plattform stand ein hoher Wandschirm aus aufwendig geschnitztem Holz, hinter dem sich der Rest des Raumes verbarg. Von irgendwo hinter diesem Paravent erklang der rhythmische Klang von Glocken.

»Vorsicht«, rief Mr Barrington. »Die Bodenbretter sind recht uneben.« Seine behandschuhte Hand schloss sich um ihren Ellbogen, was ihr Herz ein wenig zusammenzucken ließ.

Allein im Dunkeln mit einem Fremden: Dies war gewiss ein richtiges Abenteuer. Gwen löste sich von Mr Barringtons Griff und ging weiter, aber nur, um die Lampen zu betrachten, die an den Wänden hingen: raffinierte Messingleuchter, deren Glasflächen eine Einlegearbeit aus Rechtecken darstellten, aus rotem und gelbem Glas. Sie dachte daran, wie Alex im Café mit dem Finger über die Weinkaraffe gefahren war, legte jetzt die Fingerspitze an die Lampe und zeichnete das Muster nach, das in das Glas geschnitten war. Über die Schulter warf sie Mr Barrington einen flirtenden Blick zu: »Wozu dient dieser Raum? Wissen Sie es?«

»Gemäß der naturgegebenen Ordnung der Dinge, meinen Sie? Der Verdauung des Elefanten, denke ich.«

Sie lachte und wandte sich ihm zu. »Und in der nicht naturgegebenen Ordnung? Oder können wir darüber nicht sprechen?« Oh, das war jetzt wirklich *sehr kühn* von mir, dachte sie.

»Oh, wir können über alles sprechen, worüber Sie sprechen wollen, Mademoiselle. Aber zuerst sagen Sie mir, wen in diesen Dickhäuter zu führen ich die Ehre habe.«

»Eine Frau, die keine Angst vor Untieren hat.« *Oder vor Wüstlingen*, dachte sie im Stillen.

Mr Barrington hatte ein fein geschnittenes, eckiges Kinn mit einem Grübchen, das sichtbar wurde, wenn er lachte. »Sind Sie schon so vielen begegnet?«

»Oh, jeden Tag! Untiere haben eine Vorliebe für junge Damen, müssen Sie wissen.«

»Aber man kann es Ihnen nicht ankreiden, wenn die junge Dame so bezaubernd ist.« Er machte einen Schritt auf sie zu. »Ich hoffe, niemand hat in Sie hineingebissen, hier in Paris?«

»Sie würden gar nicht glauben, wie gut ich meinen Sonnenschirm schwingen kann.«

»Nun, heute Abend werden Sie wohl kaum einen dabeihaben«, entgegnete er. »So wehrlos, wie Sie derzeit sind, könnte ein Ungeheuer auf Ideen kommen.«

Ein nervöses Lachen entfloh ihr. »Wie glücklich kann ich mich da doch schätzen, von einem Gentleman begleitet zu werden.«

»Ein Gentleman.« Er klang ein wenig amüsiert, als er ihre Worte wiederholte. »Sie haben also ein höfliches Benehmen erwartet, als Sie den Bauch dieser Kreatur betreten haben?«

Sie starrte ihn an. Mit einem tiefen Atemzug sagte sie: »Nein. Das habe ich nicht.«

Seine Augen wurden schmal. Er würde sie jetzt gleich küssen; Gwen erkannte es daran, dass sein Mund sich anspannte. Nun, dann hatte sie also Erfolg gehabt. Warum war sie mit ihm hierhergegangen, wenn nicht, um geküsst zu werden? Sie war kein braves junges Mädchen mehr, sondern längst schon dabei, ihre Neugier zu befriedigen. Sie konnte so viele Gentlemen küssen, wie sie wollte, vorausgesetzt diese kooperierten.

Aber wollte sie ihn auch wirklich küssen? Sie konnte es nicht sagen. Es schien eine Sache zu sein, die Mut kostete – im Elefanten des *Moulin Rouge*, des berüchtigsten Etablissements auf dem Kontinent, einen Mann zu küssen. Solche Dinge widerfuhren nur unmoralischen Frauen, Heldinnen in Romanen, der verruchten Cousine von irgendjemandem; ihre Freundinnen würden ihr das niemals glauben. Schon morgen würde sie selbst sich sehr anstrengen müssen, um es zu glauben. Vielleicht würde dieses Erlebnis ihr Selbstverständnis ändern. Sie würde in den Spiegel schauen und den Stempel dieser mutigen Tat erkennen, diese absolute Verruchtheit.

Seine Hand legte sich um ihr Kinn. Gwen wünschte, seine Finger würden sich nicht so feucht anfühlen. Auch trug er seine Pomade viel zu dick; deren süßlicher Geruch wirkte in diesem kleinen Raum geradezu überwältigend. Ihr Herz machte einen Sprung und schlug schneller, als er ihr Kinn hob. Er hatte einen Leberfleck im Winkel seines Nasenflügels, gleich neben dem Schwung des Nasenlochs. Ein schnell schlagendes Herz war das Merkmal von Leidenschaft, aber alles, was sie empfand, war, dass sie schrecklich, schrecklich ängstlich war.

Ein dunkles Haar spross aus seinem Leberfleck.

Gwen presste die Augen zu. Sie musste ja nicht hinschauen. Sie sollte sich vorstellen, er wäre jemand anders. Alex vielleicht.

Als nach einem Augenblick noch immer nichts passierte, öffnete Gwen die Augen wieder. Zu ihrem Erstaunen war Mr Barrington nicht näher gekommen. Er drehte ihr Gesicht zum Licht und betrachtete sie mit einem Stirnrunzeln. »Kenne ich Sie von irgendwoher?«, fragte er.

Oh Gott. Er könnte ihr Bild in den Londoner Zeitungen

gesehen haben. Es war eine Fotografie veröffentlicht worden, als ihre Verlobung angezeigt worden war – beide Verlobungen. »Nein«, sagte sie.

»Ja«, sagte er langsam, und sein Griff wurde etwas fester, »ich bin mir sicher, dass ich Sie kenne.«

»Mr Barrington«, sagte sie. Wie plump sein Griff war! Und er war jetzt auch ein wenig schmerzhaft geworden. »Ich halte es für eher wahrscheinlich, dass wir uns in unterschiedlichen Kreisen bewegen.«

»Aber Sie kommen mir so bekannt vor … wie, sagten Sie, ist Ihr Name?«

Sie seufzte. Was schmerzte diese Männer bloß, dass es sie so zögern und schwanken ließ? Die Gentlemen in den Romanen griffen sich die Ladys und entzückten sie sofort und ohne viel Federlesen. Aber Alex hatte gezögert und war weggegangen, und *dieser* hier beharrte darauf zu plaudern. Konnte er sie nicht einfach küssen, und die Sache wäre erledigt? Je länger sie ihn ansehen musste, desto mehr verirrte Haare fielen ihr an ihm auf. »Ich habe ihn bisher noch nicht genannt. Mein Name ist – Lily.« So hieß das Mädchen in dem Roman, den sie gerade las. Es hatte einen Fremden unter dem Sternenhimmel geküsst und sich in ihn verliebt. Der Held hatte selbstverständlich kein Muttermal zur Schau getragen.

»Lily«, wiederholte er. »Miss Lily …?«

»Goodrick«, ergänzte sie prompt. Das war der Nachname des Autors.

Seine Augen wurden schmal. »Lily Goodrick«, sagte er, als prüfe er die Silben. »Miss Lily Goodrick.«

»Mr Rollo Barrington«, sagte sie. »Sehen Sie, jetzt sind wir miteinander bekannt.«

Sein Lächeln fand zu ihm zurück, als er mit dem Daumen über ihr Kinn strich. Ihn schmerzte nichts, jedenfalls nichts, das eine Pinzette nicht heilen könnte. »Miss Goodrick, Sie sind ein bezauberndes kleines Ding. Wissen Sie das?«

»Nehmen Sie sofort Ihre Hand von ihr.«

Beim Klang von Alex' Stimme zuckte Gwen heftig zusammen. Aber Mr Barrington wandte seinen Blick nicht von ihr ab. »Mr de Grey«, sagte er lässig. *Mr de Grey?* »Haben meine Männer es Ihnen nicht deutlich genug erklärt? Ich bin des Vergnügens wegen in Paris. Ich habe kein Interesse, hier über Geschäfte zu reden.«

»Schön und gut«, entgegnete Alex ruhig. »Aber wenn Sie Ihre Hand nicht wegnehmen, werden wir uns gleich darüber beraten, wie Sie sie wieder an Ihr Handgelenk anfügen könnten.«

»Oh?« Mr Barrington ließ Gwen mit einem neugierigen kleinen Lächeln los. Er trat einen Schritt zurück und strich sich den Frack glatt, dann steckte er die Hände in die Taschen. »Hier geht es wohl um ältere Rechte.«

Alex stellte sich zwischen ihn und Gwen: ein hohes, breitschultriges Bollwerk. Aber der harte Blick, mit dem er sie musterte, schien kaum beruhigend gemeint gewesen zu sein. »Ja«, erwiderte er knapp. An seinem Kinn zuckte ein Muskel.

Mr Barrington nickte zustimmend. »Und Sie, Miss Goodrick – sehen Sie diese älteren Rechte auch als gegeben? Ich gestehe, dass ich daran dachte, im Mondschein einen Spaziergang durch Montmartre zu machen. Aber wenn Sie es mir befehlen, werde ich diese Hoffnung aufgeben.«

Gwen öffnete den Mund, dann schloss sie ihn wieder. *Montmartre.* Gab es irgendein anderes Wort, das besser geeignet war, die Fantasie anzuregen? Hier war sie, im Epizentrum alles Skandalösen von Paris! Wer würde sich einen solchen Spaziergang nicht wünschen?

Alex legte die Hand an ihren Ellbogen und drückte ihn zwar leicht, aber drängend. Ein rascher Blick zeigte ihr, dass er die

Stirn auf jene sehr brüderliche Art runzelte, von der er behauptete, sie nicht zu besitzen. Ach, wie liebte sie diesen weißen Ritter, der sie verlassen hatte und jetzt so übellaunig reagierte, weil er entdeckt hatte, dass sie andere Beschäftigungen gefunden hatte, sich zu unterhalten.

»Antworte ihm«, sagte er leise.

Sie sah ihn aus großen Augen unschuldig an. »Aber was soll ich denn sagen, Monsieur? Schließlich kann ich nicht behaupten, schon eine *lange* Bekanntschaft mit« – sie blickte zu Mr Barrington hinüber und räusperte sich fein – »Mr *de Grey* zu pflegen.«

»Oh, vielleicht keine lange Bekanntschaft«, sagte Alex, »aber gewiss eine sehr tief gehende.« Seine Hand glitt um ihre Taille und fuhr fest über ihre Hüfte, bevor er Gwen an sich zog. Vor Überraschung richtete sie sich kerzengerade auf, und er presste seinen Mund auf ihren.

Seine Lippen ergriffen weich und aufreizend von ihr Besitz. Sie forderten von ihrem Mund, sich seinem zu öffnen.

Er küsste sie *vor Mr Barrington*.

Nachdem er von ihr abgelassen hatte, drückte er noch einen raschen, heißen Kuss auf ihren Hals und ließ dann den Mund über ihr Ohrläppchen gleiten. Seine Zähne bissen sanft hinein. *»Benimm dich«*, wisperte er ihr zu.

Als er sich zurückzog, lächelte er sie an. *Welch ein Lächeln* – amüsiert, spielerisch, durch und durch sinnlich. Sie hatte es noch nie zuvor gesehen. *Dies* war das Lächeln, das für die Frauen bestimmt war, die er verführte.

Es verdrängte alles Denken.

Und dann blieb nur die eine Gewissheit: Sie würde sich auf gar keinen Fall benehmen. Das Ergebnis war weitaus langweiliger.

»Jetzt, da er mich daran erinnert, gebe ich zu, dass ich Mr de

Grey schon ein wenig kenne«, sagte sie mit einem Seufzen zu Mr Barrington. »Aber seine Aufmerksamkeit ist so unbeständig, dass er mir kaum vorwerfen kann, dass ich es für kurze Zeit vergessen hatte.«

Mr Barringtons Miene hellte sich auf. Er schenkte ihr ein strahlendes Lächeln vollkommenen Verstehens. »Es will mir kaum gelingen, mir vorzustellen, dass ein Mann so dumm sein könnte, Sie zu vernachlässigen, Miss Goodrick.«

Alex' warme Hand legte sich um ihren Nacken, seine Fingerspitzen streichelten ihn leicht. »Oh, sie wird keineswegs vernachlässigt«, murmelte er, und seine heisere Stimme schickte zusammen mit seinem Streicheln einen kleinen ungewollten Schauder über Gwens Haut. »Es gefällt ihr einfach nur, sich zu beklagen.«

Mr Barrington sah Alex an. »Im Sopran?« fragte er. »Oder im Mezzosopran, was würden Sie sagen?«

Alex' Hand hielt inne. Sie erahnte dies als ein Zeichen seiner Verwirrung. Er hatte keine Ahnung, dass sie sang. Es war ein Talent, das sie zwar von ihrer Mutter geerbt, das diese aber nie gefördert hatte. »Keines von beiden«, sagte sie.

»Sie sind Altistin?« Mr Barrington sah entzückt aus, obwohl er sein Lächeln an Alex richtete. »Oh, wirklich, Miss Goodrick, jetzt *muss* ich Sie singen hören.«

Alex erwiderte das Lächeln. »Müssen«, wiederholte er gleichmütig. »Dieses Wort kann gefährlich sein, denke ich.«

Das kurze, angespannte Schweigen, das nun folgte, machte Gwen nervös. »Ich war vor Kurzem auf Reisen in den beiden Amerikas«, sagte sie, um die Atmosphäre zu entspannen. »Ich wollte meiner Stimme eine Pause gönnen, aber vielleicht könnte ich … als Zeichen der Freundschaft …«

Alex lachte leise. Sie warf ihm einen Seitenblick zu, und dann trafen seine Augen ihre, warm und tanzend. »Zu Ende gegangen in San Francisco, richtig?«, fragte er. »Deine Reise, meine ich.«

Seine Vertraulichkeit brachte sie für einen Moment aus dem Gleichgewicht. Doch sie gewann ihr Lächeln zurück. »Aber nein«, sagte sie herzlich. »Das Glücksspiel und die Drinks haben deinen Verstand zerrüttet, du armer Mann. Roulette und Absinth«, vertraute sie Mr Barrington an. »Zwei schreckliche Plagen. Mr de Grey denkt an die Reise vor zwei Jahren zurück, als ich zur Königin von Barbary Coast gekürt worden bin. Aber in dieser Saison bin ich nicht weiter als bis nach Chicago gereist; Erdbeben sind nicht so ganz meine Sache.«

»Und eine kluge Frau noch dazu«, stellte Mr Barrington anerkennend fest. »Kommen Sie, ich würde sagen, Sie beide begleiten mich ins *Chat Noir*. Wir können sofort aufbrechen, und auf dem Weg dorthin gelingt es uns vielleicht, Miss Goodrick zu überreden, auf die Bühne zu gehen.«

Ehe sie entscheiden konnte, was sie antworten wollte, erklang ein klirrendes Geräusch hinter dem Wandschirm. Eine dunkelhaarige Frau trat dahinter hervor, die ihre nackten Arme vor der Brust verschränkt hielt – aber nicht so, dass Gwen nicht doch noch einen sehr genauen Blick auf das werfen konnte, was sich darunter verbarg: nacktes Fleisch.

Die Schlitze in ihrem transparenten Rock in Regenbogenfarben schienen dort aufzuhören, wo ihre Hüften begannen.

Grundgütiger Gott, dachte Gwen. Wenn es *das* war, weshalb die Leute in den Elefanten gingen, dann hatte sie noch eine Menge an Boden gutzumachen, bevor sie sich der Bedeutung des Wortes Wagemut auch nur ein wenig angenähert hätte.

»Soll ich tanzen?«, fragte die Frau mit einem Akzent, der ihr Französisch fast unverständlich machte. »Oder geht ihr woandershin? Andere warten nämlich schon.«

»Ach herrje, unsere demütigste Entschuldigung«, sagte Mr Barrington, griff in seinen Frack und zog eine Banknote hervor, die sich die Frau mit einem Schnauben schnappte, ehe sie sich hinter den Wandschirm zurückzog. »Gehen wir?«, fragte er dann. »Ich gestehe, ich werde vor Neugier sterben, wenn ich jetzt nicht bald Miss Goodricks Stimme höre.«

»So wie ich auch«, sagte Alex und zerstörte dann all ihre Erwartungen, indem er hinzufügte: »Aber ich denke, die Entscheidung liegt bei der Lady.«

Er sah sie mit einem leichten Lächeln an.

Nun, er glaubte nicht, dass sie singen konnte. Eher rechnete er damit, dass sie eine Entschuldigung vorbringen würde.

Sie erwiderte sein Lächeln. »Dann also ins *Le Chat Noir*.«

Die berüchtigste Kleinkunstbühne von Paris war klein, dunkel und eng, ein Labyrinth aus herausstechenden Knien, deplatzierten Ellbogen und glutroten Zigarettenköpfen. Die Wände waren mit allem möglichen Schnickschnack bedeckt, alte Kupferpfannen hingen planlos neben rostenden, unechten Ritterrüstungen, und zwischen diesen fanden sich diverse hingekritzelte Zeichnungen angepinnt, Drucke, die aus Magazinen ausgeschnitten worden waren, gelegentlich eine getrocknete Blume, das Taschentuch von irgendjemandem. In einer Ecke fügte ein junger Mann in einer häufig geflickten Samtjacke der Sammlung noch ein Stück hinzu, indem er mit Kohle etwas auf der Wand skizzierte.

Alex nahm von einem der Kellner ein Glas Brandy entgegen. Die Ober hier trugen grüne Kittel und Hüte mit einer Feder daran – eine ironische Verbeugung vor der typischen Kleidung Pariser Wissenschaftler. Das Alter und der immerwährende Zigarettenrauch hatten die Bodendielen so verbogen, dass die dreibeinigen Tische in starker Schieflage darauf standen; als

Alex das Glas abstellte, rutschte es einige Zentimeter weiter, ehe es stehen blieb.

Der Kellner verweilte einen Moment bei ihnen, um mit Barrington ein paar Worte zu wechseln. Er war auf dem Weg zu ihrem Tisch von einer Reihe von Gästen mit herzlichem Schulterklopfen begrüßt worden.

»Ich liebe das Bohemeleben«, seufzte Barrington, als der Kellner gegangen war. »Es weckt in einem die Sehnsucht, wieder ein Junge zu sein, ganz neu anzufangen.«

Alex schätzte ihn keinen Tag älter als fünfunddreißig. Ein wenig früh also, um der verlorenen Jugend nachzutrauern. »Sie waren in Ihrer Jugend ein Bohemien?«

»Nein, niemals. Aber wenn ich die Möglichkeit hätte, noch einmal jung zu sein – ich denke, ich würde einen guten Vagabunden abgeben.«

»Merkwürdige Ansicht für einen Mann, der mit Grundstücken handelt«, sagte Alex.

Barrington sah ihn amüsiert an. »Ich sagte Ihnen doch, dass ich nicht über Geschäfte rede, wenn ich in Paris bin.« Er wandte seine Aufmerksamkeit dem Klavier zu, an dem Gwen mit dem Pianisten sprach.

Alex wappnete sich, auf der Bühne gleich ein Desaster mitzuerleben. Zwar hatte es ihm Zugang zu dem Mann verschafft, der ihm gegenübersaß, aber die endgültige Balance zwischen Kosten und Gewinn müsste später kalkuliert werden. Elma Beecham hatte sie heute Abend mit einem fröhlichen »Viel Spaß« fortgeschickt, doch sie hatte sich weder vorgestellt, dass sich ihr Ausflug bis in die frühen Morgenstunden ausdehnen würde. Noch hätte sie vermutet, dass sich ihr Mündel Gwen als eine Art von Varieté-Verführerin entpuppen würde, die jede heimliche Chance nutzte, ihren Ausschnitt tiefer herunterzuziehen, als die Putzmacherin es im Sinn gehabt hatte.

Was das betraf, so gefiel ihm die Art, wie Barrington sie ansah, ganz und gar nicht. Der Mann lieferte zwar keinen Anlass, ihn für gefährlich zu halten, aber dass er habgierig und gewinnsüchtig war, hatte er allemal unter Beweis gestellt.

Gwen schüttelte ihre Röcke, straffte die Schultern und stieg auf die Bühne. Niemand nahm Notiz von ihr, obwohl das Lokal voll bis unter die Decke war. Das Publikum im *Chat Noir* war dafür berüchtigt, nur schwer zu beeindrucken zu sein. Es hatte seine Lieblingskomponisten, seine Lieblingssänger und Lieblingsdichter – eben jene Künstler, die sich ihren Ruhm durch regelmäßige Vorträge hier verdient hatten. Dem Rest wurde entweder ein Gefallen erwiesen, indem man ihn ignorierte, oder ihm wurde die heftige Grausamkeit angetan, mitten in der Vorstellung durch sehr lautes und oft von Obszönitäten gespicktes Gejohle des Platzes verwiesen zu werden.

Untergehen oder schwimmen, so lautete die Devise. Vermutlich lernt jeder nur auf diese Weise, dachte Alex.

Gwens Brüste hoben und senkten sich in einem langen Atemzug. Sie war nervös, ohne Zweifel. Als sie über die Menge hinweg zu ihm hinsah, erkannte Alex kaum das Lächeln um ihre Lippen. Vielleicht war es eine Täuschung durch das schummrige Licht, oder es lag an ihrem Ausschnitt, den sie erweitert hatte – oder an dieser Rolle, die zu spielen sie sich entschieden hatte. Aber unvermutet ging ihm der Gedanke durch den Sinn, dass er Gwen vielleicht doch nicht so gut kannte, wie er glaubte.

Er prostete ihr zu. Ein verschmitzter Ausdruck verdrängte ihr Lächeln. Jetzt blickte sie zu Barrington hin, der sich auch prompt im Sitzen verbeugte und mit der Hand eine formvollendete kavaliersmäßige Geste vollführte.

Ich sollte wirklich in Lima sein, dachte Alex und trank einen großen Schluck von seinem Brandy.

Der Pianist schlug die ersten Töne der Melodie an. Bizet – die Habanera aus *Carmen*. Himmel noch eins. Was für eine unglückliche Wahl. Die Arie erforderte eine gewisse Derbheit, die Gwen niemals zustande bringen würde.

Und dann begann sie zu singen.

Das Glas an den Lippen erstarrte Alex.

Vom allerersten Ton an war klar, warum sie ihm und allen anderen nichts von ihrem Talent verraten hatte: Ihre Stimme gehörte nicht in einen Salon.

Tisch um Tisch breitete sich Stille aus.

»*Quand je vous aimerai?*«, sang sie. »Wann werde ich dich lieben? Himmel, ich habe keine Ahnung. Vielleicht nie, vielleicht morgen … aber ganz gewiss nicht heute!«

Eine seltsame Panik durchströmte ihn – der absurde Impuls, aufzustehen und zu gehen oder sich wie ein furchtsamer Junge die Ohren zuzuhalten.

Hinter ihm ertönte ein Beifallsruf. Gwens Augenlider flatterten in zufriedener Antwort. Dann winkte sie dem Publikum zu.

Weitere Beifallsrufe jetzt. Gott steh ihm bei, ihre Hand glitt zu ihren Röcken. Sie lupfte den Saum und ließ einen Knöchel sehen, während sie den nächsten Vers anstimmte.

»L'amour est un oiseau rebelle … Que nul ne peut apprivoiser …«

Als sie sich drehte, flogen ihre Röcke noch höher. Sie trug weiße Seidenstrümpfe, bestickt mit scharlachroten Blumen. Ihre Knöchel waren so schlank und fest wie die einer Cancan-Tänzerin.

Er war überzeugt, dass er das nicht hatte wissen müssen.

Genau genommen hatte er auch nicht wissen müssen, wie ihre Stimme klang. Sie schien sich so sinnlich um ihn zu winden, wie ihre Arme es getan hatten, drückte wie eine Handfläche gegen seine Kehle, weich und heiß und dazu bereit, ihn gleichermaßen zu streicheln wie zu würgen. In dieser Stimme lag Macht – eine Macht, die für eine behütete, unerfahrene Debütantin zu stark und zu dunkel war.

Aber natürlich war sie gar nicht unerfahren. Wie sehr hatte er versucht, das zu vergessen: dass sie verloren und gelitten hatte, ebenso wie er selbst. Wenn ihr Lächeln so leicht kam, so war das kein Zeugnis für Oberflächlichkeit oder Unerfahrenheit, sondern eines für ihre besondere, unbeugsame Stärke.

»Mein Gott«, stieß Barrington aus. »Wo haben Sie dieses Mädchen gefunden, de Grey? Das ist keine der üblichen Varietéstimmen.«

Alex atmete tief ein. Oh, das Varieté mochte ein guter Anfang sein. Aber Barrington hatte recht. Eine Stimme wie ihre – so rauchig wie ein Armee-Feldlager und dazu fähig, eine sanft pikante französische Arie in eine pornografische Fantasie zu verwandeln – verdiente wahrscheinlich ein ungewöhnlicheres Ambiente. Einen Harem vielleicht.

Oder sein Bett.

Alex fühlte ein Lächeln auf seinen Lippen. Ja, es war besser, an so etwas zu denken – an ein Bett und nackte Haut und Schweiß. Es war klüger und sicherer, sich auf etwas zu konzentrieren, das er unter dem allgemeinen Etikett Lust einordnen konnte.

Sie ließ die Röcke wieder fallen und drehte sich um sich selbst, die Arme wie eine Flamenco-Tänzerin hoch erhoben. Ihre Stimme klang tief und seidig. *»L'amour est enfant de bohème; Il n'a jamais, jamas connu de loi …«*

Richards Mutter war für kurze Zeit als Schauspielerin aufgetreten.

Dies drängte sich von selbst in sein Bewusstsein. Er konnte sich zwar nicht mehr an das Gespräch erinnern, in dem er das erfahren hatte, oder an irgendwelche Details, aber er war sich sicher, dass es stimmte.

Ein seltsames Gefühl durchströmte ihn. Jetzt sah er Gwen mit neuen Augen. Das dort auf der Bühne, das bedeutete ihr mehr als nur, ein wenig Spaß zu haben, wie sie es formuliert hatte. Sie stellte etwas zur Schau, das zu verstecken sie fast ihr ganzes Leben lang gelernt hatte.

Seine Empfindungen schienen sich angesichts dieser Feststellung zu spalten, so sauber entzweigeteilt zu werden wie von einer scharfen Klinge.

Er mochte Gwen eher so, wie sie gewesen war. Die Gwen, die er kannte, war lenkbar.

Doch wie oft hatte er bereits gedacht, sie könnte so sehr viel mehr sein.

Er räusperte sich und massierte sich das Handgelenk. Sein Puls schlug wie ein Presslufthammer. *Idiot*. Also gut, ein Bravo für Gwen – aber ihre Talente und ihr Mut hatten nichts mit ihm zu tun.

Als der Pianist zu der Stelle überging, die eigentlich vom Opernchor gesungen wurde, hob Gwen die Hand und forderte das Publikum mit einer Geste auf mitzusingen. Erst einer, dann ein weiterer, so fielen die Gäste in die Melodie mit ein; während sie sangen, fand Gwens Blick seinen. Verschmitzt lächelte sie ihn an.

Das Lächeln durchrüttelte ihn. Für einen kurzen Moment fühlte er sich orientierungslos – wie bei jenen seltenen Gelegenheiten, wenn er in eine Fensterscheibe schaute und zwischen zwei Wimpernschlägen erkannte, dass das, was er für eine Reflexion gehalten hatte, in Wahrheit die Szene hinter dem Glas war. Er zwang seine Aufmerksamkeit weg von ihr, obwohl sie dort verharren wollte. Stattdessen konzentrierte er sich auf das Alltägliche, auf die Worte, die die Gäste auf ihr Geheiß mitsangen. Und während er mit grimmiger Unbeirrbarkeit zuhörte, dämmerte ihm plötzlich die Erkenntnis.

Laut lachte er heraus. Kein Wunder, dass dieses Lied Eindruck auf Gwen machte. *»Si tu ne m'aimes pas, je t'aime«*, sangen die Männer, *»Et si je t'aime, prends garde à toi!«* Es war eine feine Zusammenfassung von Gwens Liebesleben, bis heute.

Sie holte tief Luft und glitt in das Lied zurück, ihre Stimme bewältigte mühelos die Töne, rau und süß wie Rohrzucker. *»L'oiseau que tu croyais surprendre, Battit de l'aile et s'envola«*, sang sie. *»L'amour est loin, tu peux l'attendre. Tu ne l'attendre plus, il est là.«*

Monsanto, dachte Alex. Was hatte Monsanto in Peru vor? War es ihm bereits gelungen, die Verträge für die Verladung zu bekommen?

Zur Hölle damit. Ich kann es mir leisten, sie zu verlieren.

Herrgott. Darum ging es doch verdammt noch mal gar nicht. Er stürzte die Hälfte des Brandys herunter, während sich das Lied zu einem donnernden Ende steigerte. Frenetischer Applaus brach aus. »Meine Güte«, sagte Barrington und erhob die Stimme über den Beifall, »das war grandios!«

Alex konnte plötzlich nicht einmal mehr die Energie aufbringen zu antworten. Gwen verneigte sich lachend, ihr Gesicht strahlte heller als die Gaslampen hinter ihr. Er beobachtete sie, während er noch einen Schluck trank. Hätte er gerade einen schnellen Zwölf-Meilen-Lauf hinter sich gebracht, würde er sich genauso fühlen, wie er sich jetzt fühlte: erschöpft und mit trockenem Mund, aber auch hellwach und lebendig, jede Vene belebt von einer frischen Strömung rauschenden Blutes.

Idiotie. *Idiot*. Er sollte sich nicht belebt fühlen. Er war dabei zu verlieren. *Dann kämpfe.* Er fügte sich niemals wehrlos einer Niederlage.

Verlieren? *Was* denn verlieren? Ärgerlich über sich selbst, stellte er das Glas ab. Für heute Nacht hatte er genug Alkohol gehabt.

»Sie beide müssen mit mir nach Côte Bleue kommen«, sagte Barrington. »Ein kleiner Landsitz, den ich vor Kurzem an der Riviera erworben habe.«

»Vielleicht«, sagte Alex geistesabwesend. Gwen kam gerade die Stufen hinuntergestiegen, während einige der Zuschauer auf sie zustürmten, um sie kennenzulernen.

»Wirklich, ich muss darauf bestehen, dass Sie kommen«, sagte Barrington. »Ich werde an diesem Wochenende eine kleine Hausgesellschaft geben; ich denke, Sie werden die Gäste recht unterhaltsam finden.«

Alex gab einen unverbindlichen Ton von sich. Er saß hier. Kein Grund, aufzustehen und zu ihr zu gehen. Sie würde ihm einen Blick zuwerfen, wenn sie Hilfe brauchte. »Ein Grundsatz von mir, Barrington: Ich reise, um der englischen Gesellschaft zu entgehen, nicht, um sie aufzuspüren.«

»Oh, aber ich bin ganz genau derselben Ansicht«, entgegnete Barrington. »Ich denke, einige Italiener und ein oder zwei Künstler aus Paris werden anwesend sein. Eine sehr kleine Gesellschaft, wie ich bereits sagte. Sehr ausgesucht.«

Einer der Männer kniete vor Gwen nieder. Der Klang ihres Lachens schwebte durch den Raum, so melodiös wie ihr Gesang. Wie hatte er nicht bemerken können, dass sie singen konnte? Ihr Lachen allein sollte sie verraten haben.

»Überlegen Sie es sich«, drängte Barrington. »Und falls Miss Goodrick einverstanden wäre, ein Lied oder zwei zu singen, würde sie dafür großzügig belohnt werden.«

Bei diesen Worten sah Alex Barrington in die Augen. »Sie ist nicht käuflich.«

Barrington mäßigte sein Lächeln. »Genie ist niemals käuflich. Und keine Angst, Sir; ich sehe durchaus, wie fest Miss Goodrick Sie in ihrer Gunst hält.« Bei dieser Bemerkung sträubten sich Alex die Nackenhaare; da schien eine Spur von unterschwelligem Sarkasmus mitgeklungen zu haben. »Talent bedarf jedoch der Förderung, und falls Miss Goodrick etwas für Schönheit übrighat, wird sie Côte Bleue als ein Naturwunder empfinden. Und es liegt nur eine Stunde von Monte Carlo entfernt – also gibt es Unterhaltung in Hülle und Fülle, auch für einen Spieler.«

Alex bemühte sich, ein Lächeln zustande zu bringen. Eine Einladung in das Haus dieses Mannes war eine ideale Gelegenheit, Gerrys Geheimnis auf den Grund zu gehen, und er hatte sich noch nie eine günstige Gelegenheit entgehen lassen – besonders nicht jene, die ihm auf lange Sicht gesehen eine Menge Zeit sparten. »Ich werde Miss Goodrick fragen«, sagte er mit einem Schulterzucken. »Und ihr Wunsch wird mir, wie Sie wohl vermuten, Befehl sein.«

8

Endlich kehrte Gwen an den Tisch zurück. Nachdem Barrington ihn in sein Haus eingeladen hatte, sah Alex keine Veranlassung, noch länger zu bleiben. Er wartete nur noch, dass sie ihr Glas Wein trank, während er interessiert beobachtete, wie geschickt sie mit Barringtons Komplimenten umging.

Sie hatte ihm nicht ohne Grund vorgeworfen, Menschen wie Waren zu taxieren, aber es erforderte große Mühe, auch sie so nüchtern zu beurteilen. Niemals würde sie irgendjemanden davon überzeugen können, eine Kurtisane zu sein, dessen war sich Alex sicher. Wenn sie lachte, so wandelte sich ihr Gesicht von hübsch zu wunderschön, aber sie errötete viel zu schnell. Niemand würde glauben, dass sie professionelle Erfahrung in der Liebe hatte.

Dennoch verfügte sie über unerwartete Talente und die besonders überraschende Fähigkeit, eine Maskerade aufzuführen. Eine unkonventionelle Künstlerin … er glaubte, dass sie diese Rolle ein Wochenende lang vortäuschen könnte.

Er war noch immer unentschlossen, als sie das Café kurz vor Morgengrauen verließen. Barrington hatte angeboten, sie in seiner Kutsche mitzunehmen, was sie jedoch abgelehnt hatten. Gwen ging vor ihm; sie war sehr schweigsam, doch nachdem er ihr in die Droschke geholfen hatte, lehnte sie sich zurück und bemerkte plötzlich: »Du hast mir noch nicht gesagt, wie dir meine Darbietung gefallen hat.«

»Vielleicht kannst du es erraten.«

»Nein«, sagte sie. »Du musst es mir sagen.«

Er lächelte leicht. »Oder was? Du wirst mich sonst nicht einsteigen lassen?«

Sie starrte ihn wortlos an, und etwas an ihrem Schweigen verlieh dem Augenblick eine rätselhafte Stimmung. Die Dunkelheit in der Kutsche hüllte ihre Gestalt ein, und nur das blasse Oval ihres Gesichts wurde vom Licht der Straßenlaterne beleuchtet. Der Schein überzog ihre Wangen in mattem Bernsteingelb und gespenstischem Blau. Die Wirkung war … faszinierend. Vermeer hatte natürliches Licht verwendet, um Frauen auf diese Weise zu malen: Gesichter, die aus den Schatten auftauchten, und die das Auge des Betrachters zwangen, auf das Wichtigste zu achten: auf die Anmut. Der Mund war fest geschlossen, und die Augen waren bereit, ein Geheimnis zu wahren.

Aber Gott wusste, dass Gwen vergebens wartete, sollte sie ihm etwas entlocken wollen. Und sicherlich wusste sie das auch. Er rieb sich mit der Hand über die Brust, die sich seltsam angespannt anfühlte, ohne Zweifel von der verräucherten Luft im *Chat Noir*. »Hast du dein Maß an Lob nicht bereits im Lokal bekommen?«

Ihr helles Lachen zerbrach die eigenartige Stimmung. »Keinesfalls«, sagte sie.

»Nun, zumindest hast du bewiesen, dass du die Bescheidenheit hinter dir lassen kannst.« Er lächelte und entspannte sich. »Ich denke, Barbary Coast hat gut gewählt.«

Sie errötete und lehnte sich zurück.

Einige Straßen von Gwens Hotel entfernt ließ Alex den Fahrer anhalten, sodass sie noch ein paar Schritte gehen konnten. Er wollte sicher sein, dass ihnen Barrington nicht folgte; es wäre nicht gut, würde der Mann ihre Identität herausfinden. »Frische Luft«, sagte er, während er sie zur Ufermauer führte. »Selbst bei diesem Gestank gibt es ein wenig davon.«

Während sie unter den Ulmen entlangschlenderten, die das Seine-Ufer säumten, atmete Gwen tief ein. »Eigentlich mag ich den Geruch ganz gern«, sagte sie und hakte sich bei ihm ein. »Jemand verbrennt … Dung, glaube ich? Es erinnert mich ans Land.«

»Und das ist etwas Gutes?«

Sie sah ihn ungläubig an. »Dir gefällt es auf dem Land nicht?«

»Ich bin nicht gerade verrückt danach.«

»Aber warum denn nicht? Dort hast du doch deine schulfreie Zeit verbracht – und ich weiß, dass du in Weston Hall aufgewachsen bist. Das ist ein wunderschöner Landsitz.«

Alex schwieg einen Moment. »Das ist er ohne Zweifel. Aber das Land bringt mich dazu, mich zu fühlen …« *Als würde ich erstickt werden*, dachte er. »Gelangweilt«, sagte er stattdessen. »Die Städte sind voller Leben. Und Ehrgeiz.« Die Menschen zog es in die Stadt, wenn sie an eine Veränderung ihres Lebens dachten. Der einzige Reiz des Landes hingegen verharrte in Vorstellungen von Gesetztheit, Beständigkeit und Stillstand, jedenfalls soweit Alex sich erinnern konnte. Das englische Landleben kam an seine Vorstellung von einem Gefängnis nahe heran – still inmitten des Nirgendwo zu verrotten, jeden Abend mit dem Blick auf dieselbe Landschaft beim Essen zu sitzen, auf die man auch von seinem Totenbett aus blicken würde, inmitten von Menschen zu leben, die einen kannten, seit man auf die Welt gekommen war.

Als Junge war ihm gesagt worden, dass er sich glücklich schätzen könne, sich eines solchen Schicksals zu erfreuen.

»Ich finde, das Land ist ein eher träger Cousin der Stadt«, fuhr er fort. »Kannst du das leugnen? Wäre der Viscount nicht nach Paris gereist – wäre er stattdessen nach … Suffolk gefahren, sei ehrlich – hättest du dann eine Nacht wie diese erleben können?«

»Natürlich nicht.« Sie schwieg und dachte nach. »Vermutlich hast du recht. Mein Zuhause ist auf dem Land. Aber ich habe nie daran gedacht, dort auch zu wohnen.«

»Dein Zuhause? Meinst du Heaton Dale?«

»Natürlich«, sagte sie überrascht. »Was sonst?«

Ihm war nicht bewusst gewesen, dass sie diesen Ort als ihr Zuhause betrachtete. Es war ein monströses Haus im palladianischen Stil, dessen Bau vor fünfzehn Jahren zum Gegenstand von viel Spott vonseiten der Freunde seiner Mutter geworden war. *Der Versuch eines Emporkömmlings, sich seinen Buckingham Palast zu bauen,* hatte seine Mutter das Haus genannt. *Ich frage mich, ob Mr Maudsley auch plant, sich seine eigene Krone zu fertigen.*

»Verbringst du viel Zeit dort?« Seit dem Tod ihrer Eltern hatte das Haus, soweit er wusste, leer gestanden. Richard hatte dort nie gewohnt. Er hatte sich über dessen Übertriebenheit mehr aufgeregt als jeder andere.

»Oh, hin und wieder verbringe ich ein, zwei Tage dort. Ich bin niemals lange da, aber ich hatte gehofft – nun ja.« Gwen schnitt eine Grimasse. »Ich habe gerade die Gartenanlagen neu gestaltet. Trent bewunderte die Labyrinthgärten der Tudorzeit, aber Thomas bevorzugte eher den chinesischen Stil. Himmel, ich habe die gesamte hintere Rasenfläche für diesen Flegel abtragen lassen.«

»Du hast also vorgehabt, nach der Hochzeit dort zu leben.«

»Wo sonst?« Sie lachte leise. »Es war ja nicht so, dass meine Verlobten – keiner von beiden – ein besseres Angebot zu machen hatten. Seltsam, nicht wahr? Beide Gentlemen besaßen zwar ein Dutzend Häuser, aber kein einziges war geeignet, darin zu wohnen.«

»Darf ich dir einen Rat geben, Gwen? Wenn du das nächste Mal vorhast zu heiraten –«

»Oh bitte, lass uns noch nicht einmal davon sprechen.«

»– solltest du einen Punkt besonders in Betracht ziehen«, beendete er seinen Satz. »Wähle niemanden, der nicht zumindest *ein* Dach ohne Löcher vorweisen kann.«

»Vermutlich ist das ein guter Rat.« Leichthin schüttelte sie den Kopf. »Aber warum reden wir überhaupt darüber? Wir sind hier in Paris! Paris bei Sonnenaufgang! Warum sollte ich jetzt vom Landleben träumen, wenn ich von all dem hier umgeben bin!« Sie machte eine weit ausholende Geste und drehte sich einmal um sich selbst.

Fast hätte Alex eine sarkastische Bemerkung gemacht. Paris war, bei all seinem Charme, eine der schmutzigsten Städte der Welt. Und der Sonnenaufgang bedeutete kein großes Wunder: Er konnte aus erster Hand bestätigen, dass er jeden Morgen stattfand.

Aber dann strahlte ihr Gesicht auf, und Alex fühlte sein verdammtes Herz stolpern; er war dankbar, dass ihre Aufmerksamkeit nicht länger ihm galt, denn er wusste nicht, was sie in seinem Gesicht hätte sehen können, hätte sie ihn jetzt angeschaut.

Stattdessen sah sie an ihm vorbei und drehte sich noch einmal langsam um sich selbst. Sie hielt den Kopf leicht zur Seite geneigt. Vermutlich bewunderte sie die schlafende Straße, die dunklen Fenster in den steinernen Gesichtern der gotischen und mittelalterlichen Fassaden – und den Unrat, der in den Gossen lag. Er war von irgendwelchen Wildblumen durchmischt, die durch die Risse im Pflaster der Bürgersteige sprossen. Safrangelb blühende Blumen, die einen hellen unerlaubten Pfad auf dem Trottoir bildeten, so weit das Auge blickte. Bis die Aufmerksamkeit vom Turm von Notre Dame gefangen genommen wurde, der dem Auge abverlangte, ihm bis hinauf in den Himmel zu folgen. Am östlichen Horizont färbte sich der Nachthimmel pfirsichfarben; es versprach ein warmer Tag zu werden. Auf der Seine spiegelte sich der Glanz der aufgehenden Sonne wie Kräusel aus Gold.

Eine Fliederblüte trieb auf einer Brise an ihnen vorbei. Impulsiv griff Alex danach. »Ja«, murmelte er. »Vermutlich ist es wunderschön.«

Gwen wandte sich um. »Alex, das musst du doch nicht vermuten. Ich werde mich dafür verbürgen – oder dich bestechen, es zu glauben, wenn dir das lieber ist. Ich zögere jetzt nicht mehr, solche Dinge zu tun; in dieser Nacht bin ich durch und durch zur Frevlerin geworden.«

Er lachte. »Gott helfe uns«, sagte er und warf ihr die Fliederblüte zu. »Frevlerisch zu sein steigt Ihnen wohl ein wenig zu Kopfe, Miss Maudsley.«

Sie stimmte in das Lachen ein und schlug die Blüte zur Seite. »Und dort ist der Esel, der den anderen ein Langohr schimpft!«, sagte sie, ehe sie die Hand vor den Mund hielt, weil sie herzhaft gähnen musste. Als sie die Hand wieder sinken ließ, war ihre Miene ernst. Sie schaute erneut auf den Turm von Notre Dame. »Es ist doch nicht wirklich unmoralisch, nicht wahr? So leben zu wollen wie jetzt?«

»Wie jetzt?«

»Ich meine, sich zu wünschen … frei zu leben«, sagte sie. »Auch als Frau.«

In ihrer Stimme schwang etwas Verletzliches mit, Sehnsucht, die mit ein wenig Furcht verbunden war. Sie wandte ihm das Gesicht zu, und er bemerkte die Hoffnung, die in ihre Augen geschrieben stand.

Sie sollte ihm so etwas nicht anvertrauen. Es wäre zu leicht, sie jetzt zu zerstören – sie auszulachen und zu sagen: *Du denkst, was du getan hast, ist unmoralisch? Das war ein Kinderspiel, Süße. Das ist nicht die Freiheit. Sondern einfach nur die Art von Spaß, die einer Frau zur Verfügung steht, die drei Millionen Pfund besitzt.*

Er öffnete den Mund, dann schloss er ihn.

Er würde ihr diese Worte doch nicht sagen, da es ihn zu einem Heuchler niedrigster Art machte. Trotz aller Argumente, mit denen er ihre Formulierung auseinandernehmen könnte, wusste er, was sie meinte. Was sie fühlte … es war die gleiche Sehnsucht, die ihn damals von England fortgetrieben hatte, kaum dass er sein Studium abgeschlossen hatte. Sein erster Sonnenaufgang über dem Atlantik, die Gischt in seinem Gesicht – er hatte sich so weit über die Reling vorgebeugt, dass ein Matrose, der vorbeigekommen war, erschrocken einen Warnruf ausgestoßen hatte.

Wie seltsam. Dieses Hochgefühl hatte er ganz vergessen. Wie lange war es her, dass er das letzte Mal so etwas empfunden hatte? Dass es sich verringerte, war vermutlich unvermeidlich. In jenen ersten Jahren war er aus reiner Neugier auf das Ziel an Bord der Schiffe gegangen. Jetzt warf er einen Blick auf eine Landkarte und sah keine Namen mehr, die ihm unbekannt waren. Seine Reisen waren ihm zu Routine und Pflicht geworden.

Müdigkeit schien sich wie ein klebriges Band um ihn zu winden und seinen Verstand zu ersticken. Er biss die Zähne zusammen, um diesem Ansturm der Erschöpfung zu trotzen. *Denk nach. Antworte ihr.*

Aber sein benommener Verstand war noch mit der anderen Frage beschäftigt. Wie war er an den Punkt gelangt, dass ihm eine Woche in Paris nicht mehr bedeutete als eine ärgerliche Verzögerung? Ein lästiger Aufenthalt zwischen ebenso lästigen geschäftlichen Verpflichtungen?

Das Bild eines Hamsters in seinem Rad blitzte in ihm auf. Ein Hamster in einem Käfig. Der in seinem Rad rannte und rannte und rannte.

»Willst du mir nicht antworten?«, fragte Gwen leise.

Er atmete tief durch. »Entschuldige. Ich bin … ein wenig müde. Ob es unmoralisch ist, so zu leben …«

Wäre es unmoralisch, sie nicht aufzuhalten, wenn sie ihn das nächste Mal berührte?

Er räusperte sich. »Vermutlich hängt die Antwort ganz davon ab, wen du fragst.«

Ihre Augen blickten klar und ruhig. »Ich frage *dich*.«

»Dann kommt hier eine Lektion für dich«, sagte er mit einem Blick auf den Sonnenaufgang. »Der einzige Mensch, den du das fragen solltest, bist du selbst.«

Als Gwen aufwachte, hatte das Sonnenlicht bereits die stuckverzierte Decke erobert. Was ihr sagte, dass es nach Mittag sein musste. Der Duft von Eiern drang vom Wohnzimmer herüber und wurde stetig kräftiger, so als hätten sie jetzt begonnen zu verderben.

Sie hatte die verschwommene Erinnerung, dass Elma sie zum Frühstück wachgeschüttelt und gesagt hatte: »Wir haben um zehn Uhr einen Termin bei Laferrière, Liebes. Warum um alles in der Welt liegst du noch im Bett?«

Oh nein. Gwen setzte sich auf und lehnte sich gegen das Kopfbrett. Jetzt erinnerte sie sich an alles.

Sie war müde gewesen, als sie ihr Zimmer betreten hatte. So todmüde, dass sie nicht mehr in der Lage gewesen war, Elma darüber zu belügen, wo sie die Nacht verbracht hatte. Und Elma war wütend gewesen. Zum ersten Mal, solange Gwen denken konnte, hatte Elma die Stimme erhoben. Gwen erinnerte sich nicht an das ganze Ausmaß der Gardinenpredigt, aber es war um ungezogene Mädchen und verantwortungslose Schufte gegangen, die sie ermutigten. Und um die schrecklichen Folgen von Aufhetzerei im Allgemeinen.

Sie erinnerte sich auch an das Krachen der Tür, die Elma beim Verlassen der Suite hinter sich zugeschlagen hatte.

Gwen presste eine Hand auf die Augen. Sie sollte sich natürlich entschuldigen – und glaubte nicht, es ertragen zu können, wenn Elma böse auf sie war.

Aber es wäre eine Lüge gewesen, wenn sie gesagt hätte, sie bereue irgendetwas von dem, was in der letzten Nacht geschehen war. Selbst das Schlafengehen bei Sonnenaufgang war ihr romantisch vorgekommen! Behaglich hatte sie sich unter der Bettdecke zusammengerollt und versucht, die Augen so lange wie möglich offen zu halten. Sie hatte sich auf dieses Summen in sich konzentrieren wollen, auf das wilde, taumelige Entzücken über alles, was geschehen war. *Erinnere dich daran*, hatte sie gedacht. *Dass ich auf diese Weise empfinden kann! So leicht und unbeschwert. Das habe ich nie zuvor gewusst.*

Ein Klopfen an der Tür. Michaels, ihre Zofe, steckte den Kopf durch die Tür. »Die Post und die Zeitung, Miss.«

Die Zahl der Briefe überraschte Gwen. Sie überflog sie, während die Tür geschlossen wurde. Einer war von Caroline, die wahrscheinlich Klatsch außer Landes bringen wollte. Ein anderer kam von Belinda, die sie damit unterhielt, ihr immer neue Möglichkeiten vorzuschlagen, Thomas zu verfolgen. Lady Anne hatte einen Brief geschickt; ihre täglichen Kondolenzschreiben begannen allmählich, den Geruch von Schadenfreude anzunehmen. *Der Earl of Whitson hat mir gestern Abend auf dem Ball der Flintons besondere Aufmerksamkeit geschenkt,* schrieb sie. *Alle sagen, dass ich wahrscheinlich noch vor dem Ende der Saison heiraten werde. Natürlich bedaure ich es sehr, dass es Dir nicht möglich sein wird, dabei zu sein.*

Was für eine geschickte Art, von der künftigen, noch nicht feststehenden Hochzeit einer Brautjungfer ausgeladen zu werden!

Der vierte Brief trug eine unbekannte, stark kantige Handschrift. Nachdem sie ihn geöffnet hatte, stellte sie fest, dass er von Alex kam.

Ihr Herz machte einen Sprung. Er hatte ihr heute Morgen eine Fliederblüte zugeworfen, am Ufer der Seine, und als er gelacht hatte, hatte der Klang sie atemlos gemacht. Im goldenen Licht des anbrechenden Morgens hatte er unbeschreiblich attraktiv ausgesehen. Und auch jünger und irgendwie freundlicher, zugänglicher. Er hatte wie jemand ausgesehen, der mit ihr wie mit seinesgleichen sprach.

Sie hatte nicht gewollt, dass die Nacht zu Ende ging. Immer weiter hatte sie mit ihm am Fluss entlanggehen wollen. Alex war ebenso Teil ihres Rausches gewesen wie der Wein, den sie im *Chat Noir* getrunken hatte.

Gwen, schrieb er, *ich hoffe, dieser Brief trifft Dich in derselben guten Stimmung an wie der Sonnenaufgang heute Morgen. Ich schreibe Dir, da mir wegen einer dringenden Verabredung mit dem peruanischen Botschafter ein Besuch nicht möglich ist. Genau genommen ist die Angelegenheit, um die es geht, zu delikat, um einem Brief anvertraut zu werden. Ich hoffe, Du erkennst das Vertrauen, das ich in Dich setze, wenn ich es dennoch tue. Ich bitte Dich, diesen Brief zu vernichten, sobald Du ihn gelesen hast.*

Kurz gesagt, ich habe Dir einen Vorschlag zu machen. Aber vorab ist eine Erklärung für den vorrangigen Grund meines Aufenthalts in Paris erforderlich …

Nachdem sie den Brief gelesen und ihn im Kamin verbrannt hatte, erfüllte sie wieder das gleiche Prickeln wie gestern Abend. Was für einen verruchten und herrlichen Plan hatte er ihr vorgeschlagen! Und dass er ausgerechnet *sie* gebeten hatten, ihm zu helfen!

Aber warum auch nicht? Er brauchte ihre Hilfe. Was für eine

originelle und bemerkenswerte Idee! Er brauchte sie wirklich. Ohne sie wäre er niemals an diese Einladung Barringtons herangekommen, und er konnte ihr unmöglich allein folgen.

Gwen schrieb sofort ihre Antwort und klingelte nach Michaels, um den Brief überbringen zu lassen. Doch nachdem sich die Tür erneut geschlossen hatte, wurde ihr bewusst, dass es ein Haar in der Suppe gab: Elma.

Elma würde es ihr verbieten. Genau genommen hatte Gwen überhaupt keinen Zweifel daran, dass Elma sich in genau diesem Moment über sie beklagte. Lady Lytton, die Frau des englischen Botschafters, war eine besondere Freundin der Beechams, und Elma war mit ihr im Palais-Royal zum Lunch verabredet. *Für Gwen habe ich den weiten Weg nach Paris auf mich genommen,* würde sich Elma beklagen, während sie ihre Austern schlürfte, *und jetzt lehnt sie es ab, mich bei meinen Besuchen zu begleiten. Genau genommen hat sie sich heute Morgen sogar geweigert, das Bett zu verlassen.*

Lady Lytton wäre darüber nicht überrascht. Sie würde nur verständnisvoll nicken und Elma die Hand tätscheln. Natürlich konnte niemand etwas anderes von einem Mädchen erwarten, das sitzen gelassen und gedemütigt worden war – und das jetzt bereits zum zweiten Mal.

Obwohl sich Gwen gar nicht gedemütigt fühlte. Zum ersten Mal seit – wie es ihr vorkam – ewigen Zeiten fühlte sie sich wunderbar … stark.

Deine Hilfe wäre nützlich, hatte Alex geschrieben.

Mit einem Lachen sprang Gwen ins Bett zurück und streckte alle viere von sich. Als Kind hatte sie in Oxford ein Museum besucht, in dem das getrocknete Exemplar eines Seesterns ausgestellt worden war. Wurde eines der Glieder abgetrennt, so hatte der Kurator erklärt, würde über Nacht ein neues nachwachsen. Etwas Ähnliches widerfuhr jetzt vielleicht auch ihr.

Sie fühlte sich fröhlicher als selbst noch zu der Zeit, bevor sie sitzen gelassen worden war.

Aus einem Impuls streckte sie die Beine in die Luft. Das Nachthemd rutschte ihre Oberschenkel hinauf. Kritisch betrachtete sie ihre nackten Beine; die Cancan-Tänzerinnen im *Moulin Rouge* hatten ihr die Möglichkeit zum Vergleich gegeben. Schmale Fesseln und wohlgeformte Waden. Sie bevorzugte die schlanken Knie, die sie gestern Nacht gesehen hatte; dagegen sahen ihre eigenen schrecklich knubbelig aus. Aber die Beine konnte sie so gut werfen wie jede andere. Sie streckte die Zehen und versetzte einem imaginären Thomas Arundell Pennington einen Tritt. Und fühlte sich gewappneter denn je, es ihm einmal heimzuzahlen. Schließlich war Lily Goodrick die Queen von Barbary Coast. Von keinem Mann ließ sie sich mehr etwas vormachen, am wenigsten von einer rückgratlosen Kröte.

Vielleicht würde sie ihn ja heute finden.

Wenn dieser Absicht nicht die Tatsache entgegengestanden hätte, dass Thomas Paris bereits verlassen hatte. Und ergo nicht mehr für das zur Verfügung stand, was Gwen sich den ganzen Nachmittag über ausgemalt hatte. Als sie diese Neuigkeit erfuhr, hätte sie fast die Teekanne fallen lassen. »Bist du sicher?«, fragte sie. Wie um alles in der Welt hatte er so unbemerkt kommen und wieder gehen können?

»Absolut sicher«, entgegnete Elma. Sie saß Gwen im Wohnzimmer gegenüber und vibrierte fast vor guter Laune. »Ich habe es von Lady Lytton persönlich erfahren. Er ist ihr Cousin zweiten Grades seitens ihrer Urgroßeltern, und er besucht sie immer, bevor er die Stadt verlässt. Vermutlich benimmt er sich ihr gegenüber so, wie er es auch seiner Mutter gegenüber tun würde, wäre sie nicht solch ein Drachen.« Elma zuckte elegant die Schultern. »Er ist dir knapp durch die Lappen gegangen, meine Liebe.«

»Aber wohin ist er denn gereist?«, fragte Gwen. Dies war mehr als niederschmetternd.

»Nach Baden-Baden«, sagte Lady Lytton, »um dann weiter nach Korfu zu fahren.«

Gwen nickte. Sie war jetzt gründlich verwirrt, hatte Elma doch vorgeschlagen, einen Tee *zur Feier des Tages* zu trinken. War dies die Neuigkeit, die sie hatte feiern wollen? Wenn ja, dann konnte Gwen nicht anders, als es für ein wenig gemein zu halten. Elma wusste schließlich, dass sie hergekommen war, um den Ring zurückzuholen. Thomas' Abwesenheit war kein Grund zu frohlocken.

»Keine Angst«, sagte Elma, die den Zweifel auf Gwens Gesicht sah. »Ich habe noch Neuigkeiten, die dir besser gefallen werden. Aber zunächst lass uns unsere Gläser erheben.«

Argwöhnisch hob Gwen ihre hauchdünne Porzellantasse – entsprechend Elmas Vorliebe enthielt sie Sahne mit einem Spritzer Tee. Immerhin war es möglich, dass Elma nicht auf den Tod irgendeiner Countess in deren Hochzeitsnacht trinken wollte, oder auf das plötzliche Ableben eines Erben, der die Unverfrorenheit besessen hatte, bereits verheiratet zu sein, dessen jüngerer Bruder jedoch bislang im Status eines Junggesellen verharrt hatte.

Ein verheißungsvolles Lächeln legte sich um Elmas Mund. »Liebes«, sagte sie, »zunächst muss ich mich für meine Laune heute Morgen entschuldigen. Ich weiß, dass du eine sehr harte Zeit hattest, und ich hätte wissen müssen, dass Paris kein Ort für eine junge Frau ist, die sich in einer getrübten Gemütsverfassung befindet. Was du brauchst, ist Ruhe, aber nicht diesen beständigen Reiz.«

»Oh nein«, wandte Gwen rasch ein. »Bitte entschuldige dich

nicht. Es tut mir leid, dir Kummer gemacht zu haben, aber ich versichere dir, dass ich mich in der letzten Nacht großartig amüsiert habe.«

»Nein, nein, vergib mir nicht. Zudem hat mein Zorn nicht dir gegolten. Die Schuld liegt allein bei Mr Ramsey. Ich gestehe, dass ich sehr viel mehr von ihm erwartet hatte. Natürlich weiß ich, dass man ihn *bei Weitem nicht* als respektable Begleitung in Betracht ziehen sollte, aber ich dachte doch, dass ihn unsere Beziehungen zu seiner Familie zu einem besseren Benehmen veranlassen würden. Ich bin zutiefst enttäuscht gewesen über das, was du mir berichtet hast. Doch wie ich bereits sagte, eigentlich ist er es, mit dem ich böse sein sollte.«

»Aber ich war es, die darauf bestanden hat, ins *Chat Noir* zu gehen.«

Elma zog eine Augenbraue hoch. »Nun«, sagte sie nach einer bedeutsamen Pause. »Wie ich bereits sagte, du machst eine schwere Zeit durch. Und diese eine Nacht wird deinem Ruf keinen Schaden zugefügt haben, vorausgesetzt du hast niemanden getroffen, den wir kennen.« Sie runzelte die Stirn. »Himmel – du hast doch niemanden getroffen, oder?«

»Nein«, sagte Gwen hastig. »Überhaupt niemanden.«

Erleichtert atmete Elma auf. »Nun, wie ich bereits sagte, ist kein Schaden entstanden. Aber ich denke, dass es an der Zeit ist abzureisen, Liebling. Aufs Land, wo du dich erholen kannst, ganz so wie die Ramsey-Schwestern es vorgeschlagen haben. Guernsey, würden wir meinen, obwohl auch Cornwall gute Dienste leisten könnte. Was ziehst du vor?«

Guernsey? Du lieber Himmel. »Tante Elma«, sagte Gwen behutsam, »ich glaube, du missverstehst die Situation. Ich fühle mich nicht im Mindesten überreizt. Gestern Nacht –«

»Genug davon. Möchtest du denn gar nicht wissen, was wir feiern?« Elmas ernster Gesichtsausdruck wandelte sich zu einem strahlenden, als sie in ihre Handtasche fasste. »Ich habe die wunderbarste Überraschung für dich. Zuerst aber kannst du froh sein, dass du den Viscount los bist. Seine Liebe ist, wie es scheint, nichts für jemanden wie dich. Du musst dir überhaupt keine Schuld an seinem Verhalten geben. Aber wenn er auch ein Schuft ist, so ist er doch keiner, der keine Ehre im Leib hätte. Und ich bin froh, sagen zu können, dass er auch kein Dieb ist! Sieh doch nur, was er in Lady Lyttons Obhut zurückgelassen hat.«

Sie öffnete die Hand. Darin lag Richards Ring.

Gwens Lippen teilten sich in stummer Überraschung.

»Ja, Liebes«, sagte Elma sanft. »Nimm ihn nur. Ich weiß, wie viel er dir bedeutet, und ich bin so froh, dass ich es bin, der es gelungen ist, ihn dir zurückzugeben.«

Langsam streckte Gwen die Hand aus. Während sich ihre Finger um den Ring schlossen – so viel kühler als die Luft, ein harter und fremder Druck in ihrer Hand –, hatte sie für einen kurzen Moment das seltsame Gefühl eines Déjà-vu.

Mit dem Daumen strich sie über den Ring und ertastete die vertrauten Riefungen auf beiden Seiten. Es war der richtige Ring. Der funkelnde Glanz des Goldes überraschte sie. Eigentlich hätte der kürzliche Kontakt mit Penningtons Finger das Metall trüben müssen.

Sie schaute auf. Elma strahlte sie an und wartete ohne Zweifel auf einen reinigenden Tränenausbruch oder, wenn keine Tränen, so doch auf ein aufgeregtes freudvolles Geschrei. Die Gelegenheit verdiente es.

Mit der Rückkehr des Ringes war ihre Ehre wiederhergestellt, vermutete Gwen. Und sie war froh, ihn zurückzuhaben – wahrhaftig froh. Der Ring war ein Stück ihrer Familie – und gehörte ihr. Sie hätte nicht eher geruht, bis sie ihn wiedergehabt hätte.

Aber als sie ihn jetzt in den Fingern hin und her drehte, wurde ihr bewusst, dass sich der Makel, den seine Abwesenheit in ihre Selbstachtung gemeißelt hatte, während dieser letzten wenigen Tage irgendwann erübrigt hatte.

Dieser Ring war weiter gereist und hatte so viel mehr Abenteuer erlebt als sie.

»Es war nicht falsch von mir, dass ich ihm den Ring gegeben habe«, sagte sie, und dieses Mal glaubte sie es auch. »Er war es, der Schuld hatte. Ich habe es nicht wissen können.«

»Nein, natürlich nicht«, sagte Elma. »Niemand konnte das! Aber jetzt hast du den Ring wieder, also kannst du Thomas Pennington aus deinem Gedächtnis streichen. Es gibt so viele andere Männer auf der Welt! Gerade zurzeit wimmelt es in London nur so von Junggesellen.« Sie beugte sich vor, ihre Perlenkette schwang sacht vor und zurück. »Denk doch nur«, sagte sie verschwörerisch. »Ein gut aussehender Bursche wartet in London auf dich und hat noch keine Ahnung, welcher Glücksfall sein Leben verändern wird!«

Gwen lachte. Genau genommen wäre sie für die herumwimmelnden Junggesellen genau das: ein Glücksfall. Ein finanzieller Glücksgriff. Mehr nicht. Sie bezweifelte, dass Elma die Ironie dieser Bemerkung bewusst war. »Aber ich fürchte, meine Einstellung hat sich nicht verändert.« Wenn überhaupt, so war sie in ihrer Überzeugung sogar noch sicherer geworden. »Ich habe nicht den Wunsch, mit diesem ganzen Theater noch einmal anzufangen. Ehrlich gesagt denke ich, dass ich gern eine Weile in Frankreich bleiben würde.«

Elma spitzte den Mund. Es machte die kleinen Falten sichtbar, die sie so verabscheute. Wie kleine Fächer breiteten sie sich um Mund- und Augenwinkel aus. »Gwen, sei doch vernünftig. Nach gestern Nacht kann ich es kaum gutheißen hierzubleiben.«

»Ja«, sagte Gwen zögernd. »Ich verstehe. Dein Verantwortungsgefühl würde es nicht zulassen.« Sie hob die Teetasse an die Nase und atmete den beruhigenden Duft tief ein. Das Gewürz von Bergamotteschale versagte nie, ihr ihren Vater in Erinnerung zu rufen, der so viel von dem Zeug getrunken hatte, dass ihm dessen Geruch ständig in den Kleidern gehangen hatte. Er war mit Bohea-Tee aufgewachsen, einem wässrigen Aufguss aus minderwertigen Teeblättern; immer hatte er behauptet, dass ihn kein Luxus jemals mehr entzückt und erfreut hätte, als die Entdeckung des Geschmacks von gutem Tee. *Was für eine wunderbare Wandlung für schlichtes Wasser*, hatte er oft gesagt. *Ich sage dir, Gwen, keine von Menschen gemachte Chemie hat das je übertroffen*.

Sie atmete aus und setzte die Tasse ab. »Du musst natürlich nicht auch hierbleiben. Ich bin alt genug, um auf mich selbst aufzupassen!«

Elma wurde aschfahl. »Ich – guter Gott. Du willst doch nicht sagen, dass du daran denkst, *alleine* hierzubleiben?«

Diese Fassungslosigkeit verschaffte Gwen einen Moment Pause. Ja, es klang wirklich ganz unkonventionell, nicht wahr? »Aber … es wäre doch gar nicht so ungewöhnlich, oder? Ich sehe hier die ganze Zeit Frauen meines Alters, und zwar ohne Anstandsdame! Zum Beispiel in der Station St. Pancras.« Sie machte eine Pause, von dieser Wahrheit selbst betroffen. Bei all dem Geld, das sie besaß, hatte sie niemals irgendeine wahre Form von Freiheit erfahren. »Sie standen allein am Erfrischungsstand – und haben sogar Brandy getrunken! Viele von ihnen sehen sehr respektabel aus!«

Als wäre ihr ein zweiter Kopf gewachsen, starrte Elma sie an. »Das sind Mädchen, die *arbeiten*«, sagte sie. »Sekretärinnen, Gwen. Postangestellte! Du willst dich doch wohl nicht mit *solchen* Menschen vergleichen!«

»Ich – natürlich nicht.« Das wäre dumm. Solche Frauen mussten tun, was sie taten, um ein Dach über dem Kopf zu haben. Wenn sie es sich hätten leisten können, hätten sie es vermutlich vorgezogen, von jemandem wie Elma umsorgt zu werden. »Aber das macht sie gewiss nicht weniger respektabel. Damit will ich sagen, dass sie nicht besser oder schlechter sind als meine Mutter vor ihrer Heirat.«

Elma schüttelte langsam den Kopf, ihre Lippen formten ein O. »Deine Mutter«, sagte sie. »Deine Mutter wollte etwas Besseres als das für dich!«

Gwen blickte in ihre Teetasse. »Aber sie hätte nicht gewollt, dass ich ohne Liebe heirate.«

»Niemand verlangt das von dir. Grundgütiger Gott, was ist vor dem Altar nur mit dir *geschehen*? Ist dir zusammen mit dem Herzen auch der Verstand gebrochen?«

»Mein Herz ist nicht gebrochen!« Heftig stellte Gwen die Tasse ab. »Das versuche ich dir jetzt schon seit einer ganzen Weile zu erklären!«

Elma kniff die Augen zusammen. »Ja, das hast du auch getan. Aber dies hier ist eine ganz andere Sache.« Ihre Stimme klang kälter, als sie sagte: »Vielleicht sollte ich dich daran erinnern, dass ich mich für deinen Charakter verbürgt habe, als ich dich in unserem Haushalt aufgenommen habe. Ich habe meinen *eigenen* Namen aufs Spiel gesetzt, um dich zu fördern. Was du vielleicht nicht weißt, ist, dass mich viele meiner Freunde davor gewarnt haben, diesen Schritt zu tun. Sie haben gesagt: Elma, Orchideen wachsen nicht auf gewöhnlicher Hinterhoferde. Aber ich habe mich geweigert, auch nur ein Wort, das sich gegen dich richtete, anzuhören. Ich habe ihnen allen gesagt, dass sie die Wahrhaftigkeit deines Charakters nicht kennen, deine Aufrichtigkeit. Ganz gewiss hätte ich mir niemals träumen lassen –«

Sie verstummte, ihre Lippen pressten sich zusammen. Sie schüttelte heftig den Kopf, ehe sie den Blick abwandte.

Gwen fühlte sich elend. Die einzige Erwiderung, die ihr jetzt in den Sinn kam, wäre höchst unfreundlich. Immerhin hatten die Früchte dieser gewöhnlichen Hinterhoferde die Rechnungen des Beecham'schen Haushalts bezahlt, und das jetzt seit mehr als zehn Jahren. Es war also keineswegs die Bewunderung für ihren Charakter gewesen, die Elma veranlasst hatte, Gwen aufzunehmen.

Mit einer abrupten Bewegung wandte ihr Elma den Kopf zu. »Nein«, sagte sie scharf. »Ich werde dir nicht erlauben hierzubleiben. Und ich will kein Wort mehr darüber hören! Hast du mich verstanden?«

Als die Tür geöffnet wurde, ohne dass angeklopft worden war, zuckten beide Frauen zusammen.

Alex lehnte im Türrahmen und knöpfte sich lässig den Handschuh auf. »Habe ich eben Schreie gehört?«, fragte er höflich. »Darf ich meine Unterstützung anbieten?«

Oh du lieber Gott. Gwen warf ihm einen warnenden Blick zu. Jetzt war nicht der richtige Zeitpunkt!

»Sie!«, zischte Elma und sprang auf. »Das alles ist doch ganz allein *Ihr* Werk.«

9

»Danke!«, rief Elma und winkte mit ihrem Taschentuch aus dem Fenster. »Vergiss nicht zu schreiben!«

Gwen stöhnte, als Alex' Ellbogen sie in die Rippen traf. »Jeden Tag!«, schrie er an ihrer statt und dann, leise, stieß er noch aus: »Nun wink schon, oder wir schaffen es nie, auch noch in den verdammten Zug zu kommen.«

»Oh.« Rasch hob sie die Hand. Das Taschentuch flatterte eine heftige Antwort und zog sich dann hinter das Fenster zurück, das energisch geschlossen wurde.

Mit einem hörbaren Seufzen setzte Alex seinen Filzhut wieder auf. »Also los«, sagte er. »Schnell jetzt, ehe sie beschließt, noch einmal aus dem Fenster zu sehen.« Er nahm Gwen beim Arm, machte auf dem Absatz kehrt und ging rasch mit ihr den Bahnsteig entlang.

Die Leute machten ihnen Platz, entweder weil er über einen Meter achtzig groß und ganz in Schwarz gekleidet war – wie ein Dieb mit finsteren Absichten –, oder weil es an der ihm angeborenen und einschüchternden Eleganz lag, mit der er seinen Havelock trug. Er zog die Aufmerksamkeit jeder Frau auf sich, die vorüberging, gleichgültig ob achtzehn oder achtzig Jahre alt, und das war nicht einfach nur Gwens Einbildung: aus dem Augenwinkel sah sie eine grauhaarige Großmutter auf einer Bank in der Nähe sitzen, die sich umdrehte, um Alex zu begaffen, während er vorüberging.

»Hier ist es«, sagte er zu ihr. Ein Fauchen kam von der Lokomotive; eine große Dampfwolke quoll aus der Maschine, die sich gerade erwärmte. Er sprang die Stufen hinauf und in das Abteil hinein, wo er sich zu Gwen umwandte, als auch schon ein Ruck durch den Zug ging und er anrollte.

Gwen, mit einem Fuß auf den Stufen, schrie auf und drohte zu fallen.

Er packte sie um die Taille und zog sie in das Abteil hinein, direkt an seine Brust. Sie hielt für einen Moment ganz still, lag in seinen Armen und atmete seinen Duft ein – nach Wolle und Seife und der schwachen Gewürznote eines dieser Wasser, die Männer nach der Rasur benutzten.

Sie zog sich von ihm zurück und lächelte. »Was für ein dramatischer Anfang!«

Er grinste zurück. »Zweifellos.«

Jemand räusperte sich sehr vernehmlich. Sie wandten sich um. Ein Schaffner stand da und starrte sie an. »Les billets, s'il vous plaît.«

»Ah ja.« Alex griff in seinen Mantel und suchte nach den Fahrkarten, während sich Gwen gegen die Wand sinken ließ. Der Zug gewann rasch an Fahrt, der Boden begann unter ihren Füßen zu beben. »Ich habe das ganze verdammte Abteil gebucht, es dürfte also nichts schiefgehen«, sagte Alex. »Selbst wenn Elma beschließt umherzuspazieren, wird sie nicht bis zu unserem Abteil kommen.«

Sie starrte ihn an. Wie umsichtig er alles organisiert hatte.

Er sah kurz zu ihr hin und runzelte die Stirn. »Was ist los? Plagt dich etwas? Musst du weinen? Es ist noch nicht zu spät umzukehren.«

Es gelang ihr zu lächeln. »Doch, das ist es.« Der Bahnsteig flog bereits vorbei. Paris lag hinter ihnen.

»Die nächste Station also. Ich komme auch allein mit Barrington klar.«

»Nein«, sagte sie schnell. »Und ich hatte nicht vor zu weinen.

Es ist nur –« Sie warf einen Blick auf seine verschlossene Miene und schluckte ihre nächsten Worte herunter.

Es ist nur so, dass du ziemlich einschüchternd bist, hatte sie sagen wollen. Alex war heute Nachmittag in das Hotelzimmer gekommen und hatte sich neben Elma gesetzt. Mit ernster Würde hatte er sowohl ihr Beharren darauf ignoriert, dass er gehen solle, als auch ihre Drohung, ihn vom Sicherheitsdienst hinauswerfen zu lassen. Er hatte ihre Hand genommen und sie kleinlaut aufgefordert, ihm seine Sünden aufzuzählen. Kleinlaut! Gwen hatte Alex noch nie zuvor kleinlaut erlebt.

Natürlich zögerte Elma nicht, eine Salve von Klagen über seinen dunklen Charakter und seine schreckliche Wirkung auf ihr Mündel abzufeuern. Er nickte lediglich, drückte ihre Hand und murmelte mitfühlend, dass er ihr absolut zustimme.

Gerade als es für Gwen so ausgesehen hatte, als würde sie zurück nach London geschickt werden, hatte Alex sein Bedauern darüber geäußert, wie belastend sein Benehmen für Elma gewesen sein musste. Diese Einsicht hatte das Gespräch dann völlig vom Kurs abgebracht, denn danach hatte es sich um andere Themen gedreht. Welch schweres Leben es bedeutete, undankbaren Menschen verpflichtet zu sein; die nie endende Angst, in der Gesellschaft möglicherweise das Gesicht nicht zu wahren – und über die beklagenswerten Ungerechtigkeiten, denen schöne Frauen eines gewissen Alters unterworfen waren. Ein weiterer seiner Konversations-Taschenspielertricks hatte dann den Fokus auf Mr Beecham gerichtet. An diesem Punkt war Elma in Tränen ausgebrochen und an Alex' Schulter gesunken, während er ihren Arm getätschelt hatte.

Genau genommen konnte sich Gwen nur einer Sache sicher fühlen: Am Ende dieses Gesprächs war Elma davon überzeugt gewesen, diejenige zu sein, die Erholung brauchte. »Von *jegli-*

cher Verpflichtung, die Sie belastet«, hatte Alex erklärt. »Gwen eingeschlossen, natürlich.«

Jetzt saß Elma vier Wagen vor ihnen und befand sich auf der ersten Etappe ihrer Reise an den Comer See, der im Norden Italiens lag. Bevor sie abgereist war, hatten Alex und Gwen ihr wiederholt schwören müssen, niemandem auch nur ein Sterbenswörtchen über ihre Spritztour zu verraten, vor allem nicht Mr Beecham. Die drei planten, sich in fünf Tagen in Marseille zu treffen.

»Ich war nur …« Gwen verstummte. »Es war eine sehr plötzliche Abreise. Ich bin ein wenig – durcheinander, merke ich.«

»Hmmm.« Er schien das zu akzeptieren. »Vielleicht brauchst du etwas zu essen.«

Der Waggon, den Alex gebucht hatte, bot drei Schlafabteile und einen kleinen Salon, in dem auch das Essen serviert wurde. Das Angebot war weitaus beeindruckender als das, was ihnen die englische Bahn geboten hätte: Zuerst kamen die Hummerkrabben, Radieschen und gekühlte Marennes-Austern, begleitet von einem Madeira. Der Hauptgang, der in einer Stunde aufgetragen werden würde, sollte aus geschmortem Rebhuhn mit einer Beilage aus Greyerzer Käse und Salat à la romaine bestehen. Zum Dessert wurde ihnen eine Auswahl an Früchten, Kaffee und Cognac angekündigt.

Es versprach, ein langes Abendessen zu werden, bei dem Gwen versuchen musste, Alex nicht in die Augen zu sehen.

»Es reicht jetzt«, sagte er, nachdem die Hummerkrabben serviert worden waren. »Irgendetwas belastet dich. Wenn du deinen Entschluss bedauerst, dann *sag* es mir doch. Ich kann dich in Lyon in einen Zug setzen, der dich zurückbringt.«

»Mich belastet nichts«, versicherte sie zum fünften Mal und starrte unverwandt aus dem Fenster. Sie fuhren an einer atemberaubenden Landschaft vorbei: alte Herrenhäuser, erbaut auf Berghängen, die im zinnoberroten Sonnenuntergang leuchteten; Wälder, die unerwartet auftauchten und das Abteil in eine Dunkelheit tauchten, die nur von dem dämmrigen Licht einer einzigen Lampe über ihnen durchbrochen wurde; und dann, wenn die Wälder wieder wichen, kamen weite Felder mit Sonnenblumen, hinter denen in der Ferne kleine Städte lagen, Kirchtürme und die Ruinen zerfallender Schlösser, so malerisch wie aus einem Märchen.

Gwen fühlte sich seltsam gespalten – einerseits lebendig und im Einklang mit dem gesamten Universum so vibrierend, dass sogar der Zug irgendwie ein Teil von ihr zu sein schien. Er flog durch die Landschaft, getrieben von seiner eigenen unaufhaltsamen Bewegung, schamlos ob der Art, wie sein kreischendes, klirrendes und quietschendes Voraneilen Herden von müden Schafen auseinanderscheuchte und Scharen müder Vögel krächzend von den Bäumen aufstieben ließ.

Im Gegensatz zu ihr hatte der Zug ein bekanntes Ziel, Gwen hingegen fühlte sich seltsam losgelöst, ganz so, als fiele sie im freien Flug durch den Himmel. Vor wenigen Stunden hatte Alex Elma in seine Arme genommen und sanft mit ihr über die Möglichkeiten gesprochen, die sie sich bislang nie vorzustellen gewagt hatte. Elma war von seinen Worten überredet worden. Und Gwen hatte sich von ihnen verzaubert gefühlt.

Gestern Abend hatte sie nicht geglaubt, dass sie Paris schon so bald verlassen würde. Heute Abend würde sie schon weit davon entfernt sein. War das die Art, auf die Alex lebte? Die Freiheit eines solchen Lebens war vollkommen verrückt und gefährlich und zugleich beglückend. Ihm stand die ganze Welt *offen*.

Und jetzt hatte er sie auch für sie geöffnet.

Sie wagte einen Blick auf ihn. Er lächelte sie an. Es war

ein Lächeln, das einen süßen Schmerz in ihrer Brust auslöste und sie fast atemlos machte. Doch diesem Gefühl folgte eine unerklärliche und beunruhigende Furcht.

Diese Faszination, die sie für ihn empfand – sie war einseitig und wurde nicht erwidert.

Ich will dich berühren, hatte sie gestern Abend zu ihm gesagt, dreist wie eine Kokotte. Wie entmutigend – nein, wie erschreckend war es, dass ihr Verlangen seine Zurückweisung überlebt zu haben schien. Bis heute war ihr niemals die Stillosigkeit widerfahren, sich nach jemandem zu sehnen, von dem man verschmäht worden war. Von ihr aus konnte sich der Viscount zum Teufel scheren. Und Trent hatte sie von dem Moment an verachtet, in dem sie den Brief geöffnet hatte, in dem er sie um die Auflösung der Verlobung gebeten hatte. Aber jetzt, nachdem Alex auf ihre Avancen mit einem Schulterzucken und irgend so einem Unsinn wie dem tiefen Respekt für ihren *Bruder* reagiert hatte – was tat sie da?

Sie ertappte sich dabei, wieder auf seinen Mund zu starren!

Sie ertappte sich dabei, dass sie Elma um das Privileg beneidet hatte, von ihm getröstet zu werden, einfach nur weil es einschloss, sich an seine Brust zu schmiegen.

Sie seufzte und blickte in den Spiegel, der hinter Alex über die ganze Breite der Wand aus Teakholz angebracht war. Sie sah eine rothaarige junge Frau in einem mauvefarbenen Seidenkleid, deren braune Augen ein wenig … traurig blickten.

Gwen versuchte sich zuzulächeln und die neckische Miene aufzusetzen, die zur Königin von Barbary Coast passte. Der Kernpunkt bei diesem Abenteuer war, jenes herrliche sorglose Selbstvertrauen zu entwickeln, das sie gegen das Urteil anderer immun machte.

Ihr Lächeln zerbrach. Wenn es ihr Ziel gewesen war, die Meinung anderer zu ignorieren, dann war es mehr als lästig,

Alex zu begehren. Sie wollte, dass er sie akzeptierte. Wenn er sie anlächelte, wenn er sie ermutigte, dann fühlte sie sich, als sei ihr alles auf der Welt möglich.

»Ich fühle mich wegen dem, was du mit Elma angestellt hast, sehr schlecht«, sagte sie. »Sie wird sich so dumm fühlen, wenn sie wieder zur Vernunft kommt.«

Er streckte die Hand aus, um sich eine Garnele vom Teller zu nehmen. »Warum? Ich habe ihr doch nur eine Entschuldigung gegeben, genau das zu tun, was sie tun möchte. Es macht ihr keine Freude, die Tyrannin zu spielen, Gwen.« Er schwieg einen Moment. »Oder ist es deiner Aufmerksamkeit entgangen, dass die Frau verzweifelt und unglücklich ist?«

Gwen sah ihn überrascht an. »Elma ist keineswegs unglücklich«, entgegnete sie. »Sie hat sich gefreut, in Paris zu sein; du hättest sehen sollen, wie sie ihre Besuchskarten gezählt hat. Und bei dem Gedanken an die Rückkehr nach London war sie entzückt – sie hat nur von den Gesellschaften gesprochen, den Junggesellen, den –«

»Deinetwegen war sie entzückt«, sagte er kurz und biss den Kopf der Garnele ab. »Entzückt darüber, durch dich am Leben teilzuhaben. Sie hat keine Kinder. Ihrem Ehemann ist sie verdammt gleichgültig. Leider macht er keine Anstalten, bald das Zeitliche zu segnen, damit sie sich endlich nach einem Ersatz für ihn umsehen darf. Bis es so weit ist, wird sie älter. Ich hoffe, dass sie am Comer See einen netten italienischen Burschen auftut. Und ein Wochenende lang über die Stränge schlägt, um es salopp auszudrücken.«

»Eine – Affäre?« Dagegen musste Gwen höchst heftig Einspruch erheben. »Hast du dabei nicht den armen Onkel Henry vergessen –«

»Der arme Onkel Henry ignoriert sie völlig, soweit ich es mitbekommen habe. Ich bin weiß Gott kein Verfechter des

Ehebruchs; wenn man schon idiotisch genug ist, das Gelübde zu sprechen, dann soll man es auch ehren. Aber da er seinen Teil der Abmachung mehr als schlecht einhält, kann er ruhig die Zeche zahlen, ausnahmsweise einmal.«

Gwen fixierte ihn mit einem Blick, der ihre Wut ausdrücken sollte.

Er lachte. »So rechtschaffen, Gwen? Komm schon, was wäre dir lieber gewesen? Dass wir Elma in einen Koffer packen und sie schreiend nach London verfrachten? Dein Denkansatz lässt etwas zu wünschen übrig. Was hättest du denn zu ihr gesagt? *Danke für deine Gesellschaft die letzten zehn Jahre, liebe Elma, aber ich gehe jetzt und zeige den Männern meine Unterhosen?*«

Sie errötete. »Natürlich nicht! Also wirklich, Alex. Ich habe schon immer vermutet, dass du mich für dumm hältst, aber –«

»Hast du das wirklich?« Er zog die Augenbrauen hoch.

»– aber ich bin nicht *so* dumm. Ich hatte nur gesagt, ich sei bereit für ein wenig Unabhängigkeit.«

Er schnaubte.

»Aber den Leuten Worte in den Mund zu legen und sie zu manipulieren, das erhöht vermutlich eher die Laune«, sagte sie kalt.

Sein Lächeln wirkte katzengleich. »Meine Liebe, es ist wunderbar, Zeuge deiner Heuchelei zu sein.«

»Was soll das heißen?«

»Das soll heißen, dass du nicht moralisieren solltest, wenn es um die Frage geht, wie man auf die sanfte Art Gewogenheit und Gunst manipuliert.«

»Ich bitte dich, das klarer auszudrücken.«

»Du hast die Londoner Gesellschaft nicht dadurch dazu gebracht, dich zu bewundern, indem du es ihr befohlen hast.«

»Richtig, das habe ich nicht. Ich bin freundlich zu den Leuten gewesen.«

»Gewiss. Deine Bewunderer und Freunde fühlten sich veranlasst, dich zu bewundern, weil du es so hast aussehen lassen, als sei es das Natürlichste und das Vorteilhafteste, dies zu tun.« Er trank einen großen Schluck Wein. »Verrate mir eines – wie viele Pullover für diese Waisenkinder zu stricken hast du versprochen? Es ist ja kein Wunder, dass du ein natürliches Talent für Bestechung zeigst, schließlich hast du es mit Wolle geübt.«

»Das ist ganz und gar nicht das Gleiche!«

Er klopfte mit seiner Gabel gegen den Rand des Tellers, worauf ein feiner Klang ertönte. »Du glaubst also, dass dein Erfolg zufällig war? Dass deine Beliebtheit einfach das Ergebnis des vielen Lächelns gewesen ist, das du so freigebig verschenkst?«

»Natürlich nicht.« So naiv war sie nicht. »Wie du mich immer darauf hinweist, gibt es auch noch die Tatsache meiner drei Millionen Pfund.«

Die Gabel hielt inne. »Ich habe ein einziges Mal darauf hingewiesen«, sagte er langsam. »Im Dienste eines sehr speziellen Arguments. Du bist es selbst, die es jetzt fortwährend erwähnt. Man könnte fast denken, du bemisst deinen Wert tatsächlich in Pfund und Pence.«

Diese Worte rührten einen düsteren, verletzten Zorn auf. »Na ja, aber es ist doch wahr, oder nicht? Wäre ich nicht reich – «

Er seufzte. »Verschone mich damit. Wärest du nicht reich, hättest du nicht die Chance gehabt, in die hohen Kreise aufzusteigen – natürlich ist das wahr. Aber das Geld ist es nicht, was dir deine Beliebtheit eingebracht hat.«

Als der Zug bei der Einfahrt in einen Bahnhof langsamer wurde, schwankte der Boden und brachte das Geschirr zum Klirren. »Oh bitte, lass uns nicht darüber reden, wie *nett* ich bin.«

»Das hatte ich auch nicht vor«, sagte er. »Du bist gescheit und auf deinen eigenen Vorteil bedacht. Und außerdem bist du teuflisch diszipliniert.«

Schlau und auf ihren Vorteil bedacht und auch noch diszipliniert? Dieser Gedanke ließ sie reglos verharren. Soldaten waren diszipliniert; und fromme Witwen, die ganze Nächte auf ihren Knien im Gebet verbrachten. Aber sie? Und was das Gescheitsein betraf – ha! »Wegen des Aubusson-Teppichs in der Bibliothek der Beechams hattest du recht«, sagte sie. »Ich habe ihn vor meiner Abreise aus London prüfen lassen.«

»Und?«

»Du sagtest, ich sei schlau.«

»Nicht wenn es um den Kauf von Teppichen geht«, sagte er. »Aber wenn es deinen gesellschaftlichen Erfolg betrifft, dann ja. Du bist viel zu perfekt, um nur das Produkt von Glück und Charme und Lächeln zu sein.«

»Was dann?«, fragte sie. »Ich habe mir meine Freunde nicht *gekauft*, wenn es das ist, was du sagen willst.«

»Nein«, sagte er. Der Zug hielt an, und Alex' Stimme durchdrang schmerzlich deutlich die Stille. »Du hast sie dir erspielt.«

»Sie erspielt?« Gwen spießte eine Garnele auf. Seltsame Objekte, diese Garnelen. Sie wirkten so nackt und in sich selbst gekrümmt und boten ihre feinen Venen so offen dar. »So, wie du das sagst, klingt es, als wäre mein ganzes Leben eine Schande.«

»War es das bis jetzt denn nicht?« Er ließ einen Ton in seiner Kehle entstehen, der nach Belustigung und Skepsis zugleich klang. »Erzähl mir nicht, dass du auch nur einen Moment daran geglaubt hast. Du hast diese kleine Welt beherrscht, indem du die Regeln befolgt und sie zu deinem Vorteil genutzt hast.«

Er schwieg, und sie hielt den Blick auf die Garnele auf ihrer Gabel gerichtet. Es hatte etwas Merkwürdiges an sich … etwas Demütigendes … zuzuhören, wie er sie so kaltblütig analysierte. Sie war keineswegs so berechnend, wie er sie darstellte, aber sie konnte erkennen, dass sich ein Fremder von seiner Sichtweise überzeugen lassen könnte.

Sah er sie wirklich so?

Er sprach sanfter, als er fortfuhr. »Gwen … hättest du diese Welt ernst genommen – hättest du Vertrauen zu irgendeinem dieser Menschen darin gehabt –, du hättest niemals so geschickt mit ihnen umgehen können. Das weißt du doch, nicht wahr?«

Die Schwachstelle in seiner Argumentation veranlasste sie aufzuschauen. »Jeder weiß, dass es Regeln gibt«, sagte sie. »Jeder, Alex. Sonst wären Benimmbücher nicht so beliebt.«

Seine blauen Augen hielten die ihren fest. »Ich spreche nicht von Etikette, sondern von weit subtileren Fähigkeiten. Schmeichelei, zum Beispiel. Und von dem Talent für zeitlich passendes Ignorieren. Du erinnerst dich doch an die Soiree, die Caroline gegeben hat? Vor drei Jahren? Im Juni war es, glaube ich.«

Sie zuckte die Schultern und wandte ihre Aufmerksamkeit wieder der Garnele zu, drehte sie einmal herum. »Es gab so viele –«

»Das allgemeine Erbrechen in der Halle«, sagte er.

»Oh. Ja«, sagte sie widerstrebend. Vage erinnerte sie sich jetzt. Ein für die Jahreszeit ungewöhnlich trüber Tag. Caroline hatte für den Fall, dass es Regen geben würde, ein großes gestreiftes Zelt auf dem Rasen aufstellen lassen. Was sie selbst betraf, so war sie vollauf mit ihrer bevorstehenden Hochzeit mit Lord Trent beschäftigt gewesen. Die Hälfte der Gäste war krank geworden, ihr Verlobter eingeschlossen, weil der Schellfisch –

Sie schaute argwöhnisch auf die Garnele und legte sie dann auf ihren Teller zurück. »Der Schellfisch war verdorben«, sagte sie. »Danke, dass du mich daran erinnert hast.«

Er lachte. »Ja, das war das einzige Mal, dass ich jemals Caro mit Belinda verwechselt habe. Ihr Zorn war erstaunlich anzusehen.«

»Ich wusste nicht, dass du auch dort gewesen bist.«

»Ich hatte nicht vor zu kommen. Ich war im Hafen gewesen und hatte das Löschen irgendeiner Ladung überwacht. Als die Gäste anfingen krank zu werden, ließ Caro mich holen, um zu helfen, die stattlichen Lords in ihre Kutschen zu hieven.« Er lächelte, als er daran dachte. »Auf jeden Fall war ich lange genug da, um mitanzuhören, wie du dich mit einer der Damen unterhalten hast. Sie hat dich ihrer Freundin als die Tochter eines Apothekers vorgestellt, der sein bemerkenswertes Talent für den Kapitalismus entdeckt hätte.«

»Oh.« Das klang vertraut. Auf die Art, wie man sich manchmal an Träume erinnerte, Tage oder Wochen später, weckte es ein vages emotionales Echo in ihr. Es war ihr Prinzip, auf solche Bemerkungen niemals näher einzugehen.

»Es war eine Beleidigung«, sagte er munter. »Unverhüllt. Aber dein Lächeln hat nicht geschwankt. Du hast ihr dafür gedankt, dass sie so freundlich gewesen ist, an deinen verstorbenen Vater zu erinnern.«

»Habe ich das?« Gwen nahm ein Radieschen vom Teller und biss hinein. Der erste Eindruck war, dass diese französischen Radieschen mild und süß waren, aber sie schlugen mit einem würzigen Nachgeschmack zurück, der den Gaumen überraschte. Sie war gerade dabei, eine Vorliebe für sie zu entwickeln. »Ich erinnere mich nicht daran«, schwindelte sie.

»Nein? Ich werde es nie vergessen.« Der plötzliche Ernst in seinem Ton veranlasste sie, ihn anzusehen. Er erwiderte diesen Blick. »Das war kein Teil der Etikette. Es war eine sehr kluge Strategie, die du eingesetzt hast, um eine Hexe schachmatt zu setzen.« Weicher sagte er dann: »Du törichtes Mädchen. Natürlich habe ich dich nie für dumm gehalten.«

Ihr Gesicht fühlte sich warm an. Das war vielleicht die Wirkung des Radieschens. »Es kann sein, dass ich mich jetzt erinnere«, sagte sie. »Es war Lady Fulton, nicht wahr?«

»Möglich«, entgegnete er mit einem Schulterzucken. »Du weißt, ich gebe mir Mühe, niemanden aus diesem Haufen zu kennen.«

Ja. Es war Lady Fulton gewesen. Mit der Erwähnung des Namens der Frau kehrte dieser Moment mit absoluter Klarheit in Gwens Erinnerung zurück. Sie hatte sich darüber geärgert, dass ihr die feuchte Luft die Locken ruiniert und sie sich wie ein Würstchen in einer zu engen Pelle gefühlt hatte. Die Mode in jenem Jahr hatte diese schrecklichen langen Ärmel verlangt! Die Bemerkung war aus dem Nichts gekommen und hatte sie aus ihrem profanen Jammer gerissen. Sie hatte sich rasch umgeschaut, bevor sie geantwortet hatte, um sicher zu sein, dass Lord Trent nicht in der Nähe und Zeuge dieser Kränkung gewesen war.

Wie seltsam, jetzt daran zu denken. Sie hatte Angst gehabt. Eigentlich hätte sie zu ihrem Verlobten hinüberschauen müssen, damit der sie verteidigte. Stattdessen hatte sie sich Sorgen gemacht, dass eine klare Antwort von ihr seine Meinung über sie hätte beeinflussen können.

Nun, soweit sie vermutete, musste irgendeine Bemerkung seine Meinung doch beeinflusst haben. Eine zufriedenstellende Erklärung für seine Abtrünnigkeit hatte er ihr nie gegeben.

Diese *Männer*.

»Ich verabscheue Lady Fulton«, sagte sie. *Verabscheuen*. Was für ein schönes Wort. Warum hatte sie es bis jetzt nie verwendet? »Diese Frau ist ein gemeiner kleiner Snob.«

»Zweifellos. Wie ich schon sagte, ich war von deiner Selbstbeherrschung sehr beeindruckt. Diese runzlige Hexe.«

»Runzlig«, sagte sie. »Ja, das ist genau das Wort für sie. Ich glaube, ihre Seele ähnelt durch und durch einer verdorrten Spelze.«

»Ich dachte eigentlich an ihr Gesicht, aber dem anderen stimme ich auch zu.«

Sie lachten zusammen. Es ging ihr durch den Sinn, dass, sollte Alex je heiraten, seine Verlobte solche Beleidigungen nicht vor ihm verbergen müsste. Er würde mit Wonne vortreten und ihr beistehen.

Nicht dass er je heiraten würde. Sie wandte ihre Gedanken fort von diesem gefährlichen Terrain. »Aber was du im Grunde sagst, ist doch, dass du mich immer für eine clevere Heuchlerin gehalten hast.«

»Nein. Na ja, manches Mal vielleicht«, räumte er mit einem Grinsen ein. »Aber wenn dieses Spiel Heuchelei erforderlich macht, wer bin ich dann, einen Heuchler zu kritisieren?«

»Wie schmeichelhaft«, sagte sie trocken.

»Du solltest in der Tat geschmeichelt sein. Ich halte dich in diesem Spiel für ziemlich gut. Genau genommen …« Er schenkte ihr ein Lächeln, das wie eine Flamme ihren Rücken herunterzulaufen schien. »Ich habe deine Fähigkeit zur Verstellung immerhin so sehr bewundert, dass ich dich eingeladen habe, an meinem Spiel teilzuhaben.«

Vor diesem Lächeln war sie nicht sicher. Im Elefanten des *Moulin Rouge* hatte er sie zum ersten Mal so angelächelt, und sie hatte bislang noch kein Mittel gefunden, sich dagegen zu wappnen. Sie holte langsam tief Luft. »Sag mir, was ich tun soll.«

»Platt gesagt, bist du meine Eintrittskarte zu dieser Hausparty. Das ist mehr als genug. Barrington wird dich gewiss bitten zu singen, aber es gibt keinen Grund, ihm diesen Gefallen auch zu tun.« Er machte eine Pause, dann stellte er sein Weinglas ab. »Gwen, ist dir klar, dass Barrington uns für ein Liebespaar hält?«

Sie konnte nicht verhindern, dass sie rot wurde, aber mithilfe ihrer Willenskraft hielt sie seinem Blick stand. Wie beiläufig er dieses Wort ausgesprochen hatte. »Ja.«

»Du weißt also, dass wir uns ein Zimmer oder eine Suite teilen werden?«

Sie schluckte. »Ja.«

»Und höchstwahrscheinlich wird es nur ein Bett geben.«

Ihre Finger gruben sich in den Plüschsamt des Kissens, auf dem sie saß. »Natürlich.« Sie versuchte, gleichmütig zu klingen. Aber selbst in ihren eigenen Ohren klang ihre Stimme jetzt atemlos.

»Gut. Benimm dich mir gegenüber einfach reizend, und halte die Erfindung über die Königin von Barbary Coast auf einem Minimum. Je weniger Lügen, umso schwerer stolpert man darüber.«

Sie nickte und wurde sich zunehmend einer wachsenden Unzufriedenheit bewusst. Die Rolle, die er da für sie entwarf, war die einer Requisite. Aber sie wollte von *Nutzen* für ihn sein. »Wonach suchst du überhaupt? Denkst du, er hat deinen Bruder beim Landverkauf irgendwie übervorteilt?«

»Ich weiß es nicht. Es wäre leichter, hätte ich irgendeinen Anhaltspunkt. Irgendetwas ist jedenfalls nicht in Ordnung – sicherlich tritt Barrington nicht als ein einfacher Grundbesitzer auf. Wenn er über das Geld und die Kontakte verfügt, um sich in der Rue de Varenne ein Haus zu kaufen, kann es auch gut sein, dass diese Reise für die Katz ist. Vielleicht kauft er englischen Grundbesitz einfach nur aus Spaß auf und hat mein Angebot ignoriert, weil er nicht daran interessiert ist, Gewinn zu machen.« Bei diesem Gedanken verzog sich sein Mund. »Was für eine seltsame Angewohnheit, Land zu sammeln.«

»Und noch etwas ist seltsam«, sagte sie zögernd. »Wenn er so reich ist, dann sollte doch zumindest einer von uns schon früher einmal von seiner Familie gehört haben. Woher kommt das Geld?«

»Ja, das ist in der Tat verdammt seltsam. Aber es bedeutet trotzdem noch nicht, dass es irgendetwas mit Gerry zu tun hat.« Er klopfte mit den Fingern leicht auf den Tisch, dann zuckte er die Schultern und blickte aus dem Fenster. Der Zug hatte sich wieder in Bewegung gesetzt, und die eisernen Deckenträger des Bahnhofs glitten langsam am Fenster vorbei. Gesichter auf dem Bahnsteig hoben sich in Richtung des abfahrenden Zuges, wandten sich ihm zu, wie sich blasse Blüten zur Sonne recken. »So oder so, dies wird mein einziger Versuch sein, etwas herauszufinden. Dafür rechne ich zwei Tage ein.«

Sie zögerte. »Darf ich fragen, warum du dir Gedanken machst?«

Ausdruckslos sah er sie an. »Über Gerry?«

»Nein«, sagte sie lachend. »Über Heverley End. Ich bin überzeugt, es ist wunderschön – aber ich dachte, du hättest fürs Landleben nichts übrig. Und es war nur ein sehr kleiner Besitz, nicht wahr? Und nicht an die Erbmasse gebunden. Welche Rolle spielt es, ob es verkauft wurde?«

»Für mich keine«, sagte er. »Und, ja richtig, der Besitz ist klein. Aber meine Schwestern haben Gerry den Verkauf übel genommen – deshalb. Und ich werde den Gedanken nicht los, dass mein Bruder der Sache irgendwie nicht gewachsen ist. Zumindest muss ich mir die Sache genauer ansehen.«

Sie lächelte. »Und du sagst, du bist nicht brüderlich!«

»Oh, daran ist nichts Edles, Gwen. Ich bin mit einer Schar von Stümpern belastet – einem aufgeblasenen Langweiler von Bruder und zwei schrillen, sich ständig beklagenden Schwestern, die sich liebend gern über Dinge ärgern, die einfach nicht zu ändern sind. Ich kümmere mich um die Angelegenheit, und sie lassen mich in Ruhe. Auf diese Weise ist es leichter für mich. Zumindest bis das nächste Problem auftaucht«, fügte er murmelnd hinzu.

Bis das nächste Problem auftaucht. Wie widerstrebend und sachlich er dies anerkannte: Wann immer sich die Notwendigkeit ergab, würde er eingreifen, ohne zu zögern. Er würde immer da sein, um zu helfen, ob es ihm gefiel oder nicht.

Wie immer, wenn jemand über Familienangelegenheiten sprach, wurde sich Gwen einer Regung von Faszination bewusst. Aber auch von Neid: Sie würde das jederzeit zugeben, auch wenn es nicht für ihren Charakter sprach. Selbst in ihren Streitereien gehörten die Ramseys noch zueinander – immer. Bei all der Sorge und dem Kummer, die Alex' Herumwandern durch die Weltgeschichte seinen Geschwistern machte, hießen sie ihn doch jederzeit mit offenen Armen willkommen. Bei allem Ärger, den die Zwillinge über Lord Gerry empfanden, versammelten sie sich dennoch jeden Sonntag in seinem Haus zum Abendessen. Und Alex, der sich von der guten Gesellschaft fernhielt und es vorzog, von England abwesend zu sein, wann immer es möglich war, versäumte es nicht, diesen Abendessen beizuwohnen, sofern er in London war.

Es war so anders als das Aufwachsen, das Gwen kannte. Um ihrer Kinder willen hatten ihre Eltern die Familie bewusst gespalten. Manchmal fragte sie sich, wie das Leben gewesen wäre, wären ihre Eltern weniger ehrgeizig gewesen.

Sie schaute in Alex' Gesicht – blaue Augen, die weder Großzügigkeit noch Zuversicht vortäuschten, und in denen immerzu ein zynisches Funkeln lag. Seine Augenbraue hob sich fragend. Gwens Finger verschränkten sich fest ineinander.

Sie sehnen sich nach einer Hand, die sie halten können, dachte sie. Nach dem Recht, sich nach jemandem auszustrecken, nach ihm, jedes Mal, wenn sie seine Hilfe brauchte. Plötzlich und von einem körperlichen Schmerz begleitet wollte Gwen –

das Unmögliche. Keine Ehe. Bei Gott, nichts, das so leicht zerbrochen oder verraten werden konnte. Sie wünschte sich mehr als eine Ehe – sie sehnte sich nach einem Band, das so stark und unzerstörbar war wie eine körperliche Umarmung. Fest. Vielleicht sogar erstickend. Dagegen würde sie nicht ankämpfen.

Sie hatte gehofft, eine Heirat könnte ein solches Band schaffen. Sie hatte Pennington angesehen und hatte den Vater ihrer zukünftigen Kinder erblickt – vier, fünf, sechs Kinder, genug jedenfalls, um zu beginnen, die Schlafzimmer in jenem riesigen, leeren Haus zu füllen, das ihre Eltern gebaut hatten. Genügend Kinder, um sicherzustellen, dass Gwen niemals allein sein würde – und dass sie es auch nie sein würden.

Statt um eine Hand schloss sie die Finger nun um Richards Ring, den sie an einer Kette um den Hals trug.

Doch ihr Blick blieb unverwandt auf Alex gerichtet.

Sie konnte ihn nicht haben, natürlich nicht. Aber bei Gott – sie wollte ihn.

Vielleicht war es unvermeidbar, dass sich jedes längere Gespräch zwischen ihnen letztlich doch wieder Richard zuwandte. Noch lange, nachdem das Geschirr abgetragen worden war, saßen sie beieinander und teilten Erinnerungen, tauschten Geschichten aus, lachten zusammen wie Freunde. Und als der Mond aufging, rund und schwer am sternenübersäten Himmel, da hatte Gwen ihren Frieden in Alex' Gesellschaft gefunden. Alles, was diese gemeinsame Basis ausmachte – ihre Liebe zu Richard –, machte es sehr schwer, sich in seiner Nähe beklommen zu fühlen.

Wie merkwürdig aber, dass die Sehnsucht noch immer da war. Sie hatte stets gedacht, Anziehungskraft entstünde aus Anspannung und Ungewissheit, aber je wohler sie sich bei Alex fühlte, umso mehr wünschte sich Gwen, bei ihm zu sein.

Nachdem sie sich getrennt und in ihre Schlafabteile zurückgezogen hatten, ging Gwen der Gedanke durch den Kopf, dass sie ihre Gefühle möglicherweise verwechselte. Vielleicht war das, was sie für Alex empfand, nur eine Fortsetzung der Liebe, die eigentlich ihrem Bruder galt.

Gwen zog ihr Korsett aus und ließ es zu Boden fallen, auf dem es mit einem traurigen leisen Rascheln landete. Es war ein Korsett, das sie erst vor einigen Tagen in Paris erstanden hatte. Es hatte auf der Vorderseite eine neue Art von Verschlüssen, mit denen es möglich war, es ohne Hilfe anzuziehen und wieder abzulegen. Es trug den Namen »Pretty Housemaid«. Was für ein Name war das nur? Gewiss hatte er sie zum Kauf animiert, und sie hatte es eigentlich – aus Spaß – Caroline schenken wollen, einfach nur, um sie vor Lachen schreien zu hören. Der Preis des Korsetts war so günstig gewesen, dass es vermutlich eher ein Hausmädchen und ähnliche Schichten der Bevölkerung ansprach, aber dann kam es Gwen doch ziemlich fragwürdig vor, eine Unterbekleidung von den Einkommensverhältnissen der Trägerin abhängig zu machen.

Und genau genommen war das Korsett nicht einmal hübsch. Kein Hausmädchen würde es tragen, wenn es vorhatte, jemanden zu verführen.

Sie beförderte das Ding mit einem Fußtritt durch den beengten Raum des Abteils, und es flog gegen das Bett, vor dem es in sich zusammensank. Vermutlich wusste es, dass es weitaus hübschere Korsetts auf der Welt gab, solche, die wesentlich reizvoller für Männer waren. Gwen besaß einige sehr schöne, jedes dazu bestimmt, ihren Körper ein wenig anders zu formen, um dem Schnitt des jeweiligen Kleides am besten zu schmeicheln. Schon des Öfteren, wenn sie halb angekleidet vor ihrem Spiegel gestanden hatte, war ihr der Gedanke gekommen, dass einige ihrer Korsetts fast zu bezaubernd waren, um verdeckt zu werden – dass jemand sie darin sehen sollte.

Aber ganz gewiss nicht in diesem »Pretty Housemaid«. Sie musterte es mit gerunzelter Stirn. Sie hätte die anderen Sachen nicht in Paris lassen sollen. Was hatte sie sich nur dabei gedacht? Korsetts waren Kleidungsstücke, die man nicht leichtfertig zurückließ – sie waren der Maßstab für den Erfolg einer Lady, zumindest in einigen Kreisen. Unter den Mädchen, die vor drei Jahren mit ihr zusammen ihr Debüt gehabt hatten, hatte jede darauf gehofft, nicht später zu heiraten als in dem Alter, das mit dem Maß ihrer geschnürten Taille korrespondierte. Vierundzwanzig hatte für den Beginn des Daseins als alte Jungfer gegolten.

Seither waren die Korsetts kürzer und die Schnürung noch fester geworden. Die jungen Dinger heutzutage wünschten vermutlich zu heiraten, bevor sie zweiundzwanzig waren.

Herrje … Gwen richtete sich auf. Allein die Tatsache, dass sie nicht mitbekommen hatte, welche Taillenschnürung bei den gegenwärtigen Debütantinnen als Vorgabe für das Höchstalter zum Heiraten galt, war ein *sicheres* Zeichen dafür, dass sie längst oberhalb der zu akzeptierenden Grenze lag.

Oder dass ihre Taille zu viel Umfang hatte!

Himmel. Gwen legte die Hände auf die Hüften und drückte sie leicht. Ob sie in Unterkleidung noch annehmbar genug aussah? Windbeutel und Champagner forderten selbstverständlich ihren Tribut. Hätte sie doch nur ihr seegrünes Korsett mitgenommen! Es mochte zwar ein wenig zu lang für die jetzt aktuellen Kleider sein, aber es war vorzüglich gearbeitet und mit passenden Bändern und elfenbeinfarbener Spitze gesäumt. Hätte sie es hier, *das* würde sie tragen, wenn sie zu Alex Ramsey ins Abteil ging.

Sie schlug die Hand vor den Mund.

Grundgütiger Gott!

Sie dachte über ihre Unterwäsche nach, weil sie irgendwann im Laufe der Unterhaltung vorhin eine Entscheidung getroffen hatte: das »Pretty Housemaid« war für die Verführung, die sie für heute Nacht plante, nicht geeignet.

Sie konnte Alex sicher nicht für immer haben. Aber sie wollte ihn für heute.

10

Es brauchte eine weitere geschlagene Stunde und den Rest Cognac aus ihrem Glas, um genügend Mut zu sammeln. Dann, nachdem sie ihr weißes Baumwollnachthemd bis zu dem Punkt aufgeknöpft hatte, an dem der Ansatz ihres Busens begann, atmete sie tief durch und schlüpfte auf den Gang hinaus.

Er hatte das Abteil gleich neben ihrem, und seine Tür war nicht versperrt. Sie ließ sich lautlos öffnen und gab Gwen den unmittelbaren und direkten Blick auf sein Bett frei. Alex lag flach auf dem Rücken, ein Arm war über den Kopf gebeugt. Ein bekleideter Arm, wie es aussah.

Aus irgendeinem Grund hatte sich Gwen vorgestellt, er würde nackt sein.

Als klar wurde, dass ihn der laute Schlag ihres pochenden Herzens nicht aufwecken würde, schlich sie sich an das Bett. Wie fing man es an, einen Mann zu verführen? Weckte man ihn und teilte ihm die Absicht mit? *Ich bin gekommen, dich zu nehmen. Eine Weigerung werde ich nicht akzeptieren.*

Diese Herangehensweise schien eine Menge abgefeimter Stärke zu erfordern. Und was wäre, wenn sie ihm zwar sagte, dass sie seine Weigerung nicht akzeptieren würde, er sie aber dennoch zurückwies? Allein schon aus dem Grund, ihr zu beweisen, dass sie sich irrte. Wenn sie etwas von Alex wusste, dann, dass er ein Mann war, der geradezu eifersüchtig über seine Vorrechte wachte.

Der einzige Stuhl im Abteil stand direkt vor dem Bett, und darauf lag ein Magazin – ein Wirtschaftsjournal, herrje, wie schrecklich – und, weitaus faszinierender, etwas, das funkelte. Sie beugte sich vor, kniff die Augen zusammen und stellte fest, dass dieses Funkeln von einer Brille mit Drahtfassung stammte.

Eine Brille! Sie schaute auf den schlafenden Alex, während sich ihre Lippen überrascht teilten. Sie brauchte auch eine Sehhilfe, um ohne Anstrengung zu lesen. Und – ebenso wie er – trug sie sie niemals in der Öffentlichkeit.

Wir sind also beide ein wenig eitel, dachte sie. Der Gedanke ließ sie lächeln. Es wurde zu so etwas wie einer Obsession, die kleinen Dinge zu entdecken, die sie gemeinsam haben könnten. Seine Loyalität der Familie gegenüber. Seine Liebe zu seinem Bruder. Seine Missachtung der Meinung von Dummköpfen und runzligen Snobs.

Er gab einen leisen Ton von sich, worauf sie erstarrte. Im Mondlicht sah sein Gesicht jungenhaft aus, fast unschuldig. Er würde sich morgen früh rasieren müssen. Gwen wünschte, sie würde sich trauen, den Bartschatten auf seinem Kinn zu berühren und ihn zu streicheln, einfach nur um des Vergnügens willen, das Raue unter ihren Fingerspitzen zu fühlen. Aber während sie die Hand ausstreckte, krümmten sich ihre Finger und gruben sich in ihre Handfläche. Eine abergläubische Überzeugung überkam sie: Wenn sie Alex auf die falsche Art weckte, würde alles schieflaufen. Märchen ließen diesen Punkt oft deutlich werden. Es gab nur eine einzige richtige Art, einen schlafenden Menschen zu wecken, wenn man wollte, dass er sich in einen verliebte.

Aber ich will nicht, dass er sich in mich verliebt, erinnerte sie sich. *Ich bin nicht hier, weil ich von einer Zukunft mit ihm träume.*

Wie würde eine Zukunft mit ihm überhaupt aussehen? Er hatte kein Interesse am Landleben, weder liebte er England noch hatte er das Bedürfnis, sich irgendwo niederzulassen.

Wenn er sich verliebte, würde er auch weiterhin mit dem Wind um die Wette jagen wollen. Seine Geliebte würde einfach mit ihm mitrennen müssen.

Es schien kein sehr geruhsames Leben zu sein.

Eine Spur von Unzufriedenheit drängte sich jetzt vor und schwächte ihren Entschluss. Natürlich würde er sich nicht verlieben. In niemanden. Kein Grund, wegen dieser gesichtslosen Frau, die mit ihm mitrennen konnte, übellaunig zu sein, da diese in Wirklichkeit niemals existieren würde. Alex war der eingefleischteste Junggeselle, den sie kannte.

Dieser Gedanke machte ihr Mut. Eine Frau in der Öffentlichkeit zurückzuweisen war das eine. Aber sie des Nachts im Schlafzimmer vorzufinden? Jeder Mann würde einer solchen Einladung Folge leisten.

Entschlossen beugte sich Gwen über ihn, um seinen Duft einzuatmen. Sie nahm den Geruch nach Cognac wahr, aber darunter war noch etwas anderes – der Geruch seiner nackten Haut? Sie atmete tiefer ein. Ja, das war es. Der Geruch eines gesunden, muskulösen Mannes in der Blüte seiner Jahre. Alex' Duft.

Er öffnete die Augen.

Sie erstarrte.

Er sah sie einen Moment lang unter schweren Lidern aus verschlafenen Augen an.

Sie spürte, wie ihr Herz einen schmerzhaften Sprung machte.

Im nächsten Augenblick war er hellwach. Sie sah es geschehen. Sah, wie sich sein Blick konzentrierte und verengte.

Das einzige Geräusch war das Rattern der Räder auf den Schienen.

Oder nein: Der Atem, der in ihrer Kehle rasselte, schien auch peinlich laut zu sein.

»Wie verrucht willst du eigentlich sein?«, murmelte er.

Dass er etwas fragen könnte, hatte sie nicht eingeplant. Mit einer einzigen Frage schien er die Kontrolle über den Moment ergriffen zu haben. Plötzlich fühlte sie sich machtlos, zu machtlos, um ihm antworten oder überhaupt etwas sagen zu können.

Sein Blick, dunkel in den Schatten, die über sein Gesicht fielen, verharrte auf ihr. Er stützte sich auf einen Ellbogen hoch, geschmeidig und anmutig wie eine Katze, und sein geöffnetes Hemd gab seine Brust frei. Die Muskeln seines flachen Bauchs bewegten sich, als er sich aufrichtete.

Ihr Mund wurde trocken.

Also gut. Dieses Gefühl war ganz und gar *kein* schwesterliches.

»Wie verrucht?«, fragte er noch einmal leise.

»Ich –« Das Wort verging zu einem Atemzug, von dem sie nicht gewusst hatte, dass ihre Lungen ihn benötigten. »Sehr«, sagte sie, während sie ausatmete.

»Und?«

Sie zögerte. *Und?* Und was? »Du … du willst es nicht?«

»Gwen.« Er legte den Kopf so schief, dass sich sein Gesicht noch tiefer in den Schatten verbarg. »Wenn du aufwachen und sehen würdest, dass ich dich beobachte, dann würdest du das Gespräch mit der Frage beginnen, was ich wolle. Aber heute Nacht bist du an der Reihe, als Erste zu antworten. Also: Was willst *du?*«

Warum musste er es so kompliziert machen? War denn nicht offensichtlich, was sie wollte?

Oder wollte er sie stottern und stammeln hören, damit er seinen Spaß daran hatte?

Wahrscheinlich.

Warum war sie hergekommen? *Warum* hatte sie nicht ihr grünes Korsett mitgenommen? »Vergiss es«, murmelte sie. »Schlaf weiter.«

Sein Mund verzog sich leicht. »Gwen«, murmelte er, und seine Stimme klang nun wie Balsam, lockte sie, sich ihm zuzuwenden. *Seine Stimme verwirrt mich,* dachte sie. Tief, weich und fließend – alles klang so verführend. Mit solch einer Stimme sollte man Atheisten Bibelverse vorlesen, Soldaten auf Himmelfahrtskommandos schicken … einer Frau suggerieren, von einer Klippe zu springen.

»Was?«, wisperte sie.

»Du sagst immer, dass du frei leben möchtest. Aber wie willst du dich befreien, wenn du nicht einmal weißt, was du willst? Warum bist du hier? Weißt du es überhaupt?«

Sie schlang die Arme um ihren Körper. »Ich *weiß*, was ich will. Aber du –« *…machst es mir sehr schwer, es zu bekommen,* fügte sie im Stillen hinzu.

Als er sich zu ihr beugte, fiel das Mondlicht auf seine muskulösen Schultern. Gwens Blick konzentrierte sich darauf. Sie wollte ihn dort berühren. Sie wollte die Lippen darauf pressen.

»Ich kenne meine Wünsche«, sagte sie leise. »Ich kenne sie gut.«

»Dann hast du auch eine Wahl«, sagte er. »Sperr deine Wünsche weg und ignoriere sie. Verlass dieses Abteil. Oder lerne, sie ohne Scham willkommen zu heißen. Denn *das* ist es, was die Menschen meinen, wenn sie eine Frau unmoralisch nennen.« Er wartete, bis sie den Blick von seiner Schulter abwandte und wieder sein Gesicht ansah. »Es hat nichts mit ihrem Verstand oder ihrem Charakter zu tun. In dieser Welt gibt es überhaupt nichts, das verruchter wäre als eine Frau, die ihre Wünsche unerschrocken akzeptiert.«

Sie zögerte noch. »Aber ich habe dir schon gesagt, was ich will«, entgegnete sie langsam. »Im *Moulin Rouge*. Du hast mich zurückgewiesen.«

»Ja, das habe ich. Und vielleicht werde ich dich auch jetzt

abweisen. Das ist das Recht, das ich habe, und das Risiko, das du eingehen musst. Aber selbst wenn ich dich zurückweise, bedeutet das noch nicht, dass du einen Fehler gemacht hast, als du dieses Risiko eingegangen bist.«

Sie starrte ihn an. Sie konnte die Worte nicht aussprechen. Oder doch?

Er lachte. Es war ein leiser, heiserer Klang in der Dunkelheit. »Um Himmels willen«, murmelte er. »Ich bin es doch nur, Gwen. Nicht irgendein Fremder.«

Wärme durchströmte sie. Nein, er war nicht irgendein Fremder. Weit davon entfernt. Er beobachtete sie seit Jahren. Selbst wenn sie ihn nicht angesehen hatte, hatte sein Blick doch auf ihr geruht. Er hatte sie betrachtet, studiert. Er hatte sich eine Meinung über sie gebildet und Eigenschaften in ihr erkannt wie niemand sonst. *Diszipliniert. Clever. Gescheit.*

»Ich will, dass du … Dinge mit mir machst.« Sie schluckte. »Ich sollte jetzt eine verheiratete Frau sein. Ich will es … wissen.« Mit einem zerrissen klingenden Atemzug sagte sie: »Und jetzt habe ich dir gesagt, was ich will. Wirst du mich abweisen?«

Er schwieg einen quälend langen Moment. Vielleicht quälte er sie absichtlich. Sie wusste es nicht.

Mit einer geschmeidigen Bewegung erhob sich Alex. Eine feine Linie aus dunklem Haar führte von seinem Nabel zum Taillenbund seiner Hosen, die ihm tief auf den Hüftknochen saß, und verschwand darin. »Nein«, sagte er.

Für den Bruchteil einer Sekunde wusste sie nicht, ob es Zustimmung oder Ablehnung bedeutete. Als sich der Ausdruck auf seinem Gesicht plötzlich veränderte und ein sinnliches Lächeln um seine Lippen lag, begriff sie, dass er ihr gehörte.

Ihre Erfahrung stammte aus Romanen. Gwen erwartete, dass er auf sie zuspringen, sie an der Taille packen und auf den Rücken werfen werde. Stattdessen schob er die Hand unter ihr

Haar, und sie spürte seine große warme Handfläche um ihren Nacken. Zwei, drei Mal streichelte er sie leicht, dann beugte er sich zu ihr. Sein Atem strich ihre Kehle hinauf, heiß und rastlos, als suche er nach einem Ort zum Verweilen.

»Willst du versuchen, es genauer zu sagen?«, fragte er leise.

Sie schloss die Augen. »Ja.«

Seine Lippen streiften die Stelle unter ihrem Ohr, ein leichtes Necken. »Willst du, dass ich … Liebe mit dir mache? Oder reicht es dir, dass du kommst?«

Sie wusste nicht, was der Unterschied war. Aber sie verstand instinktiv, warum er fragte. Er wollte, dass dieser Moment ihr gehörte. Dass es *ihre* Wahl war.

Und es war gut so, denn sie würde in ihrer Entschlossenheit nicht wanken. »Ich weiß es nicht«, sagte sie. »Du wirst mir den Unterschied zeigen müssen. Aber zuerst sollst du mich küssen, bitte.«

Sein Lachen war wie weicher, dunkler Samt. Er legte die Hände auf ihre Schultern. Seine Handflächen rieben die Seiten ihres Halses, dann wandte er sie um und streichelte mit den Handrücken ihre Wangen. Er hob ihr Gesicht zu seinem.

»Mit Vergnügen«, sagte er.

Der Kuss, den er ihr gab, war sanft und irgendwie einladend, als stelle sein Mund ihrem eine intime Frage. Es war, als teilten zwei Lippenpaare ein Geheimnis. Seine Zunge bewegte sich zu ihrem Mundwinkel hin, berührte sie dort, zog sich zurück und berührte sie wieder, kostete sie. Seine Zungenspitze glitt über ihre Lippen, und die unerwartete Zärtlichkeit nahm Gwen gefangen.

Er biss in ihre Unterlippe, es war eine Aufforderung. Ihre Lippen öffneten sich, und er glitt in den Kuss – glitt in *sie* hinein, während sich seine Hand um ihren Hinterkopf schloss und er sie gegen die Wand drückte.

Er schmeckte wie Brandy, wie Pfefferminzzahncreme und Zitronenwasser. Er schmeckte wie eine dunkle Nacht, in der Mädchen sich selbst verloren hatten und glücklich waren, wieder aufzutauchen – es war die Art von Nacht, die weiße Strähnen im Haar hinterließ. Gwen erwiderte den Kuss und versuchte, sich auf Alex zuzubiegen. Doch er richtete sich so weit auf, dass ihre Oberkörper sich nicht berührten. Es war nur sein Mund, der sie lockte, nur seine Hand, die ihren Kopf hielt.

Sie öffnete die Augen und sah, dass er seine geschlossen hatte. Er konzentrierte sich ganz und gar auf diesen Kuss, und er hielt sie, als wäre sie aus Glas gemacht, als wäre sie etwas Zerbrechliches und Kostbares, das leicht zu zerspringen drohte. Wie mühelos er sie hielt. Sie fühlte sich umhüllt – gehalten, umfangen, geborgen.

Etwas in ihrem Herzen schmolz. Es hatte nichts mit ihrem Verlangen zu tun, sondern fühlte sich gefährlicher an.

Lass mich nicht gehen.

Der Gedanke erschreckte Gwen. Instinktiv regte sich Selbstschutz in ihr. Sie stemmte sich gegen Alex und fühlte, wie sich seine Lippen zu einem Lächeln verzogen. Er machte den kurzen Schritt auf sie zu und setzte seinen ganzen Körper ein, um sie gegen die Wand gedrückt zu halten.

Nicht mehr sanft. *Ja.* Sie legte die Arme um seinen Nacken und nahm seine Zunge auf, die tiefer in ihren Mund drang. Sie schlang ihr Bein um ihn, als jede Faser in ihr danach verlangte, berührt zu werden und seine Haut zu fühlen. Seine Finger griffen ihr Haar fester, als sich sein Arm um ihre Taille legte und sie von der Wand fortzog, um sie fester an sich zu pressen. Sie spürte seine Härte, die gegen ihren Bauch stieß; es war der Teil von ihm, der sich entscheidend auf diese Nacht auswirken würde. Von ihrem Instinkt geleitet rieb sich Gwen an ihm, und er stieß einen tiefen, kehligen Ton aus.

Sein Mund löste sich von ihr und zeichnete einen heißen, feuchten Weg zu ihrer Kehle. Sein Daumen strich über ihre Brustwarze. Gwen keuchte leise. »Ja?«, wisperte er.

»Ja«, sagte sie.

Er zog den Ausschnitt ihres Nachthemds herunter. Für einen Moment regte er sich nicht – er war so still, dass sie ihn fragend ansah.

Dann lächelte er sie unter seinen langen Wimpern an, bevor er den Mund um ihre Brustwarze schloss.

Das heiße, sanfte Saugen – der Anblick seines dunklen Kopfes, der sich über ihre nackte Brust beugte – weckte mehr als Verlangen in ihr; doch ihre Kraft schien zu schwinden. Ihre Knie zitterten, sie konnte sich kaum aufrecht halten.

Alex drehte Gwen herum und legte sie auf das Bett. Seine Fingerspitzen strichen über ihre Waden, verweilten in der empfindsamen Kniekehle, dann spürte Gwen seine Hand an der Innenseite ihres Oberschenkels. Sie fühlte ihre Muskeln dort zittern. Er drängte sie, ihre Beine zu öffnen. Sie sah ihn an. Er beobachtete sie; der Moment schien unerträglich intim, aber sie weigerte sich, den Blick abzuwenden. Es wäre feige, und überdies hatte sie schon mit Worten um dieses Tun gebeten, was in den Augen der Welt bereits als Sünde galt; jetzt löste sie nur ihr Versprechen ein, und dies war noch der leichte Teil, der, der am meisten Vergnügen machte. Gott im Himmel, seine Hand glitt durch die Locken zwischen ihren Beinen, und er streichelte sie, worauf sie fast aus ihrer Haut gesprungen wäre.

Seine Hand verweilte zwischen ihren Beinen, als er sich über sie beugte. Die Muskeln seiner Unterarme traten hart hervor, als er sich aufstützte. Im Dämmerlicht sah er überraschend ernst aus, als seine Finger diese feuchte und immer feuchter werdende Stelle streichelten. Gwen legte die Hand auf seine Schulter, die sich so glatt und hart und heiß anfühlte, wie sie es sich zuvor vorgestellt hatte. Sie leckte seine Haut, um ihn zu schmecken und vielleicht auch, um ihn zu schockieren. Aber sie vergaß, mit wem sie es zu tun hatte; sein tiefes Lachen verkündete nur Zustimmung. »Beiß zu«, wisperte er, und sie sah ihn überrascht sah. Warum eigentlich nicht? Beißen war eine brillante Idee. Sie grub ihre Zähne behutsam in sein Fleisch, und er schob seinen Finger in sie hinein. Gwen holte überrascht Luft und bäumte sich auf, als sein Daumen einen süßen Nerv traf, der sie aufstrahlen ließ wie die Windmühle des *Moulin Rouge*.

Er streichelte sie wieder und wieder, beugte sich jetzt herunter, um sie zu küssen. Seine Lippen verließen sie nicht, als sie sich unter seiner Berührung wand und sich ihm entgegendrängte. Es gab noch mehr als das, wusste sie. Da gab es noch mehr im Ehebett oder in einem Nicht-Ehebett, dem Unzucht-Bett, wie man es nennen konnte. Doch es war ihr egal. Sie wusste nur, dass jener Teil von ihm, der hart geworden war, seine Erektion, mit einbezogen sein sollte. Sie wusste auch, dass er sie auf etwas zutrieb, denn seine Hand bewegte sich in einem zielgerichteten Rhythmus, der sie quälte und die Lust wie Champagnerperlen in ihr aufsteigen ließ. Aber seine Erektion blieb unbeteiligt. Sie tastete danach, fand sie, und Alex' Atem klang wie ein Zischen, als sie die Hand um seine Härte schloss. Seine Hüften stießen gegen ihre, und sie stieß härter zurück; dies war es, was sie wollte. Sie fühlte sich so leer, fühlte sich auf eine neue, sehnsüchtige und köstliche Weise unvollständig. Es konnte nicht weitergehen, sie konnte so nicht weitermachen – sie spürte eine Spur von Angst in sich, und biss in seine Lippe, um dies auszudrücken. Er legte das ganze Gewicht seines Oberkörpers auf ihren, während seine Hand nicht aufhörte, sie zum Wahnsinn zu treiben. Seine Küsse wurden härter und tiefer, dann hob sie die Hüften, ein Mal, zwei Mal, ein drittes Mal und – *oh*.

Sie keuchte vor Entzücken, als ihr Körper, ihre Hüften, die von Sehnsucht erfüllten Stellen in ihr zersprangen. Sie fühlte seine Lippen an ihrem Mund lächeln. Alles Denken hörte auf, als sich die Lust wieder in ihr ausbreitete, scharf wurde, dann jedoch ebbte sie langsam in tiefen pulsierenden Stößen ab, bis sein Streicheln sie noch einmal für einen kurzen Moment zurückholte.

Gwen hatte sich noch nie so … *erfüllt* gefühlt … in ihrem ganzen Leben nicht.

Ein sanfter Kuss wurde auf ihre Wange gedrückt. Sie blinzelte, dann wandte sie ihm langsam das schweißnasse Gesicht zu.

Man hätte denken können, es müsse peinlich sein, denn seine Hand lag noch zwischen ihren Beinen. Aber ihn zu sehen, sein kantiges Gesicht, den dramatischen Schwung seines Mundes, das kam ihr so unendlich vertraut vor. Als sehe sie sein Gesicht jede Nacht im Dunkeln.

Allmählich zog er die Hand zurück und ließ sie sanft über ihre nackten Hüften gleiten.

»Was ist mit dir?«, murmelte sie. Ihre Stimme klang verwaschen.

Sie hörte ihn leise ausatmen. Und sie wusste jetzt genug, um es zu deuten: Ihm gefiel die Art, wie ihre Stimme klang, oder die Bemerkung. Sie machte ihn heiß, wie er sie heiß gemacht hatte.

Denn *er* war noch heiß. Das Wissen machte sie ein klein wenig beklommen. Sie war nicht so naiv zu denken, dass es *dies* schon gewesen sein könnte, warum Männer ins Bordell gingen. Sie richtete sich auf. »Du hast noch nicht –«

»Schsch.« Zart berührte er ihre Schläfe, das federweiche Haar. »Leg dich hin, Gwen.«

»Aber ich wollte –«

»Nein. Wir werden das nicht tun.«

Nein? In einem Anflug von Panik taumelte das Wort davon. Waren sie nicht über die Zurückweisungen hinaus? Sie hatte in jenen Momenten von immenser Lust zu ihm hochgeschaut, und dabei hatte sie gesehen, dass er sie beobachtet hatte. Sie hatte sich gefühlt, als wären sie aufeinander abgestimmt gewesen. Würde er sie schon morgen wieder zurückstoßen? Sie fühlte, dass sie gierig nach ihm war. Jede Pore ihrer Haut schien sich zu öffnen, um ihn einzuatmen, um seinen Geruch aufzunehmen. »Aber warum nicht?« Ihre Stimme klang holprig, klang so klein und bockig wie die eines Kindes.

Alex stand vom Bett auf und ging zu dem kleinen Tisch, der an der Holzwand befestigt war. Er hatte sich noch eine Flasche Brandy vom Schaffner bringen lassen. Als er sich jetzt ein Glas davon einschenkte, fiel das Mondlicht wieder auf sein Gesicht und betonte die wie gemeißelt wirkenden Konturen seines Mundes. Er sah zu ihr hin, als spüre er ihren Blick. Seine Augen fingen das Licht ein, sie glitzerten unter dem schweren Fall seiner dunklen Haare.

»Ich kann das nicht tun«, sagte er ruhig. Dann stellte er die Flasche ab und drehte den Stuhl so herum, dass er mit der Lehne zum Bett stand. Er setzte sich rittlings darauf, seinen muskulösen Arm auf die Rückenlehne gelegt, der Brandy funkelte im kalten Licht.

Gwen zog sich das Nachthemd über die Beine. Schloss die Knöpfe oberhalb der Taille. *Er* saß offensichtlich ganz ungezwungen da, obwohl er von der Taille aufwärts nackt war. Sein Oberkörper – nun, er lenkte sie kurz ab. Als Junge war er in Rugby der Schule verwiesen worden, weil er Reginald Milton blutig geschlagen hatte – sie wusste das von Richard, den Alex' gewalttätige Intervention gerettet hatte. Außerdem hatten die Zwillinge ihr davon erzählt. Gwen wusste auch, dass er noch immer irgendeinen Kampfsport ausübte, aber sein Benehmen war so lässig und seine Haltung so entspannt, dass man sich nicht vorstellen konnte, er könne zu einer Brutalität imstande sein. Bis man die Muskeln seiner Arme und seiner Brust sah.

»Du kannst alles tun«, sagte sie. Ihre Kehle schnürte sich zusammen; es fiel ihr schwer, die nächsten Worte auszusprechen. »Aber wenn du es nicht *willst*, ist das etwas anderes.«

Er beugte sich vor, schnell wie eine Schlange, und griff nach der Kette um ihren Hals. Er ließ sie durch seine Finger gleiten, ließ Richards Ring über ihrer Brust hin und her schwingen.

Ihr sank das Herz.

»Ich wollte sie abnehmen«, wisperte sie. Sie konnte nicht glauben, dass sie es vergessen hatte.

»Wolltest du das?« Er klang nachdenklich. »Wir haben den ganzen Abend über Richard gesprochen.« Er ließ die Kette los und trank einen Schluck, dann fügte er hinzu: »Aber wir haben nie darüber gesprochen, was er von dem hier gehalten hätte.«

Eine kalte Vorahnung durchstach Gwen – stach in ihren Körper, der sich noch träge anfühlte, noch schwer war von den Resten der Lust. Die Mischung machte sie benommen. »Vielleicht haben wir nicht darüber gesprochen, weil mein Bruder tot ist. Seine Meinung hat keine Bedeutung mehr.«

Ein bissiger Ton schwang in seiner Stimme mit. »Natürlich bin ich mir dessen bewusst. Lass es mich also deutlicher sagen: Wenn ich jetzt von Richard spreche, dann spreche ich eigentlich von dir. Ich fange an, mich nach deinen Beweggründen zu fragen, Gwen.«

Verständnislos starrte sie ihn an. »Ich habe dir meine Motive offen genannt. Ich habe dir wieder und wieder gesagt, dass ich auf der Suche nach einem anderen Leben bin. Nach etwas … etwas, das –«

»Das unwiderruflich ist«, sagte er. »Du bist auf der Suche nach einem Moment, nach einer Erfahrung, die so unumkehrbar sein soll, dass es dir niemals gelingen wird, sie ungeschehen zu machen.«

Sie dachte darüber nach, suchte nach Fallstricken. Doch sie fand keine. »Vielleicht ist das ein Teil davon«, sagte sie. Aber es war nicht alles. Wäre es so gewesen, dann wäre jeder Mann für die Verführung der richtige gewesen.

Doch sie wollte nur ihn.

»Es ist gut, dass du es zugibst«, sagte er lässig. »Aber wie ich schon sagte: Es sind immer zwei Wahlmöglichkeiten gegeben. Und ich will nicht deine Guillotine sein. Ungeachtet dessen, was Richard widerfahren ist.«

Die Worte ließen Gwen frösteln. Sie verstand sie zwar nicht, erkannte aber deren Macht. Sie bauten eine Mauer auf, die man nur mit einer Axt würde einreißen können. »Was Richard widerfahren ist, hat nichts mit dem hier zu tun.«

»Und doch haben wir nie darüber gesprochen«, sagte er. »Wenn über etwas konsequent geschwiegen wird, heißt das noch nicht, dass es dieses Etwas nicht gibt.«

Sie zog die Knie an die Brust. »Ich habe … nicht vor zu sterben, wenn es das ist, was du meinst. Für mich ist das hier nicht irgendein großartiger, leichtsinniger, selbstmörderischer Spaß.«

»Das sollte es von seiner Seite wohl auch nicht sein.«

Schweigen. »Richard war … er war wütend auf dich«, sagte sie schließlich. »Ich weiß.«

»Ich hätte ihn aufhalten können. Ganz leicht.«

Das Raue in seiner Stimme erschütterte sie. »Alex – denkst du, ich gebe *dir* die Schuld an seinem Tod? Das habe ich nie getan. Nicht ein einziges Mal.«

Sein Mundwinkel zog sich nach oben. Er lehnte sich zurück in den Schatten, und wieder war sein Gesichtsausdruck für sie verloren. »Nicht ein einziges Mal«, wiederholte er.

Die spöttische Betonung füllte das Schweigen zwischen ihnen länger, als Gwen es zulassen mochte. Sie erkannte eine Herausforderung, wenn sie eine hörte. Aber sie wusste auch, dass alte Gewohnheiten schwer zu ändern waren und neue Fähigkeiten Zeit brauchten, sich zu schärfen. In ihrer Ehrlichkeit wollte sie nicht zu ungehobelt wirken.

»Vielleicht«, begann sie vorsichtig, »in den ersten Tagen, nachdem er uns … verlassen hatte –«

»Ermordet worden war«, sagte Alex kalt. »Er hat uns nicht verlassen, Gwen. Er wurde uns gewaltsam genommen. Das ist ein großer Unterschied: Es bedeutet, dass es eine Schuld gibt, die zugeteilt wird.«

»Also gut«, sagte sie leise. »Nachdem er ermordet worden war … ein oder zwei Mal dachte ich, dass du es gewesen bist, der ihm derlei Spiele beigebracht hat – dass es dein Weg war, dem er gefolgt ist, bis zum Grab.«

Nun war es heraus. Das war der grausamste Teil, und jetzt war er ausgesprochen worden.

Mit aller Willenskraft hielt sie sich davon ab weiterzudrängen.

Alex hingegen saß gelassen da und beobachtete sie aus der Dunkelheit heraus.

Sie starrte zurück auf sein konturloses Antlitz. Sie brauchte kein Licht, sondern wusste auch so, was sie da ansah. Kastanienbraunes Haar, eisblaue Augen, breite Wangenkochen über eingefallenen Wangen, ein eckiges Kinn und eine gerade Nase: Er war geradezu das Sinnbild schroffer Attraktivität, und Mädchen seufzten seinetwegen, allerdings im Geheimen, wenn ihre Mütter es nicht hörten.

Was sie selbst betraf, so hatte sie immer, wenn auch meist höchst widerstrebend, seine Fähigkeiten bewundert, die nichts mit Äußerlichkeiten zu tun hatten – vor allem seine unerschütterliche Gelassenheit.

Es war ziemlich nervtötend, jetzt mit der ganzen Macht seiner Selbstbeherrschung konfrontiert zu werden. Aber er hatte ihr diese Frage gestellt; gewiss schuldete er ihr jetzt *irgendeine* Reaktion auf ihre Antwort.

Als das Schweigen, seine Gleichgültigkeit und sein unfaires Ausnutzen der Dunkelheit noch weiter andauerten, regte sich leichter Zorn in Gwen – gerade stark genug, um sie daran zu erinnern, *was genau* sie in jenen Wochen nach Richards Tod gedacht hatte. Nach seiner *Ermordung*.

»Auf der Trauerfeier bist du sehr abweisend gewesen«, sagte sie. So beherrscht. Es hatte sie verunsichert. Verunsichert und auch verärgert. Sie hatte den letzten Menschen verloren, der ihr geblieben war, doch Alex hatte noch so viele Menschen gehabt, die ihn liebten, obwohl er das für selbstverständlich nahm und jedes Zeichen von Fürsorge abwehrte.

»Ich stand unter Schock.« Seine Stimme klang monoton.

»Ja.« Das war auch ihre spätere Schlussfolgerung gewesen. Aber zu der Zeit, gefangen in ihrem eigenen Kummer, hatte sie gedacht, dass es vielleicht nicht so sehr Selbstbeherrschung, sondern vielmehr Unmenschlichkeit war, die Alex half – und in diesem Fall täten die Leute besser daran, ihn so zu bewundern, wie sie einen Tiger im Zoo bewunderten: aus der Ferne, ohne Ambitionen.

Jetzt glaubte sie das nicht mehr. Jetzt sah sie ihn klarer.

»Ich habe immer gedacht, dass du einen Zauber über die Menschen wirkst – unbeabsichtigt natürlich«, sagte Gwen. »Manchmal denke ich das auch heute noch. Dein Esprit und dein Charme wirken so unbekümmert – fast wie zufällig. Du fühlst dich so behaglich in der Welt, Alex. Und ich denke, weil du alles so leicht aussehen lässt, denken die Menschen, sie können dir nacheifern – können das Leben am Kragen packen, so wie du es tust. Aber es erfordert Fähigkeiten, die Risiken zu umschiffen, die du eingehst. Und mein Bruder hatte dieses Talent nicht. Er hat nicht genug … aufgepasst.« Sie schwieg einen Moment. »Aber ich tue es.«

Er stieß einen leisen Ton aus, der sich nach Skepsis oder auch Spott anhörte.

»Ich tue es«, wiederholte sie schärfer. »Ich bin nicht wie mein Bruder. Und ich kannte Richard so gut wie du, vergiss das nicht. Wenn ich sage, du hättest ihn fasziniert, heißt das nicht, dass dir dafür in irgendeiner Weise Schuld zufällt.« Indem sich Richard mit Alex befreundet hatte, hatte er genau das getan, worauf ihre Eltern gehofft hatten. Sie hatten gewollt, dass Richard es lernte, die Welt aus einem besonderen Blickwinkel zu sehen: mit der Arroganz und dem Anspruch und den Erwartungen eines Gentleman der Upper Class. Wie man spielte, wie man trank, wie man sich stilvoll seinen Weg über den Kontinent bahnte – warum sonst hatten ihre Eltern Richard nach Rugby schicken sollen?

Dass sich Richard allerdings ausgerechnet an den einen Aristokratensohn gehängt hatte, der seine Lektionen unter Missachtung aller Regeln gelernt hatte, das hatten ihre Eltern zutiefst bedauert.

Gwen räusperte sich. »Richard hat dir viel bedeutet – das habe ich nie bezweifelt. Und er kannte dich sehr viel besser als ich. Sicherlich hat er dich gut genug gekannt, um den Unterschied zwischen Schein und Sein zu erkennen und auch die Beziehung zwischen euch beiden zu begreifen.« Sie schloss die Hand um den Ring. »Er muss gewusst haben, wie du bist. Er spürte gewiss selbst, dass er versucht hat, dir nachzueifern. Und wenn er es nicht wusste … dann war das sein Fehler, nicht deiner.«

»Vielleicht«, sagte er.

»Ganz gewiss«, gab sie sofort zurück. »Weil du mir die Frage gestellt hast, wirst du mir auch den Gefallen tun, meine Antwort zu glauben. Als seine Schwester kann ich dir diese Frage richtig beantworten. Und selbst wenn du ihn in diese Spielhölle begleitet hättest, es hätte doch keinen Einfluss auf die Tatsache gehabt, dass irgendein betrunkener Schuft ihm ein Messer in die Brust gerammt hat. Oder?«

Ihre Stimme war sehr fest geworden. Alex richtete sich auf und tat ihr den Gefallen, ihr zu zeigen, dass er ihr direkt in die Augen sah. »Ja, Gwen«, sagte er. »Ich habe dich gehört.«

»Aber *glaubst* du mir auch?« Als er nicht sofort antwortete, ließ sie den Ring los und ergriff seine Hand, fasste sie fester, als sie es je aus Gewohnheit oder einer Laune heraus getan hatte. »Beleidige mich nicht«, sagte sie, »indem du mir zu verstehen gibst, dass ich mich danach sehne, einen Mann zu berühren, der eine Schuld an der Ermordung meines Bruders trägt.«

Sie spürte, wie sich seine Finger bei diesen Worten bewegten, es war eine kaum merkbare Regung. Doch seine Erwiderung war dann so nichtssagend und kühl wie seine Stimme. »Vielleicht siehst du mich ja ganz klar«, sagte er. »Und eingedenk dessen, was du über meine Wirkung gesagt hast, scheint es mir sehr unklug zu sein, mich berühren zu wollen. Ich denke, es ist besser, sich fernzuhalten.«

»Ja«, sagte sie. »Für die meisten Menschen mag das zutreffen. Aber nicht für mich. Und das weißt du auch, sonst hättest du mich nicht eingeladen, mit dir auf diese Reise zu gehen.«

Er sah sie lange an, von den Augen zu den Lippen zu den Schultern zu ihren Brüsten. »Ich fange an, es zu bereuen«, sagte er leise.

Ihre Hand legte sich wie von selbst auf ihren Magen, so groß war der Schmerz, den seine Worte in ihr auslösten. Erst vor einer Viertelstunde hatte sie sich durch ihn so erfüllt gefühlt wie nie zuvor. Doch jetzt fühlte sie sich, als habe er sie zerschmettert. Ausgelaugt.

Mit einem Seufzen wandte sich Alex ab und griff nach der Flasche mit dem Brandy. »Geh zu Bett, Gwen«, sagte er über die Schulter. »Für heute Nacht hatte ich genug Gesellschaft.«

11

Alex erwachte nur langsam und mit einigen Schwierigkeiten. Er kämpfte gegen den Sog des Schlafs, der ihn zurückziehen und bei sich behalten wollte. Er öffnete kurz die Augen. Das helle Licht fiel so schwer wie ein Gewicht auf seine Lider, dass er sie sofort wieder schloss. Eine Weile lag er reglos da und lauschte auf seinen Atem, der so rau klang, als habe er soeben wirklich einen Kampf ausgefochten. Sein Verstand wollte ihn an etwas erinnern. Ach ja. In der letzten Nacht hatte er Richards Schwester weitaus mehr Lust gezeigt, als er das Recht gehabt hatte. Irgendwo im Jenseits verfluchte jetzt ein toter Mann seinen Namen.

Selbst diese wenigen Gedanken zu denken fühlte sich schwierig an. *Die Übungen*, dachte er schläfrig. Er würde sich wacher fühlen, wenn er erst seine Übungen gemacht hatte. Das Brennen in den Muskeln zwang ihn schließlich aufzuwachen. Er könnte seine Schuld Richard gegenüber in Schweiß abzahlen.

Alex setzte sich langsam auf, und ein Stöhnen kam ihm über die Lippen. Jeder Knochen in seinem Körper tat ihm weh. Einzig sein Kopf schmerzte nicht.

Er schwang die Beine aus dem Bett – und verharrte. Warum sollte ihm der Kopf wehtun? Dieser Katzenjammer konnte doch nicht die Nachwirkung des Alkohols sein. Er hatte nur ein paar Gläser Cognac getrunken, im Laufe von sieben Stunden.

Ihm fiel auf, dass noch etwas anders war: Der Zug fuhr nicht mehr.

Er beugte sich vor und schob die Vorhänge zur Seite. Auf dem Schild über dem Bahnsteig stand nur ein Wort: Nizza.

Wie ein Stein fiel seine Hand herunter.

Herrgott. Kein Wunder, dass er sich fühlte, als hätte ihm jemand einen Hammer über den Schädel geschlagen. Er hatte – rasch rechnete er nach – neun Stunden durchgeschlafen.

Alex starrte noch immer ungläubig auf den Bahnsteig hinaus. Dies *war* doch Nizza, oder? Das Schild konnte keine Täuschung sein?

Ja. Er erkannte den Bahnhof, die unverwechselbare Überdachung des Bahnsteigs aus Stahl und Glas, die zur Halle hinführte.

Er setzte sich langsam auf das Fußende des Bettes, während er aus dem Fenster starrte. Auf dem Bahnsteig war eine Handvoll Männer beschäftigt, Gepäck zu transportieren. Eine Frau ging vorbei, ihre Schritte wirkten energisch. Ein Sonnenschirm schwang an dem Band hin und her, das sie um das Handgelenk trug. Der Mann, der ihr folgte, machte einen raschen Schritt zur Seite, um sich vor dem Schirm in Sicherheit zu bringen, und stieß dabei einen Protestlaut aus. Die Frau wandte sich um, ihr Mund formte ein perfektes O.

Sie blieb stehen. Ebenso der Mann. Er legte die Hände auf sein Herz, und die Frau lachte plötzlich. Er bot ihr seinen Arm an, und sie ergriff ihn. Gemeinsam gingen sie weiter.

Draußen schien es warm zu sein. Das blaue Seidenkleid der Frau glänzte in der Sonne. Gelbliches Licht prallte auf grün gestrichene Eisenbänke herunter, neben denen üppig karmesinrot blühende Rosenbüsche standen. Ein strahlender Tag, sonnig und voller Leben.

Seine Laune, die sich allmählich besserte, gab Alex zu denken. Er hatte kein Recht, sich unbeschwert zu fühlen. Wäre

Richard noch am Leben, so hätte er für den Verrat der letzten Nacht Alex' Blut gefordert. Eine schöne Sache – sich dem eigenen Appetit mit der Schwester des Mannes hinzugeben, den man in den Tod hatte gehen lassen. Wütend auf sich selbst war Alex irgendwann eingeschlafen.

Jetzt schien diese Wut weit entfernt zu sein.

Er hob die Hand, um sich durchs Haar zu fahren, verharrte aber auf halbem Wege. Wenn er ehrlich mit sich war, so fühlte sich der Reflex, sich zu geißeln – wegen seiner Schwäche in Hinsicht auf Gwen – schlapp und müde an. Wie ein überbeanspruchter Muskel, der keine Kraft mehr hatte.

Er fühlte sich ganz und gar nicht schuldig.

Ein Klopfen an der Tür ertönte – eine Spur zu aggressiv für einen Schaffner, der auf ein Trinkgeld hoffte. Ein wenig neugierig stand Alex auf, öffnete die Tür und sah sich seiner Achillesferse gegenüber. Gwen stand mit verschränkten Armen vor ihm, perfekt gekleidet in einem Tweedkostüm. Auf ihrem Kopf thronte der lächerlichste Hut, den er je gesehen hatte – eine breitkrempige Angelegenheit, die einer Ansammlung von Gartenkreaturen, Miniaturvögeln, Bienen und Schmetterlingen Platz bot; das Ganze wurde von Rosenstängeln aus Guttapercha gehalten.

Er streckte die Hand aus, um dem Vogel einen Stups auf den Schnabel zu geben. Gwen wich zurück, und die Hummel grüßte ihn mit einem fröhlichen Nicken.

Er lächelte, als ihn ein anderes belebendes Gefühl durchströmte. Es fühlte sich an, als zöge sich der Schlaf jetzt aus seinen Muskeln zurück. Er spürte … eine gewisse Munterkeit. »Komm herein«, sagte er.

Ihre Haltung war steif, als sie einen ostentativen Blick über seine nackte Brust gleiten ließ. »Der Schaffner sagte, dass er dich nicht wach bekommen habe. Aber ich hätte angenommen, dass du inzwischen angekleidet wärest. Nun, wie auch immer. Ich werde draußen warten.«

»Bleib noch«, sagte er, als sie sich abwandte.

Sie blieb stehen. »Was ist?«

Er öffnete den Mund. Aber was sollte er sagen? Welch seltsame Sache: Bis gestern Abend hatte er keine Ahnung gehabt, dass Richards Tod noch so schwer auf sein Bewusstsein drückte.

Natürlich lag es nicht in ihrer Macht, ihm Absolution zu erteilen.

Dennoch fühlte er sich, als sei ihm vergeben worden. Jesus Christus. Er fühlte sich unbeschwert.

Er trat zurück. »Nichts«, sagte er. »Nur – Schamgefühl scheint ein wenig unaufrichtig, jetzt, da ich meine Hand auf deiner –«

»Ich habe nur nicht den Wunsch, dir beim Ankleiden zuzusehen«, entgegnete sie gereizt.

»Erzürnt dich das Wort?«

Stumm starrte sie ihn an. Ihr Gesicht rötete sich.

»Oder kennst du die Worte nicht?« Das war sehr viel wahrscheinlicher. »Es gibt einige, aus denen man wählen kann«, sagte er helfend. »Auch wenn du entschlossen bist, unmoralisch zu sein, ziehst du das gemäßigte Wort ›Möse‹ vermutlich vor. Für das männliche Glied ist ›Schwanz‹ der allgemein bevorzugte Ausdruck, obwohl du natürlich auch ›Männlichkeit‹ dazu sagen kannst, wenn du nicht ganz so direkt sein möchtest.«

»Brauchen wir Seife?«, fragte sie kalt. »Offensichtlich hast du dir heute Morgen noch nicht den Mund gewaschen.«

Er lachte. »In welch prüder Stimmung du doch bist. Ist das meine Strafe, weil ich dich nicht gevögelt habe?« Eigentlich verdiente er eine verdammte Belohnung für die Selbstbeherrschung, die er bewiesen hatte. Etwas Heißeres als sie, wie sie sich unter seiner Berührung auf seinem Bett gewunden hatte, hatte er noch nie in seinem Leben gesehen.

Wenn er seine Zurückhaltung allerdings aufgeben und sie doch vögeln würde, bekäme er vermutlich noch viel heißere Dinge zu sehen.

Ihr Gesicht hatte jetzt eine sehr interessante rosa Schattierung angenommen, die fast schon an Purpurrot grenzte. »Ich kenne auch dieses Wort nicht«, sagte sie. »Deshalb kann ich dir nicht antworten.«

»Oh, falls deine Röte irgendetwas damit zu tun haben sollte, dann hast du den richtigen Schluss gezogen. Komm schon, tritt ein. Es sei denn, du hast in der Nacht deine Meinung geändert und fürchtest um deine Tugend?«

Sie stieß einen ärgerlichen Ton aus und ging mit steifen Schritten an ihm vorbei zum Fenster – zumindest versuchte sie es, denn die Größe des Raumes erlaubte keinerlei Dramatik. Am Fenster wandte sie sich um und starrte ihn an. »Du bist absolut unausstehlich.«

Er antwortete mit einem Lächeln. Hätte er das Talent gehabt, er hätte sie gezeichnet: ihre Silhouette, die sich vor dem Fenster abhob, umrahmt von den grünen Samtvorhängen. *Wütende junge Miss auf dem entschlossenen Weg in die Unmoral* hätte der offizielle Titel lauten können, und der inoffizielle: *Ein verdammtes Ärgernis, dem ich aus dem Weg hätte gehen können, wäre ich zurück nach Gibraltar gereist.*

Abgesehen davon, dass der erste Titel fade klang und der zweite … unaufrichtig. Sicherlich hätte er ein Zusammentreffen mit ihr vermeiden können, wäre er nach Südamerika zurückgekehrt. Aber mit welchem Nutzen? Sie war doch amüsant. Und sie bewies überraschenden Mut, ihre kleine Welt auf den Kopf zu stellen und jede Einschränkung über Bord zu werfen, die ihr je auferlegt worden war. Und sie hatte recht: Diese Richard-Sache war ein jämmerlicher Vorwand, sie abzuweisen. Die Maudsleys hatten ihr Bestes für Gwen getan; sie hatten ihr einen Weg aufgezeigt, den zu gehen viele Frauen glücklich gewesen wären. Aber Gwen war nicht damit zufrieden. Die Wünsche der Toten sollten keine Auswirkung auf die Lebenden haben.

Also ein neuer Titel: *Die unerwartet interessante frühere Debütantin*.

Es schien, dass auch er kein Talent dafür hatte, passende Titel zu finden. Glücklicherweise würde die Szene aber ein wunderschönes Gemälde abgeben, ganz gleich, wie man es nannte. Das Sonnenlicht, das durch das Fenster hereintanzte, spielte auf ihrem Haar, hob aus dem vorherrschenden Kastanienbraun Strähnen von Gold und Zimt hervor, und dann noch einen weiteren Ton (er würde den Gewinn eines Jahres darauf wetten), der nur echtes Purpur sein konnte. Ihr Haar war wie ein kleines Wunder – ein großer Schatz, der weitaus inspirierender wirkten mochte als die Elgin Marbles oder zerfallende Paläste. Er hatte es gestern Nacht berührt, einfach um des Vergnügens willen, es zu fühlen.

»Ingwer ist eine sehr unzulängliche Beschreibung für diese Farbe«, sagte er.

Sie blinzelte. »Wie bitte?«

»Und beißen kannst du auch recht angenehm. Und du begreifst schnell. Hast du es genossen?«

Vor Verblüffung teilten sich ihre Lippen. Dieses Rouge vorgestern war des Guten zu viel gewesen; ihr Mund brauchte keine Betonung. Er war das Zweitschönste an ihr, perfekt geschwungen mit vollen Lippen und von einem natürlichen Rosa. Alex genoss es, wenn er sie Radieschen essen sah.

»Du flirtest mit mir«, sagte sie langsam.

Er dachte darüber nach. Tat er das? »Ja«, sagte er dann. »Das tue ich.« Die Erkenntnis war seltsam befriedigend. Er flirtete mit Gwen Maudsley, wie er es mit jeder anderen Frau getan hätte, die sein Interesse geweckt hatte – deren Bruder aber nicht sein bester Freund gewesen war und die sich nicht hinter einen Schild aus Heuchelei und albernen Förmlichkeiten von der Welt zurückzog. Er hatte noch nie eine Vorliebe für Mädchenhaftigkeit gehabt.

Ein seltsamer Ausdruck zog über ihr Gesicht. Er wusste nicht, wie er ihn deuten sollte. Auch das war verblüffend. Noch bis vor Kurzem hatte er Gwen für durchschaubarer als Glas gehalten. »Stört es dich?«, fragte er. Wenn es das tat, dann würden ihre halb ausgegorenen Ambitionen vermutlich zerstört werden müssen.

Sie verdrehte die Augen. Er hatte sie das noch nie zuvor tun sehen. »Nein, es stört mich nicht«, sagte sie. »Aber du musst dich endlich entscheiden, Alex. Du verhältst dich allmählich wankelmütiger als eine Debütantin.«

Er fühlte, dass ihm die Kinnlade herunterklappte. Und dann, wie aus dem Nichts, lachte er los. Großer Gott. Sie hatte recht.

Sie sah ihn aus schmalen Augen an. Er wollte sagen … Hölle, er wusste es nicht, aber etwas in ihrer Miene ließ ihn noch heftiger lachen; vermutlich hatte er sie auf genau diese Weise angesehen, als er ihr am Tag ihrer geplatzten Hochzeit auf der Treppe begegnet war. Dieser Gedanke verstärkte seine Erheiterung noch, und jetzt musste er doch tatsächlich nach Luft schnappen. Dies war natürlich die Folge des Schlafmangels, auch wenn er heute Nacht länger geschlafen hatte als je zuvor in den vergangenen vier Jahren. Somit schied Schlafmangel als Erklärung wohl doch aus. Er kämpfte um Luft und versuchte, sich zu fassen und etwas zu sagen, irgendetwas über das spöttische Lächeln, das um ihren bezaubernden Mund spielte.

Sie ließ ihm keine Chance. Mit einem verächtlichen Schnauben raffte sie ihre Röcke und rauschte an ihm vorbei. Dabei hielt sie sich so wunderbar gerade. An der Tür wandte sie sich zu ihm um. »Zieh dich an, du Idiot.«

Hinter ihr knallte die Tür zu.

Die Straße nach Côte Bleue wand sich an der Küste entlang. Auf einer Seite lag das aquamarinblaue Meer, das grell unter einem Himmel von strahlendem Blau schillerte, auf den Hügeln zur Rechten erstreckten sich Haine aus Olivenbäumen und Palmen. Das Klima und die Vegetation schaffen eine ganz besondere Art von Landschaft, dachte Gwen, und sie war nicht enttäuscht, als die Kutsche in die gekieste Auffahrt von Mr Barringtons Landsitz einbog und sie bis zur Treppe brachte, die zum Eingang von Côte Bleue hinaufführte.

Das Haus war einstöckig und aus melonenrosafarbenen Steinen erbaut. Ranken von Bougainvillea überzogen die Fassade. Die grünen Fensterläden standen weit offen, um die Wärme ins Haus zu lassen. Dem Auge boten sich Terrassengärten dar, Flecken von üppiger Flora, die sich bis zu den Klippen hinunterzogen, die über dem Meer aufragten. Hinter dem Haus, auf dem Hügel, der sich darüber erhob, schienen blütenübersäte Apfelsinenbäume unter dem Gewicht ihrer reifenden Früchte zusammenzubrechen.

Alex stieg als Erster aus der Kutsche. Er hatte sich während der Fahrt als ein überraschend angenehmer Begleiter herausgestellt und kleine Beobachtungen über die verschiedenen Orte mitgeteilt, durch die sie gefahren waren. Er hatte Witze erzählt, bei denen sie sich hatte Mühe geben müssen, nicht zu lachen. In der Tat, die Versuchung zu lachen war zu einer eigenen Form von Schmerz geworden, und traf sie ebenso tief wie seine höfliche Fassade. Soweit sie es beurteilen konnte, war dies eine Art von verdrehtem Spiel, das er sich ausgedacht hatte, um sich zu amüsieren: Wie viele Male konnte er sie dazu verleiten, sich ihm an den Hals zu werfen? Wenn dies das Spiel war, würde sie nicht mitmachen. Männer hatten sie zuvor schon gedemütigt, ganz gewiss, aber sie hatte sie niemals bei ihren Bemühungen unterstützt, und würde es auch niemals tun. Also hatte sie *nicht* über seine Witze gelacht.

Die lange Fahrt die Küste entlang verbrachte sie in Zorn auf sich selbst. Auch weil es sie Mühe kostete, so über ihn zu denken, wie sie über die anderen Männer dachte. Zu jedem seiner Kommentare lächelte sie und beantwortete Fragen mit vollendeter Höflichkeit. (Die Kunst der Entmutigung durch Koketterie ist dem Badminton sehr ähnlich, dachte sie. Solange der Ball in der Luft gehalten wurde – oder ein Kompliment zurückgegeben wurde für eines, das gemacht worden war –, erzielte keine der beiden Seiten einen Punkt.) Wenn dies hier ein Spiel war, dann wollte sie es gewinnen. Ihre früheren Illusionen über ihn, ihre dummen Fantasien, würden sie daran nicht hindern. Eher würde sie sich die Zunge abbeißen, als ihn jemals wieder um seine Aufmerksamkeit anzubetteln.

Alex hob sie aus der Kutsche in die warme, sonnenhelle Luft. Ein Reigen von Düften wehte heran – Rosen, brütend in der Sonne, die salzige Seeluft, die Süße von Geißblatt, der frische Geruch von Zitrus. Unter all diesen Gerüchen lag ein leicht würziger Duft. Gwen atmete tief ein und kostete dessen Schärfe. Dann schaute sie wieder den Hügel hinauf, weil sie jetzt wusste, wonach sie Ausschau halten musste. Pfefferbäume, verborgen zwischen den Orangenbäumen. In der Dämmerung würde deren Duft die Süße der Blumen überlagern.

Die unausbleibliche Wirkung des Gartens sprach sie an. Gärten mussten eine wechselnde Sinfonie von Düften schaffen, die abhängig von der Tageszeit war. Sie konnte keinen nachtblühenden Jasmin entdecken, dessen Duft das Herannahen des Abends angezeigt hätte. Wäre es nicht möglich, eine Gartenlandschaft statt nach der Optik nach Düften zu planen? Und sie dennoch für das Auge attraktiv sein zu lassen?

Diese Herausforderung beschäftigte noch ihre Gedanken, als Mr Barrington bereits die Treppe heruntergeeilt kam, um sie zu begrüßen. In Paris hatte er fast wie ein Bohemien ausgesehen; und jetzt, in einem weißen Leinenanzug und mit einem Strohhut, den er unter den Arm geklemmt hatte, mit geröteten Wangen und vom Wind zersausten Haar sah er mehr nach einem Segler aus, der von einem Tag zurückkehrte, der voll von Wettfahrten gewesen sein mochte.

Mr Barrington drückte ihre Hand und führte sie sehr theatralisch an seinen Mund. »Eure Majestät!«, sagte er und nickte dann Alex herzlich zu. »Sie sind die letzten Ankömmlinge; ich hatte schon befürchtet, Sie wären verloren gegangen.«

»Aber wir sind auf direktem Weg hergekommen«, sagte Gwen mit einem Stirnrunzeln.

»Vielleicht sind die anderen losgefahren, bevor die Einladungen verschickt wurden«, murmelte Alex.

Barrington lachte, als wäre dies ein unglaublich guter Witz. »Kommen Sie«, sagte er und wandte sich um, sie ins Haus zu führen.

Der Eingangsbereich der Villa war weiträumig gestaltet. Es war kühl in der Halle, in der ein Brunnen plätscherte. Er befand sich direkt unter einer Glaskuppel, durch die das helle Sonnenlicht hereinfiel. Fliesenmosaike aus rosafarbenen Steinen bedeckten den Boden, auf dem kein Teppich lag. Lediglich einige seidene Läufer bildeten einen schmalen Pfad den Gang hinunter, an dem ihre Zimmer lagen. Die Wände wurden von Gemälden der italienischen Schule aus der Zeit der Renaissance sowie von bunten Wandmalereien geschmückt, von denen Barrington sagte, dass ortsansässige Künstler sie geschaffen hatten. Es handelte sich um Bilder von der berühmten

Blumenschlacht, mit Karnevalsmotiven und Sonnenuntergängen, von der Promenade des Anglais aus gesehen.

Barrington führte sie bis an das Ende des Ganges zu einer Flügeltür aus Holz mit grober, rustikaler Schnitzerei. »Drinks werden um fünf im Garten serviert«, sagte er. »Das Dinner um sieben; wir essen schon recht früh, um den Gästen die Gelegenheit zu geben, nach Monte Carlo zu fahren und vor dem Schlafengehen noch eine Partie Karten zu spielen. Die Kutsche fährt pünktlich um neun Uhr ab. Üblicherweise halten wir noch eine weitere für die Fahrt ins Casino nach Nizza bereit, das die ganze Nacht geöffnet ist. Doch es gab letzte Nacht einen Achsenbruch, deshalb beschränken wir uns einstweilen auf Monte Carlo.« Er holte Luft. »Ich vermute, Sie möchten ein wenig ruhen, ehe sie sich dem Spaß widmen. Obwohl ich sagen muss, Miss Goodrick, dass Sie so frisch wie ein Gänseblümchen aussehen – entschieden reif, um gepflückt zu werden.«

Es hatte wie ein wunderschönes Kompliment geklungen, bis er zu dem Teil mit der Reife gekommen war. »Danke«, sagte Gwen zögernd.

»Nur schade, dass die Erntezeit bereits vorbei ist«, bemerkte Alex höflich.

Barrington kicherte. »Das ist sie, das ist sie. Nun, wir sind zurzeit draußen auf der Terrasse, bitte fühlen Sie sich ganz frei herauszukommen, wenn Ihnen danach ist. Die Rizzardis – Sie kennen Sie nicht zufällig, oder? Giuseppe und Francesca? Nein? Nun, sie sind gestern überraschend angekommen; ich habe sie in dem Zimmer neben Ihrem untergebracht. Sie sind begeistert von Bizet und ganz hingerissen von der Aussicht auf eine wunderbare Vorstellung von Miss Goodrick. Oh – warten Sie einen Augenblick.« Noch immer den Türknauf haltend beugte er sich um die Ecke. »Moakes! Kommen Sie hierher, Sie Halunke.«

Ein kleiner silberhaariger Mann in fortgeschrittenem Alter kam um die Ecke, ein Tablett Champagner in den Händen. »Bedienen Sie sich, nur zu«, drängte Barrington sie. »Lafittes und Margeaux selbstverständlich; ich trinke überhaupt nichts anderes. Man möchte das Wochenende schließlich angemessen beginnen. Ich werde auch ein Glas nehmen.«

Gwen warf Alex einen Seitenblick zu, der Barrington musterte, als enthielte das Gesicht des Mannes den Schlüssel zu einem Rätsel. Vielleicht tat es das auch: In willkürlichen Abständen zuckten Barringtons Mundwinkel und hoben sich. Es wirkte wie das Lächeln eines Kindes, das darum kämpfte, ein wunderbares Geheimnis für sich zu behalten.

»Cheers«, sagte Alex. Er nahm ein Glas, und seine Lippen lächelten, doch seine Augen blieben tödlich angespannt auf ihren Gastgeber gerichtet.

Mr Barrington schien diese Musterung nicht zu bemerken. Er wandte sich mit seinem jungenhaften Lächeln an Gwen. »Ich muss gestehen«, sagte er leise, »dass ich soeben etwas Beunruhigendes bemerkt habe.«

»Oh?« Ihr Herz schlug schneller, und sie fragte sich, ob sie sich bereits verraten hatte. Oder vielleicht hatte er auch ein Foto von ihr gesehen. Sie konnte sich vorstellen, dass die Londoner Zeitungen nach dem kürzlichen Debakel eines veröffentlicht hatten.

»Ihr Sonnenschirm, meine Liebe.« Er sah sie an, und sein Lächeln konnte man nur als wollüstig bezeichnen. »Ich glaube, Sie haben ihn schon wieder nicht dabei.«

Gwen lachte. »Oh, ich brauche keinen.« Sie schob ihren Arm durch Alex'. »Wie Sie sehen, habe ich mir einen viel größeren Stock mitgebracht.«

Alex verschluckte sich an seinem Champagner. Barrington, mit hochgezogenen Augenbrauen, nickte ihm respektvoll zu, obwohl der Grund dafür schleierhaft zu sein schien. »Ich glaube Ihnen aufs Wort«, sagte er und öffnete die Tür zur Suite. »Hier ist es also: Ihr Zuhause für die nächsten paar Tage – oder so lange, wie Sie zu bleiben wünschen. Wir glauben nicht an diese alte Redensart über Gäste, die man lieber gehen als kommen sieht; je länger sie bleiben, desto lustiger wird es.«

Er verabschiedete sich mit einer Verbeugung. Wie vorausgesagt hatte er ihnen eine Einzelsuite zugewiesen. Der recht großzügig bemessene Salon war in Taupe und Elfenbein gehalten. Seine breiten Fenstertüren ließen viel Licht herein und öffneten sich auf einen Balkon mit dem Blick auf das Meer.

»Merkwürdiger Mann«, murmelte Gwen.

Alex war an der Tür stehen geblieben, um auf das Wasser zu schauen. »Warum sagst du das?«, fragte er.

Stirnrunzelnd betrachtete sie seinen Rücken. »Du denkst nicht, dass er merkwürdig ist?«

»Doch. Aber ich würde gern deine Einschätzung über ihn hören.«

Sie dachte einen Moment nach. »Da ist zunächst sein Akzent«, sagte sie langsam. »Er bemüht sich sehr, wie der Absolvent einer der berühmten Internatsschulen zu sprechen. Aber er hat vermutlich zu spät damit begonnen; es passt nicht recht mit der Art zusammen, wie er die Vokale ausspricht.«

»Was ihn keinesfalls aburteilt.«

»Natürlich nicht! Herrgott, um meinetwegen hoffe ich das nicht. Abgesehen von dem Akzent ist es jedoch einfach das Gefühl, das er auslöst. Also auch kein echter Grund, ihn seltsam zu finden.«

»Aber Intuition sollte man nie außer Acht lassen.« Alex ging weiter durch die nächste Tür, und Gwen folgte ihm. Ein winziger Ankleideraum öffnete sich und führte in ein Schlafzimmer mit Tapeten in einem hellen Pfirsichton und Gold. Das einzige

Fenster in der Ecke bot den Blick auf einen künstlich angelegten Teich an der Seite des Hauses. Ein transparentes Moskitonetz umhüllte das Bett. Das Schlafen schien hier offensichtlich ein Nebenanliegen zu sein; alle Aufmerksamkeit war auf den Salon konzentriert, der sehr viel größer war.

Oder vielleicht auch nicht. Gwen blieb an der Schwelle stehen und warf einen Blick auf das Bett. Es wäre groß genug gewesen für Heinrich VIII. und die Hälfte seiner Frauen noch dazu. Ohne Zweifel dominierte es das Zimmer.

Alex ging weiter, offensichtlich unbeeindruckt davon, wie schrecklich peinlich es werden würde, hier die Nacht zu verbringen. Vielleicht würde er ein Gentleman sein – ein absurder Gedanke, aber seit er in der letzten Nacht diese kaum ritterliche Sache getan hatte, könnte sich das Muster gut fortsetzen –, und er würde anbieten, auf dem Boden zu schlafen. Andererseits wusste sie genau, was sich ereignen würde: Sie würde mit dem Rücken zu ihm liegen, ihr ärgerlicher Atem würde das Moskitonetz wehen und zittern lassen, und sie würde zu ängstlich sein, um einzuschlafen, es sei denn, ihre Hände verrieten sie und wanderten über seine Brust. So, wie sie es sogar in der Kutsche hatten tun wollen, während ihre Würde und ihr Stolz ihm Flüche entgegengeschleudert hatten und ihr Verstand sie Worte von kühler freundlicher Höflichkeit hatte sagen lassen.

Welche Art von Talent war es nur, das eine Frau dazu brachte, sich zielsicher auf Männer zu fixieren, die sie nicht begehrten?

Sicherlich gab es irgendwo da draußen auch noch eine andere Sorte Mann.

»Lily. Diese Blumen sind wunderschön«, erklärte Alex.

Sie schaute auf. Er war an einer Vase mit Rosen stehen geblieben, die in der Ecke des gegenüberliegenden Fensters stand. »Das sind keine Lilien«, sagte sie trocken.

»Sehr witzig, *Lily*.« Sein eindringlicher Blick ließ sie zusammenzucken. Also wollte er auch in ihrer Suite diese Rollen spielen?

»Ich bin immer bestrebt, dich zu amüsieren«, sagte sie leichthin.

»Dann komm her und schau sie dir an.« Sein Lächeln neckte sie jetzt. »Du bist doch eine Art Expertin auf dem Gebiet der Blumen, nicht wahr? Eine angehende Botanikerin, soweit ich weiß.«

Ihre Gereiztheit nahm zu. Das war nicht überraschend, denn ihre Selbstbeherrschung hatte heute bereits eine Menge an Anspannung ertragen müssen. »Ich habe dir gesagt, dass meine Vorliebe nicht so sehr den Blumen gilt. Ich bin keine *Gärtnerin*.«

»Trotzdem«, sagte er und machte eine bedeutsame Pause. Seine Finger teilten die Blüten und enthüllten die samtenen Blätter. »Komm und sieh sie dir an.«

Es war leicht durchschaubar, dass er keineswegs an den Blumen interessiert war. Sie sah sich beunruhigt um und fragte sich, ob sich wohl jemand hinter den Vorhängen verbarg und eine ungestörte Unterhaltung unmöglich machte.

Er schüttelte kaum merklich den Kopf. »Komm her«, sagte er weicher.

Langsam ging sie zu ihm. Er legte die Hand um ihren Nacken, und seine Finger schlossen sich zu einem festen Griff, als sein Mund kurz ihre Lippen berührte.

Sie stand ganz still. Gestern Nacht hatte sie sich stundenlang hin und her gewälzt, weil sie machtlos gewesen war, an etwas anderes zu denken als an die Lust, die er ihr geschenkt hatte. Jetzt weckte der leichte Druck seines Mundes das Echo dieses Wunders. Eine heiße, köstliche Schwäche ergriff sie.

Dann packte sie der Zorn. Grundgütiger Gott! Dieser Mann

war *verderbt*. Er konnte sich nicht entscheiden, und jetzt war er dabei, auch *sie* zu verderben. Vielleicht war das sogar sein Ziel! Nachdem er heute Morgen keinen Erfolg gehabt hatte, wollte er sie bis zur Verzweiflung necken, er wollte sie manipulieren und dazu bringen, sich noch einmal zu entwürdigen –

Sein Mund glitt über ihre Wange bis an ihr Ohr. »Gucklöcher«, murmelte er, während seine Hand müßig zu ihrer Taille glitt. »Beug dich über die Rosen und riech daran. Schau hin.«

Gucklöcher? Bei allen guten Geistern! Mit welcher Art von Geschäftspartner hatte sich Lord Weston eingelassen?

Alex begann, ihren Nacken zu streicheln. Ein angenehmes Prickeln stellte ihre Haare im Nacken auf. Sie zuckte seinen Mund mit einer Schulter fort. Er legte die Hand auf ihre Schulter und drückte sie. »Jemand könnte uns beobachten«, sagte er in ihr Ohr. Sein heißer Atem ließ sie wieder zittern. »Beeil dich und sieh dich um.« Seine Zunge strich über ihr Ohrläppchen. »Oder gib denen einen Grund, warum du hier herumtrödelst.«

Sie räusperte sich. »Lass mich die Blumen ansehen!«, sagte sie munter.

Er zuckte zusammen und trat zurück. Nun gut, die Durchsetzung ihres Vorhabens erforderte einiges an Arbeit. Sie würde einige Minuten damit verbringen müssen, die Barbary Queen zu geben, bevor sie sich traute, auch nur einen Fuß aus diesen Zimmern zu setzen.

Gwen beugte sich vor und nahm sich die Zeit, ein Blütenblatt zu befühlen, während sie den Drang niederkämpfte, ihr Ohr dort zu berühren, wo Alex es geleckt hatte. Ein Streicheln mit seiner Zunge, und ihr wurden die Knie weich. Dies war eine Magie, die eine vorsichtige Frau nur entmutigen konnte.

Seine gebräunte Hand legte sich auf ihre. »Diese hier«, sagte er und zeigte auf eine der Blüten. »Wunderschön«, rühmte er, und dann strich sein Finger über ihre Hand, ganz zart, wie der Finger eines Mannes, der bewundernd über die Malerei auf einem Stück unbezahlbaren Porzellans fuhr. Der Kontrast seiner gebräunten Hand gegen ihre, die Sanftheit seiner Berührung und die Kraft seiner Hand, all dies faszinierte sie. »Die Farbe ist unglaublich. Vermutlich gefärbt, was meinst du?«

Hätte er nicht auf den Fleck an der Wand gezeigt, Gwen hätte das Guckloch niemals entdeckt. Es war klein und geschickt in die Spitze einer samtenen Rose platziert worden.

Immer davon ausgehend, dass es wirklich ein Guckloch und nicht einfach die schlampige Arbeit eines unterbezahlten Arbeiters war.

Sie richtete sich auf. »Die Rose heißt Gloire de Dijon, Alex. Es ist eine sehr schöne, aber nicht weit verbreitete Züchtung. Ich glaube nicht, dass sie künstlich gefärbt wurde.«

»Oh? Ich muss mein Wissen über derartige Dinge wirklich erweitern.« Er ging jetzt an der Wand entlang, seine Fingerspitzen fuhren leicht über die Tapete, während es so aussah, als betrachte er müßig das Mobiliar. Ein gerahmtes Aquarell der Kanäle Venedigs erweckte sein Interesse; er blieb davor stehen und studierte es. »Barrington hat einen bemerkenswerten Geschmack«, murmelte er. »Bist du jemals in Venedig gewesen?« Er sah sie eindringlich an. »Ich war einmal auf der Piazza. Was für einen Anblick sie doch bietet.«

Sie blickte von dem Gemälde zum Bett. Eine sehr direkte Sicht, in der Tat. Wenn Leute von dort aus das Bett beobachten, dann – so viel zu der Idee, dass Alex auf dem Fußboden schlafen könnte.

Er ging zu der entgegengesetzten Wand, blieb vor dem Frisiertisch mit dem großen Spiegel stehen, strich glättend über seine Anzugjacke und fuhr sich durchs Haar. Es ging ihr durch den Sinn, dass es fast etwas Komisches an sich hatte zu sehen, wie er sich zurechtmachte. Auch wenn er in der Öffentlichkeit keine Brille trug, schien er in jeder anderen Beziehung ein wenig eitel zu sein.

Vielleicht verzichtete er aus dem gleichen Grund wie sie auf die Brille. Sie fühlte sich verletzbar, wenn sie sie in der Öffentlichkeit trug. Sie nahm ihr eine ihrer schärfsten Waffen: die Fähigkeit, das zu ignorieren, was sie nicht sehen wollte.

Der Gedanke war seltsam. Was wollte Alex ignorieren?

Seine Familie.

Jeden Anlass, seinen unsteten Lebensstil zu ändern.

Sie räusperte sich. »Kannst du dich ganz deutlich erkennen?«

Er wandte sich zu ihr um und lächelte in Anerkennung der doppelten Bedeutung ihrer Frage. »Ja. Doch ich frage mich, ob dieses Zimmer behaglich genug für dich ist. Ich weiß ja, du ziehst es etwas verschnörkelter vor. Wir können jederzeit ein Zimmer in Cannes nehmen.«

Zwei Zimmer sogar. Wie höchst verlockend. »Ich möchte mich noch etwas umsehen«, sagte sie und ging in das Ankleidezimmer zurück.

Einen Moment später gesellte er sich zu ihr. Das Zimmer war eher eine Kammer und sehr beengt. Als Alex es betrat, setzte die erzwungene Nähe ihre Nerven in Brand. Sie stand ganz still, um das Versagen dieser Millionen kleiner Zellen zu ertragen, die bei der Aussicht auf einen zufälligen Kontakt mit ihm vor Erwartung vibrierten.

Es kostete ihn weniger als eine Minute, um auszuschließen, dass dieser Raum ähnlich sabotiert wurde. Im Laufe seiner schweigenden Überprüfung ließ eine kleine Bewegung seinen Oberschenkel ihre Röcke berühren. Sie würde sich nicht rühren, würde nichts tun, um diese Intimität zu verstärken. Es war ja nicht einmal eine Intimität: Sein Bein hatte nur den Stoff ihres Kleides gestreift.

Und dennoch … sie konnte jetzt ahnen, was sich unter seiner Kleidung befand. Er war ein großer Mann, schlank gebaut, und sie hatte ihn ohne Hemd gesehen. Sie kannte seine breiten Schultern, wusste, dass sein Körper nur aus harten Muskeln zu bestehen schien. Sicherlich ging er mit seinem Körper ähnlich diszipliniert um wie auch mit seinen geschäftlichen Angelegenheiten, ganz zu schweigen von der Zuneigung, die er sich jenen gegenüber gestattete, die ihn liebten.

Und da lag natürlich das Problem. Jeder andere Mann – ein Mann von menschlicherer Dimension – hätte sie in der letzten Nacht genommen. Auch Alex hatte sie gewollt. Dessen war sie sich sicher. Aber wenn seine Zurückweisung auch dem Verhalten eines Gentlemans entsprochen haben mochte – rein zufällig natürlich –, so sollte und würde ihn das für sie nicht noch attraktiver machen. Sie war keine solche Närrin, dass sie jetzt, nach ihrer ganzen traurigen Geschichte, damit anfinge, eine Zurückweisung als Beweis einer bewundernswerten Tugend bei einem Mann zu romantisieren.

»In Ordnung«, sagte er, und ihr wurde bewusst, dass sie den Atem angehalten hatte. »Hier können wir offen reden.« Er blickte genau in dem Moment auf sie herunter, in dem sie zu ihm hochschaute.

Seine Augen verengten sich leicht. Das war der einzige Hinweis darauf, dass ihm plötzlich bewusst geworden war, wie nah beieinander sie standen. Seine Gedanken waren ganz woanders gewesen. Aber jetzt waren sie bei ihr.

Ein wehmütiger Gedanke brach sich in ihr Bahn. *Wenn er doch nur –*

Nein. Sie schlug das Fenster zu, durch das sich der Wunsch verirrt hatte.

Dann holte sie tief Luft, und es fühlte – und hörte – sich unbeständig an. »Nun …«

Sehr langsam hob er die Hände. Sein Daumen berührte ihren Unterarm. Er fuhr über ihre nackte Haut, zeichnete mit dem leichten Kratzen seines Nagels einen Kreis. Der andere Daumen bewegte sich zu ihrem Haar, zog eine Haarnadel heraus und dann noch eine. Eine Haarsträhne löste sich und bedeckte ihre Schläfe. Er griff danach und zog sie durch seine Finger.

»Hier gibt es keine Gucklöcher«, wisperte sie.

»Wir müssen draußen eine gute Vorstellung bieten. Und Übung macht den Meister.« Seine warmen Finger umschlossen ihre Ellbogen. »Wollen wir ein wenig üben?«

Sie schluckte und trat zurück. Ihre Schulterblätter stießen gegen ein Regal. »Nicht so.«

Er folgte ihr. »Nicht wie was?«

»So, wie … so, wie du es meinst«, murmelte sie und fühlte die Schamröte ihren Hals hochsteigen.

»Aber ich meine es durchaus«, sagte er mit einem kleinen Lächeln. »Das stand nie in Zweifel, Gwen.«

Sie wandte den Kopf ab und kämpfte gegen den Wunsch an, aus seiner Bemerkung Hoffnung zu schöpfen. Sie war fertig damit, Schmeicheleien aus seinen Andeutungen herauszuinterpretieren. Sie warf einen Blick auf seine Kehle; im Gegensatz zu seinen Augen konnte die Kehle nicht zurückstarren und sie so eingehend betrachten, dass sie sich verwirrt und wütend und manipuliert und seltsam entblößt fühlte. »Vermutlich ist animalische Lust nichts Außergewöhnliches.«

»Bestimmt nicht«, sagte er. Als er dann den Kopf neigte, streifte sein Haar ihr Kinn. Er drückte die Lippen auf ihre Kehle und atmete scharf ein, als genüge ihr Duft, ihn zu locken. »Aber animalische Lust ist auch sehr leicht zu kontrollieren. Dies hier jedoch …« Die Spitze seiner Zunge berührte sie. Ihre Augen schlossen sich wie aus eigenem Willen.

»Ich denke, wir dürfen es Resonanz nennen«, murmelte er.

»Resonanz.« Sie wollte es spöttisch klingen lassen, aber das Wort kam wie ein Hauch von ihren Lippen, und es klang wie eine Frage.

»Jedes Objekt beginnt bei einer besonderen und spezifischen Frequenz zu vibrieren.« Sein Mund glitt zu ihrem Kinn hinüber, und für einen kurzen Moment fühlte sie die Härte seiner Zähne. »Leg zwei Teile eines Ganzen Seite an Seite, und sobald der erste vibriert, wird dies den anderen zwingen, mit ihm zu vibrieren. Ich habe in der letzten Nacht geschlafen, die ganze Nacht durch, zum ersten Mal seit sechs Monaten. Hast du auch geschlafen?«

Sie kämpfte um Fassung. Er hatte recht. Sie fühlte sich mit jeder Faser auf ihn abgestimmt, wenn sie ihm nah war. Aber was wollte er damit sagen? Dass ihre Naturen sich glichen? Wenn er das glaubte, warum hatte er sie dann abgewiesen?

Sie wandte das Gesicht ab. »Ich konnte stundenlang nicht schlafen«, sagte sie, während sie zur Wand sah. »Ich bin es leid, dass mit mir gespielt wird, Alex. Du hast deinen Standpunkt letzte Nacht sehr deutlich gemacht. Für dich bin ich Richards kleine Schwester. Und dafür, dass du sehr erfolgreich den Rebellen spielst, haben sich die Argumente, mit denen du mich zurückgewiesen hast, höchst konservativ angehört.« Sie brachte ein kurzes Auflachen zustande. »Genau genommen weiß ich gar nicht, warum ich mich das überrascht. Du magst unsere derben, fetten Lords im Parlament so viel kritisieren, wie du willst, aber es war deren Arbeit, die deinen Schiffen die Handelswege geöffnet hat, oder etwa nicht? Nun, und auch deine Rebellion passt unserer Regierung in den Kram. Ich bin sicher, du zahlst ein Vermögen an Steuern. Du bist sehr viel langweiliger, als dir bewusst ist.«

Er überraschte sie, indem er lachte. Wärme strich über ihre

Schläfe. »Das war ein ziemlich deutlicher Rüffel. Aber versuch nicht, deine Intelligenz an Barrington zu verschwenden. Er wird das von der Queen von Barbary Coast nicht erwarten.«

Sie wandte sich von ihm ab und schnitt eine Grimasse. »Wir werden also hierbleiben?«

»Wir können auch nach Cannes fahren und von dort aus immer hierherkommen.« Seine leichte Berührung ihrer Taille ließ sie zusammenzucken. »Schscht«, sagte er. »Ich bereite dich nur auf deine Rolle vor. Du darfst schließlich nicht zusammenzucken, wenn ich dich in der Öffentlichkeit berühre.« Nach einer Pause bemerkte er noch: »Obwohl du zauberhaft aussiehst, wenn du rot wirst. Ich fände es schade, wenn ich zu sehen bekäme, dass du das verlierst.«

Sie starrte sehr angestrengt auf einen Haken in der Wand. *Konzentriere dich.* »Aber was spräche dafür, so weit entfernt von hier zu wohnen? Dein Ziel ist es doch, Informationen zu sammeln. Das lässt sich am einfachsten vor Ort bewerkstelligen.«

Er zeichnete einen Kreis auf ihre Hüfte. Dieses Mal, voller Stolz, vermied sie erfolgreich – zumindest nach außen – jede verräterische Reaktion auf die Berührung, im Innern jedoch, oh, tief in ihrem Bauch, in ihrer Brust, an den Stellen, die er in der letzten Nacht gestreichelt und genommen hatte, dort schien sie sich aufzulösen.

»Ich mag es nicht, ausspioniert zu werden. Das spräche für die Zimmer in Cannes.«

Sie unterdrückte ein überraschtes Lachen – und dann, als er eine Augenbraue hochzog, sagte sie einfach: »Die Ironie, Alex.«

Nach einem Moment lächelte er auch. »Touché. Heuchelei ist vermutlich auch ein Name für dieses Spiel.«

»Dann sollte ich geschickt darin sein.« Sie schwieg. Seine Hand lag noch auf ihrer Hüfte, aber als sie ihre Aufmerksamkeit auf die vor ihr liegende Aufgabe konzentrierte statt ihren niederen Instinkten freie Herrschaft zu gestatten, konnte sie es auf eine ironische Weise amüsant finden. »Du solltest auch ganz geschickt darin sein«, sagte sie. »Kein Grund, mich jetzt anzufassen; ich bin fertig damit, zusammenzucken und zu keuchen.«

Seine Hand presste sich stärker auf ihre Hüfte. »Gwen –«

»Lily«, korrigierte sie ihn. »Wir bleiben hier. Wir sind den langen Weg doch nicht für nichts hergekommen. Und wenn sie des Nachts nicht sehen sollen … nun, das, was sie zu sehen erwarten, dann werden wir einfach so tun, als hätten wir uns gestritten. Ja? Deshalb werden wir sehr kühl miteinander umgehen.« In dieser Hinsicht waren die Gucklöcher ein Segen: Gwen hatte jetzt einen Vorwand, sich im Bett so weit wie möglich von ihm zu entfernen. Vielleicht könnte sie sich sogar auf ihre Hände legen, die sie sonst vielleicht verraten hätten und zu ihm gewandert wären.

Er ließ die Hand sinken. »Ich halte das nicht für klug. Barrington könnte es als Gelegenheit betrachten, dir zu nahe zu kommen.«

»Ich kann mit Annäherungsversuchen ganz gut umgehen. Ich bin kein unerfahrenes Ding. Nicht *alle* Männer benehmen sich in einem Ballsaal korrekt.«

»Also gut«, sagte er nach einer Weile. »Aber nur, wenn diese Gucklöcher die letzte unangenehme Überraschung waren, auf die wir gestoßen sind. Sollte sich Barrington als gefährlich herausstellen –«

»Ich weiß«, sagte sie in gelangweiltem Ton. »Auf deine brüderliche Art wirst du dann darauf bestehen, dass wir sofort abreisen.«

Sie hatte die Genugtuung zu sehen, dass sich seine Miene verfinsterte, bevor sie auf das feindliche Terrain des Schlafzimmers zurückkehrte.

Nachdem sie gebadet (Gwen hatte darum gebeten, die Badewanne im Ankleidezimmer aufzustellen) und sich für das Dinner angekleidet hatten, war die Sonne schon im Untergehen begriffen, und es wurde kühler. Gwen nahm sich ihren wunderschönen rubinroten Pashmina, um ihn zu ihrem tief ausgeschnittenen Abendkleid zu tragen. Alex trug einen Frack, und der Anblick bereitete ihr einen Augenblick stiller Bewunderung. So formell gekleidet hatte sie ihn seit Jahren nicht mehr gesehen. Er besuchte niemals solche Gesellschaften, die diese Kleidung vorschrieben – zumindest nicht in ihren Kreisen.

Doch es stand ihm gut zu Gesicht. Seine Jacke war etwas enger geschnitten, als es zurzeit in England Mode war, sie betonte seine breiten Schultern, die schmale Taille und seine langen muskulösen Beine.

»Wir werden uns streiten«, erinnerte sie ihn. Und sich selbst ebenso.

Er lächelte sie an, dabei funkelten seine herrlichen Augen. »Ich warne dich«, sagte er. »Ich verliere niemals einen Streit.«

»Ah, aber du hast dich doch noch nie mit mir gestritten«, parierte sie. »Erinnere dich daran, dass ich allein mit einem Lächeln Männer dazu gebracht habe, die Flucht zu ergreifen. Stell dir vor, was ich anrichten kann, wenn ich böse dreinschaue.«

Er warf ihr einen überraschten kurzen Blick zu, dann lachte er und bot ihr seinen Arm. Einen Augenblick später ging ihr durch den Sinn, warum er überrascht gewesen war: Es war das erste Mal, dass sie unbeschwert darüber gescherzt hatte, sitzen gelassen worden zu sein. Sie horchte in sich hinein und fand nicht die Spur eines verwundeten Schmerzes mehr.

Leichten Herzens schritt sie an seinem Arm die Treppen hinunter und dann, eingedenk der Rollen, die sie heute Abend spielen würden, ging sie ihm voraus in den Salon.

Drinnen saß eine bunt zusammengewürfelte Schar Leute um einen niedrigen Tisch versammelt – sechs Gentlemen, die sich auf die Spielkarten in ihren Händen konzentrierten, mit geöffneten Flaschen vor sich auf dem Tisch und Bowlerhüten, die unbeachtet zu ihren Füßen lagen. Auf und um diese Männer herum drapierten sich vier junge Frauen, drei von ihnen posierten in Haltungen, die selbst in einem Varieté hätten als »freizügig« bezeichnet werden können.

Die vierte Lady, eine Schönheit mit rabenschwarzem Haar, die um die dreißig Jahre alt sein mochte, räkelte sich auf einem Sofa in der Nähe des Tisches. Ihren Fuß hatte sie gegen die Lehne gestützt. Sie trug Stiefel mit hohen Absätzen, und ihr rot-weiß gestreifter Rock war bis zum Knie hochgerutscht und ließ ihr Strumpfband sehen.

Trotz ihrer lässigen Pose strahlte sie eine Aura von Wachsamkeit, wenn nicht gar Autorität aus. Diese Aura wurde von den Blicken noch verstärkt, die die jüngeren Damen ihr zuwarfen, als Gwen an der Tür stehen blieb. Die Frau auf dem Sofa richtete sich auf und unterzog Gwen einer eingehenden Prüfung, die an ihrem Rock aus lavendelblauer Seide hinaufglitt, einen Augenblick auf ihrem breiten Gürtel verharrte und dann auf dem Amethystanhänger verweilte, der die Drapierung von Gwens Schal an Ort und Stelle hielt.

Als sich ihre Blicke trafen, hatte sich der Mund der Frau zu einem Lächeln verzogen, das entschieden unfreundlich aussah.

»Eine von deinen?«, fragte einer der Männer am Tisch. »Komm her, Liebchen.« Er klopfte auf sein Knie.

»Nein, keine von meinen«, sagte die Dame. »Ich hab es dir doch gesagt, Alessandro. Falls Veronique nicht rechtzeitig kommt, werde ich deine Flöte für dich spielen.«

Gwen spürte Alex' große Hand auf ihrem Rücken – nicht um sie in das Zimmer zu führen, denn er übte keinen Druck aus, sondern vielleicht einfach nur, weil er sich vergewissern wollte, dass sie nicht wankte. »Was gibt's?«, fragte er leichthin.

Seine Berührung erinnerte Gwen an ihre Aufgabe. Der Anblick der Strumpfbänder schockierte sie nicht, trug sie selbst doch auch welche. »Ich weiß es nicht«, erwiderte sie mit einem strahlenden Lächeln. »Aber dieser Gentleman hat seine Flöte mitgebracht, und offenbar wird noch eine Flötistin kommen, um sie für ihn zu spielen. Es scheint eine sehr musikalische Gesellschaft zu werden.«

Die Bemerkung löste ein eigentümliches Schweigen aus. Die dunkelhaarige Frau starrte sie fassungslos an, während Alex einen merkwürdig klingenden Ton von sich gab, der tief aus seiner Kehle aufzusteigen schien.

Gwen hatte das plötzliche Gefühl, dass sie jetzt erröten sollte. Und dann, mit einem Mal, *wurde* sie tatsächlich rot. Sie versuchte zwar, es mit einem kessen Lächeln zu überspielen, aber das Ergebnis war wohl eher jämmerlich, denn einer der Männer beugte sich vor, die Ellbogen auf die Knie gestützt, und fragte mit einem Stirnrunzeln: »Sie sind Miss Goodrick und Mr de Grey, oder?«

»Das sind wir in der Tat«, bestätigte Alex ausdruckslos.

Der Mann strich über seinen ingwerfarbenen Oberlippenbart bis hin zu dessen dünner Spitze. »Verzeihen Sie, Sir. Die Gäste zum Abendessen befinden sich im Ostflügel.« Sein Blick glitt zu Gwen, und er bedachte sie mit einem schiefen Lächeln. »Kommen Sie danach doch zurück, wenn Sie wollen – beim Spiel ist immer auch Platz für einen mehr.«

Gwen wurde sich ganz plötzlich der Tatsache bewusst, dass das Verhältnis von Ladys zu Männern hier ein wenig zu wünschen übrig ließ.

»Werden wir«, sagte Alex und schob Gwen zurück auf den Korridor, wo er halblaut sagte: »Eine *Flötistin?*«

»Ich weiß«, entgegnete sie elend. »Ich weiß auch nicht, was ich mir dabei gedacht habe. Vermutlich ist es irgendein Codewort, ich bin mir fast sicher. Denn ich bezweifle, dass dieser Mann überhaupt eine Flöte bei sich hat.«

Alex atmete geräuschvoll ein. »Liebes, vielleicht hältst du heute Abend besser deinen Mund.«

Sein Ton war neckend, und Gwen hätte ihn fast gebeten, ihr zu erklären, was sie nicht verstanden hatte. Doch dann sah sie Barrington knapp zwei Meter vor ihnen aus einem Seitenflur kommen. Die Gelegenheit war zu günstig, um zu widerstehen. »Meinen Mund halten?«, wiederholte sie und legte verletzte Wut in ihre Stimme. »Wie kannst du es wagen, Alex? Vielleicht werde ich hier ja jemanden anders finden, der es mehr zu würdigen weiß.«

Vorhersehbar wie ein Uhrwerk mischte sich Barrington ein. »Ah, Mademoiselle, Monsieur!« Er bedachte Alex mit einem öligen Lächeln, als er hinzufügte: »Miss Goodrick, ich frage mich, ob Sie mir die Ehre erweisen werden, Sie zum Speisezimmer führen zu dürfen?«

12

Die Gäste wurden erst betrunken und dann noch betrunkener. Gwen saß an Barringtons Seite nahe dem Kopf der Tafel, vier Plätze von Alex entfernt. Anfangs hatte Alex sie nur beobachtet, um sicher zu sein, dass sie sich nicht von Barrington das Glas nachfüllen ließ. Da er den verärgerten Liebhaber spielte, hielt er gelegentliche finstere Blicke durchaus für angezeigt. Er brachte ein Starren zustande, um seinen Blicken Authentizität zu verleihen.

Doch zu der Zeit, als der fünfte Gang serviert wurde, forderten die finsteren Blicke keine besondere Anstrengung mehr von ihm. Er beachtete die hübsche italienische Comtesse zu seiner Rechten überhaupt nicht und gab wahrscheinlich sehr treffend das Bild eines düster vor sich hin brütenden eifersüchtigen Mannes ab. War Gwen eine so gute Schauspielerin oder war der Ärger, mit dem sie ihn bedachte, echt? Sie schien sich jetzt in Barringtons Berührungen geradezu hineinzulehnen, und Alex hatte es schwer, ihr Lächeln von jenem zu unterscheiden, das sie ihm am Morgen nach dem Besuch im *Le Chat Noir* am Ufer der Seine geschenkt hatte.

Als das Dinner vorüber war und sich die Gesellschaft nach draußen zu einer Bootsfahrt im Mondschein begab, zog er Gwen mit einem äußerst beredten Schmollen von Barringtons Arm weg und in eine Ecke.

»Weißt du, was du da tust?«, zischte er in ihr Ohr.

»Natürlich weiß ich das«, wisperte sie und sah ihn empört an. »Ich habe ihn nach all seinen Bekannten in London gefragt. Er behauptet, fast niemanden dort zu kennen; er sagt, er ziehe die Gesellschaft auf dem Kontinent vor.«

»Du lieber Gott, du sollst ihn doch nicht *befragen*. Halt ihn einfach nur auf dem See beschäftigt. Ich werde mich derweil im Haus umsehen.«

Abrupt zog sie sich zurück. »Gewiss doch«, sagte sie kalt und laut. »Ich bin nur ein Spielzeug für dich, nicht wahr? Eine hübsche Aufziehpuppe.«

Er starrte sie an, unentschlossen, was er darauf antworten sollte. Sie war wirklich ein klein wenig zu überzeugend. Richard hatte ganz gewiss eine Begabung fürs Dramatische gehabt, die er – und Alex ebenfalls – in durchaus starkem Maße eingesetzt hatten, wenn sie während der Zeit ihres Studiums auf Unterhaltung aus gewesen waren. Aber er hatte dieses Talent niemals auch bei Gwen vermutet. »Natürlich bist du das nicht«, sagte er langsam.

Ihr Stirnrunzeln verstärkte sich. »Sei nicht so dumm«, sagte sie, und er hörte die Doppelbedeutung heraus. *Entschuldige dich nicht gerade jetzt bei mir.*

Er verbeugte sich vor ihr, knapp und hölzern. »Dann wünsche ich dir einen angenehmen Abend. Ich denke nicht, dass ich an eurem kleinen Bootsausflug teilnehmen werde.«

»Man wird dich wohl kaum vermissen«, entgegnete sie, machte auf dem Absatz kehrt und ging davon.

Er kehrte direkt in ihre Suite zurück und wartete am Fenster, bis er die Prozession der Gäste aus dem Haus und durch den Garten gehen sah. Gwen ging Arm in Arm mit Barrington. Als sie stolperte, zog er sie näher an sich.

Alex wandte sich vom Fenster ab.

Das Ganze war nur eine Scharade. Und dennoch … Gwen wollte frei und wild leben; er hatte sie in der letzten Nacht zurückgewiesen; vielleicht war sie jetzt neugierig geworden –

Das war nur eine Scharade, verdammt noch mal. Er atmete tief durch und verließ die Suite.

Der Grundriss des Hauses ähnelte einem sanft geschwungenen C. Der Eingangsbereich und die große Treppe lagen in der Mitte des Hauses, darüber erhob sich die Glaskuppel. Die Eingangshalle teilte das Gebäude in zwei Flügel. Während der kurzen Unterhaltung, die Alex während des Dinners angefangen hatte, war es ihm gelungen herauszufinden, welche Zimmer den Gästen gehörten. Das sparte bei seiner Suche den gesamten unteren Bereich des Flügels aus, in dem auch seine und Gwens Räume lagen, sowie eine recht große Zahl von Zimmern im ersten Stock. Im Erdgeschoss des Ostflügels befanden sich, wie Alex herausgefunden hatte, die allgemein genutzten Räumlichkeiten: Morgenzimmer, Salon, Speisezimmer und Galerie.

Also blieb das Obergeschoss des Ostflügels übrig – dort lag also sein Ziel.

Leise durchquerte Alex die vom Mondlicht erhellte Eingangshalle, um nach der weniger reputierlichen Gesellschaft im Salon zu sehen. Das fröhliche Treiben drinnen hatte aufgehört, doch nachdem er zwei Minuten vor der Tür gelauscht hatte, konnte er drei Männerstimmen zählen. Über die Frauen machte er sich weniger Gedanken; wie es aussah, waren sie engagiert worden, um jene Gäste zu unterhalten, die an diesem Abend ohne Begleitung waren. Bis dahin war ihnen wohl gestattet worden, den Wachmännern Gesellschaft zu leisten.

Die Halle und die Haupttreppe in das obere Stockwerk waren zu hell beleuchtet, also zog sich Alex in die Richtung zurück, aus der er ursprünglich gekommen war. Er ging den Korridor entlang, bis er auf eine Polstertür stieß, hinter der er den Dienstbotenaufgang vermutete.

Seine Ahnung bestätigte sich. Leise schlüpfte er durch die Tür und stieg die Treppe hinauf. An deren Ende angekommen, wandte er sich nach rechts, um in den anderen Flügel des Hauses zu gelangen. Alles war still, nur einmal hörte er aus der Ferne ein Geräusch, das ihn veranlasste, stehen zu bleiben und zu lauschen, bis ihm klar wurde, dass das mahlende Geräusch von einem Speisenaufzug stammte. Jemand schickte Geschirr vom Speisezimmer in die Küche hinunter.

Er verließ die Hintertreppe und betrat den Hauptgang des Ostflügels. Ja, dieser Teil des Hauses war ganz eindeutig nicht für die öffentliche Nutzung gedacht: Die Böden waren nicht mit Seidenläufern bedeckt, sondern mit einem weitaus billigeren, wenn auch trittfesteren Teppich. Die Wände waren kahl. Letzteres dämpfte seine Erwartungen. Wenn Barrington nicht viel Zeit in diesem Haus verbrachte, so befand sich hier vermutlich auch nichts von Interesse.

Oder vielleicht hing Barrington der gleichen Philosophie wie Alex an und lebte und reiste ohne großes Gepäck, nahm nur die Dinge mit, die wirklich notwendig waren – in diesem Fall hoffte Alex sehr, dass sich hinter einer dieser Türen ein Schlaf- oder Arbeitszimmer befand.

Die Türen waren verschlossen, was ihn jedoch nicht aufhielt. Er zog Gwens zwei Haarnadeln aus seiner Tasche und machte mit dem ersten Schloss kurzen Prozess. Früher war er hin und wieder gezwungen gewesen, Industriespione zu engagieren; manches Mal hatte es keinen anderen Weg gegeben, um herauszufinden, was mit einer Schiffsladung geschehen war, die sich quasi über Nacht in nichts aufgelöst hatte, oder mit einem Vertrag, der plötzlich unauffindbar war, kurz bevor er beglaubigt werden sollte. Alex hatte sich von diesen Männern damals den einen oder anderen Trick zeigen lassen. Die Kunst, geräuschlos Glas zu zerbrechen, beherrschte er zwar nicht, doch gab es nur wenige Schlösser, die ihm Widerstand leisten konnten.

Das erste Zimmer war eine kleine Bibliothek, ohne Schreibtisch oder Kommode mit Schubladen, die sein Interesse hätten wecken können. Nichtsdestotrotz warf er pflichtbewusst einen Blick auf die Bücherregale. Für einen Mann, der den Frühling am liebsten in Frankreich verbrachte, schien Barrington ein leidenschaftlicher Bewunderer seines Heimatlandes zu sein. Er hatte über hundert Bücher über die Geschichte Englands, dessen natürliche Lebensräume und geologische Entstehung, sowie die Flora und Fauna.

Alex zog eines der Bücher heraus. Ein Abriss über die Geschichte geologischer Ereignisse. Herrgott. Konnte es etwas Langweiligeres geben?

Andererseits würde Gwen diese Literaturauswahl vermutlich weitaus mehr schätzen als seine Wirtschaftsmagazine. Er ließ den Blick über die Bände gleiten, die der Tier- und Pflanzenwelt gewidmet waren. Er hoffte, dass Barrington von verführerischem Flirten vollauf in Anspruch genommen war. Sollte er irgendetwas erwähnen, das mit Parklandschaften zu tun hatte, würde sich Gwen vermutlich in dieses Thema verbeißen wie ein Kätzchen in Katzenminze. Die Queen von Barbary Coast als eine Anhängerin der Landschaftsarchitektur – welch seltsamen Gegensatz gäbe das.

Obwohl – wenn überhaupt jemand eine solche Barbary-Coast-Queen zustande bringen konnte, dann war es Gwen.

Alex stellte das Buch ins Regal zurück und betrachtete es. Gwen war ein Chamäleon, nicht wahr? Er hatte schon immer vermutet, dass sie Potenzial in sich hatte. Ein oder zwei Mal hatte er auch versucht, es aus ihr herauszulocken, indem er sie provoziert hatte. Und er hatte sich selbst verleugnet, weil sie Richards Schwester und ihr Weg somit festgelegt gewesen war.

Aber jetzt hatte sich ihr Weg geändert. Und doch zögerte er

noch immer, wankelmütig wie eine feige kleine Debütantin, wie sie es formuliert hatte.

Nein, dachte er ironisch. Feige hatte sie ihn nie genannt.

Alex dachte an die letzte Nacht zurück – und an das, was ihm durch den Sinn gegangen war, während er Gwen dabei beobachtet hatte, wie sie sich unter seiner Berührung so sinnlich gewunden hatte. Menschen waren keine Maschinen. Sie mochten keine radikalen Korrekturen. Die ureigensten Charaktermerkmale forderten immer die Rückkehr zu vertrauten Strukturen. Auch Gwen konnte nicht aus ihrer Haut und würde auf den schmalen Pfad der Konventionen zurückkehren, ganz gleich, wie sehr sie deren Zwänge auch verfluchen mochte. Wenn das passierte, wäre es das Beste, ehrenhaft und mit Verständnis zu reagieren und sie nicht davon abzuhalten, in ihr altes vertrautes Leben zurückzukehren.

Alex verließ die Bibliothek und verschaffte sich Zutritt zum nächsten Zimmer. Es sah auf den ersten Blick vielversprechender aus als die Bibliothek – es war eine Art Arbeitszimmer mit gerahmten Bildern an den Wänden und noch mehr von diesen verdammten naturwissenschaftlichen Zeichnungen, von denen vielleicht ein Dutzend auf dem Schreibtisch lag. Das große Panoramafenster bot einen atemberaubenden Blick auf das Meer, und das Mondlicht, das hereinschien, erhellte den Schreibtisch ganz deutlich. Alex blätterte die Papiere durch, die darauf lagen. Es waren irgendwelche Landkarten von Suffolk, die ihm bedeutungslos erschienen.

Ein Geräusch auf dem Gang ließ ihn erstarren. Er sah sich rasch im Zimmer um, doch es gab nur wenige Möglichkeiten, sich zu verstecken. Ein Wandschirm aus Holz schien noch die beste zu sein, auch wenn er wegen seiner durchbrochenen Struktur keinen vollkommenen Schutz bot. Doch er stand weitab vom Fenster im Schatten und in der Nähe der Tür. Jemand, der das Zimmer betrat, müsste sich zunächst umdrehen und dann warten, bis sich die Augen an die Finsternis gewöhnt hatten. Erst dann würde derjenige erkennen können, dass sich hinter dem Wandschirm ein Eindringling verbarg.

Alex war kaum hinter dem Paravent verschwunden, als sich die Tür mit einem leisen Klicken öffnete. »– verschlossen gewesen«, sagte Barrington. »Wie seltsam. Na, egal. Kommen Sie doch herein.«

»Oh, Sie haben wahrlich nicht übertrieben«, erklang Gwens Stimme. Alex drückte sich enger gegen die Wand und unterdrückte den Impuls, aus seinem Versteck hervorzuspringen und sie zu fragen, was zur Hölle sie da trieb. Was hatte sie sich dabei gedacht, sich von der Gruppe zu entfernen und mit diesem Mann hierherzukommen? Mehr noch, ihre Sprache hörte sich leicht verwaschen an. Hatte sie beim Dinner doch mehr Wein getrunken, als er bemerkt hatte?

Barrington legte seine Hand auf ihre Taille – viel zu vertraulich für einen Gastgeber gegenüber einer jungen Lady. Andererseits, vielleicht passte es gerade zu einem Mann und einer Varietésängerin. Dann führte er Gwen zum Fenster. Im kalten Mondlicht schimmerte ihr Profil so blass und glatt wie Marmor. »Oh«, sagte sie leise. »Die Wellen brechen sich – wie wunderschön.«

Etwas Hässliches regte sich in Alex' Eingeweiden. Gwen sah nicht so aus, als würde sie ihr Entzücken vortäuschen. Die Aussicht bezauberte sie tatsächlich.

Barrington stellte sich hinter sie. Dann fasste er behutsam nach einer Haarsträhne, die sich aus Gwens Frisur gelöst hatte. »Ich bin von Schönheit umgeben«, sagte er leise. »Aber nichts ist so bezaubernd wie die Frau, die jetzt bei mir ist.«

Alex wollte ihm den Arm ausreißen. *Geh weg von ihr. Gwen, was zur Hölle tust du da?*

Sie wandte sich zu Barrington um, was ihn zwang, seine Hände von ihrer Hüfte und ihrem Haar zu nehmen – sie hat das mit Absicht getan, wollte Alex denken, aber er konnte nicht sicher sein. Sie schenkte Barrington ein rätselhaftes kleines Lächeln, sehr dazu geeignet, einem Mann ein stummes Versprechen zu machen, und ging dann an ihm vorbei und durch das Zimmer, wobei sie mit der Hand beiläufig über die Möbelstücke strich. Am Schreibtisch blieb sie stehen. »Oh, Zeichnungen!«, rief sie. »Sind Sie Künstler?« Müßig breitete sie die Blätter aus.

Barrington folgte ihr, fasste nach ihrer Hand und hob sie an seinen Mund. »Leider nicht. Mir hat bis jetzt die Inspiration gefehlt.«

Sie lachte ein kleines, klingendes Lachen. »Ich finde das schwer zu glauben«, sagte sie, während sie weiterging, wobei sie ihre Hand so lange, wie es möglich war, in seiner ließ, bis ihr Arm ganz gestreckt war. Barrington folgte Gwen und ließ sie dann los. Sie betrachtete jetzt einige Masken, die in einer Reihe an der Wand hingen.

Wenn sie den angefangenen Weg weitergeht, wird sie Barrington direkt zu mir führen, dachte Alex.

Kehr um, zwang Alex sie stumm. *Verlass das Zimmer.*

Barrington wurde jetzt kühner. Seine Hand strich über ihren Arm, und dann beugte er sich vor, um ihr einen Kuss auf den Scheitel zu geben. Alex begriff plötzlich, dass Gwens absichtsloses Schlendern durch das Zimmer und der Weg, den sie wählte, gar nicht so absichtslos waren: Sie ging in einem Kreis zurück zur Tür, und hätte er sich nicht ausgerechnet in deren Nähe versteckt, wäre es ein ausgesprochen klug gewählter Fluchtweg gewesen.

Und der Wandschirm war viel zu auffällig, um ihn zu ignorieren.

Er erkannte den Moment, in dem Gwen ihn bemerkte. Ihr Mund öffnete sich zu einer Bemerkung.

Und dann begegnete ihr Blick seinem, und ihre Augen wurden groß, während sie begriff.

Alex hielt den Atem an. Er hatte keine Ahnung, wie sie seine Entdeckung jetzt noch verhindern könnte. Eine unerfreuliche Unterhaltung, an deren Ende die Vertreibung stand, fügte einem Gast keinen Schaden zu, doch die Tatsache, dass Barrington seinen Besitz von bewaffneten Männern bewachen ließ, warf ein anderes Licht auf die Sache. Es schmälerte Alex' Hoffnung beträchtlich, dass man sie einfach mit einigen scheltenden Worten aus dem Haus werfen würde.

Er würde den Mann ausschalten müssen. Diese Aussicht hätte ihn nicht weiter gestört, hätten sie sich in einem *salle des armes* gegenübergestanden oder hätte er einen Beweis dafür gehabt, dass der Mann Gerry tatsächlich Schaden zugefügt hatte. Aber bis jetzt wusste er eigentlich nur, dass er Barrington nicht ausstehen konnte. Und er war noch nie besonders daran interessiert gewesen, Leute dafür zu bestrafen, dass sie ihm nicht sympathisch waren. Das überließ er lieber den Raufbolden dieser Welt.

Gwen unterbrach seine stummen Überlegungen, indem sie eine Entscheidung traf. Sie wandte sich vom Wandschirm weg und Barrington zu – und dann sprang sie ihm in die Arme.

Eine ungläubige Sekunde lang dachte Alex, sie wolle den Mann angreifen. Vielleicht vermutete Barrington Ähnliches; überrumpelt ächzte er und taumelte einige Schritte zurück. Doch er begriff die Absicht schneller als Alex: Er packte Gwen mit beiden Händen um den Po, riss sie an sich und presste sein Gesicht an ihres.

Nun, dachte Alex. Das war … clever von ihr gewesen. Eine gelungene Ablenkung.

Ihre Arme um Barringtons Schultern geschlungen zwang sie ihn herum, bis er der Tür den Rücken zuwandte.

Auch das nur, um ihn abzulenken.

Alex sah diese Szene wie durch einen roten Nebel.

Gwen stieß ein Stöhnen aus. Es war ein Stöhnen, das wahrhaftig nicht für die Ohren aller Männer bestimmt war, die Alex je getroffen hatte oder je treffen würde. Dann krallte sie die Finger in Barringtons Haar und zerrte seinen Kopf herunter an ihre Brust.

Barrington ließ es glücklich geschehen.

Über dessen gebeugte Schulter traf ihr Blick Alex'. *Geh*, formte ihr Mund. *Geh jetzt!*

Er starrte sie an. Diese kleine Närrin. Glaubte sie wirklich, er würde dieses Zimmer verlassen und Barrington das bekommen lassen, was sie gestern Nacht *ihm* angeboten hatte? Und das anzunehmen er sich geweigert hatte, weil er so ein gottverdammter, unverzeihlich dickköpfiger und noch dazu feiger Idiot war?

Jetzt riss Gwen dramatisch die Augen auf. Hob die Hand und zeigte auf die Tür. Doch dann drehte sie die Hand, krümmte den Zeigefinger und winkte ihm damit.

Was zur Hölle sollte das bedeuten?

Barrington hob den Kopf. Gwen stieß ein lautes Keuchen aus und drückte seinen Kopf wieder an ihre Brust. Und nun schlang sie ihr Bein um Barringtons Wade.

Unvermittelt durchdrang Alex die Bedeutung ihres Winkens. Gott im Himmel, was war er für ein begriffsstutziger Idiot! Er glitt hinter dem Wandschirm hervor, öffnete die Tür, schlüpfte lautlos auf den Korridor und zog die Tür leise hinter sich zu. Dann hob er die Faust und hämmerte gegen das Türblatt. Ein Mal, zwei Mal, drei Mal. Nicht öfter. Ohne eine Aufforderung abzuwarten, stieß er die Tür dann so heftig auf, dass sie gegen die Wand schlug.

»Du kleine Hure«, fauchte er.

Gwen schlug die Hände vor den Mund und sprang von Barrington weg – doch statt zu Alex zu kommen, wie er es sich vorgestellt hatte, lief sie zum Schreibtisch und stellte sich dahinter.

»Oh«, rief sie. »Oh, Mr de Grey – bitte, es war nicht – es war nicht das, was Sie denken!«

»Es war ganz genau das, was Sie glauben«, sagte Barrington. Er zog sich das Jackett zurecht. »Was denken Sie sich dabei, hier herumzuschnüffeln?«

Alex fixierte ihn mit einem starren Blick. Er hatte keine Ahnung, was Gwen damit bezweckte, so weit von ihm entfernt hinter dem Schreibtisch zu verharren. Wollte sie Zeugin eines Blutvergießens werden? Er fühlte sich erstaunlicherweise bereit dazu, es ihr zu liefern. »Ich werde Ihnen die gleiche Frage stellen«, entgegnete er kalt. »Hatte ich nicht klargemacht, dass Miss Goodrick Sperrgebiet für Ihr Interesse ist?«

Barrington grinste höhnisch. »Die Lady selbst scheint dem nicht zuzustimmen. Vielleicht sollten wir sie fragen, wie *sie* die Sache sieht.«

»Oh!« Gwen verschränkte die Arme auf dem Rücken und starrte auf ihre Schuhspitzen. »Oh«, wiederholte sie leise. Sie hob den Kopf und sah Alex reumütig, fast flehend an. »Es tut mir leid, Mr de Grey. Aber es ist eine so *schwere* Entscheidung. Sie waren immer gut zu mir. Aber andererseits ist Mr Barrington so …« Sie seufzte, als sei seine Großartigkeit zu groß, sie in Worte zu fassen. »Ich fange an zu begreifen«, fuhr sie dann zögernd fort, »warum Ladys früher darauf beharrt haben, dass Ritter auf einem Turnier um ihre Zuneigung kämpfen. Wenn dabei nur ein Sieger übrig bleibt … dann ist es doch so viel leichter zu entscheiden, nicht wahr?«

Für einen kurzen Moment empfand Alex tatsächlich Mitleid für Barrington, als dessen Grinsen einem fragenden Stirnrunzeln wich. »Miss Goodrick«, sagte er, »ich würde jede Menge Männer für Sie aus dem Felde schlagen, wären wir Ritter.«

»Aber ich glaube nicht, dass Sie gegen *Alex* gewinnen würden«, sagte sie unverblümt und sah Alex dabei drängend an.

Oh Gott. Er begriff, worauf das hier hinauslief. Er hoffte nur, sie hatte einen guten Grund dafür. Er seufzte und ließ seine Knöchel knacken, um sie zu lockern. Ein Faustkampf war eigentlich nicht seine Stärke, aber die Woche Training in Paris hatte ihn nach der trägen Zeit während der Seereise wieder fit gemacht.

Barrington griff in seine Jacke, sein Stirnrunzeln wirkte jetzt absolut finster. »Also gut«, sagte er. Als er seine Hand zurückzog, glänzte Metall im Mondlicht. Alex regte sich nicht. »Ich muss sagen, ich bin enttäuscht«, sagte der Mann zu Gwen. »Ich hatte gehofft, Sie wären lediglich eine kleine Hure, mit der ich mir hier ein wenig die Zeit vertreiben könnte.« Er hob die Waffe, dann wandte er sich an Alex. »Zeit für einige Wahrheiten«, sagte er tonlos. »Ich habe darauf gewartet, dass Sie sich an mich ranmachen, aber allmählich glaube ich, dass Sie nie die Absicht hatten, das zu tun. Was mich zu der Frage führt: Was zum Teufel wollen Sie in meinem Haus? Weston kriegt was spitz und findet da Scheiße, wo seine Leber sein sollte? Was für ein wahrer Ausbund an Männlichkeit.«

Alex hörte vage Gwens Aufkeuchen. Eine kalte Ruhe stieg in ihm auf. Seine Gedanken waren klar und präzise. »Ich habe keine Ahnung, was Sie meinen«, entgegnete er ausdruckslos. Schusswaffen waren gemeine Biester. Ein Tritt könnte den Mann zwar entwaffnen, aber auch dazu führen, dass die Pistole losging. Und Gwen hatte nichts, um in Deckung zu gehen.

Barrington lachte scharf. Sein Griff um die Waffe war fest. »Halten Sie mich für blöd? Schon am ersten Abend in Paris hatte ich das Gefühl, Sie zu kennen. Da war irgendeine

Ähnlichkeit um die Augenpartie. Es waren nur einige wenige Nachforschungen nötig gewesen, um meine Vermutung zu bestätigen. Der gnadenlose Mr Ramsey. Die seltsame Wahl eines Emissärs – ich habe Weston nicht ein einziges Mal gut über Sie reden hören.« Seine Augen verengten sich plötzlich. »Aber wenn er irgendeine Dreckssache vorhat, kann ich die Wahl verstehen.«

Alex spürte eine Bewegung, die Gwen machte. *Steh still*, zwang er sie stumm. Er konnte es nicht riskieren, zu ihr zu schauen und ihr die Botschaft mit einem Blick zu übermitteln. Er wollte Barringtons Aufmerksamkeit nicht auf sie lenken. »Ich bin nicht der Sendbote meines Bruders«, sagte er. *Herrgott*. Warum hatte er sich nicht an diese Wahrheit erinnert, bevor er mit Gwen hierhergekommen war? Er hatte sie in Gefahr gebracht, weil er gedacht hatte, er würde seinem Bruder helfen. Und jetzt schien es, als wäre sein Bruder – *was?* Das Opfer eines Betrugs? Ein gemeiner Schuft? Was zur Hölle wurde hier gespielt? Wie hatte Barrington Gerry dazu gebracht, sich von dem Landgut zu trennen?

»Dann erklären Sie mir, was Sie hier wollen«, sagte Barrington. »Oder soll ich die *Lady* darum bitten?«

Die Gedanken an Gerry lösten sich auf. »Sie weiß von nichts.« Alex musterte Barrington aufmerksam. Der Mann war nervös. Seine Mundwinkel zuckten. Bis jetzt hatte Alex dieses Zucken fälschlicherweise für eine Art Lächeln gehalten. »Ich erkläre überhaupt nichts, solange eine Waffe auf mich gerichtet ist.«

»Verzeihen Sie mir meine Methoden«, sagte Barrington trocken. »Aber Ihre Täuschung fordert nicht zur Höflichkeit auf. Obwohl ich nicht weiß, was mich das schert. Warum kümmert es mich überhaupt? Weston ist ein feiger Sack. Wenn er Sie angeheuert hat, an seiner statt den Mann zu spielen – nun, dann tut mir das wirklich leid für Sie. Ich wünschte, Sie hätten sich um Ihre eigenen Angelegenheiten gekümmert; gerade jetzt kann ich keine Ablenkungen gebrauchen.«

Instinkt war alles. An der winzigen Veränderung in der Stimme des Mannes, der leichten Veränderung seiner Haltung erkannte Alex, dass Barrington eine Entscheidung getroffen hatte. Und die bedeutete für niemanden etwas Gutes. »Also schön«, sagte er ruhig, während sich eine Absicht durch ihn hindurch schlängelte. Ein einziger Fußtritt –

»Sie sind ein Arschloch«, platzte es aus Gwen heraus, und sie schleuderte einen Topf gegen Barringtons Kopf.

Alex sprang los. Barrington taumelte einen Schritt und versetzte Gwen mit dem Handrücken einen Schlag ins Gesicht.

Sie fiel über den Schreibtisch. Ein tiefer, animalisch klingender, fremder Ton löste sich aus Alex' Kehle, als er mit Barrington zusammenprallte und ihn mit sich zu Boden riss. Er packte das Handgelenk des Mannes, hielt es zu Boden gedrückt und presste ihm bei dieser Gelegenheit das Knie in die Hoden. Barrington wand sich wie ein Aal, aber er hatte offensichtlich keine Erfahrung im Kampfsport. Noch immer hielt er die Pistole so fest, dass seine Knöchel weiß hervortraten. Würde Alex ihm die Hand zu Boden schlagen, könnte die Waffe losgehen, und dann würden die Wachen herbeigelaufen kommen. Er hielt das rechte Knie in die Testikel des Mannes gedrückt, sein linkes Knie presste er auf dessen linken Arm, und mit der linken Hand – ja, bei Gott, du Hurensohn – drückte er die Kehle des Mannes zu. Er drückte so lange zu, bis Barrington die Augen verdrehte und erschlaffte.

Sich die Waffe greifen. Sichern. Gwen, am Schreibtisch. Ihr Gesicht. Keine sichtbaren Verletzungen.

Augenlider flatterten.

Alex holte tief Luft. Seine Hand zitterte, als er sie an Gwens Wange legte. Herr im Himmel, er war um *Gerrys* willen hierhergekommen, und jetzt lag Gwen dort zusammengesunken auf dem Boden. Er würde seinem Bruder eine Waffe an den Kopf setzen. »Gwen«, sagte er und erkannte seine eigene Stimme kaum wieder.

Sie öffnete die Augen. Und schaute sofort nach links. Zu Barrington.

»Vergiss ihn.« Er half ihr, sich aufzurichten. »Schau lieber auf das Meer.«

»Es geht mir gut«, wisperte sie.

»Die Aussicht ist wunderschön«, sagte er und riss die Schnüre herunter, mit denen die Vorhänge zurückgebunden wurden.

Sie räusperte sich. »Alex, die Papiere –«

»Haben wir Vollmond?«, fragte er. Rasch und gründlich fesselte er Barringtons Handgelenke. »Ich denke, wir sind heute Nacht fällig für den Vollmond.«

Sie antwortete nicht. Er sah seinen Händen zu, wie sie die Schnur um Barringtons Fußgelenke banden. Es war kein Tropfen Blut vergossen worden, doch er musste trotzdem an eine Metzelei denken. Er hätte diesen Mann mit Freuden zusammengeschnürt und ausgeweidet, ganz gleich, was Gerry auch dazu beigetragen haben mochte, dies alles in Gang zu setzen. Auf die koschere Art – an den Füßen aufgehängt, um langsam auszubluten.

Seine Hände begannen wieder zu zittern.

»Ja, wir haben Vollmond. Geht es dir gut?«

Es brauchte einen Moment, bis Gwens Worte zu ihm vordrangen. »Hervorragend«, sagte er.

»Nur dass es eine seltsame Zeit für Smalltalk zu sein scheint.«

Er führte die zweite Schnur zwischen Ober- und Unterkiefer des Mannes, wickelte sie zwei Mal um Barringtons Schädel und ein Mal um dessen Nacken, ehe er sie am Rücken entlangführte und die Schlingen der Fesseln um Hand- und Fußgelenke stramm zog. Barrington würde nirgendwo hingehen, bis jemand kam und ihn fand. Wenn er sich zu befreien versuchte, würde er sich selbst erdrosseln.

Soll er doch, dachte Alex, während er Barrington hinter den Wandschirm zerrte.

Dann wandte er sich mit einem tiefen Atemzug um und machte sich bereit, um Gwen hochzuheben – in seinen Armen würde sie sicher sein. Und wenn sie erst in Sicherheit war, würde er auch wieder denken können. Dieser Zorn in ihm kam so instinktiv, dass er ihn lähmte. Er sträubte einem die Nackenhaare.

Aber Gwen war schon ohne seine Hilfe aufgestanden und stopfte hastig Dokumente in ihr Retikül. Ihr kurzer Blick versicherte ihm, dass sie mit Barrington fertig war. Sie hielt ihre Handtasche hoch.

»Das sind Landkarten«, sagte sie. »Das könnte es erklären.«

Er starrte sie an. »Ich werde dich von hier wegtragen«, sagte er.

Sie legte den Kopf schief und dann, als würde sie sich erst jetzt wieder erinnern, berührte sie die Wange, auf die Barrington sie geschlagen hatte. »Es ist nur mein Gesicht«, sagte sie. »Ich kann gehen.«

»Ich werde dich tragen«, wiederholte er.

»Aber diese Karten, Alex –«

»Vergiss die Karten«, sagte er.

Ihre Augen wurden groß. Sie sah ihn einen Moment lang an, dann stopfte sie sich ihren Beutel unter den Arm. »Na schön«, sagte sie und trat zu ihm. »Ich glaube, ich fühle mich ein klein wenig schwach.«

Sie hatten die Treppe zur Hälfte hinter sich gebracht, als Gwen spürte, dass Alex' Griff fester wurde. Sie hob den Kopf und sah einen der Wachmänner auf sie zukommen. Unter dem Schatten, der von der Krempe seines Bowlerhutes geworfen wurde, zeugte sein anzügliches Grinsen von seiner Fehleinschätzung dessen, was er sah.

»Lass mich herunter«, wisperte sie, nachdem der Mann an ihnen vorbeigegangen war. Er hatte die Richtung zu Barringtons Privaträumen eingeschlagen.

»Lehn dich zurück«, sagte Alex, und sein Ton klang dabei so ungewohnt hart, dass sie zurückschreckte. Seine großen Hände hielten sie herrisch gegen seine Brust gedrückt.

»Aber wenn er Barrington findet – «

»Wir gehen direkt zu den Ställen«, sagte Alex leise. »Und werden dem Kutscher sagen, er soll uns nach Monte Carlo bringen.«

Er trug Gwen durch die Halle, als wöge sie gar nichts. Der Butler öffnete ihm wortlos die Tür, offensichtlich war er an derart seltsame Vorkommnisse gewöhnt. Dann die wenigen Stufen der Freitreppe hinunter. Kies knirschte unter Alex' Schritten, als er dem Pfad um das Haus folgte. Der Mond schien von einem sternenübersäten Himmel, der so schwarz war, dass er tiefenlos zu sein schien.

Gwen schloss die Augen. Von fern hörte man das dumpfe Krachen der Wellen gegen die Klippen und irgendwo in der Nähe Stimmen. Die Sonne hatte ihre Wärme mit sich genommen; die Luft war kühl und enthielt einen Biss, der Gwen vom Herbst her vertraut war. Sie nahm den Duft der Pfefferbäume wahr … und dann auch den von Alex: die Wäschestärke, mit der sein Hemd gewaschen worden war, den Geruch nach Schweiß. Er fühlte sich so wunderbar vertraut an. Sie hatte das Gefühl, als hätte er große innere Kämpfe mit sich ausgefochten, doch es war klar, dass Fragen seine Zunge nicht lösen würden. Alles, was er jetzt von ihr wollte, war, dass sie still in seinen Armen lag.

Doch dieser letzte Gedanke weigerte sich zu vergehen. Er verweilte in ihrem Bewusstsein. Und Alex hielt sie so fest, dass sie sich kaum bewegen konnte. Dies war es, was er beabsichtigte.

Verwundert zuckte sie zusammen. Seine Arme spannten sich für einen Moment an, als warne er sie.

Gwen hielt den Atem an. Sie fühlte sich, als sei unvermutet eine Hülle zerplatzt und hätte ihre Sinne für ein neues, verändertes und leuchtenderes Bild freigegeben. Seine Umarmung war fest und unnachgiebig, aber auch angenehm – sogar *mehr* als angenehm. Seine Arme waren stark, und er wollte, dass sie sie hielten.

Himmel, sie musste die närrischste Frau der Welt sein. Sie sollte in diesem Moment keine Freude empfinden. Was heute Nacht geschehen war, war schrecklich und gewalttätig gewesen. Wenn der Wachmann Barrington fand, ehe sie es schafften, diesen Ort zu verlassen …

»Alles in Ordnung«, sagte Alex und ließ Gwen herunter. »Die Monte-Carlo-Fuhre ist spät dran, wie es aussieht. Unser Glück.« Er nahm ihre Hand und führte sie um die Ecke.

Eine Handvoll Gäste in Abendkleidung stand vor dem Stall und wartete auf die Abfahrt der Kutsche. Francesca Rizzardi erspähte sie sofort. »Zum Casino?«, rief sie.

»Wohin sonst?« Alex' Stimme klang jetzt so mutwillig und leicht, als sei er auf nichts anderes als einen Abend voller Spaß bedacht.

»Dann kommen Sie gerade rechtzeitig!« Signora Rizzardi lachte. »Aber wir werden uns hineinquetschen müssen wie die Sardinen!«

»Oh, ich habe nichts dagegen.« Alex warf der Lady ein vielsagendes Lächeln zu. »Es sei denn …« Er wandte sich zu Gwen, den Mund verzerrt, die Augenbrauen hochgezogen.

Sie zwang ihre Lippen zu einem Lächeln. »Liebling«, sagte sie und legte die Hand auf seinen Arm. »Solange ich gegen *dich* gequetscht werde, kann ich mir keine bessere Art zu reisen denken.«

Es hörte sich sehr glaubwürdig an. Vermutlich, weil es keine Lüge war.

Alex hielt den Blick auf das Haus gerichtet, bis die Kutsche auf die Küstenstraße einbog und ihm eine Böschung die Sicht nahm. Er hielt Ausschau nach Anzeichen, dass Alarm ausgelöst worden war – als ob dieser Alarm sichtbar sein würde. Hölle. Was hatte er sich denn vorgestellt? Eine Explosion von Lichtern? Das plötzliche Heulen von Hunden? So umfassend waren Barringtons Wachen nicht ausgestattet. Er reiste zwar gut bewacht, aber mit der offenen Konfrontation hatte er offensichtlich wenig Erfahrung. Nur ein Dummkopf lud einen Mann in sein Haus ein, von dem er wusste, dass er ihn täuschte.

Barrington war aber nicht der einzige Dummkopf.

Alex atmete tief durch. Dieser Drang zur Gewalt war neu für ihn. Er bewirkte, dass sich seine Muskeln in Intervallen immer wieder anspannten. Er verstand sich darauf, Schmerz zuzufügen, aber bis jetzt hatte er nicht gewusst, dass man möglicherweise auch Vergnügen daran haben könnte.

Viel zu beiläufig hatte er Gwen in diesen Wahnsinn mit hineingezogen. Die Einladung nach Côte Bleue anzunehmen, hatte harmlos gewirkt. Eine so *ökonomische* Art, Gerards Angelegenheit abzuschließen. Nach seiner Auffassung waren Nutzen und Kosten die wichtigsten Punkte in seinen Überlegungen gewesen. Und für Gwen? Es würde ein Spaß für sie sein, ein bisschen Abwechslung, eine Eskapade: solcher Art waren die Begriffe gewesen, mit denen er gerechtfertigt hatte, welcher

Profit für sie dabei heraussprang. *Profit*. Immer nur Profit. Profit und Unterhaltung, Geld und Spaß. So blutleere Worte – blutlos, aber auch maßlos. Auf dass der Spaß nie aufhörte. Möge der Profit nie versiegen. Geld stinkt nicht. Das Leben ist dazu da, es zu genießen. *Lauf, lauf, lauf. Renn*. Als er noch ein Junge gewesen war, hatte es wehgetan zu laufen, jetzt tat es nie weh; er stellte sich selbst regelmäßig auf die Probe.

Sie hätte getötet werden können. Gwens Blut an seinen Händen.

Versuch, davor wegzulaufen.

Gwen regte sich neben ihm. Sie legte die Hand auf seinen Arm. Es war eine kaum spürbare Berührung, mit der sie ihn an seine Rolle erinnerte. Alex setzte ein nichtssagendes Lächeln auf, als er seine Begleiter ansah. Wie die Signora es prophezeit hatte, saßen sie eng zusammengepfercht in der Kutsche, und die anderen fühlten sich vermutlich so unbekümmert wie Kinder in einem Baumhaus, und auch ebenso fröhlich. Ihm gegenüber saß Francesca Rizzardi auf dem Schoß ihres Mannes und stieß bei jedem Schlagloch, über das die Kutsche holperte, einen Schrei aus. Zwischen den Holperern las sie laut aus der Zeitung vor, die ihr Mann für sie aufhielt: eine Art Chronik darüber, was sich in Monte Carlo ereignet hatte: Lord Sowieso hatte fünfzehntausend Dollar auf dem grünen Tuch gelassen, aber geschworen, es in der nächsten Woche zurückzugewinnen; Sir XY hatte ähnliche Verluste erlitten, dann jedoch eine Glückssträhne beim Trente-et-quarante gehabt – und vergnügte sich jetzt mit seinem Gewinn von vierzigtausend.

Neben den Rizzardis saß, eng an die Wand gedrückt, Madame D'Argent, eine dunkeläugige und verdächtig junge Witwe. Sie lächelte verhalten, vielleicht weil sie wusste, dass diese Meldungen Unsinn waren – Geschichten, für deren Veröffentlichung das Casino bezahlte.

Vor ihnen lag jetzt noch eine halbe Stunde Fahrt über neue, ebene Straßen. Es war gut möglich, dass sie das Casino erreichten, bevor Barringtons Männer ihren Herrn entdeckten. Danach würde es die Aufgabe sein, einen geeigneten Unterschlupf bis zum Morgen zu finden, wenn die Züge wieder fuhren.

Alex hatte keinen Cent dabei, und er bezweifelte, dass Gwen Geld bei sich hatte. Ihre Kreditbriefe, auf ihre richtigen Namen ausgestellt, lagen in ihrem Zimmer in der Villa Barringtons versteckt. Und Münzgeld trug man bei einer Hausgesellschaft nicht mit sich herum, ohne dass es ein Stirnrunzeln hervorrief.

Des Nachts auf der Flucht wie die Hasen vor der Meute. Auf Gwens Gesicht würde sich bald ein Bluterguss bilden. *Der einzige Ort, an dem ich Verwendung für dich hätte, wäre das Bett.* Er war ein solcher Narr.

Gwen kicherte sehr überzeugend – als Reaktion auf einen Witz, den Alex nicht mitbekommen hatte. *Lach nicht*, wollte er zu ihr sagen. Nach dem Einsteigen hatte sie ihr rechtes Bein über sein linkes Knie gelegt. Sie spielte ihre Rolle ganz wunderbar, aber er wollte nicht, dass sie jetzt neben ihm saß. Er wünschte sie so weit weg wie möglich. Ans andere Ende der Welt. *Wo du sicher bist.* Warum zur Hölle war sie bloß mit ihm gekommen? Sie hatte keine Spur von Verstand in ihrem Schädel.

An Alex' rechte Seite drückte sich der weiche Leib eines spanischen Gentlemans namens de Cruz. Alex fühlte eine vielsagende Wölbung in der Jackentasche des Mannes. »Sehen Sie«, sagte er zu dem Spanier und legte seinen Finger an das Fenster neben de Cruz' Gesicht. »Was für ein herrlicher Vollmond.«

De Cruz blickte hinaus und gab für dieses Privileg nichtsahnend eine Zwanzig-Franc-Münze hin.

»Es ist so amüsant, die Wahrheit über die Casinos zu erfahren«, meinte Signora Rizzardi. »Ganz besonders im Vergleich zu den schrecklichen kleinen Anzeigen, die in Nizza von den Kirchenleuten veröffentlicht werden.« Ihr Gesicht wies eine elegante Knochenstruktur auf, die ihre haselnussbraunen Augen leicht schräg stehen ließen; sie ließ diese Schrägstellung wirken, indem sie Alex neckisch ansah. Er küsste seine Fingerspitzen und warf ihr den Kuss zu. Eine mechanische Geste. Sie klimperte mit den Wimpern. »Haben Sie diese Meldungen schon einmal gelesen, Mr de Grey? Nein? Oh, sie sind ganz fürchterlich; ich kann es gar nicht ertragen, sie wiederzugeben.«

»Bitte versuchen Sie es trotzdem«, sagte Gwen. Ihr Tonfall klang strahlend; niemandem sonst würde auffallen, wie steif und aufrecht sie ihren Rücken hielt oder wie angespannt ihre Schultern waren. Sie hatte sechs Jahre lang ein Rückenbrett getragen. Wann immer sie sich unsicher und klein, bedroht oder ängstlich fühlte, war ihre Haltung kerzengerade und schmerzlich vollkommen. Diese Dinge, die er über sie wusste – Dinge, von denen Gwen nicht einmal ahnte, dass er sie wusste –, davon gab es unzählige. Für einen Mann, der sie so wenig verstanden hatte, hatte Richard sie sehr geliebt und oft von ihr gesprochen. Und Alex hatte ihn dazu ermutigt – fast beständig. Was hatte er über die Jahre nicht alles über sie wissen wollen!

»Nein, nein, Miss Goodrick! Und ich rate Ihnen, sich diese Meldungen nicht anzusehen. Aber … na gut. Es sind Listen mit den Namen derer, die vor Kurzem Selbstmord begangen haben. Namen von Männern, die vermutlich an den Spieltischen Monte Carlos gescheitert und am Misserfolg zerbrochen sind. Aber Sie dürfen nicht einmal die Hälfte der Namen für bare Münze nehmen. Die Priester denken sich diese Geschichten aus, um den Leuten Angst zu machen.«

»Tatsächlich?« Gwen legte mit der angemessenen Zurschaustellung von Bestürzung die Fingerspitzen an die Lippen.

Zurzeit lernt sie, nicht den Mund offen stehen zu lassen, hatte Richard berichtet. *Solcher Art sind die Lektionen, die eine Lady anstelle von Latein lernen muss. Ihre Gouvernante hat sie gewarnt, sie würde sonst eines Tages ungewollt eine Fliege verschlucken.*

Warum hatte er diese Einzelheiten über Jahre gesammelt und aufbewahrt? Wieder und wieder hatte er versucht, diese Fragmente in ein Bild zu zwängen: das Bild der Debütantin, gemalt in zarten Aquarellfarben, damit es sich unauffällig in seine Umgebung einfügte. Doch es war ihm nie gelungen, diese Stücke zu einem Ganzen zusammenzufügen. Und deshalb hatte er sie wie so viele Andenken mit sich herumgetragen – als Warnung davor, wie leicht er, wenn er nicht aufpasste, in ein behagliches Leben hineingleiten könnte, das nur fantasielose Männer führten. Und dann, an irgendeinem Punkt, hatten die Andenken in seiner Hand begonnen, sich zu bewegen und ihm das Leben zu zeigen, das er hätte führen könnte, wäre er die Sorte Mann gewesen, die Gwen sich wünschte. Aber er war nicht fähig gewesen, dieser Mann zu sein. Er hatte nicht diese Sorte Mann werden wollen. Und das war die Gewissheit, die ihn zurück auf ein Schiff getrieben hatte – das Mantra, auf das er gehört hatte, wenn Southampton am Horizont kleiner und kleiner geworden war, für weitere sechs Monate, noch eine Jahreszeit, ein weiteres Jahr.

»Vielleicht sind es Lügen«, sagte der Spanier zu Francesca Rizzardi. »Aber ich denke, dass an diesen Listen auch etwas Wahres sein muss.«

»Meinen Sie wirklich? Aber nein«, sagte die Signora. »Wie sollten denn derart Bedürftige überhaupt in das Casino gelangen? Ohne Zutrittsberechtigung?«

Alex spürte Gwen neben sich, ihre warme, atmende Nähe. Und in ihm entstand das fast unbezwingbare Verlangen, sie an sich zu ziehen. Sie zu halten. Doch immer war er derjenige, dem es bestimmt war zu gehen, einfach darum, weil es keine andere Wahl zu geben schien. Zu bleiben hätte für ihn bedeutet, sich zu verlieren.

»Vielleicht sind sie nicht bedürftig, wenn sie das Casino betreten«, sagte de Cruz. »Spielfieber ist eine Realität. Ich habe das gesehen. Es kann selbst die tiefsten Taschen leeren.«

»Arme Seelen«, murmelte Gwen.

»Ein schwacher Wille wird unter jedem Druck zerbrechen«, erwiderte die Signora scharf. »Ich kann kein Mitleid für diese Menschen empfinden, die sich selbst zerstören.«

»Wohl wahr, wohl wahr«, sagte der Spanier. »Aber ich glaube fest, dass sie keine Kontrolle mehr darüber haben. Männer im Griff des Fiebers gehen mit Freuden das Risiko ein, alles zu verlieren. Auch das, was sie sich gar nicht leisten können.«

Natürlich gehen sie dieses Risiko ein, dachte Alex. *Weil sie immer wieder von Neuem fest daran glauben, dieses Mal zu gewinnen.*

Wäre Gwen heute Abend gestorben, etwas in ihm wäre zerbrochen – vielleicht der Rahmen, in den er all die Fragmente eingefügt hatte. Das Bild, das er sich von ihr zu machen versucht hatte, hatte sie schon vor langer Zeit zerschlagen.

Kein Gewinn war das Risiko wert, sie wieder zu verlieren.

13

Gwen hatte schon viel über die berühmten Gärten Monte Carlos gehört – die weitläufigen smaragdgrünen Rasenflächen, gesprenkelt von Pfauen, die Springbrunnen und Spazierwege zu den Bänken, die dort aufgestellt worden waren und von denen man den schönsten Blick über das Meer hatte. Eigentlich hatte sie erwartet, dass sie und Alex durch diese Gärten fliehen würden, kaum dass die Kutsche gehalten hatte, doch stattdessen ergriff er ihre Hand und führte sie die breite weiße Treppe hinauf in das Casino, und erlaubte ihr nur einen kurzen Blick auf blühende Mimosenbäume und Palmblätter, durch die die kühle Abendluft wispernd strich.

Die Eingangshalle war eine prächtige Angelegenheit aus Marmor und Säulen und einer umlaufenden Galerie, die voll von Menschen war. Eine Vielzahl Besucher hielt sich in der Lobby auf. Man hörte gedämpfte Stimmen und ferne Musik. Monte Carlo. Gwen fühlte sich benommen. Warum verweilten sie hier? Oben, an jedem Ende der Galerie, waren große Wandbilder vom Sonnenaufgang über einer Stadt mit weißen Mauern zu sehen – Monaco, wie sie vermutete.

Alex zog sie ein Stück von den anderen fort und legte die Hand an ihr Gesicht, als wolle er sie streicheln. Als er sich zu ihr beugte, murmelte er: »Hast du Geld dabei?«

Sorge durchfuhr sie. »Nein«, wisperte sie. Er hatte auch keines, oder?

Er nickte. »Bleib dicht bei mir. Ich werde zehn Minuten lang spielen. Der Gewinn sollte uns bis Nizza bringen.«

Er führte sie durch die Lobby zu dem kleinen Büro, in dem sie ihre Namen und Nationalität in ein großes, in Samt gebundenes Buch eintrugen und dafür zwei Zutrittsberechtigungen erhielten.

Die Karten in der Hand, wartete Alex nicht auf die anderen Gäste. »Komm«, sagte er zu Gwen, und sie gingen rasch an den Türen vorbei, die zum Leseraum und der berühmten Konzerthalle führten, wo, nach der Musik zu urteilen, gerade eine Sinfonie von Mozart gespielt wurde. Livrierte Angestellte verbeugten sich und öffneten die Flügeltüren in den angrenzenden Raum, ein Zimmer mit einer dunkelblauen Decke, auf der ineinandergreifende goldene Sterne prangten. Die Stille hier drinnen war fast hörbar; die wenigen Besucher, die auf den vergoldeten Bänken saßen, tranken Tee und lasen Zeitung. Wie seltsam: Monte Carlo fühlte sich wie eine große Bibliothek an.

Bei jeder anderen Gelegenheit hätte Gwen es wohl als sehr ungerecht empfunden, diesen berühmten Ort nicht erkunden zu können, dass sie an dessen Hauptattraktionen vorbeilief, ohne sie eines zweiten Blickes zu würdigen. Aber alles, was sie jetzt wünschte, war, von hier fortzukommen. Barrington konnte jeden Augenblick auftauchen. Sie hatten kein Geld. Kein Geld! Ihr ganzes Leben lang hatte sie Geld zur Verfügung gehabt und das tröstliche Wissen, was ihr dieses Geld alles zusicherte: ein freundliches Lächeln, zuvorkommende Bedienung, rasch die Flucht ergreifen zu können, wenn es darauf ankam. Ohne diese Sicherheit fühlte sie sich verletzlich.

Sie durchquerten einen weiteren Vorraum, der ganz in Gold gehalten war und in dem es noch stiller war als im ersten, ehe die Flügeltüren sich endlich zum Spielsaal öffneten. Die Stille, die hier herrschte, war so absolut, als hielten alle Spielenden an den langen Tischen gleichzeitig die Luft an. Männer und Frauen saßen in Armstühlen aus scharlachrotem Samt und blickten mit gerunzelter Stirn auf ihre Karten. Gwen folgte Alex, vorbei an einem jungen Mann von nicht mehr als zwanzig Jahren, der in seinen Fingerknöchel biss und dessen Blick der rollenden Roulettekugel folgte, herum und herum. Inmitten all dieser erbitterten, stummen Konzentration dröhnte deren Klackern wie ein überlauter Donner, der an den Nerven zerrte.

Am Ende des Saales blieb Alex stehen. In diesem Bereich war jeder Tisch mit einer aufwändig ziselierten Silberschale geschmückt. Er wollte also *Trente-et-quarante* spielen. Gwen hatte von dem Spiel gehört; Elma favorisierte es, weil die Gewinnchancen hier höher als beim Roulette waren.

Sie stellte sich auf die Zehenspitzen, um Alex ins Ohr zu flüstern. »Hast du überhaupt Geld, um zu spielen?«

»Nur das, was ich dem Spanier gestohlen habe.«

Gestohlen! Sie bemerkte das leichte Lächeln, das über sein Gesicht huschte. Mit einem tiefen Atemzug sagte sie: »Und bist du gut im Spielen?«

»Glück kann man immer gebrauchen«, murmelte er – und brachte ihren Atem zum Stocken, indem er ihre Hand ergriff und sie an seine Lippen hob, die kurz ihre behandschuhten Knöchel berührten, ein Druck so heiß wie ein Feuer. Für einen Moment schien ihre große Angst in etwas weitaus Angenehmeres und geradezu Heißes zu münden.

Mit einem Augenzwinkern ließ Alex sie los und nahm an einem der Tische Platz. Gwen presste die Hand auf die Brust und zog sich auf eine freie Bank zurück, die an der Wand stand.

Während sie noch Platz nahm, sagte der Croupier an Alex' Tisch: »Messieurs, faites le jeu.« Alex holte eine Münze hervor. Gwen richtete sich auf und bemühte sich vergebens, deren Wert zu erkennen.

Was immer es war, Alex setzte sie, ohne zu zögern – obwohl

er das vielleicht sollte, wenn ihre Finanzlage so war, dass er spielen musste, um von Monte Carlo wegzukommen.

Vielleicht konnten sie jemanden dazu überreden, sie nach Nizza mitzunehmen?

Gwen sah nervös zur Tür, dann wieder zum Spieltisch. Die anderen Spieler an Alex' Tisch – zwei junge, gut genährte Gentlemen; ein alter Mann, der mit seinem weißen Bart, den roten Wangen und dem ernsten Gehabe überzeugend einen Kapitän hätte abgeben können, und dann eine schmächtige Frau in einem schwarzen Witwenkleid, die einen großen Gagatanhänger an ihrer Halskette trug – bewiesen mehr Zurückhaltung in ihrem Tun. Die Frau änderte ihren Einsatz zwei Mal, bevor sie die Hände wieder in den Schoß legte, um sie, wie Gwen vermutete, nervös ineinander zu verschränken.

Sie wünschte, Alex würde zu ihr hinsehen. Was würden sie tun, wenn Barrington auftauchte? Das Dämmerlicht der Kronleuchter prallte von den Tischen zurück, die mit grünem Stoff bespannt waren, was dem Saal einen fahlen Glanz verlieh, der sich wenig schmeichelhaft auf den Gesichtern der Spieler spiegelte. Noch nie zuvor hatte sie Alex blass gesehen.

»Le jeu est fait, rien ne va plus«, sagte der Croupier. Die Einsätze sind gemacht, keine weiteren Einsätze mehr. Mit einer eleganten Handbewegung begann er, die Karten zu geben.

Gwen beugte sich vor und biss sich auf die Lippen. Und aus dem Augenwinkel sah sie einen Bowlerhut.

Sie wandte sich erschrocken um. Einer der livrierten Angestellten war zu dem Mann gegangen und hatte ihn aufgehalten, jetzt wies er auf dessen Hut. Ein Schild in der Lobby hatte sehr deutlich verkündet, dass Hüte im *Salle de Jeu* nicht erlaubt waren.

Der Mann sah wütend aus. Mit einem scharfen Fluch und laut genug, um das leise, stetige Rumpeln der Roulettekugeln zu übertönen, nahm er den Hut ab und warf ihn dem Angestellten vor die Füße.

Der Angestellte trat einen Schritt zurück, während sich ein zweiter Mann in Livree näherte. Er sagte etwas, doch so leise, dass Gwen es nicht verstehen konnte, während er den Hut aufhob und ihn dem Mann zurückgab.

Alex war auf die Karten konzentriert. Gwen wusste nicht, ob sie aufstehen sollte, um ihn zu warnen, oder auf die Knie sinken, um zu vermeiden, dass sie bemerkt wurde. Sie erkannte den Mann nicht wieder, aber in diesem Fall schien es ihr unklug zu sein, einfach nur auf das Beste zu hoffen. Sein Auftreten und seine Kleidung machten es zu wahrscheinlich, dass er einer von Barringtons Männern war. Alex saß mit dem Rücken zum Eingang, sodass der Mann ihn noch nicht bemerkt haben konnte. Noch gab es eine Chance, unentdeckt zu entkommen –

Jetzt sah ihr der Mann direkt in die Augen. Er schüttelte die Hand des Angestellten ab und zeigte auf Gwen.

»Rot gewinnt«, verkündete der Croupier. Er schob Alex Geld zu, der die Münzen und Banknoten in seine Taschen steckte.

Gwen stand auf. »Alex«, sagte sie.

Der Schrecken in ihrer Stimme erregte sofort seine Aufmerksamkeit. Auch er erhob sich und machte eine knappe Verbeugung zum Tisch, dann ergriff er ihren Arm und wandte sich zur Tür. »Wo?«, fragte er ruhig.

Der Gleichmut in seiner Stimme beruhigte sie irgendwie. Es war nur ein Mann, und sie befanden sich in der Öffentlichkeit. »Rechts. Bei den Roulettetischen; der Mann mit dem Bowlerhut in der Hand. Herrje«, fügte sie hinzu, denn der Mann *und* die Angestellten kamen jetzt auf sie zu, gingen mit gemessenen Schritten den Gang entlang, der von den Tischen gebildet wurde.

Alex ließ ihren Arm los. »Geh auf der linken Seite zum Ausgang, halt dich immer an der Wand«, murmelte er. »Warte am Ausgang auf mich. Verlass den Saal *nicht* ohne mich.«

»Aber –«

»Geh.«

Sie raffte ihre Röcke und machte eine scharfe Wendung, eilte vorbei an Reihen nichts ahnender Spieler, immer weiter unter einer Reihe von Kronleuchtern, die die Farben des Orientteppichs dämpften. Dieses Licht schuf so seltsame Effekte. Einen Moment lang erschien ihr der Saal so unwirklich wie eine dieser alten colorierten Daguerreotypien, oder wie die Erinnerung eines anderen Menschen, die nichts mit ihr zu tun hatte. Wenn das doch nur der Fall und sie bereits von hier fort wäre. *Schneller*, dachte Gwen, doch als sie über die Schulter schaute, blieb sie abrupt stehen: Alex *sprach* mit den Männern. Die Hände in den Taschen, das Gewicht auf einen Fuß verlagert, machte er einen ziemlich lässigen Eindruck.

Der Mann mit dem Bowlerhut hatte die Stimme erhoben. »– lügt, sage ich Ihnen. Er –«

Die Angestellten packten den Mann an den Ellbogen. Alex schüttelte den Kopf, warf Gwen einen kurzen Blick zu, wies mit einem Kopfnicken zum Ausgang, während auch er jetzt darauf zuging.

Sie ging weiter und war sich der vielen Tische quälend bewusst, an denen sie noch vorbeimusste, bevor sie den Ausgang erreichte – fünf, vier, dann noch drei. Sie schaute zu Alex hin, der ohne jede Eile auf der gegenüberliegenden Seite des Saales auf den Ausgang zuhielt. Die verursachte Unruhe, nur bemerkbar, weil es so still war, hatte einige Spieler veranlasst, zu ihr hinzusehen.

Noch zwei Tische.

Ein weiterer gedämpfter Fluch durchdrang die grabesgleiche Stille des Saales. Noch mehr Spieler legten ihre Karten ab.

Ein Tisch.

Sie erreichte den Ausgang zum gleichen Zeitpunkt wie Alex. Er legte den Arm um ihre Taille, während sich die Türen für sie öffneten. »Kopf runter«, sagte er leise, während sie den Spielsaal verließen.

Vor ihnen, beneidenswert nah an dem Hauptausgang, ging Arm in Arm ein Paar. Als sich die nächste Flügeltür für sie öffnete, atmete Gwen erleichtert auf: Sie sah weder Barrington noch seine Männer irgendwo auf dem langen Flur vor ihnen. »Haben wir genug Geld, um nach Nizza zu kommen?«

»Ja.«

Sie gingen schneller und hatten es schon fast bis in die Lobby geschafft, als eine Stimme rief: »Ramsey!«

Der Ruf schien von den Marmorböden widerzuhallen. Gwen schaute auf und sah Barrington neben einer äußerst verwirrt scheinenden Signora Rizzardi stehen.

»Musik«, sagte Alex entschlossen. Er stieß die Tür zum Konzertsaal mit dem Ellbogen auf und zerrte Gwen hinter sich her.

Im Innern war es dunkel, die Lichter des großen Kronleuchters brannten nicht; zunächst erkannte Gwen nichts als Reihen um Reihen von roten Samtstühlen, auf denen die Zuschauer saßen. Sie alle blickten zu der hell erleuchteten Bühne hinauf, auf der ein großes Orchester spielte, das aus mindestens siebzig Musikern bestand. Alex' hielt Gwen fest an der Hand, und sie folgte ihm blindlings durch den Saal. Langsam gewöhnten sich ihre Augen an das Dunkel, und sie konnte mehr von ihrer Umgebung erkennen. Die Wände waren mit Gemälden griechischer Gottheiten geschmückt, die aufwändig vergoldete Decke war so hoch über ihnen, dass sie sich plötzlich sehr klein fühlte – fast wie ein Kind.

Jetzt erreichten sie das Ende der letzten Reihe. »Hierher«, wisperte Alex, und sie hörte das feine Klicken eines Riegels, dann öffnete sich die Tür, und er zog sie auf einen kleinen Platz hinaus, der neben dem Haupteingang lag.

Gwen atmete erst wieder auf, als das Casino hinter ihnen lag und sie über Rasen liefen. Und dann wollte sie nur noch rennen. Etwas Wildes und Ausgelassenes tun! Eine Flucht in Monte Carlo! Sie wandte sich zu Alex um, es ihm zu sagen – vielleicht auch nur, um zu lachen – und er lächelte zurück. Dann aber sah sie hinter ihm den Mann herankommen. Es war der gleiche Mann, dem sie auf der Treppe in Barringtons Haus begegnet waren. In seiner Hand glänzte Metall.

Instinkt war alles. Sie warf sich gegen Alex, stieß ihn aus dem Weg, als der Mann mit dem Pistolengriff zuschlug. Alex taumelte zurück. Der Schlag des Wachmannes verfehlte Gwen; er hatte ihre Größe nicht richtig eingeschätzt. »Hexe!« Er griff nach ihr und holte schon mit der Faust aus.

Alex schlug ihn. Sie hatte noch nie gesehen, wie ein Mann einen Schlag abbekam. Sie war nie zu einem Boxkampf gegangen. Es war nicht schicklich für Debütantinnen. Sie hatte nicht gewusst, was für ein Geräusch es machte, wie übelkeiterregend das Knirschen klang, das Aufspritzen von Blut.

Der Mann sackte zu Boden.

»Verdammter Herrgott!« Alex schüttelte seine Hand, und einen konfusen Moment lang dachte sie, er klage über den Schmerz. Bis er sie an den Schultern packte und grob zu sich herumdrehte. »Hör auf damit«, sagte er. Sie schüttelte den Kopf. Sie hatte keine Ahnung, wovon er sprach.

Er stieß einen tiefen Laut aus, und weil er sie so abrupt losließ, deutete sie ihn als Abscheu. »Komm«, knurrte er. »Wir müssen eine Droschke auftreiben.«

Da ihnen Barrington auf den Fersen war, erschien es ratsam, weder in einem der besten noch in einem der zweitbesten Hotels abzusteigen. Und auch die durchschnittlichen Hotels schieden aus diesem Grund aus. Eigentlich kam überhaupt kein Etablissement mit einem guten Namen infrage. Nachdem sie in Nizza die Kutsche verlassen hatten, folgte Gwen Alex durch ein Gewirr von Straßen, die vom Zentrum wegführten. Schließlich gelangten sie in ein Viertel, in dem die französischen Fahnen nicht fröhlich aus den Fenstern flatterten, sondern in zerschlissenen Streifen von rostigen Fahnenstangen hingen. An einer Ecke blieben sie stehen, wo Alex einen in einem Hauseingang schlafenden Jungen wachrüttelte und ihn in schnellem Französisch fragte, wo man ein Bett für die Nacht finden könne. Der Junge sah aus, als wolle er nicht antworten, zeigte sich dann aber zugänglicher, nachdem er seinen Napoleon bekommen hatte. »Madame Gauthier«, sagte er und rappelte sich hoch, nachdem er ihnen versprochen hatte, ihnen gegen eine weitere Münze den Weg zu zeigen.

Gwen machte sich auf eine sehr schäbige Unterkunft gefasst. Und Madame Gauthiers ungepflegte Erscheinung – sie öffnete die Tür in einem fleckigen Morgenrock, das Haar unter einem Tuch verborgen – vermittelte auch kein größeres Zutrauen. Aber nachdem sie einen Krug Wasser von einem Regal genommen hatte, führte die Frau sie über einen ansprechenden kleinen Hof mit weiß getünchten Mauern und Kakteen, die die Ränder säumten, und präsentierte ihnen dann ein Zimmer, das zwar karg, aber sauber war: ein Bett, groß genug für zwei; ein Nachttopf; eine Waschkommode; ein Krug und Gläser. Die Wände waren rissig, aber weiß wie Marmor.

Als sich die Tür hinter ihrer Gastgeberin geschlossen hatte, sank Gwen auf das Bett. »Glaubst du, dass wir hier sicher sind?«

Alex legte den Riegel vor, dann lehnte er sich mit dem Rücken gegen die Tür und fixierte Gwen mit einem kalten Blick. »Vorläufig.«

Sie blinzelte. Alex sah sie an, als wolle er sie für die Exekution abschätzen – seine Augen waren schmal und glitzernd, sein Kinn so hart angespannt, dass es fast ein perfektes Rechteck bildete. »Bist du … wütend?«, fragte sie verwirrt.

»Ob ich wütend bin?« Sein Mundwinkel verzog sich. Es war ein Lächeln, das sie nie wieder hatte sehen wollen. »Was meinst du wohl, Gwen?«

»Ich kann mir keinen einzigen Grund denken –«

»Keinen *einzigen* Grund?« Er holte hörbar Luft. »Von deiner dummen Heldentat auf dem Rasen einmal abgesehen – du bist mit ihm in dieses Zimmer gegangen. Mit Barrington.« Jedes Wort traf sie, war wie ein Splitter aus Eis. »Du bist allein dorthin gegangen, mit einem Mann, von dem du wusstest, dass ich ihm nicht traue.«

Erstaunen lähmte sie für einen kurzen Moment. Und dann brach sie in ein ungläubiges Lachen aus. »Du denkst also, das alles war *meine* Schuld?« Von allen Dingen, über die sie zu reden hatten – »Ich wollte Informationen von ihm. Ihm ein paar Fragen stellen –«

»Du wolltest Informationen von ihm?« Er stieß sich von der Tür ab und sah jetzt, wenn es überhaupt möglich war, noch wütender aus. »Ich hatte dir doch gesagt, dass *ich* diese gottverdammte Befragung machen werde!«

»Nur – nur um seine Privaträume zu sehen«, sagte sie rasch. »Um einen Überblick über das Haus zu haben. Und wärest *du* nicht dort herumgeschlichen, läge ich jetzt sicher in meinem Bett, nachdem ich dir gesagt hätte, wo du sein Arbeitszimmer finden könntest! Verstehst du?«

Er starrte sie an.

Genau genommen hatte sie nicht ganz unrecht. Barrington hatte von Alex' wahrer Identität gewusst. »Er wusste, wer du bist«, sagte sie schwach. »Das haben wir nicht erkannt. Also war klar, dass etwas passieren würde. Aber – es war nicht *meine* Schuld.«

»Es musste passieren. Richtig. Es war vorherbestimmt, *mir* zu passieren.« Er holte hörbar Luft. »Verrate mir nur eines: Was, glaubst du, wäre mit *dir* passiert? Wenn ich nicht zufällig dort ›herumgeschlichen‹ wäre? Denkst du, er hätte dich gehen lassen?«

»Ja! Er ist ein –« Na gut, ein Gentleman war Barrington ganz offensichtlich nicht. »Er hat nicht gewusst, dass ich in die Täuschung eingeweiht war«, sagte sie.

Er schien sie gar nicht gehört zu haben. »Vielleicht habe ja etwas falsch verstanden«, sagte er jetzt – und sprach mit einer schrecklichen Höflichkeit. »Hattest du eine Verführung geplant? Hast du dein Augenmerk auf ihn gerichtet, weil ich dich –«

»Sei kein Idiot«, fiel sie ihm zornig ins Wort. »Ich werde dir sagen, was passiert wäre. Ich hätte ihn niemals geküsst, hätte ich dich dort nicht in deinem Versteck gesehen. Und falls er mich geküsst hätte, hätte ich ihn abgewiesen!«

Er lachte. Doch es war kein angenehmes Lachen. Ihr stellten sich die Nackenhaare hoch. »Du hättest ihn abgewiesen!«

»Ja!«

»Du wärest einfach davongegangen.«

»Ja, genau das!«

»Hättest du das denn tun können?« Er nahm ihre Hand und zog sie zu sich. »Zeig es mir«, zischte er in ihr Ohr und umarmte sie so rasch, dass sie trotz des Überrumpeltseins oder vielleicht gerade deswegen wie in einer anmutigen Tanzdrehung herumwirbelte. Ihr Rücken stieß gegen seine Brust.

Sie standen vor dem kleinen Spiegel über dem Waschtisch. Im Spiegelbild sah Alex – anders aus. Und sie auch. Ihre Wangen waren gerötet, ihre Brust hob und senkte sich heftig. Wie Fotografien von sich sahen sie aus, wie schablonenhafte Typen: der Schurke mit dem schlechten Ruf, und die Erbin, reif für die Plünderung.

Gwen streckte sich; sie brauchte seinen Halt nicht. Er zog sie zurück an seine Brust.

»Los doch.« Seine Stimme klang tief und rau. »Nur zu, Gwen. Versuch, dich von mir zu befreien.«

Sie schob seinen Arm weg. Er bewegte sich nicht. »Ich hätte ihn getreten«, sagte sie.

»Versuch es.«

»Ich will dich aber nicht treten!«

»Denkst du, du könntest das?« Unvermutet hatte sich sein Blick verändert, wirkte jetzt neutral und gleichgültig – er musterte sie im Spiegel mit der müßigen Neugier eines Fremden. »Hast du nie von meinem kleinen Hobby gehört? Ich war sicher, meine Schwestern hätten erwähnt, dass ich mich damit beschäftige, Männer aus Spaß zu treten. Ihnen gelegentlich das Kinn zerschmettere. Männer, die sehr viel größer und stärker sind, als du sie kennengelernt hast.« Sein Gesicht verdunkelte sich. Seine Worte nahmen einen leicht gehässigen Klang an. »Es ist eine besonders effektive Art zu kämpfen. Barrington hätte das heute Nacht erfahren, hättest du nicht das Bedürfnis gehabt, *dich einzumischen*.«

Sie schluckte. Alex hatte Barrington mit der Kraft und der Leichtigkeit eines Löwen niedergerungen, der eine alte, lahme Gazelle reißt. Sie hätte davor Angst haben können, hätte jemand anders diese Gewalt ausgeübt. Aber es war Alex gewesen. Sie kannte ihn.

Er irrte sich jedoch, wenn er dachte, er hätte Barrington

ohne ihre Hilfe überwältigen können. Ein zerschmettertes Kinn war das eine, aber eine Waffe konnte töten. Sein Zorn war unfair. Und das passte nicht zu ihm. Alex konnte grausam sein, aber er war niemals unfair.

»Er hatte eine Pistole«, sagte sie.

Hörbar zog er den Atem ein. »Ja«, sagte er.

Sie sah ihm im Spiegel ins Gesicht, begegnete seinen Augen, und etwas in ihr – ihr Bauch, ihr Herz, Gott wusste was – zog sich zusammen.

Er hatte Angst um sie gehabt.

Gott im Himmel. Alex hatte tatsächlich Angst gehabt.

Sie hatte sich an seinem Unterarm festgeklammert, hatte sich gegen ihn gestemmt. Jetzt lockerte sich ihr Griff. Zögernd strich sie mit der Hand über sein Handgelenk und wieder zurück. »Es ist alles in Ordnung«, wisperte sie. »Alex, es geht mir gut.«

Er ließ den Arm sinken. Trat einen Schritt von ihr zurück. »Ich bin überrascht, dass du so lange überlebt hast«, sagte er mit kalter Stimme. »Du bist dir selbst nicht viel wert, nicht wahr? In deinen Augen hast du keinen Wert, abgesehen von dieser Zahl, die dir durch das Vermögen deiner Eltern zugeteilt wurde.« Er machte ein verächtliches Geräusch. »Miss Drei-Millionen-Pfund, die sich an jeden Mann verschleudert, der ihr in diesem Monat seine Aufmerksamkeit schenkt.«

Ein Atemzug entfloh ihr. Er wusste so gut, wie er sie verletzen konnte. »Dafür sollte ich dich schlagen«, sagte sie schwach.

»Aber das wirst du natürlich nicht tun.« Er zog sich das Jackett aus und warf es zu Boden. Einen Moment lang starrte er es an, dann wandte er sich zurück zu ihr und lehnte sich gegen die Wand, groß und elegant.

»Das wirst du nicht tun, weil du weißt, dass es die Wahrheit ist. Arme Gwen. Das Leben wäre sehr viel leichter für dich, wenn alles, was dich schmerzt, bloß gewöhnliche Dummheit wäre.«

»Hör auf«, sagte sie. »Das ist unfair von dir, Alex. Ich habe nur versucht zu helfen –«

»Oh, das ist hinreißend«, sagte er, schob die Hände in die Taschen und sah sie voller Arroganz an, sein Lächeln war spöttisch. »Versucht, zu *helfen* – aus der Güte deines Herzens heraus vermutlich? Ja, das muss es wohl sein; welchen anderen Grund könnte es geben, dein Leben so sorglos aufs Spiel zu setzen? *Ich wollte Informationen von ihm.*« Es war eine unfreundliche Imitation ihrer Stimme; er ließ es wie das Greinen eines Kindes klingen. »Und welchen Grund hat dein großer Mut, Gwen? Die Liebe zum Besitz der Ramseys? Aber was sollte dich irgendein unbedeutender Landsitz kümmern? Der nicht einmal zur Erbmasse gehört, wie du ganz treffend bemerkt hast. War es die Sorge um Lord Westons Namen? Die Tochter eines Apothekers würde die Bedeutung eines Titels zweifellos zu schätzen wissen.«

Dieser Flegel. »Ich habe dir gesagt, wie ich über Sarkasmus denke«, sagte sie heiser.

»Egal«, gab er zurück. »Es ist ohnehin eine Fangfrage. Ich habe dir die Antwort bereits gegeben: Du hast keine Ahnung von deinem eigenen Wert. Und deshalb steckst du deine Nase auch in anderer Leute Angelegenheiten.«

Sie trat von ihm zurück. »Du bist ein Flegel!«

Er lachte. »Deine Flüche klingen pathetisch. Nenn mich einen Bastard. Das reicht voll und ganz.«

»Sehr gut, du Bastard. Da wir gerade vom Wertsein reden, was ist denn mit deiner Meinung über dich selbst? Warum bist *du* hier? Ein Mann hat eine Waffe auf dich gerichtet, er hätte dich sehr leicht *töten* können, und wofür? Um deines *Bruders* willen?« Ihr Lachen fühlte sich in ihrer Kehle kratzig an. »Lord

Weston tut nichts, außer über dich zu klagen und dich abzulehnen. Wenn er Land verkauft, lass *ihn* das doch mit deinen Schwestern klären. Oder lass *sie* das Land zurückkaufen, wenn sie es so sehr lieben! Warum musst *du* das Problem für sie lösen?«

Seine Miene wurde ausdruckslos. Ein nicht zu deutender Ausdruck glitt über sein Gesicht. Ganz langsam setzte er sich auf das Bett.

»Oh Alex.« Aller Zorn wich von ihr. Alles – Furcht und Adrenalin und Wut – schien zu einem Ansturm quälender Zärtlichkeit zusammenzufließen, die ihre Knie so sehr zittern machte, dass sie sich neben ihn setzte. Sie wollte ihn berühren. Traute sich aber nicht. »Ich habe das natürlich nicht so gemeint. Du hilfst Gerry und den Zwillingen, weil du sie liebst. Genau so, wie du es solltest.«

Den Moment, in dem die Worte ausgesprochen waren, empfand sie als ein seltsames Frösteln – als zerrisse ein Faden von Eis in ihrem Innern. Es war ein feiner Ton, dessen Vibration sich in ihrem ganzen Körper ausbreitete.

Sie konnte Alex nicht *lieben*. Dafür kannte sie ihn viel zu lange. Sie kannte all seine Fehler. Sie wusste sogar, was er als Nächstes sagen würde – irgendeine verächtliche, zynische Bemerkung, die sie beschämen würde, überhaupt diesen Gedanken gedacht zu haben: dass Liebe ein Motiv für ihn sein könnte.

Stattdessen starrte er blicklos auf die kahle weiße Wand und sagte: »Ich habe nichts von all dem, das geschehen ist, gewollt.«

Sie zögerte. »Ja, ich weiß.«

»Ich hätte in Gibraltar umkehren und nach Lima zurückreisen sollen.«

»Wahrscheinlich.«

»England hat mir nie einen Grund gegeben zu bleiben.«

Bei dieser Aussage schnaubte sie. »Du liebst deine Familie. Das tust du ganz gewiss. Nur weil dein Bruder vielleicht einen Fehler gemacht hat …«

Er sah sie mit einem langen, seltsamen Blick an, während sich seine Brust in einem tiefen Atemzug hob und senkte – ein Mal, zwei Mal, wie ein Mann, der sich darauf vorbereitete zu tauchen.

»Lass mich dir etwas erklären«, sagte er.

Sie nickte langsam.

Er neigte sich ihr ein wenig zu, als bereitete er sich darauf vor, ihr ein Geheimnis anzuvertrauen. Stattdessen sagte er: »Du sprichst von Liebe, Gwen, als wäre sie etwas, das einen Menschen festhalten sollte.«

Ihre Lippen teilten sich zu einer stummen Silbe. *Ja*, wollte sie sagen. *Liebe sollte dich halten. Sie sollte dich binden.*

Aber sie sprach es nicht aus, weil sie plötzlich die Richtung ahnte, in die seine Gedanken gingen.

Und wirklich: »Vermutlich ist das es, was Liebe wirklich ist«, fuhr er mit einem verzagten kleinen Lächeln fort. »Aber du musst verstehen – manchmal ist sie von Feigheit nicht zu unterscheiden.«

Hierhin folgte sie ihm nicht. »Es ist Mut nötig, um zu lieben«, sagte sie. »Ich sehe keine Feigheit darin, sich einem Menschen verbunden zu fühlen.«

»Ja, vielleicht siehst du es so«, sagte er leise. »Ich werde dir eine Geschichte erzählen. Einen Teil davon kennst du. Als Kind hatte ich schreckliches Asthma.«

»Ja«, sagte sie langsam. Sie wusste es von Richard und natürlich auch von Alex' Schwestern, die beständig befürchteten, dass die Krankheit aus Kindertagen bleibende Folgen zurückgelassen haben könnte. Gwen hatte diese Sorge nie verstanden: Alex war der vor Kraft strotzendste Mann, den sie kannte.

»Eine verdammt beschissene Krankheit«, sagte er unverblümt. »Ich wünsche sie niemandem. Worauf kann man sich verlassen, wenn man nicht imstande ist zu atmen? Und es gab keine erkennbaren Anlässe für die Anfälle. Ich wusste nie, wann meine Lungen streiken würden – in dem einen Moment ging es mir gut, und schon im nächsten lag ich lang hingestreckt auf dem Boden. Und dann gab es nur eine einzige Frage: Wo ist die Medizin? Manchmal war sie in meiner Tasche, und manches Mal erfüllte sie sogar ihren Zweck. Aber manchmal war sie auch fünfzig Meter weit entfernt – oder, schlimmer noch, nur wenige Zentimeter außerhalb meiner Reichweite – das Salpeterpapier und die Streichhölzer auf dem Tisch über mir, und ich starrte hoch, unfähig, auch nur meine Hand zu heben oder zu rufen. In diesen Momenten war meine einzige Hoffnung, dass irgendjemand … ein Hausmädchen vielleicht … *irgendjemand* vorbeikommen werde.«

Er holte tief Luft. »Ich erinnere mich –« Er atmete aus, und sie tat es auch, durch eine Kehle, die sich eng anfühlte. »Ich erinnere mich an diese Zeiten des Wartens«, sagte er leise. »An jede davon. Erstickend, als Kind hilflos. Ich war nicht ruhig, Gwen. Diese Kunst habe ich nie beherrscht. Ich war zu Tode erschrocken.«

Sie blinzelte und zuckte zurück, als sie eine Träne fallen spürte. Sie hob die Hand, wie um sich das Haar aus dem Gesicht zu streichen, aber in Wirklichkeit wischte sie die Träne fort. Wenn er sah, dass sie weinte, würde ihm das gewiss nicht gefallen.

»Mir blieb keine Wahl, als von anderen abhängig zu sein«, sagte er.

»Ich weiß.« Ihre Stimme verriet sie. Sie klang zu rau.

Er sah sie an, seine hellblauen Augen schienen sie geradezu zu durchdringen. »Die Erinnerungen regen mich nicht auf.

Vielleicht hätte ich das vorausschicken sollen. Ich teile sie auf die gleiche Art mit, wie ich dir irgendetwas Banales mitteilen würde. Nach einigen erschreckenden Vorfällen stellten meine Eltern jemanden darauf ab, mir auf Schritt und Tritt zu folgen. Von Zimmer zu Zimmer, vom Haus in den Garten, vom Garten ins Haus. Jemand drückte sogar sein verdammtes Ohr an die Tür der Toilette, um zu lauschen. Ich durfte nicht im Freien spielen, die Pollen hätten ja möglicherweise der Auslöser sein können. Keine Hunde, keine Pferde; das Fell hätte einen Anfall auslösen können. Andere Jungen in meinem Alter tollten herum; ich wurde in die Gesellschaft meiner Schwestern verbannt, und in die Gerards, wenn seine Selbstachtung es ihm erlaubte, mit einem Krüppel zu spielen.«

»Alex«, wisperte sie.

»Ich gebe nur das Wort wieder, das er benutzt hat«, sagte er gleichmütig. »Ich war mit diesen Einschränkungen natürlich nicht einverstanden. Doch all die Fürsorge hat die Anfälle auch nicht verhindern können. Und deshalb begannen die Ärzte zu spekulieren, das Asthma könnte eine Folge meiner schwachen Nerven sein. Ich wurde nach Heverley End geschickt. Keine Menschenseele weit und breit. Meine Eltern hofften, dass die Abgeschiedenheit dort sowie ein strikter Tagesplan mich heilen würden. Man ging täglich mit mir spazieren. Ich wurde gefüttert und unterwiesen und unterrichtet, gewaschen und zu Bett gebracht. Während dieser Zeit war ich zehn oder elf. Ich kam mir vor wie ein Tier, angebunden an eine Kette. Aber zumindest fühlte ich mich sicher. Es bestand kein Risiko, dass mich ein Anfall überraschte, allein auf dem Boden, nur Zentimeter von der Medizin entfernt. Alles, was mich schmerzte, war der Abscheu vor mir selbst. Ich war *froh*, jedenfalls für eine gewisse Zeit, ein gezähmtes kleines Haustier zu sein.

Natürlich hielt das nicht lange an. Ich wurde größer. Meine

Lungen überholten meine Gliedmaßen. Ich wurde mutiger und beschloss, zur Schule zu gehen. Ich habe gebettelt und argumentiert und gefleht und verlangt, dorthin gehen zu dürfen. Sie haben es abgelehnt. Aus Liebe, zweifellos. Ich bin wütend geworden. Ich bin weggelaufen. Sie haben mich eingefangen und in mein Zimmer gesperrt, um mich in Sicherheit zu wissen. Nur aus Liebe, verstehst du? Sie haben Heverley End zu einem Gefängnis gemacht, mit Schlössern, die einen drinnen einsperrten. Und sogar dann noch – sogar *dann* – wusste ich, dass ihre Entscheidungen und die Beschränkungen, die sie mir auferlegten, ihnen notwendig zu sein schienen. Weil sie mich liebten. Sie hielten mich dadurch am Leben, dachten sie. Und ich habe ihnen das nie vorgehalten oder ihnen Böses gewünscht. Aber es waren einige sehr spektakuläre Drohungen nötig, um mir endlich das Recht zu erobern, nach Eton zu gehen. Und ich finde es noch immer schwierig – so wahnsinnig schwierig, Gwen –, an Liebe und Fürsorge zu denken, ohne mich zuerst daran zu erinnern, auf wie viele Arten man ersticken kann.«

Reglos saß sie da, während er schwieg. Seine Worte waren aufrichtig gewesen. Sie klangen wie eine Totenglocke in ihrem Herzen.

Gott im Himmel. Sie hörte einfach nicht auf, sich die falschen Männer auszusuchen.

Endlich brachte sie ein Lächeln zustande. »Aber wie gut bist du trotz alldem zu deiner Familie. Die Zwillinge bewundern dich. Du hast ihnen niemals etwas abgeschlagen, Alex.«

»Es ist einfacher, ihnen nichts abzuschlagen«, sagte er mit unverblümter Klarheit. »Sie bitten nur um kleine Dinge, weil sie, glaube ich jedenfalls, Angst haben, um mehr zu bitten. Was für ihr Wahrnehmungsvermögen spricht, aber nicht so sehr für mich. Und vielleicht spricht es auch nicht für mich, dass ich sie nur bei Laune halte, weil ich Angst habe, dass sie mehr von mir verlangen könnten. Ich stelle sie lediglich mit kleinen Happen zufrieden. Hin und wieder verbringe ich einen Feiertag mit ihnen, und ihre Kinder bekommen Geschenke von mir. Gelegentlich tauche ich zum Dinner bei ihnen auf. Solange ich all das tue, lassen sie mich zufrieden. Würde ich das nicht tun, könnten sie womöglich ärgerlich werden und Größeres verlangen. Meine Gesellschaft. Eine Rolle im Leben ihrer Kinder zu spielen. Verpflichtungen.«

Er entwarf eine Vision, die Gwens Vorstellung von Familie ziemlich genau entsprach. »Wäre das so schrecklich?«, wisperte sie. »Verlierst du nicht etwas, wenn du dich fernhältst? Wirst du das nicht irgendwann bereuen?«

»Ah.« Sein Lächeln wirkte fahl. »Damit wären wir bei der Frage, die zu stellen ich mir nie gestattet habe. Ich sage mir, dass ich nicht mehr will, als ich habe. Aber« – sein Lächeln schärfte sich und wirkte jetzt entschieden unfreundlich – »ich beginne zu glauben, dass das genau die Philosophie ist, gegen die ich als Junge aufbegehrt habe. Ich habe meine Eltern angeklagt, mich begraben zu haben, um mich vor dem Grab zu bewahren. Mich eingesperrt zu haben in diesem traurigen kleinen Haus an der Küste, weil es sicherer war als zu riskieren, mich zur Schule zu schicken und *leben* zu lassen.«

Er sah sie direkt an. »Ein Risiko zu vermeiden, weil es etwas fordern könnte«, sagte er. Sein Blick suchte ihren, und zwar eindringlich. »Das ist eine zu traurige Rechnung, um sie mit der Liebe anzustellen, nicht wahr? Es bedeutet, die Liebe gegen die Angst abzuwägen. Das ist es, was ich immer abgelehnt habe. Und jetzt bin ich hier, und tue genau das. Ich denke, es ist höchste Zeit, dass ich damit aufhöre.«

Langsam nickte sie. »Und das … ist auch der Grund, warum du Gerard hilfst?«

Er lachte. Es war ein kurzes überraschtes Lachen, dann legte er den Kopf schief und sah sie mit diesen wunderschönen Augen an. »Ich habe nicht von Gerard gesprochen«, sagte er. »Weit davon entfernt.«

Gwen runzelte die Stirn. Und dann durchlief sie ein Schauder, und sie rückte langsam von ihm weg. Er sprach nicht mehr von Gerard …

»Auf jeden Fall ist es eine starke Gewohnheit, mit der man bricht. Ich habe eine Strategie entwickelt, nachdem meine Lungen sich selbst geheilt hatten. Du wirst es im Laufe der Jahre bemerkt haben: Ich habe mir geschworen, nie von jemandem abhängig zu sein. Dass ich jede Anstrengung auf mich nehme, um jede Situation zu vermeiden, in der das von mir verlangt werden könnte. Richard …« Er lächelte ein wenig, doch es war ein schmerzliches Lächeln. »Richard ist eine Ausnahme gewesen. Und sie ermutigt mich nicht, es wieder zu versuchen.«

»Ja«, sagte sie. »Ich weiß.«

»Du tust mehr, als es nur zu wissen«, sagte er sanft. »Du tust das Gleiche.«

Die Bemerkung verwirrte sie. Sie probierte ein hilfloses Lächeln. Und dann, weil er sie weiter ansah, ohne mit der Wimper zu zucken, sagte sie: »Nein, Alex. Du irrst dich. Ich war in meinem Leben schon von so vielen Menschen abhängig. Mein Gott – ich wollte heiraten, zwei Mal! Ich habe mich nie von irgendjemandem abgewandt.«

»Natürlich tust du das. Du tust es in diesem Augenblick. Du belügst sogar dich selbst.« Zart, so unglaublich zart presste er seine geballte Faust in das Tal zwischen ihren Brüsten. »Wer bist du, Gwen? Tief in dir drinnen?«

Diese Berührung war so sanft wie ein Hauch und krallte sich doch in ihr fest wie ein Anker. Sie starrte ihn an, diesen verruchten Mann und Weltenbummler, ihres Bruders Held und ihres Bruders Ruin – und den Zerstörer ihres Rufes, so hatte sie gehofft. »Ich verstehe nicht, was du meinst«, sagte sie, obwohl der seltsame Anflug von Furcht, der sie durchdrang, ihr verriet, dass es eine Lüge war.

»Gwendolyn Elizabeth Maudsley«, sagte er leise. »Sie ist dein Geheimnis, vermute ich. Sie ist die Person, die du vor der Welt versteckst. Ich frage mich, ob du dich überhaupt selbst kennst? Nicht, wenn du zum Altar gehst, sondern in der Nacht – in irgendeiner Nacht, wenn du ganz allein bist – schaust du dann in den Spiegel der Wahrheit?«

Ihr Herz schlug schneller. Er hatte recht. Vor einem Monat hätte diese Frage noch keinen Sinn ergeben, weil sie nicht zugelassen hätte, dass sie einen Sinn ergab. Und sicherlich wäre sie nicht fähig gewesen, sie so zu beantworten, wie sie es jetzt tat:

»Ja.«

Ein Lächeln legte sich um seinen Mund. »Und wen siehst du dann?«, murmelte er. »Würde Elma sie kennen? Oder Belinda? Hätte Richard sie gekannt?«

Nein. Das hätten sie nicht. Aber …

Du kennst sie, dachte sie. *Du, Alex*.

Die Erkenntnis durchzuckte sie, grell und heiß und so auflodernd wie ein Feuer. Vielleicht sah er es, denn seine Faust glitt zu ihrer Schulter, leicht wie eine Feder, warm wie ein Atemhauch. Seine Augen folgten der Bewegung. Der Ausdruck auf seinem Gesicht wirkte beherrscht; ihr fieberkrankes Hirn deutete es als Zärtlichkeit, als Respekt – das Staunen eines Mannes, der es als Privileg empfand, sie zu berühren.

Wenn sie in den Nächten ganz allein in der Dunkelheit war, das begriff sie jetzt, wurde sie zu der Frau, die sie war, wenn sie bei Alex war.

Ich vertraue nur dir und der Dunkelheit, mich immer so ehrlich anzusehen.

Der Gedanke breitete sich wie ein schleichendes süßes Gift in ihr aus. Er verdrängte alles Denken und alle Vorsätze. Er löste ihre Furcht und ihre Sehnsucht auf, bis es nur noch das Verlangen gab, seinen Körper zu spüren. Auf ihr. In ihr.

»Es gibt nichts in dir, dessen du dich schämen müsstest«, sagte Alex leise. »Lass dir niemals etwas anderes von der Welt einreden. Lass dich nie mehr von ihr einfangen, damit du dich wieder verstecken kannst. Das würde mir wehtun, Gwen … unbeschreiblich weh.«

Sie griff nach seiner Hand und hielt sie fest. Sein Puls schlug schnell, und das machte sie froh auf eine urwüchsige, elementare Weise. Er war nicht gleichgültig. Er war ganz und gar nicht gleichgültig. »Alex.«

»Gwendolyn Elizabeth Maudsley«, sagte er und küsste sie.

14

Es war der süßeste aller Küsse. Alex trug Gwen zum Bett, und sie vergrub die Hände in seinem Haar, als er sich auf sie legte. Sein Mund streichelte jeden Zentimeter ihrer Lippen, ehe sich seine Zunge sanft Einlass verschaffte. Seine Hand umschloss groß und warm ihre Wange, eine zarte Erinnerung daran, dass er da war, während nur sein Mund sie liebte.

Gwen schloss die Augen, und in der Dunkelheit hinter ihren Lidern zog sich die Welt auf das Unmittelbare zusammen: die gestärkten Laken, die leise knisterten, als sie sich unruhig bewegte; das leichte Kratzen seiner Zähne, die Forderung seiner Lippen und seiner Zunge; das Gefühl, ihn auf sich zu spüren. Sie ließ die Hand über seinen Rücken gleiten, fühlte die festen Muskeln seines Schulterblattes, seines Rückgrats. Ihre Hand glitt seinen Rücken hinunter bis zu seinem Kreuz, das die geeignete Stelle war, um ihn enger an sich zu ziehen. Sein Körper berührte sie ganz und gar. Sie sehnte sich nach seiner Berührung und rieb sich unruhig an ihm. Als seine Hände an ihr herunterstrichen und federleicht ihre Brüste streichelten, öffnete Gwen die Augen.

Sie sahen sich an, und das Schweigen zwischen ihnen schien zu vollkommen zu sein, um es zu brechen. Seine Augen waren so blau wie Bergseen, deren Wasser die Farbe des Himmels hatte, dem sie so nah waren. Sie konnte die Flecken von Gold sehen, die darin lagen. Das waren Geheimnisse, von denen nur wenige Menschen je erfahren würden.

Ihr Impuls war es, ihm das Hemd herunterzustreifen. Ihr

Verstand gebot ihr, sich an ihn zu drängen und rasch zu handeln, bevor er seine Meinung wieder änderte.

Ihre Instinkte rieten ihr zu warten. Gwen bewegte sich nicht, nur ein trotziger Impuls ließ sie das Gesicht abwenden. Wenn Alex sie wirklich wollte, würde er es beweisen müssen.

Er strich ihr das Haar aus dem Gesicht und küsste ihr Kinn. Sein Mund wanderte weiter zu ihrer Kehle, und seine Zunge streichelte sie dort, wo sich ihre Kehle und ihr Schlüsselbein trafen. Ein zittriger Atemzug entfloh ihr. Sie wollte sich bewegen. Ihre Finger ballten sich zu Fäusten.

Seine Hände legten sich um ihre Taille. Er zog Gwen hoch, und sie barg das Gesicht in der Dunkelheit seiner Halsbeuge, atmete ihn ein, während er geschickt ihr Kleid öffnete.

Das Korsett ließ ihn kurz innehalten. »Mein Gott, was ist das?«

Ein Kichern entrang sich ihr, kratzig und überraschend. »Das ist das ›Pretty Housemaid‹.«

Voller Skepsis sah er sie an, die Stirn gerunzelt. Aber als es sich so rasch ausziehen ließ, beugte er sich an ihr Ohr: »Trag immer dieses Korsett«, und dann zog er ihr das Hemd aus.

Sie war nackt. Völlig nackt. Sie spürte die Röte über ihre Haut kriechen; die Luft schien schmerzlich kühl im Vergleich dazu und glitt wie ein Streicheln über ihre Brüste. Alex verharrte einen Moment, dann spürte sie die heiße Welle seines Atems an ihrer Schulter.

»Gwen«, sagte er weich. »Du bist …«

Als er nicht weitersprach, begannen die Möglichkeiten ihre Benommenheit zu durchdringen. Sie war – nackt, ja, aber was noch? Zu rundlich? Zu üppig in der Taille? »Ich bin *was*?«, wisperte sie.

Seine Hände bewegten sich langsam über ihre Taille, ein Finger zeichnete eine Linie zu ihrem Bauchnabel, ihren Bauch hinauf bis zu ihrer Schulter. »Dich malen zu dürfen, muss der Traum eines jeden Präraffaeliten sein«, murmelte er. »Diese Farben ... Erdbeerrot und Purpur. Du bist ... noch schöner als in meiner Fantasie. Es ist ein Wunder, dich überall zu berühren.«

Sie starrte ihn an. Seine Worte waren so weit entfernt von ihren Sorgen, dass sie sich gar nicht auf ihre Befürchtungen zu beziehen schienen. Doch im nächsten Augenblick, als sie deren Bedeutung begriff, vertrieben sie alle Ängste. Rundlich, üppig oder was auch immer – was zählte das?

Seine Lippen berührten ihre Haut, folgten dem Weg, den sein Finger vorgezeichnet hatte. Er legte die Hand um ihren Hinterkopf und drückte sie auf das Bett, während er sie küsste. Sie hatte ihm vorgehalten, sie wie eine Aufziehpuppe zu behandeln – eine Bemerkung, die für Barrington gedacht gewesen war, aber es hatte eine Heftigkeit darin gelegen, die sie sehr überzeugend hatte klingen lassen. Als seine Hand jetzt auf ihr lag, brachte ihm das ihre Worte in die Erinnerung zurück. Gwen verschränkte die Arme vor den Brüsten, doch sofort schob er sie sanft zur Seite.

Aus irgendeinem Grund ließ seine Entschlossenheit sie atemlos werden. Sie erprobte es, indem sie den Blick abwandte.

Sein Finger berührte ihr Kinn, drehte ihr Gesicht zurück zu ihm.

Er begegnete ihrem Blick und lächelte ein wenig: ein wissendes Lächeln. Ein Schock durchlief sie, heiß und köstlich. Er verstand das Spiel, das sie spielte, ganz genau.

Er hielt ihren Blick, als er den Kopf senkte und den Mund um ihre Brustwarze schloss. Seine Hand strich an ihrem Leib herunter, und sein Daumen fand die Falte zwischen ihrem Bein und ihrem Torso. Er zeichnete sie sanft nach, wieder und wieder, während sich das Verlangen in ihr zu festigen und zu schärfen begann. Seine Finger glitten tiefer, strichen mit einem leichten Kratzen über die Innenseite ihres Oberschenkels. Gwens Kontrolle zerbrach; sie winkelte das Knie an und rieb ihre Fußsohle an seiner Wade.

Sein Mund gab ihre Brustwarze mit einem nassen, saugenden Geräusch frei. »Gwen«, sagte er, seine Stimme klang weich und rau.

Ihr Fuß verharrte. Verräterischer Fuß. Sie hielt die Augen geschlossen und kämpfte, ihren heftigen Atem zu beruhigen. Aus irgendeinem Grund fühlte es sich äußerst wichtig an, nicht zuzugeben, dass sie sich aus eigenem Willen bewegt hatte. Noch nicht. Sie wollte, dass er weiter für ihre Aufmerksamkeit arbeitete.

Seine Zunge strich zart über ihre Brustwarze. Gwen zitterte. Er biss leicht hinein, und ihr Körper bog sich wie aus eigenem Willen zu seinem Mund hin.

Alex schob die Hand unter ihren Rücken, während er an ihrer Brustwarze leckte. Seine Hand tauchte zwischen ihre Schenkel, fand die heiße feuchte Stelle zwischen ihren Beinen und rieb sie sanft. Ja. *Ja*, das war es, was sie gewollt hatte. Gwen öffnete die Augen. Er lag über ihr, das Gewicht seines Körpers auf die Arme gestützt, die Schwellung seines Bizeps spannte den dünnen Stoff seines weißen Hemdes. *Zieh es aus*, wollte sie sagen.

Er schaute auf und begegnete ihrem Blick. »Öffne deine Beine«, murmelte er.

Eine heiße Röte überflutete Gwen, und sie schluckte. Sie hätte vielleicht vorgegeben, ihn nicht gehört zu haben, aber der Druck seiner Hand verstärkte sich abrupt und brachte ihren Körper dazu, sich in einer überraschenden Welle der Lust zusammenzuziehen. Ihr Kopf fiel zurück, und dann drang ein leises Geräusch an ihre Ohren.

Oh du großer Gott! Das Geräusch war von ihr gekommen!

»Gwen!«, sagte Alex, und da war eine Spur von Lachen in dem Wort, das sie entwaffnete, wie nichts sonst es vermocht hätte. Sie sah ihn an. Er fasste nach ihrer Hand, führte sie an seine Lippen und hauchte einen Kuss auf die Handfläche, ehe er sie an seine Wange drückte.

Gwens Beherrschung zerbrach, als sie seine heiße, raue Haut fühlte. Sie konnte nicht sagen, warum sie hinausgezögert hatte, was ihr Ziel gewesen war; alles, was sie gewollt hatte, war hier, wurde ihr mit seinem Lächeln und seinem Körper und seinem brennenden Blick angeboten. Sie richtete sich auf und öffnete die Knöpfe seiner Weste, streifte ihm die Hosenträger und das Hemd ab.

Sie kniete sich hin und presste ihre Brüste an seine nackte Brust – ein elektrisierender Schock, der ihren ganzen Körper erfasste. Alex brachte tief in seiner Kehle einen Ton hervor, und Gwen fühlte die Vibration bis in ihr Inneres. Sie schmiegte sich enger an ihn, sodass auch ihre Schenkel sich jetzt berührten; sie schlang die Arme um Alex und zog ihn näher zu sich. Sie hielt ihn so fest umschlungen, dass sich etwas wie Panik in ihr regte. Man hielt niemanden so fest, es sei denn, man fürchtete, er könnte versuchen zu fliehen. »Schscht«, hörte sie Alex ihr ins Ohr wispern, »schscht«. Er beugte sich herunter, und Gwen spürte seinen heißen Mund auf ihrem Bauch. Er glitt tiefer und strich mit der Zunge über den Saum ihrer Weiblichkeit. Als Gwen heftiger atmete, drückte Alex sie auf das Bett zurück.

Seine Hände fassten ihre Oberschenkel fester und spreizten sie. Sein Mund legte sich zwischen ihre Beine, und Gwen konnte es fast nicht ertragen – dieses Gefühl, das seine Zunge in ihr weckte; es machte ihr diese Stelle bewusst, ihre Möse, wie er es genannt hatte. Er leckte sie langsam und fest, und diese Stelle, die ihr gestern Nacht solche Lust geschenkt hatte, begann jetzt zu pulsieren. Er streichelte sie mit der Zunge, wieder und wieder, bis Gwen seltsame kleine Töne ausstieß, flehende Töne; sie hätte um sich geschlagen, hätten seine Hände sie nicht festgehalten. Wieder und wieder leckte er sie, dann ließ er ihren Oberschenkel los, um seinen Daumen hart gegen die Stelle zu drücken, während seine Zunge sich langsamer bewegte und dann in sie hineinstieß.

Dieses Mal baute sich die Lust nicht langsam in ihr auf, sondern schlug so machtvoll zu, dass sie für den Bruchteil einer Sekunde von Angst begleitet wurde. Als Gwen keuchte, ersetzte er den Mund durch seine Finger. Sie stießen langsam und stetig in sie, bis ein leichter brennender Druck sie aufschreien und sich aufbäumen ließ. Sie fühlte seine Küsse auf ihren Oberschenkel kaum; und dann eroberte sein Mund sich seinen Weg zurück ihren Leib hinauf; Alex zog sie fest an sich, und Gwen wurde ruhiger.

Scham und Groll und Angst schienen jetzt die Sprache eines fremden Landes zu sein; das träge Gefühl in ihr hatte alles außer dem elementarsten und wichtigsten Wissen weggebrannt. Sie schlang ihr Bein um seines und fühlte die harte Ausbuchtung seiner Erektion; sie rieb sich daran, und Alex keuchte leise. Ja. Auch sie konnte ihn dazu bringen zu schreien. Sie schob die Hand zwischen ihre Körper und fasste nach seiner Hose. Seine Hände streiften ihre, aber wenn er vorhatte, sie aufzuhalten, würde sie ihm keine Chance lassen. Sie rollte sich auf ihn und schob seine Arme weg. Dann sah sie ihm in die Augen.

»Lieg still«, wisperte sie.

Er atmete hart, und ein Glanz von Schweiß zeigte sich auf seiner Stirn. Als er ihr in die Augen sah, bewegte das leiseste Wispern eines Lächelns seine Lippen. *»Oui, Mademoiselle.«*

Sie öffnete seine Hosen und entblößte ihn völlig. Seine Hüften waren schmal, seine Muskeln wirkten wie geschnitzt. Er sah aus wie eine jener griechischen Statuen im Britischen Museum, die nicht anzusehen sie sich immer so große Mühe gegeben hatte – nur dass er heißer war und größer und dass seine Augen sie beobachteten. Sie streckte die Hand aus, um die Linie zu berühren, die auf seiner Hüfte begann, eine feine Furche, in der die Muskeln seines Ober- und seines Unterleibs sich trafen, und Alex stieß einen leisen Laut aus, einen Laut zwischen einem Keuchen und einem Zischen. Sie beobachtete, wie ihre Finger die Linie bis zu seiner Männlichkeit entlangfuhren. *Oh, wirklich, Gwen.* Zu seinem *Schwanz*, der hart und groß war und viel dicker, als sie erwartet hatte und auch ... also, vermutlich hatte sie gedacht, er würde wie weißer Marmor aussehen. Ihre Hand verharrte.

Sein Atem stockte.

Sie legte die Hand um ihn und schloss die Finger.

Weich, dachte sie verwundert. Weich, aber so hart darunter. Sie beugte sich herunter und küsste ihn.

Ein heiserer Fluch kam von ihm. Er packte sie unter den Armen und zog sie hoch. »Später«, sagte er atemlos, als sie anfing zu fragen, wo sie etwas falsch gemacht hatte. Ein harter Kuss brachte sie zum Schweigen. Er rollte sie auf den Rücken und legte sich auf sie. *Oh*, dachte Gwen, er fühlte sich so richtig an, auf ihr. Er fühlte sich an, als gehöre er ihr. Er küsste sie jetzt mit einer so heftigen Leidenschaft, dass eine Spur von Verzweiflung darin lag, und auch dies schien wie ein Wunder – dass er ihre Berührung ebenso sehr zu brauchen schien wie sie die seine.

Sein Hunger war noch ungestillt. Und er entfachte auch ihren aufs Neue. Sie legte die Arme um seinen Nacken und schlang die Beine um ihn. Verlangen bildete sich tief in ihrem Schoß, ein Drängen, das Erleichterung suchte. Alex löste sich von ihr und legte die Hand auf ihre Möse. Doch die Lust, die er ihr bisher auf diese Weise gegeben hatte, kam Gwen jetzt wie eine Verzögerung vor. Sie nahm seine Hand und hob sie an ihren Mund, und dann sah sie Alex in die Augen, als sie seine Handfläche küsste, wie er es mit ihrer getan hatte. Danach drängte sie ihre Hüften so gegen ihn, dass sein Schwanz gegen die Stelle drückte, die er hatte berühren wollen.

Er drehte seine Hand in ihrer, führte sie an die Lippen und nahm ihren Zeigefinger in den Mund. Die Spitze seines Schafts fand ihren Eingang. Während er an ihrem Finger saugte, schob er seinen Schwanz mit einem langsamen Stoß in ihre Möse. Sein Atem strich über ihre Hand, ihren Unterarm.

Er stieß sie wieder, härter dieses Mal, und Gwen hielt den Atem an. Plötzlich war eine Vorahnung von Schmerz da.

Alex hielt inne. Er atmete tief ein. Dann noch einmal.

Sie zog die Hand von seinem Mund fort. Wenn er jetzt mit dem Gedanken an ihre Ehre kämpfte, würde sie das nicht akzeptieren. Sie packte seinen Po, so glatt und hart, und grub ihre Nägel hinein, während sie wieder die Hüften zu ihm hob.

Seine Hand fuhr durch ihr Haar und griff fest zu. »Lieg still«, sagte er durch die zusammengebissenen Zähne.

»Hör nicht auf«, wisperte sie.

»Gott steh dir bei, wenn du denkst, ich würde das tun«, sagte er heiser. »Nur einen … Moment.«

Sie wartete, atmete schwer. Ein Schauder durchlief ihn. Und dann stieß er wieder zu.

Sie biss sich auf die Lippen. Nein, dies würde gewiss nicht angenehm werden.

»Gwen«, murmelte er und küsste sie hart, seine Finger packten ihr Haar, und wieder stieß er zu.

Sie atmete überrascht ein.

Er war in ihr.

Seine Lippen verschmolzen mit ihren, als er begann, sich

langsam und gleichmäßig zu bewegen. Sie erwiderte den Kuss, zu überrascht, um noch mehr zu tun, zu sehr gefangen genommen von diesem bizarren Gefühl, seine Zunge in ihrem Mund zu fühlen, und seinen Schwanz unten in ihr. Das wunde Gefühl schwand. Es fühlte sich sehr seltsam an; ihre Finger verschränkten sich auf seinem Rücken wie verwirrte Vögel, während neue Gefühle auf sie einstürmten. Das Gleiten seines Bauches über ihren, seine Hüften, die auf ihren Leib drückten. Dies war komplizierter als alles, was zuvor gewesen war; es war sehr athletisch, für ihn. Sie hatte keine Ahnung, was sie jetzt machen sollte. Sich bewegen? Würde es ihn stören, wenn sie einfach nur still dalag?

Seine Hand glitt ihren Arm hinauf. »Gwen«, sagte er leise und strich mit dem Daumen über ihren Mund, bevor er ihn hineinstieß. Sie saugte gehorsam daran. Er zog ihn zurück, und sie beobachtete mit großen Augen, wie er ihn zwischen sie schob. Als er die Stelle berührte, an der sie vereint waren, fühlte sie, wie sie sich zusammenzog.

Er pulsierte in ihr.

Ihr Mund wurde trocken. Sie schluckte mühsam und schloss die Beine eng um seine Hüften. Sie wollte ihn lecken, ihn verschlingen, sich so eng um ihn wickeln, dass kein Zentimeter seiner Haut von ihr unbedeckt blieb. Aber sie hatte keine Ahnung, wie sie es tun sollte. »Ich weiß nicht … was ich jetzt machen muss.«

Sein Finger rieb sie sanft, streichelte, brachte sie dazu, wieder zu keuchen. »Es gibt nichts, was man dabei falsch machen kann«, murmelte er. »Alles an dir ist richtig.«

Sie legte die Hände um seinen Kopf und zog ihn zu sich herunter, küsste ihn. Und Alex bewegte sich wieder in ihr. Dieses Mal war es anders. Dieses Mal versuchte sie, nicht auf ihre Zweifel zu hören, und sein Mund und seine Hände erlaubten ihr auch gar nicht, daran zu denken. Seine Hand schob sich unter ihren Rücken, sodass sich Gwen mit ihm bewegte. Und sie fand eine Art, sich an ihm zu reiben, die die Lust steigerte, so plötzlich, dass sie beide aufstöhnten, als sie sich bewegten, so eng zusammen, als steckten sie in einer Haut. Schweiß bildete sich auf seinem Gesicht, und Gwen leckte eine Perle von seinem Kinn. Alex saugte an ihrem Ohrläppchen, während seine Stöße schneller wurden.

Das Gefühl in ihr steigerte sich dieses Mal langsamer, schraubte sich stetig höher. Gwen stellte sich vor, sie sei ein Brunnen, der bis zum Rand gefüllt wurde – ein Tropfen hier, ein Eimer voll dort, langsam, ganz langsam wuchs die Lust, um dann, mit einem Mal, vor purer Glückseligkeit überzufließen. Sie klammerte sich an Alex, als sie zitterte, dann fühlte sie, wie er sich hart in ihr bewegte, wieder und wieder, bis ihm sein eigener Höhepunkt mit einem Stöhnen kam.

Er zog Gwen auf sich, als er sich auf den Rücken drehte, und blieb mit ihr vereint.

Sie lagen da und lauschten darauf, wie ihre Atemzüge wieder ruhiger wurden. An ihrer Wange spürte Gwen seinen Herzschlag langsamer werden.

Das Schweigen begann allmählich, überlaut zu werden. Jemand musste etwas sagen. Der Gedanke ließ Gwen sich anspannen. Ihr fiel nichts ein, was sie sagen könnte. *Liebe mich, Alex, und ich werde mich niemals zu eng an dich klammern:* Es war das Einzige, was sie sagen könnte, was annähernd ehrlich war. Aber eine Lüge wäre es dennoch.

Am Ende war es Alex, der das Schweigen brach. Er strich ihr das Haar aus der Stirn und kämmte es mit seinen Fingern – eine müßige, besinnliche Geste. »Das Weihnachtsfest, an dem du achtzehn wurdest«, sagte er. »Kurz vor deinem Debüt. Du hast zusammen mit Richard die Feiertage bei Caroline verbracht.

Ich stand kurz vor meiner ersten Reise nach Argentinien, und Richard hat meinen Plan ausgeplaudert, einen Treck durch die Anden zu machen. Erinnerst du dich?«

»Ja«, sagte sie geistesabwesend. Seine Wimpern lenkten sie ab. Sie waren lang genug, um das Gesicht einer Frau zu schmücken. Seine Augen waren einfach wunderschön. »Die Zwillinge waren wütend.«

»Sie fragten, ob du einen Rat für ihren verrückten, lebensmüden Bruder hättest. Weißt du noch, was du geantwortet hast?«

Gwen streckte sehr zögernd die Hand aus, um seine Wimpern zu berühren. Er zuckte nicht zurück, sondern beobachtete sie, ohne zu blinzeln, während sie mit den Fingerspitzen leicht darüberstrich. *Das ist Vertrauen*, dachte sie. »Ich habe gesagt, dass ich nichts über derlei Dinge sagen kann, da ich Höhenangst habe und auch nichts über die Berge weiß. Und du hast natürlich eine ärgerliche Bemerkung gemacht, so was wie: *Deshalb klettern Ladys nicht in den Bergen herum.* Oder einen ähnlichen männlichen Unsinn.«

Die Falten um seinen Mund verzogen sich zu einem Lächeln. »Genau genommen war deine Antwort etwas anders. Du hattest nämlich nicht gesagt, dass du Angst vor der Höhe hättest. Du hast gemeint: ›Ich würde Angst haben, einen Fehltritt zu tun und abzustürzen‹.«

»Oh.« Jetzt legte sie den Daumen auf seine Augenbraue und zeichnete den rauen Bogen nach, einfach nur um des puren Vergnügen willens. Sie konnte ihn berühren, wie es ihr gefiel.

Seine Stimme klang leiser. »Und ich habe gesagt: ›Das ist der Grund, warum du nicht auf Berge steigst, Gwen‹. Aber jetzt bin ich überrascht. Du hast keine Angst vor der Höhe.«

»Nein«, sagte sie. »Nicht besonders.«

»Nur vor Fehltritten.«

Mitten im Streicheln hielt sie inne. Wollte er damit andeuten, dies wäre ein Fehltritt gewesen? »Ich *hatte* Angst davor«, sagte sie vorsichtig. »Eine sehr lange Zeit. Aber jetzt nicht mehr.«

»Genau wie ich«, sagte er und küsste sie.

Am nächsten Morgen wachte Gwen eng an ihn geschmiegt auf. Ihr Kopf ruhte an seiner Schulter, die Arme hatte sie um ihn geschlungen. Es war noch sehr früh; das fahle Licht der Dämmerung erhellte kaum das Zimmer. Alex schlief tief, einen Arm im Winkel über den Kopf gelegt, der andere war um Gwens Taille geschlungen.

Ungläubigkeit durchströmte sie, süß wie eine Melodie. Sie schloss die Augen, und im Wiedereinschlafen fragte sie sich, ob sie sich wohl traute zu träumen.

Als sie wieder aufwachte, saß Alex im Schneidersitz neben ihr auf dem Bett, vollständig angekleidet, den Kopf über die Landkarten gebeugt, die sie von Barringtons Schreibtisch entwendet hatte. Seine Miene war ernst und nachdenklich.

Beklommenheit ließ sie hellwach werden. »Alex«, wisperte sie. Er hob den Kopf und lächelte sie an.

Dieses Lächeln war wie ein Sonnenaufgang. Sie erwiderte es. Bartstoppeln warfen einen Schatten auf sein kantiges Kinn, sein Haar war zersaust. Zögernd streckte sie die Hand aus und strich ihm eine Strähne aus der Stirn. Ganz und gar war sie jetzt eine sündige Frau mit der Erlaubnis, so schockierende und unaussprechliche Dinge zu tun, wie bei einem Mann zu liegen, der nicht ihr Ehemann war, oder seine Haare mit einer Zärtlichkeit zu streicheln, die zu sehr von Verlangen erfüllt war, um auch nur im Entferntesten an Tugend zu grenzen.

»Guten Morgen.« Er beugte sich vor und küsste ihr Ohr. Seine Zunge strich über ihr Ohrläppchen, als er sich wieder aufrichtete. Gwen spürte ein Prickeln auf ihrer Haut. »Kaffee?«, fragte er und zeigte auf eine kleine Tonkanne, die auf dem Tisch stand. »Madame Gauthier hat ihn gerade eben gebracht.«

»Nein«, lehnte sie ab und setzte sich auf. Die Landkarten beschäftigten sie.

Er folgte ihrem Blick. »Die Karten schienen dich letzte Nacht beunruhigt zu haben. Mir sagen sie offen gestanden überhaupt nichts.«

»Oh?« Gwen griff danach. Sie hatte sie gestern Abend nur flüchtig angesehen, doch jetzt bestätigte sich ihr Verdacht. »Das sind Vermessungskarten.«

»Ja, das ist mir klar. Aber warum denkst du, dass sie von Bedeutung sind?«

Sie räusperte sich und sortierte zwei der Karten aus. »Hier«, sagte sie und legte die Blätter nebeneinander auf das Bett.

Er rückte näher, seine Schulter streifte ihre. »Erklär mir, was ich da sehe. Es ist eine Art Landkarte. Topografisch?«

Die Nähe und die lässige Art, wie er die Hand ausstreckte, um ihren Nacken zu streicheln, ließen Gwen schwindelig werden. Sie musste sich zwingen, sich zu konzentrieren. Die Karte wies schattierte Linien und vielgestaltige Formen auf, deren verschiedene Farben die jeweiligen Geländeformen kennzeichneten. »Ja«, sagte sie, »es ist eine topografische Karte. Solche Karten werden erstellt, wenn es gilt, den Wert eines Grundbesitzes festzustellen, oder wenn beschlossen wird, etwas daran zu verändern. Zum Beispiel sind sie sehr nützlich, wenn man eine Parklandschaft plant. Du bekommst eine Menge Informationen durch sie: Erhebungen, Erdbeschaffenheit, Grundwasserspiegel …« Sie machte ein verzweifeltes Gesicht. »Drainage und solche Dinge. Vor allem die Drainage! Nach der ersten Umgestaltung des Gartens in Heaton Dale fing der Teich an, in den griechischen Pavillon zu fließen. Das hat der klassischen Anmutung einen wahren Dämpfer versetzt. Athen als Sumpfgebiet.«

Er lachte. »Aber irgendetwas stimmt wohl nicht mit diesen Karten?«

»Nicht mit den Karten an sich. Aber …« Sie ordnete die Blätter paarweise untereinander an, wobei sie das übrig bleibende siebte beiseitelegte. »Siehst du es?«

Alex betrachtete die Karten Reihe für Reihe. »Es geht hier um drei Ländereien – drei Karten mit jeweils einer Kopie.«

»Richtig. Dieselbe Topografie«, sagte sie. »Und auch derselbe Landvermesser – du siehst, der Name steht dort unten, ein Mr Hopkins. Aber siehst du, dass einige der Flächentönungen auf der Kopie vom Original abweichen?«

Er verengte die Augen. »Sehr gut erkannt«, sagte er leise.

Sie lächelte. »Die Sache mit dem Sumpfland hat mir ein sehr starkes Motiv gegeben, diese Karten lesen zu lernen. Ganz gewiss vertraue ich den Bauunternehmen jetzt nicht mehr so blind! Auf jeden Fall ist jeweils eine dieser Karten falsch. Aber da ich die Kartenlegende nicht kenne, kann ich auch nicht sagen, welche Karten die verfälschten sind.«

Ein unfreundliches Lächeln lag auf seinen Lippen. »Ich kann es aber«, erwiderte er. »Erdbeschaffenheit, sagst du? Schließt das Informationen über Bodenschätze ein?«

»Natürlich«, sagte sie. »Oh. Du denkst –«

»Ich denke, dass sich Land ohne bedeutende Bodenschätze billiger verkaufen lässt.« Er machte eine Pause. »Heverley End zum Beispiel steht auf sehr reichen Kupfer- und Zinnadern. Man sollte meinen, dass Gerry das weiß. Aber vielleicht ist dies auch der Grund dafür, dass er so verdammt stur bei seiner Weigerung bleibt, den Verkauf zu diskutieren. Würde man ihm veränderte Vermessungsdaten geben, die die reichen Bodenvorkommen vertuschen … und *glaubte* er es … dann würde der Kaufpreis für den Besitz beträchtlich sinken.« Sein Lächeln verschwand. »Das erklärt aber noch nicht, warum er es überhaupt verkauft hat.«

»Na ja.« Sie zögerte. »Der Himmel weiß, dass Menschen manchmal seltsame Dinge tun. Keiner von uns ist perfekt.«

»Oh, Gerry bietet reichlich Beweise für Unvollkommenheit. Aber nicht in solchen Angelegenheiten.« Er schob ihr das Haar aus dem Nacken und spielte müßig mit einer Strähne, während er an ihr vorbeisah und seinen Gedanken nachhing. »Lieber den Tod, als unehrenhaft Profit zu machen«, sagte er leichthin.

Da lag eine seltsame Betonung in seinen Worten, die sie sofort heraushörte. Gerry würde sich nicht dazu herablassen, Profit zu machen. *Das* war *Alex'* Rolle.

»Oh je«, sagte sie sarkastisch. »Wie willst du jetzt das schwarze Schaf spielen, da Lord Weston mit im Spiel ist?«

Er bedachte sie mit einem spitzbübischen Grinsen und verließ das Bett. »Genau meine Rede. Aber lassen wir solche philosophischen Erörterungen beiseite, bis wir Nizza ungeschoren verlassen haben. Barrington nimmt vermutlich an, dass wir nach Marseille fahren werden, deshalb schlage ich vor, wir reisen stattdessen an den Comer See.«

»Oh! Elma, natürlich.« Schon in der nächsten Sekunde war sie auf den Beinen. Ein Stechen und Brennen meldete sich an verschiedenen köstlichen und sehr nützlichen Stellen überall an ihrem Körper und ließ sie erröten. »Gib mir zehn Minuten«, sagte sie, »und ich werde bereit zum Aufbruch sein.«

Natürlich war es ihre Schuld, dass sie sich fünfundvierzig Minuten später, als sie am Bahnhof standen und auf den Zug nach Süden warteten, wie eine Ranke an Alex schmiegte. Er hatte ihr lediglich den Arm angeboten, doch sie war es gewesen, die beide Arme darum geschlungen hatte und sich daran festhielt, als sei er ein seltener Schatz.

Und so war auch die Situation, in der sie entdeckt wurde.

»Oh – Miss Maudsley! Sind Sie das?«

Der Gruß fiel über Gwen herein wie der Schatten einer Axt. Sie blickte den Bahnsteig entlang in das rasch versiegende Lächeln von Lady Milton. Deren Schwester, Lady Fanshawe, sah zwischen Gwen und Alex hin und her. Als dann Begreifen einsetzte, warf sie einen raschen schockierten Blick auf ihre Schwester, der die Kinnlade heruntergeklappt war.

»Hallo allerseits«, grüßte Alex freundlich. »Wie geht es Reginald?«

Lady Milton gab einen erstickt klingenden Laut von sich und richtete sich kerzengerade auf. Sie war eine unglaublich dünne Frau und trug heute einen dreieckigen, flachen Hut; als sie sich an Gwen wandte, machte sie den Eindruck eines zitternden Ausrufezeichens. »Miss *Maudsley*«, zischte sie. »*Wo* ist der Rest Ihrer Begleitung? *Wo* ist Mrs Beecham?«

Na gut, dachte Gwen. Jetzt war es so weit: Dies war der absolute und unumkehrbare Ruin ihres einst so guten Rufs.

Ihre Lebensgeister blieben seltsam heiter. Sie sah der Frau direkt in die Augen. »Ich weiß nicht, wo sie ist, da ich nicht mehr in ihrer Begleitung reise.«

»Und warum sollte sie auch?«, ergänzte Alex sanft. Er nahm Gwens Hand und hob sie an seine Lippen, während er die beiden Ladys ebenso anstarrte wie sie ihn. »Mrs Ramsey braucht wohl kaum eine Eskorte, wenn sie mit ihrem Ehemann reist.«

Als Kind hatte Alex all die lehrreichen Märchen über böse Hexen und die schönen Prinzessinnen gehört, die entführt, eingesperrt und in einen Zauberschlaf versetzt wurden. Prinzessinnen, die von bösen Nadeln gestochen wurden; Prinzessinnen, die sich hinter Dornenhecken wiederfanden; Prinzessinnen, die mit Apfelstückchen vergiftet wurden. Bis zu diesem Morgen war ihm niemals aufgefallen, dass bei vielen dieser Prinzessinnen das Bemerkenswerte die Art war, auf die sie einschliefen und wieder aufwachten. Hätte man ihn auf ein solches Muster hingewiesen, so hätte er ohne Zweifel darauf aufmerksam gemacht, dass diese Frauen ausnahmslos von den Händen oder den Lippen eines zwar widerlich demütigen, ansonsten aber ganz passablen Prinzen geweckt worden waren – und dass das Aufwachen an sich als deutliche Metapher dafür stand, dass sich der Prinz vermutlich gut aufs Vögeln verstanden hatte. Genau genommen, *dass* er sich gut darauf verstanden hatte, wie es in den weniger verbrämten Versionen stand, die in alten französischen Texten zu finden waren.

Aber nach diesem Morgen würde Alex nie mehr fähig sein, solche Geschichten mit seinem gewohnten Zynismus zu betrachten. An diesem Morgen hatte er Gwen Maudsley aus dem Schlaf aufwachen sehen, und daran war in der Tat etwas Zauberhaftes gewesen. Er hatte neben ihr gesessen, seine Gedanken waren unerklärlich ruhig gewesen, und er hatte beobachtet, wie sie allmählich aufgewacht war. Zuerst hatte sich eine leichte Röte auf ihren blassen Wangen gezeigt, dann ein Zucken ihrer Wimpern, gefolgt von einem leisen Seufzen, dessen Ausatmen ihr dunkelrotes Haar bewegte. Sie erwachte zum Leben wie ein Wesen aus einer Welt, die viel süßer und weniger grausam war als irgendeine sonst, zu der er je gereist war. Das verschlafene Streichen ihres Handrückens über ihren Mund hatte ihre Lippen gerötet. Als sie sich dann bewegt hatte, hatte ihr Duft die Luft um ihn herum erfüllt.

Er hätte sich selbst verspottet, wäre er es nicht leid gewesen, stets über das zu spotten, was andere ernst nahmen. Natürlich war es einfacher, sich zu mokieren, aber andere Leute hielten sich damit zurück, und das nicht immer nur deshalb, weil ihnen die Fantasie oder der Humor fehlten, dessen der Spott bedurfte. Manchmal hielten sie sich einfach darum zurück, weil sie sich trauten, sich nach etwas zu sehnen, das nicht leicht zu greifen war. Etwas, das einem davonschlüpfte, wenn man ihm nicht den nötigen Respekt entgegenbrachte – einen andächtigen Respekt, von der Art, die einen dazu brachte, an einem Grab den Hut abzunehmen, oder den Kopf vor Soldaten zu neigen, die in den Krieg zogen – selbst wenn man die wohlgenährten Lords verfluchte, die sie in den Tod schickten. Nicht alles im Leben war für den Spott geeignet. Oder auch für das Lachen. Aber es war schwerer, die andächtigen Momente zu sehen, wenn sie nach Lachen statt nach Tränen verlangten. Tränen standen für das Ende.

Das Lachen konnte für den Anfang stehen.

Er hatte Gwen beim Aufwachen beobachtet, und er hatte sich gedacht, dass er keine Ahnung hatte, welche Art von Anfang er ihr bieten könnte. Als sie ihm dann das Gesicht zugewandt und er es mit der Hand leicht berührt hatte, hatte er nur eines darin gesehen: dass er ganz gewiss ein Ende erreicht hatte, als er ihr in London wiederbegegnet war.

Auf dem Bahnsteig dann, als die hämische Spinatwachtel mitsamt dieser Harpyie von Schwester dort aufgetaucht war und auf Gwen eingehackt hatte, war er überzeugt gewesen, die Antwort gefunden zu haben: Was eine schlafende Prinzessin brauchte, war eine heldenhafte Rettung.

Offensichtlich war diese Antwort falsch.

»Bist du *verrückt* geworden?«, fragte Gwen herausfordernd, als sie im Zug nach Mailand saßen. Allmählich wurde er Züge leid. Und wenn er Gwen so ansah, ging es ihr vermutlich ähnlich. Sie wanderte in einem kleinen Kreis im Abteil herum, dann trat sie gegen die Tür, und ihre Lippen bebten, als sie sich ihm zuwandte. »Also wirklich, Alex, hast du deinen Verstand verloren? Vor zwei Tagen wolltest du nicht mit mir … und jetzt sind wir angeblich schon verheiratet!«

Er ließ sich auf die Matratze zurückfallen und bedeckte die Augen mit dem Arm. Er hatte sein wöchentliches Maß an Sorge und Besänftigung aufgeregter Weiblichkeit bereits erschöpft. »Es scheint wahrscheinlich«, sagte er. »Verrücktheit, meine ich. Dafür wirst du dir selbst die Schuld geben müssen.«

»Welcher Teufel hat dich nur geritten? Habe ich dir auf irgendeine Weise den Eindruck vermittelt, ich erwarte von dir, dich für mich einzusetzen? Glaubst du, ich hätte nicht gehört, was du in der letzten Nacht gesagt hast? Deine Worte über das Ersticktwerden? Denkst du etwa, ich würde dich darum bitten?«

Er seufzte. Sie ließ ihn wie einen Märtyrer dastehen, was ihm höchst unangebracht schien. Er verabscheute Märtyrer. Seine Mutter war ein Märtyrerin gewesen, eine nimmermüde Sklavin der Launen seiner Lungen. *Ich habe London während der Saison immer geliebt … natürlich verträgt Alex die Luft dort nicht, und deshalb bleiben wir das ganze Jahr auf dem Lande. Vielleicht wenn die Zwillinge ihr Debüt haben …*

»Setz dich hin, Alex! Du willst doch wohl nicht jetzt schlafen! Sag mir, warum um alles in der Welt du diese lächerliche Behauptung gemacht hast und erkläre mir, was wir jetzt tun sollen!«

Abgesehen von der offensichtlichen Tatsache, dass er sie in der vergangenen Nacht gevögelt hatte und auf das kleinste Zeichen für eine Wiederholung wartete? Ja, abgesehen von diesem Detail war das *Warum* sehr einfach. »Du würdest jetzt nicht ohne Anstandsdame herumlaufen, hätte ich nicht diese Reise vorgeschlagen.« Richtig. »Jeder Schaden, der dich als Folge davon ereilt, unterliegt daher meiner Verantwortung. Und das bedeutet, dass ich ihn wieder richten werde.« Auch das traf zu.

»Es gab keine Alternative zu dem, was ich getan habe.« Selbst jetzt fiel ihm keine ein.

»Du hättest *gar nichts* sagen können. Hast du *daran* gedacht? Ich hatte es dir doch gesagt – die Zerstörung meines Rufs ist mein Ziel!«

Er lächelte. Ihr Zischen war hörbar, so scharf wie das einer Schlange.

»Du glaubst mir nicht?«, fragte sie herausfordernd. »Gestern Nacht scheinst du mich aber durchaus beim Wort genommen zu haben. Gestern Nacht haben wir getan, was wir wollten, ohne uns um die Meinung anderer zu kümmern. Und heute kehrst du den Moralisten heraus. Schuldest du mir dafür nicht eine Erklärung?«

Er seufzte. »Gwen, gestern Nacht und heute Morgen, das sind zwei völlig verschiedene Paar Schuhe. Ich hätte die letzte Nacht nicht erwähnt, aber du kannst jeden Penny deiner drei Millionen darauf verwetten, dass Lady Milton schnurstracks zum Telegrafenamt marschiert ist.«

»Tatsächlich? Und warum?«

»Du kannst ja behaupten, dass du dir nichts aus der Schande machst, aber ich behalte mir das Recht vor, das zu bezweifeln.« Gewisse grundlegende Charaktereigenschaften eines Menschen wehrten sich nun mal dagegen, einfach abgelegt zu werden. »Du bist jemand, der gefallen will, Gwen.« Ihr Instinkt würde sie auf den schmalen Pfad eines ehrbaren Lebens zurückführen, ganz egal wie sehr sie dessen Einschränkungen auch verdammen mochte. Und selbst wenn er sich irrte – er würde nicht dafür verantwortlich sein, sie auf die Probe zu stellen.

Der wüste Schmerz eines heftigen Schlags auf seinen Fuß ließ Alex aufspringen.

Sie hielt den Nachttopf über seine Zehen.

»Hat dir das gefallen, Alex?«, fragte sie mit einem ungewöhnlich süßen Lächeln. »Soll ich dir noch einmal die Freude machen?«

Er schwang seine Beine auf sichereres Terrain. »Wäre uns irgendjemand anders über den Weg gelaufen – *irgendjemand* außer dieser Frau –, dann hätte ich versucht … ich weiß nicht, vielleicht hätte ich versucht, dessen Diskretion zu erkaufen. Aber …« Verdammte Hölle. Er verstummte, als ihn das Erstaunen packte. Er fuhr sich mit der Hand über das Gesicht und gestand es sich ein: Er *log*. Er war verdammt froh über diese Wendung der Ereignisse.

Er sah sie mit neuer Aufmerksamkeit an. Gwen Ramsey. Königin von Barbary Coast. Für ein paar Ferientage würde er sie dorthin bringen. Sie zum Singen bringen. Sie würde es genießen, die Lüge gegen die Wirklichkeit zu tauschen.

Vielleicht war jetzt nicht die beste Zeit, diesen Gedanken anzudenken oder seine plötzliche frohe Stimmung kundzutun. Immerhin sah Gwen ziemlich wütend aus. Er räusperte sich. »Wie ich schon sagte: bei jedem anderen. Aber Lady Milton?« Er zuckte mit den Schultern. »Sie hat das Gesicht ihres Sohnes mit wahrer Leidenschaft bewundert. Und ich bin persönlich dafür verantwortlich, dass sich sein Aussehen stark verändert hat.«

Ihre Schultern sackten herunter. »Ja«, sagte sie und stellte den Nachttopf wieder auf den Boden. »Richard hat mir erzählt, dass du in den Streit eingegriffen und für ihn Partei ergriffen hast. Aber darum geht es nicht, Alex. Was sollen wir jetzt tun?«

Er lachte leise. Der Klang war seltsam, ein bisschen – na gut, er konnte es ruhig sagen: Es klang eine Spur hysterisch. Und er fühlte sich merkwürdig: knochenlos, unglaublich unbeschwert, so durch und durch leicht, als sei eine große Last von ihm genommen worden. Ein Anfang, in der Tat. »Wir suchen uns einen Priester«, sagte er.

»Was?« Ihre braunen Augen weiteten sich. »Das meinst du nicht ernst.«

»Absolut«, sagte er.

»Aber –« Sie sank auf den Stuhl, der gegenüber dem Bett stand. »Aber, Alex«, sagte sie leise. »Was, wenn wir nicht zusammenpassen?«

Bei dieser Frage richtete er sich auf. Wie zur Hölle konnte sie bezweifeln, dass sie zusammenpassten? War sie in der letzten Nacht nicht dabei gewesen? Die letzten Wochen? »Du kennst mich dein halbes Leben lang«, erwiderte er trocken. »Erwartest du da noch irgendwelche Überraschungen? Wenn ja, dann versichere ich dir, dass meine Leichen alle außerhalb des Kellers zu finden sind, um dort die Geschichten zu verbreiten, die den Ramsey-Clan regelmäßig aufschrecken. Das ist sehr nützlich.« Sie war blass wie Pergament und zutiefst erschrocken. Ein Lachen stieg in ihm auf. Es klang rostig, schien aber bei irgendetwas in seiner Brust Anklang zu finden, als es daran vorbeikam. »Kopf hoch, Gwen, sieh es doch positiv. Falls wir nicht zusammenpassen, werden wir uns einen Anwalt nehmen. Ein dreifaches Hurra auf das neue Eherecht. Gerry hat natürlich dagegen gestimmt.«

Er streckte sich wieder aus und legte erneut den Arm über die Augen. Nun gut. Es würde natürlich keine richtige Ehe sein, aber doch etwas Zweckdienliches. Warum nicht? Gwen war bereits Teil seines Kreises. Sie gehörte schon jetzt zu seiner Familie, so wie seine Schwestern und Nichten.

Dieser Gedanke ließ ihn zusammenzucken. Also gut, ganz *genau* dasselbe war es natürlich nicht. Aber es gab Verpflichtungen, die sie bereits aneinander banden. Er musste einfach damit weitermachen, diese Verpflichtungen zu erfüllen.

»Scheidung?« Jetzt klang ihre Stimme entschieden nach rostigen Nägeln.

»Das wäre doch weniger aufregend für dich als der Ruin deines Rufs, oder nicht?« Er sprach in einem gelangweilten Ton. »Vermutlich stimmt es, dass es Geschiedene heutzutage dutzendweise gibt. Geschieden zu werden ist fast schon angesagt.«

»Angesagt –« Das Wort endete in einem keuchenden Geräusch. »Oh, *bitte* setz dich hin! Du hast mich in diese Lage gebracht; du kannst das jetzt nicht einfach so abtun, während ich mir den Kopf darüber zerbreche, wie wir das wieder hinbiegen!«

Er hob den Arm ein wenig von den Augen, um Gwen anzusehen.

Sie hatte die Arme wieder um sich geschlungen. Und eine *Träne* lief ihr über die Wange.

Er setzte sich auf und kam aus dem Bett. »Himmel, Gwen – was ist denn? Du musst doch um das Risiko gewusst haben, dass wir von jemandem gesehen werden, als du dieser Scharade mit Barrington zugestimmt hast.«

»*Natürlich* habe ich das gewusst!«, rief sie und verschränkte die Arme noch fester um sich; sie quetschte fast ihre Rippen. »Aber ich hatte gedacht, dass ich das Risiko *wählen* könne! Stattdessen hast *du* die Entscheidung für mich getroffen, eine Entscheidung, an die ich niemals gedacht hätte – nicht geplant hätte – hast du das geplant?« Sie sah zu ihm hoch, mit offenem Mund, auf dem Gesicht ein Ausdruck, den er nicht verstand. »Hast du das?«, fragte sie leiser. »Alex, hast du je gedacht, es könnte auf eine Heirat hinauslaufen?«

Er fasste sie an den Ellbogen, so fein und zart wie Vogelflügel. Sie zitterte. Die Heftigkeit ihrer Reaktion ergab überhaupt keinen Sinn. »Ich habe das nicht geplant«, sagte er langsam. »Aber wenn du bereit warst, deinen Ruf zu ruinieren, so kann ich nicht verstehen, warum diese Wendung der Dinge dich so aufregt.«

Sie senkte den Blick. Langsam schüttelte sie den Kopf.

Stirnrunzelnd sah er auf sie herunter.

Oh, was zur Hölle.

»Gwen«, sagte er. »Ich hatte nie die Absicht zu heiraten. Ich hatte nie die Absicht, dich in Paris herumzuführen. Ich hatte nie geplant, mit dir zu schlafen – aber ich kann bei Gott und allem, was heilig ist, schwören, dass ich seit Jahren davon geträumt habe.«

Vielleicht stockte ihr Atem. Er konnte sich nicht sicher sein. Sicherlich war das nicht der romantischste Satz gewesen, den man einer Frau sagen konnte. Aber zumindest war ihr Zittern weniger geworden.

Das war ein ausreichend gutes Ergebnis und einer größeren Investition würdig. »Seit Jahren«, sagte er. Seine Finger spannten sich wie aus eigenem Willen an. »Und das nicht nur, weil du schön bist, wirklich schön, wunderschön auf eine Weise, von der dein Aussehen nur ein Teil ist. Die Art, wie du die Welt siehst, ist wunderschön. Und du bringst andere dazu, deren Schönheit mit deinen Augen zu betrachten. Und du hast mich über die Maßen ärgerlich gemacht, indem du dich an Vollidioten weggeworfen hast. Ich habe dich beständig dafür verflucht, dich so billig zu verkaufen. Und ich habe niemals ein Gebot gemacht, weil ich niemals glaubte, du wärest zu kaufen, und ich wusste nicht, was ich dir hätte bieten können, was du verdientest. Deshalb« – er holte tief Luft – »falls es die Scheidung ist, die dir Probleme macht, können wir diesen Teil beiseiteschieben.«

Keine Reaktion.

»Das heißt heiraten für immer.« Schlug er das jetzt tatsächlich vor? Lieber Gott, seine Schwestern würden ein Fest veranstalten, das bis zum neuen Jahr dauern würde. »Für immer und ewig«, machte er es noch klarer. Herrgott, er hörte sich wie ein

Fünfjähriger an. Als Nächstes würde er noch hinzusetzen *Ganz bestimmt! Ehrenwort!*

Sie seufzte fast unhörbar.

Er hatte keine Ahnung, wie er das deuten sollte. Seine eigenen Gedanken fühlten sich ein wenig benommen an, aber er vermutete, dass er sich vernünftig anhörte. Oder nicht?

Warum antwortete sie dann nicht?

»Ich lebe in New York und Buenos Aires«, sagte er und fühlte sich jetzt mehr und mehr wie ein Idiot, »aber wenn du lieber in London wohnen möchtest, kann ich mein Unternehmen dorthin verlegen. Genau genommen ist das Geschäft mit Peru zurzeit – ach, das ist jetzt egal. Vielleicht würden halbjährliche Reisen genügen. Wir können uns ein Haus in London aussuchen. Wo immer es dir gefällt – am Grosvenor Square, wenn du den vorziehst. Falls du das unbedingt willst«, fügte er leise hinzu, denn weiter als bis zu diesem Punkt könnte er wirklich nicht gehen.

Gwen warf ihm einen undeutbaren Blick zu und befreite sich aus seinem Griff. Sie wandte ihm den Rücken und starrte aus dem Fenster.

»Liebst du mich?«, fragte sie.

Dabei klang ihre Stimme sehr klein. Und er fragte sich plötzlich, welche Art von Trennlinie es zwischen ihnen schuf, dass er Dinge von ihr wusste, die sie nie mit ihm geteilt hatte – Begebenheiten und Geschichten und Momente und Erinnerungen, von denen sie nicht einmal ahnte, dass er darüber Bescheid wusste. Er hatte sie seit einer so langen Zeit gesammelt und immer wieder vor sich selbst geleugnet, dass es ihm dabei um mehr gegangen war als um ein beiläufiges Amüsement. Dazu war er zu eifrig gewesen, manches Mal sogar eifersüchtig. Er hatte vor sich selbst geleugnet, dass er nie eine Bemerkung vergessen hatte, die Gwen gemacht – oder die andere über sie gemacht hatten, und dass er diese Leute geschätzt oder verachtet hatte, je nachdem, wie sie Gwen gegenübergetreten waren. Es war eine einseitige Intimität, die zwischen ihm und ihr existierte. Unvermeidbar schuf dies einen Abgrund, dessen Tiefe keiner von ihnen kennen konnte, bis sie versuchten, sie auszuloten. Würde sich dieser Abgrund als unüberbrückbar erweisen?

»Ja«, sagte er ruhig. »Ich liebe dich, Gwen.« Wie hatte sie das nie sehen können? Sogar Richard hatte es gewusst.

Er beobachtete ihre Haltung, als sie sich zu ihm umwandte. Sie stand so unglaublich gerade. Er wartete darauf, dass die Anspannung aus ihren Schultern wich.

Doch sie entspannten sich nicht, auch dann nicht, als sie das Gesicht zu ihm hob und lächelte, ein Lächeln, das so überirdisch strahlend wirkte, dass ihn für einen kurzen Moment eine unheimliche Angst beschlich: Er musste dies träumen, denn nichts von all dem war real. Also träumte er. Und es konnte nicht real sein, was sie da sagte: »Dann ja, Alex. Ich will dich heiraten.«

15

Für den Rest ihres Lebens blieben die Erinnerungen an den Maskenball für Gwen vage und verschwommen, verwaschen von dem riesigen blauen Licht, in dem sie entstanden waren. In jenem Augenblick selbst jedoch verlieh die Beleuchtung der Szene eine überdeutliche Schärfe. Tausend Lampen verströmten ihr Licht im Haus der Cornelyses am Grosvenor Square. Der Schein spiegelte sich wild auf den scharlachroten und goldenen Mustern des Dekors im chinesischen Stil, den edelsten Juwelen von gut sechshundert Gästen, den Pailletten, mit denen ihre glänzenden, ausdruckslosen Masken bestickt waren. Der Lärm, der von Hunderten von Gesprächen und drei miteinander konkurrierenden Orchestern auf zwei Etagen stammte, erfüllte die Sinne wie Champagner. Gwen hatte sich auf die Suche nach der Toilette gemacht und sich auf dem Rückweg zum Ballsaal zwei Mal verlaufen.

Vielleicht, dachte sie, arbeitete ihr Kopf nicht richtig. Jeder dieser letzten zwölf Tage kam ihr vor, als sei er in einer Art berauschtem Nebel vergangen. In Mailand hatte sie Elma ein Telegramm geschickt, schnell zu kommen – das war fast schon ein Befehl gewesen, dem dann sogar noch schneller Folge geleistet wurde, als Gwen gehofft hatte; sie hatte nur noch eine atemlose Nacht mit Alex verbringen können, bevor Elma aufgetaucht war, bestrebt, den Anlass dieses frühen Rückrufs zu erfahren und zudem ein bisschen verärgert. (Gwen traute sich nicht zu fragen, was Elma so sehr beschäftigt hatte, das ihre frühzeitige Rückkehr so bedauerlich hatte machen können.)

Die Enthüllung des Anlasses hatte dann das Unmögliche möglich gemacht: Elma war vorübergehend sprachlos gewesen. Danach jedoch, nachdem ihre Überraschung sich gelegt hatte, hatte sie sich selbst in eine Krisenstimmung versetzt. »Sollen wir uns damit aufhalten, einen italienischen Priester zu bestechen? Unsinn, das wäre doch nur ein weiterer Mund, der zugeklebt werden müsste. Nein, lasst uns dahin gehen, wo unsere Freunde sind und alles dort geschehen lassen«, entschied sie. »Wir buchen Fahrkarten direkt nach London. Auf, auf, Mr Ramsey, auf, auf!«

Gwen hatte sich überlegt, dass es unnötig war, sich damit zu belasten, dass Lady Milton sie für bereits verheiratet hielt. »Was kümmert es uns?«, hatte sie Alex gefragt, als Elma ihnen endlich einmal lange genug den Rücken gekehrt und ihnen damit die Gelegenheit gegeben hatte, sich ungestört zu unterhalten. »Wird es in Buenos Aires oder New York wichtig sein, wenn die Leute in London sagen, dass wir vor unserer Heirat allein herumgereist sind?«

»In London wird es wichtig sein«, erwiderte er. »Und eines Tages könnte es auch dir nicht egal sein.«

Er hörte nicht auf ihre Beteuerung des Gegenteils. Genau genommen hatte er sich überraschend zugänglich für Elmas moralisierende Reden und Anordnungen und auch die seiner Schwestern gezeigt. Die Zwillinge hatten in St. Pancras gewartet, vier Tage später – aufgeschreckt von Elmas Telegramm, dass »ein schreckliches Durcheinander«, ausgelöst von »zwei verrückten Turteltauben«, ihrer größten Anstrengungen für eine Lösung harrte.

Gwen hatte Alex vorausgesagt, dass zumindest eine seiner Schwestern vor Schreck umfallen werde, wenn sie von den Heiratsplänen erfuhren. Er hatte nur gelächelt und gesagt, die beiden könnten eher *sie* überraschen.

Und in der Tat, nachdem sie die Neuigkeit erfahren hatten, hatte Belinda lediglich die Stirn gekräuselt und dann genickt, während Caroline sich mit einem Aufschrei quer durch die Kutsche geworfen hatte, um Gwen und Alex zu umarmen. »Gut gemacht«, hatte sie zu Alex gesagt und ihm zugeblinzelt, während sie sich wieder auf ihren Platz gesetzt hatte.

Die Sachlage war die: Ausgelöst von Lady Miltons eifriger Hand hatte sich die Kunde von der Heirat überall verbreitet. Eine Flut von Karten war bei den Beechams eingetroffen, alle waren von Bekannten gekommen, die unbedingt die ganze Geschichte erfahren wollten. Daher brauchte man eine sehr maßgebende Person, um die Beschaffung einer Sondererlaubnis voranzutreiben. Vielleicht musste man sogar jemanden überzeugen, das Datum der Ausstellung dieses Dokuments zu korrigieren; andererseits würde die Neuigkeit über dessen verspäteten Einsatz zum nächsten Skandal der Saison werden. »Und Gwen hat sich bereits zwei Mal um ein solches Dokument bemüht«, sagte Elma. »Außerdem geht jetzt das Gerücht um, dass sie Pennington bestochen habe, er solle verschwinden, damit sie stattdessen Mr Ramsey heiraten könne.«

Alex' Beziehungen reichten eher in Regierungskreise, da er nie einen Anlass gesehen hatte, sich mit einem Kirchenmann zu befreunden. Und so fiel die Aufgabe der Beschaffung der erforderlichen Lizenz an Gerard.

Die Zwillinge und Alex überbrachten ihrem Bruder die Neuigkeit gemeinsam, während Gwen mit Elma in der Halle wartete. Dort waren von dem großen Moment der Enthüllung nur ein Klirren und ein lautes Poltern zu hören.

»Ach du meine Güte«, murmelte Gwen.

Elma tätschelte ihr die Hand. »Er wird dein Schwager werden«, sagte sie.

Für einen Moment vermochte Gwen nicht zu sagen, ob dies

eine Warnung vor weiterer Kritik an ihm war oder eine Warnung vor der Heirat an sich. Und dann erscholl ein nächstes Krachen. Elmas Hand schloss sich fester um Gwens. »Man kann schon verstehen, warum Mr Ramsey es vorzieht, ins Ausland zu reisen«, sagte sie. Ihr Lächeln war gleichbleibend freundlich, doch ihre Stimme klang stahlhart.

Stille breitete sich aus. Und dann erhob sich eine Stimme – die Lord Westons. Gwen strengte sich an, etwas von dem zu verstehen, was gesagt wurde. Aber vergebens.

Es folgte die scharfe Antwort einer weiblichen Stimme. Das musste Belinda sein. Das Gebrüll ging weiter.

Krachend fiel eine Tür zu. Die Zwillinge kamen in die Halle zurück. Belinda mit stürmischen Schritten, Caroline langsamer und in sich zusammengesunken. Sogar die Feder an ihrem Hut hing traurig herunter. Aber ihr Lächeln war strahlend, als sie sagte: »Lasst den beiden noch einen Moment Zeit. Gerry ist sehr glücklich, dich in die Familie aufzunehmen, Gwen.«

»Das sollte er wohl auch«, sagte Elma kühl. »Aber ich würde meinen, dass er eine seltsame Art hat, seine Freude zu zeigen.«

Die Zwillinge wechselten einen Blick. »Oh, es geht nicht um Gwen«, sagte Caroline. »Gerry ist nur …«

»Er ist nur ärgerlich auf Alex«, erklärte Belinda. »Alex nimmt nie den direkten Weg, wenn stattdessen auch eine Spirale oder ein Zickzackkurs möglich sind.«

»Er schreit mit *Alex* herum?« Gwen konnte sich nicht vorstellen, dass das irgendjemand wagte.

»Ja«, sagte Belinda. »Und Alex sitzt vermutlich still da und lächelt und stachelt ihn dadurch nur noch mehr an.«

»Na, du kannst doch auch nicht von ihm wollen, dass er sich entschuldigt«, sagte Caroline scharf. »Wenn Gerry schlecht gelaunt ist, ist er absolut ungenießbar. Was ist er nur für ein aufgeblasener Flegel geworden!«

»Einverstanden«, sagte Belinda mit einem Schulterzucken. »Aber er ist eher ein Murmeltier als ein Tyrann, also wird er sich bald beruhigen. Und bis dahin«, fügte sie hinzu und setzte sich neben Gwen auf die Bank, »werden wir warten.«

Caroline begann derweil, hin und her zu gehen.

Nach einer Minute trat eine Pause im Herumschreien ein. Belinda raffte ihre Röcke, um aufzustehen, und Caro warf einen Blick zur Halle.

Das Schreien setzte wieder ein. Belinda ließ sich mit einem Seufzen zurücksinken, aber Gwen fühlte, dass ihre Geduld zur Neige ging. Sie sprang auf und schritt auf das Arbeitszimmer zu, dabei ignorierte sie die überraschten Bemerkungen, die ihr folgten. Es war ja gut und schön, höflich dazusitzen, wenn man vorhatte, einen Schwager zu bezaubern, aber sie wusste, dass Alex sich wenig um solche Ziele scherte. Und außerdem hatte sie selbst vor Wochen damit aufgehört, nichtssagende Höflichkeiten von sich zu geben.

Sie hob die Hand zu dem Lakaien, der vor der Tür stand, dann öffnete sie, ohne anzuklopfen, selbst die Tür.

Es war genau so, wie die Zwillinge es gesagt hatten: Lord Weston wanderte wütend hin und her, während Alex bequem in einem Sessel saß, mit den Fingern auf sein Knie trommelte und höflich zuhörte.

»– mehr als unglaublich«, sagte Lord Weston.

»Ja«, sagte Alex. »Ich stimme absolut zu. Bist du jetzt fertig? Sie warten.«

»Nicht bevor du zugibst, dass dies der letzte Stroh …«

»Ich bin der letzte Strohhalm?«, fragte Gwen höflich.

Lord Weston blieb abrupt stehen. Alex wandte sich im Sessel um. »Ah, Gwen«, sagte er freundlich, stand auf, ging zu ihr und ergriff ihre Hände, um sie eine nach der anderen an seinen Mund zu heben. »Du Märtyrerin«, sagte er leise. »Ich dachte, du hättest deine Tugenden schon vor einiger Zeit über Bord geworfen. Rette dich und lauf davon.«

Sie lachte trotz ihrer Nervosität und hätte etwas erwidert, wäre Lord Weston nicht mit steifen Schritten zu ihr gekommen und hätte sich formell vor ihr verbeugt. »Miss Maudsley«, sagte er. »Willkommen in der Familie. Meine Entschuldigung für die wahrlich unverzeihlichen Umstände dieses Zusammentreffens. Ich bete, dass Sie ihm verzeihen. Ich bete, Sie werden uns allen verzeihen, dass wir einen solchen Schurken unseren Bruder nennen.«

In seiner Stimme lag ein so eifriger Ton, dass sie sich um Alex' willen gekränkt fühlte. »Verzeihen Sie mir, wenn ich eine ganz andere Sichtweise vertrete«, sagte sie tonlos. »Ich habe Ihren Bruder schon immer für jemanden gehalten, der in jeder Weise absolut bewunderungswürdig ist.« Alex' Schnauben ignorierte sie. »Ich kann nicht verstehen, warum Sie ihn so hart beurteilen, besonders wenn –«

»Warum? Sie können nicht verstehen warum?« Die Augen des Earls traten hervor. »Sie von Paris wegzuzerren – in einer solchen Situation zu landen – nun, ich bemitleide Sie, wenn Sie sich das Warum nicht vorstellen können! Ich fürchte, Sie werden eine unangenehme Überraschung erleben, noch bevor Ihre Flitterwochen zu Ende sein werden.« Hier verstummte er, während sein Gesicht ein mattes Rot annahm. Vielleicht erinnerte er sich in diesem Augenblick der Umstände, unter denen Lady Milton Gwen und seinen Bruder entdeckt hatte, und vermutete, dass die Flitterwochen nicht so viele Überraschungen bringen würden, wie sie es anständigerweise sollten. Noch schroffer fuhr er fort: »So ist es immer mit ihm gewesen. Ich hätte von Ihnen erwartet, dass Sie das wissen! Sicherlich wissen Sie immerhin, auf welche Weise er seinen … Lebensunterhalt verdient.« Die letzten Worte spie er fast aus.

»Und natürlich nicht zu vergessen: diese Sache mit Ihrem Bruder –«

Sie schnitt ihm das Wort ab, in einem Ton, der weitaus kälter war, als sie ihn jemals jemandem anders gegenüber benutzt hatte. »Es war mein eigener Wunsch, dass wir heiraten. Ich muss aus Ihren Worten schließen, dass Sie mich entweder für eine Närrin halten, weil ich ihn zu heiraten wünsche, oder dass Sie mich verhöhnen, indem sie so empörend sprechen, obwohl Sie kein Wort davon meinen. Ja, er verdient sich seinen *Lebensunterhalt* – und zwar einen sehr guten. Sie werden es mir vergeben, falls meine persönliche Erfahrung mit Männern, die über ererbte Privilegien verfügen, mich dazu gebracht hat zu glauben, dass ein Mann, der für sein Einkommen arbeitet, weitaus vertrauenswürdiger ist als einer, dem es von Geburt an in die Wiege gelegt ist.«

Lord Weston wollte etwas entgegnen, aber Alex kam ihm zuvor. »Oh«, sagte er leise hinter ihr. »Sei vorsichtig mit ihm, Gwen. Er ist ein wenig zerbrechlicher, als es den Anschein hat. Und nicht alle diese Titelträger sind Schweinehunde.«

Der starrende Blick des Earls glitt über ihre Schulter.

Sie verschränkte die Arme. Jetzt war eine Entschuldigung fällig. Doch Lord Westons Lippen blieben versiegelt.

»Ich glaube nicht, dass der Earl *derart* zerbrechlich ist«, sagte sie entrüstet. »Nach meiner Auffassung, Sir, schulden Sie Alex Ihren Dank.«

»Meinen … Dank.« Er sprach es aus, als entstammten die Worte einer fremden Sprache und seien lediglich bedeutungslose Silben auf seiner Zunge.

»Ja. Er hat Ihnen einen großen Gefallen getan. Sie wurden von einem Kriminellen betrogen. Alex hat Ihnen den Beweis gebracht, damit Sie dafür sorgen können, dass dieser Mann ins Gefängnis kommt und Sie Ihr Land zurückerhalten.«

Lord Westons Augen hatten zwar fast dieselbe Farbe wie die von Alex, aber nicht annähernd dieselbe Wirkung. Als er sie jetzt weit aufriss und seine Lippen sich überrascht teilten, sah er wie ein glubschäugiger Fisch aus, der überrascht war, sich auf dem Schlachttisch des Fischers wiederzufinden.

»Mmm«, sagte Alex, nahm sie am Arm und schob die freie Hand in seine Tasche. »Ich hatte noch nicht die Gelegenheit, ihm das mitzuteilen, Gwen.«

»Oh.« Sie spürte ihre Wangen rot werden. »Das tut mir schrecklich leid.«

»Es ist ja nichts passiert«, erwiderte Alex. »Was soll ich sagen, Gerry? Der Beweis für Barringtons ungesetzliche Vorgehensweise als Gegenleistung für einen kleinen Gefallen in Form einer harmlosen Heiratslizenz.«

Lord Weston stimmte natürlich zu. Aber, so bemerkte Gwen, er machte sich nicht die Mühe, seinem Bruder dafür zu danken, dass er ihn aus den Händen eines Betrügers gerettet hatte. Familie, so schien es, war nicht immer das Idyll, das sie sich vorgestellt hatte.

Vier Tage dauerte es, die Lizenz ausgestellt zu bekommen, nachdem Lord Weston sich darum gekümmert hatte. Als Gwen jetzt an einer der Türen zum Ballsaal der Cornelyses stand, Gott sei Dank anonym hinter ihrer Maske und mit weniger als zwölf Stunden bis zum festgesetzten Termin ihrer Heirat, fragte sie sich einmal mehr, was sie hier eigentlich tat. Sie fühlte sich seltsam abgespalten von der Szene. Sie und Alex waren auf Beharren der Zwillinge hergekommen, denn kein jungvermähltes Paar würde sich – wenn es sich nicht auf der Hochzeitsreise befand – von der Londoner Saison ausschließen. Von Alex mochte man ja ein seltsames Benehmen erwarten, nicht jedoch von ihr. Und deshalb würden sie zu diesem Maskenball gehen, hatte Alex zu ihr gesagt.

Aber warum? Warum nur gaben sie sich mit diesen Leuten ab?

Die Maske zu tragen half vermutlich nicht dabei, sich von den anderen zu distanzieren. Sie nahm sie ab, und ließ auf der Suche nach den Ramseys den Blick über die Menschenmenge schweifen. Sofort begann man, sie anzustarren. An der einen Seite des Ballsaals zog sich eine Galerie entlang, eine Gruppe von Frauen beugte sich über das Geländer, um Gwen zu betrachten. Nicht alle diese Blicke waren boshaft, aber sie waren neugierig und sensationslüstern. In den kommenden Tagen würde es nur eines Fehltritts bedürfen, um die Stimmung gegen sie umschlagen zu lassen. Denn was jetzt wie ein romantisches Spektakel aussah, würde zu einem schäbigen Skandal der Art werden, der die Verdammnis nach sich zog, kaltes Geschnittenwerden und Rücken, die sich einem zukehrten.

Vor einem Monat noch wäre Gwen unter dem Druck einer solchen Zensur vermutlich zusammengebrochen. Jetzt aber empfand sie es höchstens noch als lästig.

Sie wollte nicht unter diesen Menschen leben.

Warum waren sie hier?

Morgen Mittag würde sie mit Alex Ramsey verheiratet sein.

Endlich sah sie ihn. Auch er hatte seine Maske abgenommen und kam direkt auf sie zu, aber noch hatte er sie nicht entdeckt. Der Anblick seines Profils, als er über die Menge hinwegsah, seine markante Nase, die gerade Haltung seines Körpers erfüllten sie mit etwas Heißem und Begehrlichem.

Ich will es.

Oh ja, das wollte sie. Noch nie in ihrem Leben hatte sie sich etwas stärker gewünscht, als mit ihm verheiratet zu sein – damit sein Lachen, sein Humor, seine Klugheit, seine Wildheit, seine beschützende Art, seine Ermutigung, sein Mut und seine Entschlossenheit nach Recht und Gesetz ihr gehörten.

Aber sie glaubte nicht einen Moment lang, dass er sie liebte.

Oh, er hatte es ihr gesagt. Seine Schwestern hatten es ihr ebenfalls gesagt. Elma hatte behauptet, es schon die ganze Zeit gewusst zu haben. Sie hätte es daran bemerkt, wie er sie in unbeobachteten Momenten angesehen hätte. Unsinn. Natürlich wollte Gwen es glauben – morgen würde sie sogar so tun, als glaubte sie es. Aber sie kannte ihn zu gut. Sie kannte sein Geheimnis: Bei all seiner Herumreiserei, seiner Unabhängigkeit und seiner unorthodoxen Art nahm er seine Verantwortung doch sehr ernst. Er lieh sich sogar von anderen noch Verantwortung aus und machte sie zu seiner eigenen, einfach weil er dachte, diese Art von Dienst denen schuldig zu sein, die er liebte. Von dem Augenblick an, in dem Lady Milton sie zusammen gesehen hatte, hatte außer Frage gestanden, dass er ihr einen Antrag machen würde. Er hatte Richard versprochen, sich um sie zu kümmern. Und eine Heirat war die einzige Option, die diese Situation zugelassen hatte.

Sein Blick traf sie, und sein Gesichtsausdruck veränderte sich. Er schickte ihr ein Lächeln, das so zärtlich war, dass es ihr den Atem nahm.

Vielleicht liebte er sie ja doch.

Er kam auf sie zu. Reglos stand sie da, beobachtete ihn näher kommen. Es war schon *möglich*, dass er sie liebte. Er brauchte ihr Geld nicht. Er hatte ihre Jungfräulichkeit bekommen, ohne Versprechungen zu machen oder um etwas gebeten worden zu sein.

Er blieb nicht stehen, um die formelle Distanz einzuhalten. Er kam direkt zu ihr und legte die Hände um ihre Taille. Sie widerstand dem Drang, zur Galerie hinaufzuschauen. Alle hielten sie für verheiratet, und diese Berührungen waren bei einem Ehepaar statthaft. Das änderte nicht die Wirkung, die eine solche Geste haben konnte: Wenn er sie in spätestens einer Minute nicht losließ, würden sie einen Skandal auslösen, der so mächtig wäre, dass die Galerie unter dem Gewicht der Menschen, die sich über das Geländer beugten, vermutlich einstürzen würde.

Gwen legte die Hand auf seine. Er bedachte sie mit seinem typischen sinnlichen Lächeln. Sie wusste genau, was dieses Lächeln bedeutete. Es war sein Versprechen auf lange süße Nächte, in denen keine Schonung gewährt werden würde.

Ihre Hand schloss sich wie von selbst um seine. Wenn er sie liebte … was gäbe es dann, was sie nicht tun könnte? Was konnte die Welt ihr dann nicht bieten? Was wäre ihr dann noch unmöglich?

»Ich langweile mich entsetzlich«, sagte er. »Meinst du, wir haben genügend Zeit in diesem Fegefeuer verbracht?«

»Wir haben versprochen, das Fest nicht vor den Zwillingen zu verlassen«, erinnerte sie ihn.

Er neigte leicht den Kopf. Ein neuer Glanz lag in seinen Augen. »Das Fest nicht, den Saal aber schon«, sagte er.

Unter ihrer Hand fühlte sich seine Haut heiß an, seine Finger waren stark. Die Möglichkeit, die sein suggestives Lächeln verhieß, ließ ihren Puls schneller schlagen. »Alex, wir können doch nicht …«

»Komm«, sagte er und wandte sich zur Tür. In ihr Ohr hauchte er: »Seien Sie doch ein wenig verrucht, Miss Maudsley.«

Verrucht war es in der Tat, gestand Gwen sich ein, als sie ihm aus dem Ballsaal und den Gang hinunter folgte. Hiervon hatte sie geträumt, als sie auf der Suche nach dem richtigen Weg durch das Haus gewandert war. Sie wusste genau, wohin sie gehen mussten. Sie ging voraus, um ihn zu führen, und er folgte ihr dichtauf, stumm, sie weiterdrängend, wenn sie stehen blieb. Er knabberte an ihrem Ohr und vertrieb ihre Zweifel, wenn der neugierige Blick eines maskierten Gastes sie streifte, dem sie begegneten und der Gwens Mut sinken ließ.

Vor der Polstertür, die jetzt geschlossen war, blieben sie stehen. Dahinter hatte Gwen zuvor die Wäschekammer entdeckt. Mit einem tiefen Atemzug wandte sie sich zu Alex: »Ich denke, hier könnte es gehen. Dort drinnen, da gibt es ein –«

Er öffnete die Tür, griff unter ihre Arme und presste seinen Mund auf ihren, während er sie in die Kammer schob. Ihre Vernunft lauschte dem dumpfen Geräusch, das besagte, dass er die Tür wieder geschlossen hatte; der Rest ihres Verstands war bereits unter dem treibenden Druck seines Kusses zerschellt. Seit Mailand hatten sie sich nicht geküsst. Es hatte einfach keine Gelegenheit gegeben. In den Tagen seither hatte Gwen angefangen sich zu fragen, ob die Wildheit und die Freiheit, die sie in Alex' Armen empfunden hatte, vielleicht nur das Produkt einer übersteigerten Fantasie gewesen waren, ob sie zum Wunschdenken einer Frau gehörten, die Angst davor hatte, in eine tödliche, niederdrückende Bequemlichkeit zurückzugleiten.

Aber sie hatte es sich nicht eingebildet. Sein Kuss machte sie erst lebendig. Sie presste sich an ihn und ließ geschehen, dass er sie gegen die Wand drückte, murmelte Ermutigungen in seinen Mund und drängte ihn zu einer noch größeren Wildheit. Ihre Finger gruben sich in sein Hemd und spürten die harten Muskeln darunter. Sein Mund glitt zu ihrem Nacken, Zähne kratzten, reizten; er biss die Stelle, wo ihre Kehle und ihre Schulter sich trafen, als wollte er sie festhalten.

Sie strich über sein Kinn, das in Mailand von Bartstoppeln rau gewesen war. Doch jetzt war es von der Klinge eines scharfen Rasiermessers glatt. Seine Hand lag auf ihrer Brust, hob sie aus dem Korsett, während seine Zunge über ihre Halsgrube strich. Gwen hoffte, er würde ihr unauslöschlich sein Zeichen aufdrücken. Sie wünschte, sie würden sich wie Kinder in den Finger schneiden können, um ihr Blut zu vermischen. Sie sehnte sich nach einer Verbindung, die unauflösbarer war als jene, die vom Gesetz und seinem Namen begründet wurde. Sie wollte etwas Tiefgehendes, das nur er in ihr auslösen könnte. Sie wünschte sich, dass auf der Straße jeder mit einem Blick wusste, dass sie ihm gehörte.

Der Stoff ihres Kleides war so zart, dass sie das Reiben seines Daumens über ihre Brustwarze fühlte, als wäre sie nackt. Jeder Zweifel in ihr schmolz, als sie sich an ihn drängte. *Ich will dies.* Gott im Himmel, sie wollte ihm gehören.

Sein Mund schloss sich durch den Stoff um ihre Brustwarze und saugte fest. Es löste eine heiße, süße Strömung tief in ihrem Bauch aus. Gwen fuhr mit den Händen seinen breiten Rücken hinauf und wieder herunter, unruhig und ungeduldig und dazu bereit, dass er sie jetzt nahm. Es war verrückt. Wahnsinn. Ein Diener könnte jeden Moment vorbeigehen.

Dieser Gedanke ließ Gwen für einen Moment klarer denken. Sie wollte sich den Konventionen nicht länger beugen, aber Anstand war nichtsdestotrotz ein nobler Gedanke.

Sie tastete nach der Wand hinter ihr. Dort irgendwo musste die Tür sein. Ihre Finger fanden nichts. »Warte«, keuchte sie.

»Nein«, sagte er und biss leicht in ihre Brustwarze. Ein tiefer heißer Ton löste sich aus Gwens Kehle.

»Jemand – Alex, jemand könnte jetzt kommen. Wir sollten … halt.«

Er hob sie an den Hüften hoch und drängte sie mit seinem Körper gegen die Wand. »Ja«, sagte er in ihr Ohr. »Jemand könnte kommen.«

Ein heißes, dunkles Entzücken durchfloss sie. Sie verstand mit einem Mal, dass Spiele auch bei dieser Sache einen Platz hatten. Aber … ein Faden von Furcht webte sich unter und dämpfte ihre Glut. »Alex – « Sie war noch nicht bereit für solche Dinge. Noch nicht. »Bitte«, wisperte sie.

Er zögerte nur ganz kurz, dann zog er sie einen Schritt tiefer in den dunklen engen Raum hinein. Sie hörte das Klicken eines Riegels, und der Geruch nach Leinen erfüllte die Kammer: Stärke und Zitrone und Lavendel. Seine Hand an ihrer Hüfte führte sie ins Innere der Wäschekammer; er zog die Tür zu – und absolute Finsternis umgab sie.

Er berührte ihr Ohr. Seine Stimme war weich und sehr, sehr tief. »Du hast recht«, murmelte er. Seine Hände strichen über ihren Po, streichelten ihre Oberschenkel. »Das ist viel besser. In einer solchen Dunkelheit kann alles passieren.«

Das Prickeln, das Gwen durchlief, die Welle des Verlangens, die es antrieb, ließen ihre Kehle staubtrocken werden. Sie suchte nach seinem Mund, und er strich mit der Zunge über ihre Unterlippe. Seine Hände glitten langsam, sehr langsam ihre Arme herunter. Dann umschloss er ihre Handgelenke, zog ihre Arme auf seinen Rücken. Es war ein stummer Befehl: Sie sollte sie dort liegen lassen.

Sein Mund kehrte jetzt zu ihrem zurück. Er küsste sie langsam und auskostend und gründlich, während sie still dastand. Alle Lustpunkte ihres Körpers pulsierten heftiger, und dass sie ihre Arme nicht bewegen sollte, fachte dieses Verlangen noch an: im Dunkeln stehen, blind, ihm vertrauend. »Was willst du?«, wisperte er.

»Dich«, sagte sie.

Seine Finger stießen zwischen ihre Beine. Als Gwen aufstöhnte, streichelte er sie fester. »Was willst du für dich?«

Sie runzelte die Stirn. *»Dich.«*

Er lachte, was einen tiefen, erotischen Klang hatte. Das Streicheln zwischen ihren Beinen war nicht genug; der Rock behinderte seine Berührung. Sie drängte sich an ihn. »Schscht«, flüsterte er an ihrem Mund. »Gleich.«

Der Druck seiner Finger wurde jetzt härter und erinnerte ihren Körper daran, wie leer er war, erinnerte daran, wie Alex das ändern konnte, an die Arten, auf die er imstande war, sie zu befriedigen. Aber sie wollte nicht mehr warten. Selbst als seine Hand sie reizte und antrieb und ihr Hunger wuchs, begann diese seltsame Panik zurück in ihre Gedanken zu sickern. *Nimm mich, Alex.* War es so leicht für ihn zu warten? Brannte er nicht ebenso sehr wie sie?

Sie legte die Hand auf seine Erektion, und als er scharf einatmete, ohne Zweifel, um sie zu schelten, weil sie seinen Befehl missachtet und die Arme bewegt hatte, sagte sie »Schscht« und umschloss ihn fester. Sie wollte dies. Sie brauchte es. Alex legte die Hände um ihren Po, drückte und packte sie, hob sie zu sich hoch. Sie stellte sich auf die Zehenspitzen, um ihm zu helfen, um ihnen beiden zu helfen. »Nimm mich«, wisperte sie und rieb sich an ihm. *Nimm mich.* Sie legte die Hände an seine Hose und öffnete sie.

Sein Schwanz sprang in ihre Hand, hart und groß und zu allem bereit. Alex zerrte ihre Röcke hoch. Ihre Münder begegneten sich, und ihre Zungen verbanden sich, während seine Hand an ihrem Strumpfband vorbei höher glitt und ihren nackten Oberschenkel unter den dünnen seidenen Unterhosen streichelte. Er hob die andere Hand an seinen Mund; sie hörte das nasse Geräusch, und dann legte er seinen Finger auf ihre Möse, auf den pulsierenden Punkt, der seiner Berührung entgegendrängte. Gwen schlucke vor Lust und stöhnte auf, was heiser und zerrissen klang. Einen Moment lang, als er sie rieb und sie sich wand, waren ihrer beider Atem und das Rascheln ihres Kleides das einzige Geräusch.

Auffordernd stieß sie ihre Hüften gegen ihn. Seine Hand

glitt zu ihrem Oberschenkel zurück, dann zog er ihr Bein hoch und legte es um seine Hüfte. Die Spitze seines Schwanzes streifte ihren Eingang. Er war so hart und heiß. »Ja«, hauchte sie. »Jetzt.«

Er schob die Hand in ihre Hose und umschloss ihren nackten Hintern mit seiner großen Hand, während die andere in ihrem Nacken lag und ihren Kopf hielt. Und dann, sehr langsam, drang er in sie ein.

Zwölf Tage. Er war größer, als sie sich erinnerte. Sie spürte den kurzen Widerstand ihres Körpers, bis sie wieder wusste, wie sie ihn aufnehmen musste. So groß und so hart, verlangte er nichts als Unterwerfung. Sehr langsam schob er sich in sie hinein, so langsam, als erforderte jedes winzige Stück seinen eigenen Moment der Entscheidung, als sei es ein Spiel von Frage und Einwilligung. Er bewegte sich in der Dunkelheit – nutzte die Regalborde, um sich abzustützen, damit er sie halten konnte. Und dann stieß er noch einmal in sie und füllte sie ganz aus.

Ihr Kopf fiel zurück gegen seine Hand. Sie fühlte sich wie festgenagelt, festgehalten, unbeweglich, während er hart in sie stieß, sie ohne Zögern ausfüllte. Sein Gesicht war ein schemenhafter Schatten in der Dunkelheit. Wäre die Kammer noch kleiner gewesen, sodass Alex sie noch enger hätte halten müssen, sie hätte es willkommen geheißen. *Ich will dein sein,* dachte sie, als sie ihn an sich zog. *Lass mich nie mehr los.*

Ihr Höhepunkt kam schnell und war so heftig wie die Emotionen in ihrer Brust. Sie umschloss ihn fest, und Alex antwortete mit einem leisen, tiefen Stöhnen. Er trieb sich schneller und härter in sie hinein, in einem gleichmäßigen Rhythmus, der ihre eigene Befriedigung verlängerte, sie in Wellen durchlief und wie ein süßer Traum verebbte, während Alex laut den Atem einsog und kam.

Danach kehrten seine Lippen zu ihrem Nacken zurück. »Kein Fegefeuer«, sagte er ruhig. »Nicht, wenn du hier bist. Wie dumm von mir, etwas anderes zu denken, auch nur für einen Moment.«

Und tief in ihr begann dieser kleine kalte Kern des Zweifels zu schmelzen. Sie lehnte den Kopf gegen Alex' Stirn und lächelte.

Getrennt kehrten sie in den Ballsaal zurück, Gwen ging als Erste. Sie sollte die Zwillinge finden und ihr Vorrecht als zukünftige Braut geltend machen: Dass sie früh ins Bett wollte, um für den nächsten Tag ausgeruht zu sein.

Sie blieb am Rand der Tanzfläche stehen, hatte sich ihre Maske ins Haar geschoben, um so die Unordnung zu verdecken, in die ihre Frisur geraten war. Die Menschenmenge schien noch größer geworden zu sein, und die Luft roch jetzt leicht nach Schweiß und Alkohol. Die Cornelyses mussten mehr als froh sein, konnte doch kein Gastgeber seine Gesellschaft zum Erfolg erklären, bevor die Luft nicht anfing, schlecht zu werden.

»Der Bastard hat es also tatsächlich durchgezogen.«

Gwen hatte sich so sehr darauf konzentriert, nach den Zwillingen Ausschau zu halten, dass die vertraute Stimme zunächst gar nicht zu ihr durchdrang.

Doch dann spannte sie sich an und blickte zur Seite.

Trent stand neben ihr. Zwar trug er eine Maske, aber sie verwechselte ihn ganz gewiss nicht. Er hatte ein kleines Muttermal im Mundwinkel, das sehr charakteristisch war, ähnelte es in seiner Form doch dem Umriss des afrikanischen Kontinents.

Das letzte Mal, als sie miteinander gesprochen hatten, waren sie noch Verlobte gewesen. Nach seinem Brief mit der Aufkündigung des Verlöbnisses hatte sie nicht den Wunsch gehabt, seine Stimme je wieder zu hören – oder ihm gar die Ehre zu geben, mit ihm zu reden.

Sie sah sich nach Alex um, aber falls er den Saal inzwischen wieder betreten hatte, dann durch eine der entfernter liegenden Türen. Dennoch konnte er nicht weit entfernt sein, hatten sie sich doch so bald wie möglich wiedertreffen wollen. *Er* hatte das vorgeschlagen. Er wollte nicht von ihr getrennt sein: Das war die einzige Schlussfolgerung, die sie aus seinem Vorschlag ziehen konnte.

Sie lächelte. Sie würde so tun, als hätte sie Trents Bemerkung gar nicht gehört, was um alles in der Welt er damit auch hatte sagen wollen.

Doch er besaß die Dreistigkeit weiterzusprechen. »Ich gäbe was drum, Penningtons Gesicht zu sehen, wenn er diese Neuigkeit erfährt«, sagte er.

Dann lachte er plötzlich. »Herrje, Sie haben keine Ahnung, oder? Sie sollten mal Ihr Gesicht sehen. Was haben Sie denn gedacht – dass ich die Verlobung aus freien Stücken löse?«

Diese Genugtuung würde sie ihm nicht geben. Sie würde es *nicht* tun.

»Sie waren schon immer ein wenig naiv.« Ungläubigkeit schwang in seiner Stimme mit. »Aber die Gefühle einmal beiseite – Sie wussten doch, wie dringend ich Ihr Geld gebraucht habe. Ich kann kaum glauben, dass Sie sich über meine Entscheidung nicht gewundert haben.«

Gwen wirbelte zu ihm herum. »Sir, ich weiß nicht, warum Sie mich ansprechen, aber Sie werden *sofort* damit aufhören.«

Er zog die Augenbrauen hoch und zupfte am Rand seiner schwarzen Dominomaske. »Wie Sie wünschen. Nehmen Sie meine Glückwünsche zu Ihrer Heirat an, Madam.« Er verbeugte sich tief und machte auf dem Absatz kehrt. Sein Umhang wehte, als er davonging.

Sie starrte ihm nach.

Natürlich hatte er gelogen.

Aber warum?

Jemand berührte sie am Arm. Sie zuckte zusammen und fuhr herum. Nur Alex. *Alex*. Er lächelte sie an, aber ein Stirnrunzeln überschattete dieses Lächeln. »Was ist los?«, fragte er und schaute an ihr vorbei suchend auf die Menschenmenge. Vergebens natürlich. Jeder war maskiert. Und nicht jeder kannte einen Menschen gut genug, um ihn an einem kleinen Muttermal zu erkennen. Vielleicht waren dazu nur Verlobte und Ehefrauen imstande. Die, die aus freiem Willen einen Anspruch erhoben – einen persönlichen Anspruch –, und die Grund hatten, derart kleine Details zu erfahren.

Drei Millionen Pfund.

Alex' Haar war zersaust – von ihren Händen, was nur sie allein wusste; von ihren Küssen, von dem Stöhnen, das sie in sein Haar gehaucht hatte.

Sie hatte sich gefragt – hatte gewütet – und sich den Kopf zerbrochen, was einen bankrotten Mann von drei Millionen Pfund weggetrieben haben könnte. Sie hatte sich gefragt, was mit ihr nicht stimmte.

Nichts. Am Ende war das die Antwort gewesen.

Alles an dir ist richtig.

»Was ist denn los?« Alex sah ihr fragend in die Augen. Seine waren von einem so hellen und klaren Blau, dass man fast glauben mochte, sie seien transparent, seien wahrhaft die Fenster in seine Gedanken und sein Herz und seine Seele. Er hielt ihren Arm; sie wusste nicht, wann er nach ihr gegriffen hatte. »Gwen, *was ist los*?«

Sie konnte das von ihm nicht glauben. Räusperte sich. Sie wollte fest klingen, um mit ihrem Ton zu zeigen, wie lächerlich sie Trents Behauptung fand.

Stattdessen kam nur ein Flüstern über ihre Lippen. »Warst du es?«

Auf der anderen Seite des Saals spielte das Orchester irgendeine wilde Melodie, einen Reel, einen schottischen Tanz, der die Menge aufkreischen ließ und plötzlich Aufruhr unter die Tanzenden brachte. Die Zuschauer wichen zurück an die Wände, Ellbogen und Füße wirbelten und drückten Gwen wie Treibgut gegen Alex' Brust. Sie machte einen Schritt zurück, trat jemandem auf den Saum, verursachte einen Aufschrei, den sie aber ignorierte.

Er antwortete ihr nicht, sondern starrte sie mit einem Blick an, den sie nicht deuten konnte. Er war so gut darin, in Regungslosigkeit zu verharren, wenn es in sein Konzept passte.

Sie straffte die Schultern. »Alex.« Er hob die Hand, als wollte er ihre Wange berühren. »Bist du der Grund, warum sie mich vor dem Altar haben sitzen lassen?«

Seine Hand hielt still, eine Haaresbreite vor ihrem Gesicht.

Er musste nicht antworten. Der Muskel an seinem Kinn tat es für ihn. Alex biss die Zähne zusammen, um seine Worte zurückzuhalten. So viel zur Furchtlosigkeit im Angesicht unangenehmer Wahrheiten.

Und so viel auch zur Regungslosigkeit. Diese Befriedigung hatte sie zumindest.

Sie machte auf dem Absatz kehrt. Er packte sie am Ellbogen und zog sie zurück. »Nicht Pennington«, sagte er. »Ich habe keine Ahnung, was mit Pennington los war. Es gab nichts in seiner Vorgeschichte, nichts in seiner Verwandtschaft, was erklären würde, warum er –«

»In seiner Vorgeschichte?« Sie starrte ihn mit offenem Mund an. »Alex, hast du – hast du Spione auf meine Verlobten angesetzt? Als wären … als seien sie deine geschäftlichen Konkurrenten?«

Seine Hand sank herunter. »Ich habe deinem Bruder ein Versprechen gegeben«, sagte er tonlos. »Ich habe getan, was ich konnte, um es zu halten.«

Ungläubiges Lachen drang aus ihrer Kehle. »O ja, ich verstehe. Du hast diese Männer ausspioniert –«

»*Ich* habe gar nichts getan«, sagte er knapp. »Ich habe private Ermittler engagiert. Pennington erwies sich als unbedenklich. So schien es jedenfalls. Trent aber nicht. Also habe ich eingegriffen.«

»Eingegriffen.« Sie schüttelte langsam den Kopf. »Du hast eingegriffen. Anstatt zu *mir* zu kommen und dieses geheimnisvolle Wissen über ihn mit *mir* zu teilen, über seinen … *nicht einwandfreien Charakter* – nicht einwandfrei nach *deiner* Meinung zumindest –«

»Syphilis«, sagte er kurz. »Würdest du das anders beurteilen, hättest du allerdings eine sehr merkwürdige Sichtweise.«

»Mir ist egal, was es war!« Obwohl, Gott im Himmel, das erklärte in der Tat Trents krankes Aussehen und vielleicht auch seine Indiskretion. Sie würde ihn heute Nacht in ihr Gebet einschließen. »Du bist nicht zu mir gekommen. Du hast es mir nicht gesagt!«

»Ich konnte nicht –« Er fluchte. »Ich konnte nicht sicher sein, dass du –«

»Dass ich es glauben würde? Dass ich vernünftig wäre? Ob ich mich selbst ausreichend wertschätzen und darauf verzichten würde, meine Gesundheit für einen Titel aufs Spiel zu setzen?« Sie schnaubte verächtlich. »Gott im Himmel, du musst mich für die dümmste Frau auf diesem Planeten halten.«

»Nein.« Seine Stimme klang jetzt tonlos. »Aber hättest du es mir verdenken können, hätte ich es getan?«, Er sprach ohne jede Rechtfertigung in der Stimme. »Deine Wahl, was Männer betrifft, spricht nicht gerade für deinen Verstand.«

Wut peitschte durch sie. »Ja, jetzt verstehe ich. Wie unglaublich dumm muss ich sein. Wie sonst hätte es damit enden können, dass ich dich heirate? Einen manipulierenden Tyrannen, der meine Hochzeit sabotiert hat, damit er – damit er … *was* erreicht? Was gewinnst *du* dabei? Oder ist das so offensichtlich? Hör mal, Alex – hast *du* in finanziellen Schwierigkeiten gesteckt?« Sie hörte die Hässlichkeit in ihre Stimme kriechen, aber sie hatte jetzt kein Interesse daran, sie zu vertreiben. Lieber Gott – wenige Minuten war es her, da hatte sie ihn angefleht, sie zu nehmen. *Sie zu besitzen.* Dieser Mann, der sie für zu dumm hielt, selbst zu entscheiden, was und wen sie wollte! »Du musst nicht das größte aller Opfer bringen«, sagte sie. »Ich biete dem lieben Freund meines Bruders mit Freuden ein Darlehen an. Eine Heirat ist nicht nötig.«

Er sah jetzt so kalt und desinteressiert aus, als stritte er mit einer Fremden. »Ich versichere dir, Gwen, dass ich deine Hilfe nicht brauche. Anders als andere plane ich sehr sorgfältig, ehe ich mich in ein Abenteuer stürze.«

»Ja, das tust du«, stimmte sie ihm zu. »Verrate mir, was alles deine sorgfältige Planung einschließt. Erpressung? Was hast du benutzt, um Trent zu vertreiben?«

»Er wünschte nicht, dass gewisse Informationen publik gemacht werden«, sagte er gleichmütig. »Also habe ich ihm den Gefallen getan, sie unter Verschluss zu halten.«

»Erpressung«, wisperte sie. Sie schlug die Hand vor den Mund, um ein Lachen zu ersticken, doch es brach sich Bahn – wild und ein wenig aus dem Gleichgewicht. »Weißt du, was ich gefühlt habe – was ich gedacht habe – wie sehr ich danach an mir gezweifelt habe? Und nichts davon hatte irgendetwas mit mir zu tun! Die ganze Zeit über … und dann, als es *wieder* passierte – ich war mir so sicher bei Pennington –«

»Gwen.« Er fasste sie an den Schultern, und für einen schockierten Augenblick dachte sie, er wolle sie schütteln. Doch seine Finger drückten nur in ihre Oberarme, jeder Finger behauptete sich so deutlich, als versuche er, ein Muster in ihre Haut zu prägen. »Gwen«, sagte Alex und beugte sich zu ihr, vielleicht damit sie seine leisen Worte inmitten der Ausgelassenheit um sie herum verstand. »Ich schwöre bei allem, was mir lieb ist – meinen Schwestern, meinen Nichten, bei Richard, bei *dir* –, dass ich mit dem Viscount nichts zu tun habe.«

Sie starrte ihn an und fragte sich verzweifelt, ob sie seinem Wort trauen konnte.

Wie erstaunlich. Vor Minuten erst hatte sie sich gefragt, ob er sie lieben könnte.

Wie traurig, dass sie es leichter fand, ihm in Bezug auf den Viscount zu glauben.

»Ich glaube dir«, sagte sie langsam und versuchte, sich aus sein Griff zu befreien, aber seine Hände packten nur noch fester zu. Seine Miene machte ihr allmählich Angst. Er sah – grimmig aus, sein Mund war angespannt, seine Augen verhangen. Als würde er sich innerlich zurückziehen und sich verschließen.

»Was ändert dies?«, fragte er und sprach dabei so tonlos und schnell, dass es einen Moment brauchte zu verstehen, dass er ihr eine Frage gestellt hatte.

Er fragte, ob die Hochzeit abgesagt werden sollte.

Sie fühlte einen Stich von Verlust, einen Blitz von Panik, die Art heißer glühender Funken, die Feuerstürme auslösen konnten. *Alex*, dachte sie. *Lächle mich an. Sag mir, dass du mich liebst.*

Doch gleich nach diesem Gedanken, der ihre Lippen schon hatte öffnen wollen, etwas zu sagen, folgte ein Peitschenschlag von Wut.

Wieder und wieder und wieder. Wie viele Male würde sie

ihre Fehler wiederholen? *Lüg mich an. Sag mir, was ich hören möchte. Erzähl mir süße Lügen.*

»Wirst du morgen vor dem Altar stehen?«, fragte sie. Ihre Stimme klang so kalt. Sie schien einer anderen Frau zu gehören, einer, die niemals weinte.

»Ja«, sagte er. Sein Blick ließ sie nicht los. »Ich breche kein Versprechen.«

Kein Wort von Liebe. Stattdessen war die Rede von *Verantwortung*. »Nein«, sagte sie. »Du brichst vermutlich niemals ein Versprechen. Aber es gibt immer ein erstes Mal. Ich empfehle dir, über diese Neuigkeit nachzudenken.«

»Gwen.« Nun sprach er langsam und mitfühlend. »Dies ist Gottes ureigenste Wahrheit: Ich werde nach dir vom Altar wegtreten.«

»Ich denke, das werden wir herausfinden.« Sie setzte sich ihre Maske wieder auf und ging davon.

Dieses Mal versuchte er nicht, sie zurückzuhalten.

16

Als Alex am folgenden Morgen in der Bibliothek seines Bruders wartete, hoffte er fast, dass Gwen nicht kommen würde. Er hoffte es ebenso sehr um seinet- wie um ihretwillen, jedoch nicht aus dem Grund, weil er ein schlechter Ehemann für sie sein würde. Würde sie ihm die Chance geben, er würde sie heftiger und beständiger – und auch kreativer – lieben als einer dieser rückgratlosen Bastarde, die je mit ihr in einem stickigen Ballsaal getanzt oder sie auf der Straße angesehen hatten. Und er hoffte es nicht um seinetwillen, weil er diesen Entschluss etwa bereute. Er sah sich selbst jetzt zu klar, um noch zu glauben, dass Flucht Freiheit bedeutete. Oder dass irgendeine Stadt auf der Welt je wieder seine Begeisterung wecken würde, ohne dass er sie auch durch ein anderes Augenpaar sah – durch *ihre* Augen.

Während er also wartete, saßen seine Schwestern mit ihren Männern in der Bibliothek und unterhielten sich mit Lady Weston, während ihre kleinen Töchter herumhüpften und spielten. Gerard sprach mit tiefer, gebieterisch klingender Stimme auf den eingeschüchtert wirkenden Geistlichen ein. Wenn Gwen jetzt käme, wohl wissend, was sie tat, und mit dem Wissen um diese eine Sache, die er vor ihr verborgen gehalten hatte (denn warum hätte sie es denn jetzt noch wissen müssen? Sie hatte Trent doch nicht geliebt; sie hätte ihn nicht geheiratet, wenn sie es gewusst hätte; es war kein Schaden angerichtet worden; das Geheimnis war alt und abgelaufen und inzwischen so harmlos wie Schießpulver, das auf den Meeresgrund versenkt worden war, um dort zu verrotten; und außerdem war er ein verdammter selbstherrlicher Idiot) –, wenn sie also jetzt gleich käme, obwohl sie wusste, was er vor ihr geheim gehalten hatte, dann kam sie, um einen Mann zu heiraten, der sie nicht verdiente. Und doch wollte er sie nur, wenn sie ihren eigenen Wert kannte und Alex ihrer für würdig hielt.

Er war ein unredlicher Bastard, und wenn er noch einen Rest von Ehre in sich hatte, dann würde er ihr sagen, dass sie ihn zum Teufel schicken sollte. Wenn er auch nur noch einen Funken Selbsterhaltungstrieb in sich spürte, würde er es selbst tun, weil er nicht glaubte, dass ihre Verbindung gelingen könnte, wenn Gwen sie auf diese Weise einging. Er würde sie mit aller Intensität lieben – aber er kannte sich gut genug, um seine Fehler zu kennen. Ungeduldig und voreingenommen und stur und oft zu vorschnell in seinem Handeln: Er würde versuchen, sie nie zu unterdrücken, sie nie zu beherrschen oder ihren Willen zu beugen. Aber falls es ihr nicht gelang, nur das Beste aus ihm herauszuholen, würde es geschehen. Es könnte geschehen. Möglicherweise.

Ein guter Mann hätte einen Weg gefunden, sie zur Seite zu nehmen und ihr diese Dinge zu sagen. Sie zu warnen.

Die Tür wurde geöffnet. Elma und Harry Beecham kamen herein, Gwen zwischen sich. Sie trug ein schlichtes Vormittagskleid und um die Schultern einen weißen Pashmina mit Fransen; in der Linken hielt sie einen kleinen Strauß rosafarbener Rosen. Sie begegnete seinem Blick, während der Pfarrer hinter die provisorische Kanzel trat – ein Rednerpult, das Gerard aus seinem Club entwendet hatte. Die Zwillinge sprangen auf und sammelten ihre Töchter ein; ihre Ehemänner blieben sitzen und sahen ein wenig verwirrt aus, vielleicht weil sie sich fragten, warum solch eine Zeremonie in jemandes gottverdammter Bibliothek stattfinden musste. Alex stand bereits auf seinem

Platz. Er hatte schon seit einer ganzen Weile dort gestanden, weil er nicht hatte riskieren wollen, dass Gwen bei ihrem Eintreten als Erstes den leeren Altar sah.

»Stichwort Hochzeitsmusik«, rief Caroline fröhlich, als Elma Gwen losließ. Harry Beecham, den silbrigen Schnauzbart zu etwas verziehend, was ebenso gut ein Lächeln wie eine Grimasse hätte sein können, straffte die Schultern und führte Gwen die wenigen Schritte an Alex' Seite.

Alex konnte den Ausdruck in ihren dunkelbraunen Augen nicht lesen. Oder vielleicht las er auch das Falsche darin, denn nach seinem Eindruck starrte sie ihn so kriegerisch gestimmt an wie ein Gegner in der *salle des armes*. Er nahm ihre Hand, und ihre Finger schienen jetzt zu klopfen, einen kurzen Morsecode, für dessen Dechiffrierung er einen Arm hergegeben hätte. Ihr üppiger Mund war zu einem dünnen Strich zusammengepresst.

Der Pfarrer begann zu sprechen.

Gwen Miene sah mehr und mehr nach einer Herausforderung aus.

»Nimmst du diese Frau zu deiner dir gesetzmäßig angetrauten Ehefrau«, begann der Geistliche. Ein schrecklich näselndes Herunterleiern. Wie das Summen in einem Bienenkorb.

Sie runzelte die Stirn, als der Geistliche schwieg. Alex beschlich die Ahnung eines Argwohns. »Ja«, sagte er langsam.

Der Geistliche nickte und wandte sich an Gwen. »Nimmst du diesen Mann …«

Sie nickte beständig, solange es dauerte, dass ihr diese Frage gestellt wurde. Als der Geistliche schloss, wandte sie den Blick ab und warf einen Blick durch die Bibliothek, ehe sie Alex ansah.

»Was für eine ganz neue Frage«, sagte sie.

Der Geistliche zuckte sichtbar zusammen. »Wie bitte?«

Alex hatte sich nicht geirrt. Er wusste, was jetzt kommen

würde. Gwen stand im Begriff, ihm eine Kostprobe von der Panik zu geben, die sie durchlebt hatte. Eine seltsame Mischung aus Gefühlen stieg in ihm auf – Amüsement und Stolz und Liebe kämpften gegen das Bedauern und die unvermeidliche Ungläubigkeit. Mit einiger Mühe brachte er einen scherzenden Ton zustande. »So weit ist sie bisher noch nie gekommen«, erklärte er dem Pfarrer.

»Nein, noch nie«, sagte Gwen nachdenklich. Alex versuchte es mit einem Lächeln als Antwort, einer stummen Botschaft an sie: *Da siehst du, wie gut ich dich verstehe?*

Aber ein kurzer Moment des Zweifels sabotierte seinen Versuch, es leichtzunehmen. Sie schien sich auf die Lippe zu beißen. Das wiederum verstand er nicht. Brauchte sie den Schmerz, um ein Lächeln zu kontrollieren oder um ihren Willen zu stählen? Aber es war doch gar kein Willensakt erforderlich. Begriff sie das nicht? Er würde ihr so viel Zeit lassen, wie sie für ihre Entscheidung brauchte. Er würde sogar für sie schwitzen, wenn es ihr Freude machte.

»Nun, Miss?«, drängte der Geistliche.

»Sag es schon, Gwen«, ließ sich Elma ärgerlich vernehmen. »Dieses Spiel ist nicht amüsant.«

Gwen holte tief Luft. »Nein«, sagte sie. »Es ist nicht amüsant. Nichts davon. Ich nehme diesen Mann *nicht* zu meinem Ehemann.«

Alex atmete aus.

Das war ein wenig mehr als nur Unentschlossenheit.

Wie komisch, dass er gehofft hatte, wenn auch nur kurz, dass sie lediglich zögerte, um ihn zu necken.

Gwen war kein Feigling, sie sah ihm direkt ins Auge. »Ich kann dich nicht heiraten.«

Das hatte er nicht erwartet. Seine Ungläubigkeit war zu groß, und damit fertigzuwerden oder sie in Worte zu fassen.

Das überraschte Schweigen konnte jedoch nicht ewig währen. »Was?«, schrie Elma.

Gwen warf einen Blick auf die versammelte Gästeschar. »Ich bitte euch um Entschuldigung«, sagte sie und musste sich räuspern. Ihre Stimme zitterte nur ganz leicht, als sie weitersprach. »Ich weiß, dies ist für jeden hier eine Enttäuschung.« Sie sah den Rosenstrauß an und bemühte sich, das Band zu lösen, mit dem er an ihrem Handgelenk befestigt war. Nach einem Moment wurde dieser Versuch zu einem heftigen Zerren.

Wie im Traum beobachtete Alex sich selbst: wie er die Hand ausstreckte und das Band über ihre Hand streifte. *Befreit,* dachte er. *Erinnere dich an diesen Moment, Gwen. Von jetzt an bist du Freiwild auf der Jagd.*

Sie sah ihn überrascht an, als er die Blumen abnahm. Ohne Zweifel würde er ähnlich erstaunt aussehen. Er konnte nicht glauben, dass er das getan hatte. Sie war noch mutiger, als er geglaubt hatte.

Der Gedanke schlug sich auf seinen nächsten Atemzug nieder. Genau genommen hatte er darauf vertraut, dass sie nicht so mutig sein werde. Liebe zu machen konnte auch Konsequenzen haben – erkannte er mit einem Mal. Er hatte angenommen, mochte Gott ihm das vergeben, dass ihre Angst vor diesen Konsequenzen sie ebenso bei ihm halten würde wie die Liebe, die sie für ihn empfand, die sie für ihn empfinden *musste*.

Aber wenn sie so unerschrocken war, was könnte sie dann nicht alles tun? Sie könnte aus diesem Zimmer gehen und ihn keines Blickes mehr würdigen, gleichgültig, was zwischen ihnen geschehen war.

Alex schaute auf den Rosenstrauß herunter. Sein Verstand schien unerklärlich langsam zu arbeiten. »Wunderschöne Rosen.« *Oh, welch brillante Bemerkung.* »Gloire de Dijon, glaube ich?« Tausend Mal hatte er den Vorteil geschickter Verhandlungsführung nutzen können, weil er schnell reagiert hatte, und jetzt war eine Bemerkung über *Blumen* das Beste, was er zustande bekam?

Ihre Brust hob und senkte sich in einem tiefen Atemzug. »Sir«, sagte sie. »Ich hoffe aufrichtig, Sie werden den Schatten Ihres ersten Sitzengelassenwerdens überstehen.«

Kluges Mädchen. Sie würde sich nicht ablenken lassen und über Rosen sprechen.

»Aber Sie werden verstehen«, fuhr sie fort, »zumindest denke ich das, wenn ich Ihnen sage, dass es für mich keine weitere Scheinheirat mehr geben wird.«

Scheinheirat? Sein Verstand klinkte sich an dieser Formulierung fest und verlangte, dass sie ihn zornig machte. Doch seine Gedanken waren auf andere, wichtigere Details gerichtet. Ihr kreidebleiches Gesicht. Ihre Schultern, die sie unnatürlich steif hielt.

Seine Lebensgeister begannen sich wieder zusammenzufügen. Gwen ließ ihn unter Aufbietung all ihrer Willenskraft sitzen. Es kostete sie eine große und schreckliche Anstrengung.

In dieser Tatsache lag aber Hoffnung. Mehr als Hoffnung. Sie würde niemals aus Angst zu ihm kommen, sondern immer nur aus Ehrlichkeit. Fast wollte er ihre Hand nehmen und ihr die Ermutigung geben, die sie brauchte. Und ihr sagen: *Es ist schon in Ordnung. Geh deinen Weg. Schick mich zum Teufel. Du hast es fast geschafft.*

Ein Dorn stach in seine Hand: Er umklammerte den Strauß viel zu fest. Er sah gar nicht hin. »Bravo«, murmelte er ihr zu. Ihr Mut verdiente Bewunderung. »Gut gemacht, Gwen. Ganz ohne Furcht.«

Diese Bemerkung verunsicherte sie sichtlich. Sie trat einen Schritt von ihm zurück. Ein Zittern lag um ihren Mund. »War dies also von Anfang an ein Witz für dich?«, wisperte sie. »Hast du nichts davon je ernst gemeint?«

»Nein.« Er trat zu ihr und achtete nicht auf die anderen, als er die Hand um ihren Nacken legte. »Ich habe jedes Wort davon gemeint.« Wie von weither hörte er Gerards Protest, die scharfe Zurückweisung durch seine Schwestern und Henry Beechams missbilligendes Räuspern. Nichts davon war wichtig. In Gwens Ohr sagte er: »Du hast mich gerade sitzen lassen, Liebling. Warte wenigstens fünf Minuten, bevor du mich auffordert, dir unsere Heirat noch einmal vorzuschlagen.«

Sie zuckte so heftig zurück, dass es ein Wunder war, dass ihr Kopf nicht gegen die Wand hinter ihr stieß. »Du bist verrückt«, sagte sie, die Augen weit aufgerissen.

»Vor Liebe«, sagte er.

»Das bezweifle ich sehr.«

Er atmete scharf ein. »Ja, ich sehe, dass du das tust.« Genug jetzt des Spiels: Er fühlte sich alles andere als spielerisch leicht. »Dann werde ich es dir beweisen müssen.«

»Nein.« Sie schüttelte nur ein einziges Mal den Kopf. »Spar dir die Mühe. Ich bin mir sicher, du liebst mich so sehr, wie du Heverley End liebst. Aber ich habe es dir gesagt, Alex, ich bin mit diesen Täuschungen fertig.«

Heverley Ends? Was in Gottes Namen hatte dieser kläglich kleine Landsitz mit all dem hier zu tun? »Und du solltest auch damit durch sein«, sagte er, während das erste Anzeichen von Zorn seine Stimme aufraute. »Aber wenn du mich zu den beiden anderen Täuschungen dazuzählst, die du umworben hast, dann belügst du dich. Ich bin kein zweiter Pennington. Ich brauche nichts von dir als nur *dich*. Und ich werde hier nicht weggehen.«

Gwens Lippen teilten sich. Sie starrte ihn an, ihre Miene war unbeweglich; fast schien es, als wollte sie etwas sagen. Jede Faser in ihm spannte sich vor Erwartung an.

Und dann donnerte eine andere Stimme – Gerards Stimme –: »Was zur Hölle geht hier eigentlich vor?«

Gwen warf einen Blick über Alex' Schulter auf den lärmenden Esel, dann raffte sie ihre Röcke. Ihre braunen Augen blitzten Alex an; sie reckte das Kinn. »Du musst nicht weggehen«, sagte sie. »*Ich* werde gehen.« Damit wandte sie sich ab und eilte zur Tür.

Dumpfe Überraschung lähmte seine Reflexe. Nach einem so mutigen Auftritt wollte sie einfach so davonlaufen? Wie ein Feigling?

Eine Sekunde zu spät griff er nach ihrem Arm – er wollte *verdammt* sein, würde er sie auf diese Weise gehen lassen. Aber Elma und Caroline stellten sich vor ihn, Caro fasste nach seiner Hand, Elmas Gesicht war flammend rot und wütend. »Was haben Sie getan!«, schrie sie ihn an. »Was haben Sie nur getan – *oh*!« Sie wirbelte herum und eilte Gwen nach.

Die Tür knallte zu, während sich Caroline wie ein schweres Gewicht an seinen Arm hängte. »Nicht jetzt«, sagte sie in sein Ohr. »Alex, *nicht jetzt*. Der Himmel weiß, was sie quält, aber sie ist nicht in der Verfassung, dich anzuhören! Gib ihr eine Minute – eine Stunde vielleicht –«

Eine Stunde? Er wich einen Schritt zurück. Eine Stunde, um *was* zu tun? Was in Gottes Namen quälte Gwen denn bloß?

Diese Frage hallte in seinem Bewusstsein wider und brachte ihn schließlich dazu innezuhalten. Er verstand nicht ganz, was hier geschehen war. Er hatte auch keine Möglichkeit, es herauszufinden. Aber wie zur Hölle sollte er es dann in Ordnung bringen?

Er wandte sich an seinen Bruder, der mit verschränkten Armen und gefurchter Stirn dastand, ruhig und selbstgerecht beleidigt. »Kannst du eigentlich niemals deinen Mund halten? Herrgott – fünf Minuten, Gerard! War das zu viel verlangt?«

»Ich bin voll und ganz seiner Meinung«, fauchte Belinda.

Gerard wurde purpurrot, er würgte an seinen eigenen Worten, als er vor der Gesellschaft, die ihn anstarrte, stumm auf Alex zeigte. »Kann … kann … kann er denn nicht einmal heiraten, ohne die gottverdammte Braut zu vertreiben? Habt ihr eine Ahnung, wie mühsam es war, diese Lizenz zu bekommen – von diesem gottverfluchten Geistlichen ganz zu schweigen – «

»Sir«, keuchte der Pfarrer. »Ihre Worte sind Gotteslästerung!«

»Gotteslästerung ist das? Und was ist mit ihm? Wie nennen Sie das, was er – «

»Könntet ihr beide ein für alle Mal damit aufhören zu streiten?« Dies kam jetzt von Caroline, die sich, die Hände in die Hüften gestemmt, zwischen die beiden stellte und sie streng ansah. Alex' fünfjährige Nichte Madeleine war aufgestanden und hatte sich hinter ihre Mutter gestellt. Sie ahmte deren Haltung nach und schob zusätzlich noch trotzig die Unterlippe vor.

Gerards Blick fiel auf diese Miniaturimitation und das ernüchterte ihn augenblicklich. Er murmelte einige Schimpfworte, allerdings so leise, dass junge Geister davon nicht verdorben werden konnten. Dann, mit normal lauter Stimme, setzte er voller Abscheu hinzu: »Das war durch und durch typisch für dich.«

Alex sah seinen Bruder an. Was für eine jämmerlich armselige Beurteilung der Situation. *Typisch* wäre brillant. *Typisch* wäre viel einfacher. Denn es würde einen kühlen Kopf und ein unerschütterliches Selbstvertrauen bedeuten. *Ich werde das wieder hinbiegen:* Das war seine übliche Lösung, seine bewährte Herangehensweise. Aber er hatte keine Idee, wer dieses besondere Chaos angerichtet hatte.

Er wandte sich ab, um ins Nichts zu starren. Seine Rolle

beim Trent-Debakel allein konnte Gwens Reaktion noch nicht erklären. Sein Umgang mit jener Episode hatte ihm zwar keine Ehre gemacht, aber es hatte Gwen ganz gewiss nicht veranlasst, seine Liebe anzuzweifeln – oder ihn auf ähnliche Weise zu sehen wie die beiden *Täuschungen*, die ihr vor formelleren Altären widerfahren waren.

Die Tür schlug erneut heftig zu, dieses Mal nach Henry Beecham, der die Bibliothek verlassen hatte.

Der Geistliche schnappte sich seine Bibel, empfahl sich mit einem gehetzten Blick und folgte Beecham.

Mit jedem Abgang klang das Knallen der Tür bedeutsamer. Der Klang der Endgültigkeit.

Was es *nicht* war.

Natürlich könnte er dieses Problem lösen. Es gab keinen Anlass für Panik. Alex wandte sich an die stumm dasitzende Versammlung. »Ich muss nur wissen, worin das Problem besteht«, sagte er.

Belinda und Caro tauschten bedeutungsvolle Blicke.

Er mochte das nicht. »Sagt es mir ins Gesicht«, verlangte er, und seine Stimme hatte einen grimmigen Ton, der ihn sich fragen ließ, ob sein Instinkt etwas wahrgenommen hatte, das seinem Verstand bislang entgangen war. In einer Stunde würde er sich vielleicht nicht mehr so ruhig fühlen.

»Ich glaube, sie hat es dir gesagt«, griff Belindas Mann helfend ein. »Sie glaubt nicht, dass du sie liebst.«

Belinda schoss ihrem Mann einen Blick zu.

Ah. Aber der Mann hatte recht. Zurzeit waren Alex' Wahrheiten für Gwen ohne jeden Wert oder eine Bedeutung. Und er könnte sie auch nicht überzeugend formulieren, solange er dieses Rätsel nicht gelöst hatte. Das zu tun würde länger als eine Stunde dauern. *Warum zweifelst du an mir, Gwen?* Was war nur der wahre Grund?

Die kleine Madeleine hatte eine Frage. »Warum ist die Braut weggelaufen, Mama?«

»Weil sie Angst bekommen hat«, sagte Caroline und strich ihrer Tochter über das Haar. »Onkel Alex wird es aber wieder hinbiegen, indem er ihr beweist, dass sie keine Angst mehr haben muss.«

»Liebt Onkel Alex sie?«

»Natürlich tut er das«, fauchte Gerry.

Die Wahrheit aus Gerrys Mund zu hören, ließ eine Welle der Vorahnung über Alex zusammenschwappen. Himmel, wenn sogar Gerry es glaubte, *Gwen* aber nicht –

»Naja, nun«, sagte Gerry jetzt schroff. Schwer wie ein Sack Rüben und ohne jede Eleganz ließ er sich hinter seinem Schreibtisch nieder. »Ich werde zu dieser Sache nichts mehr sagen. Aber es ist eine verdammte Schande. Die Familie hätte drei Millionen Pfund gut gebrauchen können.«

»Oh, Gerard«, seufzte Caroline. Alex öffnete den Mund, um die einzig passende schneidende Antwort zu geben, die diese dämliche Bemerkung seines Bruders verdiente – aber eine Eingebung hielt ihn davon ab.

»Könnte sie das?«, fragte er sanft.

Gerards Blick begegnete seinem, und seine Augen weiteten sich geringfügig – dann schlug er sie nieder. »Wer nicht?«, stieß er hervor.

Alex wandte den Blick nicht ab. Eine Möglichkeit, die bis jetzt undenkbar gewesen war, nahm Gestalt an. Er mochte undenkbare Möglichkeiten nicht. Er mochte nichts von all dem hier. *Du liebst mich so sehr, wie du Heverley End liebst.* Glaubte Gwen, dass sie das für ihn war? Ein lästiger Mühlstein um seinen Hals? Eine ungewollte Last?

Ein Funke von Inspiration entzündete sich in Alex. »Ich werde das in Ordnung bringen«, sagte er langsam.

Bei den Beechams erfuhr er, dass Gwen nach Heaton Dale geflohen und Elma zu Bett gegangen war. Sie ließ ihn hinauf in ihren Salon rufen, in dem sie auf einer Chaiselongue lag, den Kopf einem Hausmädchen zugeneigt, das beflissen eine kalte Kompresse darauf gedrückt hielt. »Folgen Sie ihr nicht«, riet Elma ihm. »Sie würden die Reise ganz vergeblich machen. Sie hat nicht einmal mir gestattet, sie zu begleiten. Ich habe sie noch nie in einer solchen Verfassung erlebt!«

Alex widersprach ihr nicht. »Falls sie nach mir fragt – «

Elma griff nach der Kompresse und setzte sich auf. »Das wird sie nicht tun, Mr Ramsey. Ich sage Ihnen, sie hat den Verstand verloren. Ich habe während des ganzen Weges bis zum Bahnhof auf sie eingeredet. Ich hätte mich ebenso gut mit einem Sack Kreide austauschen können!«

Er brachte ein Lächeln zustande. »*Falls* sie aber doch fragt, sagen Sie ihr bitte, dass ich nach Heverley End gefahren bin.«

Die Kompresse fiel zu Boden. »Aber warum?« Elma runzelte die Stirn. »Das liegt in der entgegengesetzten Richtung! Sie wollen doch wohl nicht wirklich auf mich hören? Natürlich müssen Sie ihr nachfahren!«

Er lachte. »Das werde ich auch«, sagte er. Zuvor jedoch musste er nach Heverley End. Danach würde er Gwen bringen, was er ihr versprochen hatte: den Beweis seiner Liebe, den sie so nötig hatte.

Heverley End war ein Haus im jakobinischen Stil. Es war aus Portland-Stein erbaut, den das Wetter und die salzhaltige Luft über Jahrhunderte gegerbt und mit unzähligen Pockennarben übersät hatten. Es stand oben auf einer Klippe, die von Kupferadern durchzogen wurde, und dessen längs unterteilte Fenster den Rückzug der Brandung überblickten. In Alex' Erinnerung war das Haus furchterregend, ein Ort, der bestens für Schauder und Spuk geeignet war. Auf seiner Fahrt hierher hatte er sich gefragt, ob es wohl inzwischen von Männern mit Bowlerhüten bewacht wurde.

Die Wahrheit war allerdings weitaus weniger bemerkenswert. Das Haus sah in der untergehenden Sonne äußerst ansprechend aus. Idyllisch sogar. Und sollte Barrington seinen neuen Besitz schon in Augenschein genommen haben, so hatte er das Personal jedenfalls nicht ausgewechselt. Der Torwächter erkannte Alex aus der Kindheit wieder, und als die Haustür geöffnet wurde, sah er sich einem weiteren vertrauten Gesicht gegenüber: der Haushälterin Mrs Regis, die noch immer so dünn und groß wie ein Maibaum war. Er erinnerte sich ihrer als einer steifen und blutleeren Person, die ständig nur ein paar Schritte von den Ärzten und Kindermädchen entfernt gewesen war. Doch jetzt, zu seiner Überraschung, beharrte sie darauf, kurz in ihre Schürze zu weinen, bevor sie ihn durch das Anwesen führte.

Während Alex ihr folgte, wurde er sich einer dummen Enttäuschung bewusst. Er hätte ihm Spaß gemacht, sich seinen Weg in das Haus erkämpfen zu müssen. Es schien auch ganz passend zu sein, denn den Weg hinaus hatte er sich einst ganz gewiss erstreiten müssen.

»Wir haben alles in Ordnung gehalten«, versicherte ihm Mrs Regis, während sie ihn die Korridore mit den knarrenden Holzböden entlangführte. Hier gab es noch keine Elektrizität; und das Gaslicht verlieh der Szenerie den matten Glanz der Geschichte. Leere durchdrang die Zimmer: Wände, die ihrer Gemälde beraubt waren; eingerollte Teppiche; Möbel, unter Staubfängern zum Schlafen gelegt. Aber Mrs Regis sagte die Wahrheit: Die Eichenholzdielen knarrten unter einer Schicht von frischem Wachs.

Im ersten Stock trat sie vor seinem alten Schlafzimmer zur

Seite, um Alex den Vortritt zu lassen, und er dachte, dass *hier* jetzt sicherlich der Moment gekommen war, an dem die Dinge endgültig schwer für ihn werden würden. Als er eintrat, machte er einen tiefen Atemzug. Sie hatten die Bücherregale und den Kleiderschrank entfernt. Das Bett von seiner Bettwäsche befreit. Doch der Blick auf das Meer, auf die weiß gewaschene Klippe und das hellblaue Wasser, das sich endlos hinstreckte, war derselbe geblieben.

Alex trat an das Fenster. Der Ausblick fühlte sich intimer und vertrauter an als sein eigenes Spiegelbild. Sein Spiegelbild war unbeständig, ein Produkt des Zufalls. Aber durch den Blick auf diese endlose Weite hatte er einst versucht, seinen Mut und seine Zukunft zu finden, während sich der herbe Geruch des brennenden Salpeterpapiers hinter ihm im Zimmer ausgebreitet hatte. Er hatte dafür gearbeitet, sich selbst zu entdecken.

Zu deinem eigenen Besten, Alex.

Er drückte die Fingerspitzen gegen die Fensterscheibe und zwang sich zu einem langen Atemzug.

Der leicht kam. Natürlich tat er das. Manchmal war das Leben freundlich, und eine Krankheit verschwand wieder.

Alex blinzelte, doch der Ausblick war gar nicht so unheilvoll. Er war nur … hübsch. Ja, dachte er, wenn Gwen glaubt, bei Sonnenaufgang sei die Seine schön, dann würde sie diese Aussicht nicht weniger reizvoll finden. Diese Aussicht: Wie merkwürdig, dass sie ihm früher einmal so viel bedeutet hatte. Darin lag so viel Wut und Verzweiflung, aber auch Möglichkeit. Es war nur ein kleines Stück der Welt, wenngleich ein hübsches Stück, gerahmt und zusammenhängend gemacht von Holz und Glas und Gips; grobes, derbes Material, das jedoch keinen Druck auf ihn ausübte, keine Forderung stellte, keine Last war.

Dieses Haus erlegte ihm keinerlei Bürde auf. Er presste die Hand gegen den Fensterrahmen. Natürlich tat es das nicht. Es war ja nur ein verdammtes Haus.

Alex atmete wieder durch, jetzt sogar noch tiefer. Wie konnte Gwen nur glauben, sie sei ihm eine Last? Sogar wenn er in diesem Haus stand, wenn er an sie dachte, fühlte er sich noch leicht. Hätte er als Junge aus diesem Fenster gesehen und statt des Meeres *sie* gesehen, er hätte nicht weniger Ehrgeiz für sich entwickelt.

Nun … vielleicht auch nicht. Er fühlte, dass er lächelte – und das gelang hier, in diesem Haus, ganz ohne Mühe. Jungen waren begriffsstutzig, wenn es um Frauen ging. Sogar als Mann war er zu lange begriffsstutzig gewesen.

Ein ächzendes Dielenbrett verkündete, dass Mrs Regis näher kam. Er wandte sich um, und das Lächeln, das noch immer auf seinen Lippen lag, schien sie zu verwirren. Ihre Hände falteten sich an ihrer Taille zusammen, gruben Falten in ihre Schürze wie zwei dünne Vögel auf der Suche nach Schutz.

Vermutlich hatten sein plötzliches Auftauchen und seine stumme Betrachtung ein wenig wunderlich auf sie gewirkt, besonders in Anbetracht der Tatsache, dass Barrington das Haus gekauft hatte. »Und wie geht es mit Ihrem neuen Herrn?«, fragte er und war bemüht, es ihr leicht zu machen. »Haben Sie den Gentleman schon kennengelernt?«

Ihre Stirn kräuselte sich. Kurzsichtig spähte sie ihn an. »Sir? Wir haben den Herrn jetzt seit Monaten schon nicht gesehen. Aber … das heißt –« Sie sprach hastiger, fürchtete bereits, dass diese Bemerkung als Kritik aufgefasst werden könnte. »Er spricht regelmäßig mit Mr Landry – das ist jetzt der Verwalter, Sir. Lord Weston ist ein sehr guter Herr; die Senkung der Pacht hat in diesem Frühjahr viele Familien im Dorf gerettet.«

Alex starrte sie an. »Lord Weston?«, wiederholte er langsam.

Sie blinzelte ihn an wie ein verschreckter Spatz. »Ja, Sir. Ihr … Bruder.«

»In diesem Frühjahr?« Er hörte sich wie ein Papagei an. Egal. Hier war es: Seine Intuition fand ihr Ziel.

Ihr hohlwangiges Gesicht nahm eine leichte Rosafärbung an. »Ah – vielleicht eher doch Sommer, Sir. Wir zählen in dieser Gegend den Mai zum Frühling, müssen Sie wissen.«

So. Das Lächeln war auf seine Lippen zurückgekehrt. Vor einem Monat, lange nachdem die Neuigkeiten über den Verkauf die Runde gemacht hatten, hatte Gerry also die Pachtgebühren auf dem Landsitz gesenkt.

Er lachte, und sie zuckte zusammen. Arme Mrs Regis. Ohne Zweifel würde das Dorf bald tuscheln, dass der asthmatische Junge, der die Familie mit seinen rücksichtslosen Mätzchen geplagt hatte, jetzt zu einem ausgewachsenen Verrückten geworden war. »Er hat diesen Besitz nie verkauft.«

Mrs Regis richtete sich auf, erzürnt über diese Idee. »Gewiss nicht! Dieser Besitz ist doch seit fast dreihundert Jahren im Besitz Ihrer Familie, Sir.«

»Das ist wohl wahr«, sagte Alex. Dieser heuchlerische, janusköpfige Bastard Gerry. »Und so wird es auch bleiben.«

Von allen verachtenswerten Dingen an der Londoner Saison – die Heucheleien und die Scharaden, die kleinen und großen Grausamkeiten, die oberflächlichen Komplimente und die noch oberflächlicheren Urteile – war keines so schlimm wie dieses: Die Saison hatte es Gwen bisher unmöglich gemacht, einen Frühling auf dem Land zu erleben. Sie hatte ganz vergessen, wie wunderschön Heaton Dale im Juni war, sogar mit den Pagodenbäumen, die einen lächerlichen Gegensatz zu den umliegenden Getreidefeldern boten.

Sie saß in einem Korbstuhl auf der hinteren Terrasse, von der aus man den Blick weit ins Land hinein hatte. Sie trug noch immer den leichten Schal um die Schultern, den sie sich gegen die Morgenkühle umgelegt hatte, die die Vormittagssonne längst weggebrannt hatte. *Leg ihn ab,* dachte sie. Aber dann blieb sie doch reglos sitzen.

Sie hatte sich in den vergangenen beiden Tagen sehr wenig bewegt. Es war, als hätte die Fahrt von London hierher all ihre Kraft erschöpft und als könne sie jetzt nichts tun, als ganz still dazusitzen und sich zu bemühen, an überhaupt nichts zu denken.

Also schaute sie auf die Landschaft und versuchte, sich an der Schönheit zu erfreuen und Kraft daraus zu schöpfen. Heaton Dale lag auf einer Erhebung – einst war es eher ein Hügelchen gewesen, das ihre Eltern hatten aufschütten lassen. Schicht um Schicht waren Steine in die Erde gepresst worden und hatten das Haus näher zum Himmel gehoben, als die Natur es vorgesehen hatte. Von diesem hoch gelegenen Aussichtspunkt breitete sich in alle Himmelsrichtungen die Landschaft aus, die von den Graswegen zwischen den Kornfeldern in ein geometrisches Raster geteilt wurde.

In den Hecken blühten Hundsrosen und Weißdorn und etwas dichter zum Anwesen hin standen die noch verbliebenen Pagodenbäume (sie hatte heute Morgen zwei fällen lassen, der Rest würde morgen der Axt zum Opfer fallen), und Heckenkirschen und Linden sprenkelten die Rasenfläche. Nachtigallen und Lerchen sprangen von Zweig zu Zweig, besangen den Himmel, den Frühsommer und die Sonne.

Solch eine herrliche Aussicht. Zu herrlich, um von ihr nur angesehen und bewundert zu werden. Hinter ihr, im Haus, veranstaltete das Personal einen ziemlichen Lärm. Es mussten achtzehn Schlafzimmer gelüftet werden – achtzehn! Gwen konnte sich nicht erklären, was ihre Eltern sich dabei gedacht hatten – und halb so viele Wohnzimmer. Außerdem: zwei Speisezimmer, ein Billardzimmer, ein Rauchzimmer, ein Morgenzimmer, zwei Wintergärten, ein Musikzimmer, all die Zimmer, die nötig waren, um mehr als sechzig Angestellte zu beherbergen, und selbstverständlich die Kinderzimmer. Sehr große Kinderzimmer mit hohen Fenstern, die sowohl des Morgens als auch am Nachmittag das Sonnenlicht hereinließen. Ihre Eltern hatte große Pläne für ihre Kinder gehegt, von denen das Heiraten nur der Anfang gewesen war.

Nun, sie hatten sie erst fortgeschickt, und dann … waren sie gestorben.

Und dann war auch Richard gestorben.

Zorn flackerte in Gwen auf, und mit ihm rührte sich wieder dieser erschreckende Drang zu weinen, der noch immer nicht besiegt war. Sie atmete tief ein, um ihn niederzukämpfen. Es kümmerte sie nicht, welche Pläne ihre Eltern gehabt hatten. Wenn sie jetzt, irgendwo dort oben im Himmel, böse auf ihre Tochter waren, weil sie es nicht geschafft hatte, ihre Träume wahrzumachen, dann mussten sie die Gründe bei sich selbst suchen. Sie waren gestorben. Jeder, den Gwen geliebt hatte, war gestorben, aber *sie* hatte überlebt und ihr Bestes getan. Allmählich war sie es leid, verlassen und sitzen gelassen zu werden.

Ich liebe dich, hatte Alex gesagt, und *Ich werde es beweisen* – als würde er sich dadurch das Recht erwerben, eine zweite Chance von ihr verlangen zu können. Oh, Alex war bei Weitem schlimmer als Pennington und Trent. Zumindest hatten *die* nur ihr Geld gewollt. Er hatte sich weitaus mehr versprochen als das. Er war der letzte Mann auf Erden, dem eine Frau mit Verstand vertrauen sollte; fortzugehen – das war seine Art. Dennoch hatte er ihr Vertrauen in seine Hände nehmen und sie verlocken wollen, ihn zu lieben. Und das mit dem mageren

Versprechen, nicht die Treue zu brechen und sie nicht zu verlassen. Und worauf beruhte dieses Versprechen? Lediglich auf einem Wort, einer Silbe, unzählige Male ausgesprochen von einer Million Schufte oder mehr: Ja. Wie viele Männer hatten dieses Wort schon vor dem Altar gesagt, während sie bereits ihre kleinen Sünden und Treuebrüche planten? Ihre Eltern hatten sie aufrichtig geliebt, vom Blut her ebenso wie vom Herzen, und Richard hatte das auch getan; aber das hatte sie nicht davon abgehalten fortzugehen. Wie konnte Alex glauben, dass ein einfaches Versprechen stärker sein könnte als das, was ihre Familie und sie miteinander verbunden hatte? Wie konnte er es wagen zu sagen, dass er ihr geben könnte, was ihre eigene Familie ihr nicht hatte geben können? Niemand konnte doch versprechen, für immer zu bleiben.

»Mistress«, erklang eine Stimme hinter ihr. Es war einer der neuen Hausdiener. Es hatte nur knapp zwei Tage gedauert, genügend Personal zusammenzubekommen; Geld zu haben hatte durchaus auch seine Vorteile. »Lady Anne wünscht sie dringend zu sehen. Sind Sie zu Hause?«

Gwen drehte sich in ihrem Stuhl herum. Wie merkwürdig, dass von all den Leuten, von denen sie gedacht hatte, sie würden sie hier besuchen – obwohl Elma ihr grollte und die Ramsey-Zwillinge sich auf ihre Bitte hin zurückhielten –, Lady Anne die Erste sein würde. Gwen konnte sich nicht erklären, welchen Grund dieser Besuch haben könnte. Heaton Dale lag von London zwei Stunden Fahrt mit der Eisenbahn entfernt, keine kleine Mühe für ein Mädchen, dessen Stundenplan bemerkenswert vollgestopft war – wie Anne in ihren regelmäßigen Briefen stets betonte.

Gwen atmete tief die warme Luft ein. »Führen Sie sie zu mir«, sagte sie und wandte sich wieder dem Ausblick über die Landschaft zu.

So viel Land. Sie hatte keine Ahnung, was sie mit alldem anfangen sollte. Sie hatte es umgestaltet und wieder neu gestaltet, damit es anderen gefiel. Damit es dem Geschmack zweier Männer entsprach, die sich nie die Mühe gemacht hatten, nach Gwens Geschmack zu fragen. Keiner der beiden war hergekommen und hatte sich angesehen, was sie für sie geschaffen hatte. Am Ende war die einzige Veränderung, die weiterbestehen würde, jene, die sie selbst erfahren hatte. Alex irrte sich. Sie konnte sich durchaus ändern. Sie würde nicht länger danach streben zu gefallen. Sie konnte für sich – und auch damit zufrieden – sein. Romantische Liebe war nicht so dick wie Blut. Dieses Gefühl der Trauer, das von Zeit zu Zeit so spürbar wie der Schnitt eines Rasiermessers war, oder so betäubend und niederdrückend wie ein Felsbrocken auf der Brust – es würde mit der Zeit weniger werden. Alex würde sie vergessen, und sie würde ihn vergessen. Sie gehörten nicht zu einer Familie, und nichts Dauerhaftes band sie aneinander. Menschen konnten sich ändern.

Er würde das erkennen. Er selbst hatte sich doch auch verändert. Er war von einem kranken Jungen zu einem starken vitalen Mann geworden. Er hatte Opfer dafür gebracht, er hatte Verbindungen abgebrochen und Beziehungen gemieden. Auch sie hatte Opfer gebracht. Um der Mensch zu werden, der sie sein musste – eine Frau, die mutig genug war, einen Garten nach ihrem Geschmack zu gestalten; eine Frau, die auf ihr Recht vertraute, ihren eigenen Wünschen zu folgen. Sie hatte *ihn* geopfert.

Nur … die Gedanken in ihrem Kopf fühlten sich nicht an, als gehörten sie zu einer solchen Frau. Sie kreisten um eine dunkle Grube, in die sie zuvor geblickt hatte, als sie die Menschen verloren hatte, die sie geliebt hatte.

Er lebte zwar, doch sie trauerte um ihn, als sei er tot.

Sie schloss die Augen. Sie würde nicht weinen.

Hinter sich hörte sie Schritte, die näher kamen, aus dem Haus. Froh um diese Ablenkung stand Gwen auf. »Anne«, sagte sie. Ihre Stimme klang wie Kies.

»Gwen!« Das Mädchen sah strahlend aus, glänzte in seinem schimmernden Tageskleid. Sie kam auf Gwen zu und gab ihr einen flüchtigen Kuss auf die Wange. »Was für ein schönes Haus«, sagte sie. »Und welch ein wunderbar angelegter Garten!«

Gwen brachte ein Lächeln zustande. »Er wird noch wunderbarer werden.« Sie würde den Garten umgestalten, an den Abenden, wenn ihre Gedanken am stärksten dazu neigten, herumzuwandern und sich *ihm* zuzuwenden. Wenn sie sich zu fragen begann, wo er wohl sein mochte, ob er sie schon hinter sich gelassen hatte, ob sie in seiner Erinnerung schon kleiner geworden war, so wie der dunkle Schatten einer Küste im Kielwasser eines Schiffes.

Sie machte einen Atemzug. Der Garten würde wunderschön werden. Sie stellte sich eine hügelige, baumbestandene Parklandschaft vor, nah an der Natur orientiert und mit nur wenigen gestaltenden Elementen. Sie würde Wildblumen ansiedeln; es waren nur die Blumen aus den Gewächshäusern, die sie langweilten. Und vielleicht, wenn sie mit diesem Projekt fertig war, würde sie sich auch eine Verwendung für diese vielen Zimmer überlegt haben, besonders für die ungenutzten Kinderzimmer oben im Haus. Vielleicht würde sie hier ein Waisenhaus einrichten.

Es war gewiss eine kühne Idee, aber Gwen fühlte sich nicht kühn. Sie fühlte sich … angeschlagen. Fast zerbrochen.

»Möchtest du etwas?« Die Frage kam gespreizt heraus. »Selbstverständlich Tee, aber hast du schon zu Mittag gegessen?«

»Danke, ja«, sagte Lady Anne. »Ich versichere dir, dass ich nicht so schlecht erzogen bin, dass ich erst unangemeldet hereinschaue und dann auch noch verlange, abgefüttert zu werden!«

Allein die Tatsache, dass Lady Anne die Möglichkeit einräumte, die Tochter eines Earls könnte schlecht erzogen sein, überraschte Gwen so sehr, dass sie für einen Moment schwieg. Niemand hatte Lady Anne je schön genannt – ihre Nase war zu groß, ihr Kinn breiter als ihre Schläfen –, aber sie strahlte wirklich. »Hast du gute Neuigkeiten?«, fragte Gwen argwöhnisch. Stand denn eine Hochzeit an?

»Ich würde es nicht *gute* Neuigkeiten nennen«, sagte Lady Anne. »Aber Neuigkeiten sind es, ja. Das heißt … ich bin gekommen, um dir einen Gefallen zu tun – einen, von dem ich denke, dass du daran erkennen wirst, wie sehr ich dir verbunden bin.« Sie machte eine Pause, um Atem zu schöpfen, und dann wurde ihre Miene sehr ernst. Eine schlanke, behandschuhte Hand legte sich auf Gwens. *Es geht um Alex,* dachte Gwen. Aber nein, das konnte nicht sein. Was hatte Anne mit ihm zu tun? Dennoch fühlte sie ihren Puls klopfen und schneller werden, als Lady Anne weitersprach. »Wappne dich, Liebes.« Die Hand des Mädchens drückte ihre. »Es betrifft den Viscount Pennington.«

Gwens Hoffnungen fielen in sich zusammen. »Oh? Was ist mit ihm?«

Ihr ausdrucksloser Ton überraschte Lady Anne sichtlich, die ihn jedoch völlig missdeutete. »Ist es noch immer ein so schmerzliches Thema? Ich hatte gehofft, dass Mr Ramsey – ist er übrigens anwesend? Man hört so einige Gerüchte über ihn, und ich hatte gehofft, ihn persönlich zu treffen, den Löwen in seiner Höhle, sozusagen! Ich mache nur Spaß, liebste Gwen – oh, er ist nicht da? Schade. Wo war ich stehen geblieben? Oh ja, ich hatte gehofft – nun gut, ich weiß, wie lange es dauern kann, bis zerstörte Hoffnungen heilen.«

»Sehr lange«, murmelte Gwen. Schmerzhaft lange, fürchtete sie.

»Ja«, sagte Lady Anne vernünftig. »Du hast bemerkt, denke ich – zumindest mag es für eine kurze Zeit so gewesen sein, natürlich bevor der Gentleman seine Aufmerksamkeiten auf dich gerichtet hat –, dass ich selbst ziemlich … angetan von ihm gewesen bin. Deshalb kann ich voller Zuversicht sagen, dass es dich vielleicht trösten mag zu erfahren, warum der Viscount auf so schändliche Weise vom Altar geflohen ist.«

Gwen blinzelte. Alex hatte gesagt, dass er nicht dafür verantwortlich gewesen war, und sie glaubte ihm. Der Grund für die Flucht war also absolut bedeutungslos für sie.

Aber Lady Anne wartete offensichtlich auf eine Reaktion. Und vielleicht war es ein Zeichen ihres eigenen verwirrten Zustands, dass Gwen keinerlei Neugier hegte. Sie räusperte sich. »Oh je«, sagte sie.

»Ja, es ist schockierend«, bestätigte Anne rechtschaffen. »Ich fürchte, Gwen, dass sich der Viscount in einer … ungehörigen Situation befunden hat … mit einem gewissen Mann, einem sehr reichen Deutschen aus Baden-Baden, der ihn erpresst und ihm gedroht hatte, ihn bei den Rechtsbehörden anzuzeigen – sollte er seine Absicht wahrmachen, dich zu heiraten.«

Gwen runzelte die Stirn. »Ich kenne keinen Deutschen«, sagte sie. »Warum sollte dieser Gentleman etwas gegen unsere Heirat haben?«

»*Das* ist nun der *wahrhaft* schockierende Teil! Der Deutsche wurde gesehen, als er die Kirche betreten hat, unmittelbar bevor das Gelübde gesprochen werden sollte. Aber er war gar nicht gekommen, um den Viscount zu bedrohen. Nein – vielmehr war er gekommen, ihm seine Liebe zu beweisen!«

Gwen brauchte einen Moment, um zu begreifen. »Willst du damit sagen, dass der Viscount …«

»Er war auf romantische Weise mit diesem Mann verbunden«, zischelte Anne. »Ein Ausländer. Ja. Und jetzt hat der Deutsche die Schulden des Viscounts bezahlt, und sie sind gemeinsam auf den Kontinent geflohen. Aus Furcht, dass sie hierzulande wegen unnatürlichen Verhaltens angeklagt werden könnten!«

»Wie … erstaunlich«, sagte Gwen. Es lag so weit außerhalb all dessen, was sie erwartet hatte, dass sie kaum wusste, wie sie reagieren sollte. »Ich fühle zutiefst mit dem Viscount, glaube ich.« Und auch – konnte es sein? – ein bisschen Neid. Sie hatte keine Ahnung, wie sie eine solche Liebe zwischen Männern verstehen sollte, aber wenn Pennington den Zorn der ganzen Welt auf sich nahm und seine Freiheit dafür aufgab, konnte der Deutsche niemals wieder an ihm zweifeln.

»Du solltest froh sein, denke ich«, sagte Lady Anne und überraschte sie erneut. »Ich hatte dir ja gesagt, dass es ein Ausländer war, mit dem er verkehrt hat. Wenn er dich geheiratet hätte, hätte er dein Geld vermutlich dafür verwendet, seine Verteidigung vor Gericht zu finanzieren, wäre ihre Affäre aufgedeckt worden. Aber diese Niedertracht hat er dir erspart, Gwen! Du siehst, sein Desinteresse an dir hatte absolut nichts mit deiner Person zu tun. Diese Art von Gefühlen hat er nun einmal für *keine* Frau.«

Gwens Mund verzog sich. Sie konnte nicht anders. Kein Wunder, dass Lady Anne eiligst zu ihr gekommen war. Indem sie diese Geschichte verbreitete, rettete sie auch ihren eigenen verletzten Stolz.

Ihr kleines Lächeln schien Lady Anne zu verunsichern, die nach ihrer Tasche griff und sich erhob. »Nun«, sagte sie, und ihr Ton glich wieder eher dem, den Gwen von ihr kannte: formell und einen Hauch herablassend. »Ich dachte, es würde dich jedenfalls beruhigen. Aber vermutlich kümmert dich das nicht mehr, jetzt da du geheiratet hast – wenn auch *ein wenig* überstürzt, wie ich sagen muss. Und obwohl ich es merkwürdig finde, dass Mr Ramsey nicht hier ist.« Ihr Blick glitt zurück zu Gwen, spekulativ jetzt.

Auch Gwen stand inzwischen. »Es war reizend von dir, mich zu besuchen und mich als Erste diese Neuigkeit wissen zu lassen. Ich gebe dir noch mehr aufregende Neuigkeiten mit auf den Weg, die du verbreiten kannst, wenn du magst.« Warum nicht? Andererseits würde sie doch nur darauf warten, atemlos und schwindelig vor angespannten Nerven, dass die Wahrheit herauskam. Dann konnte sie sie ebenso gut auch jetzt sagen. »Mr Ramsey und ich sind gar nicht verheiratet.«

Anne blinzelte. Dann riss sie die Augen auf und starrte Gwen ungläubig an. *»Was?«*

»Es ist wahr.« Sie wollte die Worte kühn aussprechen, leichthin. Aber sie fühlten sich in ihrem Mund bleischwer an, und sie ließen ihre Stimme so klingen, dass sie besser an ein Grab gepasst hätte. »Wir sind nicht verheiratet. Wir waren es nie.«

Annes Blick irrte ab. Ihre Miene nahm einen verträumten Ausdruck an. Ohne Zweifel sah sie ihre eigene gesellschaftliche Berühmtheit vor sich, in dem Augenblick, da sie diese Wahrheit wie eine Bombe in London platzen ließe. »Oh Gwen«, seufzte sie. »Du bist verrückt, weißt du das?«

Gwen zögerte. Diese Bemerkung war keineswegs in angemessenem Tonfall gemacht worden – hörte sie doch weder Kritik noch Erstaunen, weder Ungläubigkeit noch Mitleid, nur einen leicht tadelnden und nachsichtigen Klang.

Ein Verdacht beschlich sie. Auf was starrte Lady Anne eigentlich? Auf irgendetwas, das sich hinter ihr befinden musste!

Der Verdacht wuchs sich zu einer kalten Gewissheit aus, als Lady Annes Lächeln strahlender wurde, bevor sie schließlich zu kichern anfing. Ihre blauen Augen kehrten zu Gwens Augen zurück, mit einem so dramatischen Ausdruck, als wollten sie sagen: *Du böses Mädchen, du! Mir solche Lügen zu erzählen!*

Zwei Hände legte sich von hinten um Gwens Augen. Sie spannte sich an. Sie würde ihn überall erkennen, einfach daran, wie er sich anfühlte. Seine Haut erweckte ihre zum Leben.

Verzweifelt dachte sie an ihr Landschaftsgestaltungsprojekt. An Veränderungen. »Er ist nicht mein Ehemann«, sagte sie steinern.

»Das ist richtig«, sagte er, sehr nahe an ihrem Ohr. »Manchmal gefällt es ihr, mich Mr de Grey zu nennen. Ein hübsches kleines Spiel, das wir spielen.«

Der Klang seiner Stimme weckte einen körperlichen Schmerz in ihr, eine Sehnsucht, die so schneidend war, dass es ihr die Kehle zuschnürte. Dies war nicht fair – dass sie auf diese Weise empfand, wenn er hier war, wenn er ihr nahe war und ihr gehören könnte, würde sie jetzt die Hände heben.

Seine Hände streichelten sie leicht. Sie wusste, dass er die Tränen an ihren Wimpern gespürt hatte.

»Vielleicht würden Sie uns eine Minute gewähren, Lady Anne?«, sagte er.

»Oh ja«, kam die atemlose Antwort. »Ich werde mich dann wieder auf den Weg machen. Gwen, was machst du nur für schreckliche Scherze. Ich werde dir noch heute Abend schreiben.«

Gwen stand lange still da, wartete darauf, dass Alex sie freigab.

Er ließ die Hände über ihr Gesicht gleiten und legte sie an ihre Taille. Der Sonnenschein fiel noch immer auf sie, aber er schien nicht mehr zu passen. Was sie wollte, waren graue Wolken, die mit ihr weinten.

»Gwen.« Er schmiegte die Wange an ihre und sprach in ihr

Ohr, während seine Arme sie hielten. »Liebling, dies ist das Ende der Dummheit, und vielleicht der halbe Weg in einen fürchterlichen Wahnsinn. Warum weinst du?«

Sie starrte angestrengt auf die Pagodenbäume. »Du weißt warum.« *Ich will, dass du gehst:* Das war es, was sie jetzt hinzufügen sollte. Aber sie konnte es nicht sagen. Warum konnte sie das nicht sagen? Er hatte sie furchtlos genannt, aber in Wahrheit war sie ein Feigling. Sie war ein Feigling, wenn es um ihn ging. Wie leicht hatte sie Trent und Pennington vergessen! Deren Verlust hatte weniger geschmerzt als der nachfolgende Skandal. Vor allem hatte sie keinen von ihnen geliebt. Es war so leicht gewesen, am Altar auf einen Mann zu warten, den sie nicht geliebt hatte. Wenn man nicht liebte, konnte der Verlust einen nicht zerbrechen.

Aber jetzt stand Alex vor ihr. Wann würde sie mit dem Verlust konfrontiert werden?

Der Verlust zeigte sein Gesicht immer erst, wenn er zupackte. Und er würde zupacken. Und es gab Gründe, ernste Gründe, an Alex zu zweifeln.

Sie befreite sich aus seinem Griff und ging einen Schritt auf die Terrassenbrüstung zu. »Du vor allem solltest wissen, warum ich dich abweise«, sagte sie. Einer der Pagodenbäume lag in Stücken da; der Gärtner war müde geworden und hatte mitten in der Arbeit aufgehört. Hätte sie die Kraft, sie würde den Rest der Bäume selbst umhauen. Ja, ihr würde eine solch gewaltsame Betätigung gefallen. »Warst du es nicht, der mir gesagt hat, ich müsse meine Bedürfnisse erkennen? Sie ohne Scham akzeptieren? Aber wie passt das zu dir, Alex? Du respektierst mich nicht genügend, um mich meine eigene Entscheidung über Trent treffen zu lassen. Du machst dir nicht die Mühe, nach meinen Wünschen zu fragen. Glaubst du, so sieht der Weg zur Freiheit für mich aus?«

Er seufzte. »Ich habe mich geirrt. Ich hätte dir die Einzelheit über Trent mitteilen müssen. Das bestreite ich nicht. Meine einzige Entschuldigung ist Dummheit. Ich habe schließlich sehr hart gearbeitet, mich so fern wie möglich von dir zu halten.«

Ihre Hände schlossen fest sich um den Handlauf. »Ich glaube das nicht. Du wolltest einfach nur nicht deine Zeit damit verschwenden, mir davon zu berichten. Dein Interesse an mir ist sehr unbeständig. Heute findest du mich interessant, aber morgen –«

Er fasste sie am Ellbogen. »Erspar uns das.« Seine Stimme klang jetzt härter. »Erspar uns beiden diese Geschichten. Deine Einwände haben nichts mit der Trent-Sache zu tun, und das weißt du.«

Sie schwieg.

»Sei kein Feigling«, sagte er. »Sieh mich an.«

Sie schüttelte seine Hand ab und drehte sich zu ihm um.

Kein Wunder, dass Lady Anne errötet war und gekichert hatte wie ein Kind. Er trug keine Jacke, nur sein Hemd, ein blendendes Weiß im Licht des Mittags, das in einem faszinierenden Kontrast zu der gebräunten Haut seiner Kehle stand. Eine Brise strich durch sein dichtes Haar, spielte mit dem Stoff seiner Hemdsärmel, er selbst aber stand regungslos da.

»Nein«, sagte sie. »Es hat nichts mit Trent zu tun.«

»Ja, das weiß ich. Und hier ist noch etwas, womit es nichts zu tun hat.«

Er streckte ihr die Hand hin.

Sie blickte argwöhnisch auf das Dokument, das er ihr hinhielt. Und dann, indem sie ihn wieder ansah, nahm sie es an sich.

»Das ist …« Sie runzelte verwundert die Stirn und drehte das Blatt herum. Das Siegel sah amtlich aus. »Das ist die Besitzurkunde für Heverley End.«

»Richtig.«

»Aber wie – Barrington hat es dir verkauft?«

»Er hat es nie besessen. Gerry hatte es nicht verkauft.«

»Aber –« Gwen schlug die Hand vor den Mund. Nichts von all dem ergab einen Sinn. Hatte Alex – sicherlich war er nicht gekommen, nur um ihr diese Urkunde zu zeigen? Aber sollte nicht genau das ihre Hoffnung sein?

»Gerry war Teil von Barringtons Gaunerei.« Er fuhr sich durchs Haar, dann seufzte er und setzte sich. »Mit der Betonung auf *war*.«

Sie nahm in dem Stuhl ihm gegenüber Platz. Sie traute sich nicht zu, noch länger stehen zu können. Ein Sturm schien in ihr loszubrechen, stumm und heftig. Er zerschmetterte jedes Denken und verwirrte ihre Gefühle; sie wusste kaum, was sie fühlte. »Was um alles in der Welt meinst du damit?«, fragte sie schwach.

Er verdrehte die Augen. »Gott weiß, dass es nur für Gerry einen Sinn ergibt. Die Gerüchte über einen Verkauf waren dazu gedacht, Barrington Glaubwürdigkeit zu verleihen. Er hatte Gerry gebeten, sich für ihn an potenzielle Kunden zu wenden – Leute, die ihren Besitz verkaufen wollten. Und als Gegenleistung hat ihm Barrington einen Prozentsatz vom Kaufpreis überlassen. Gerry hat das Geld verwendet, die Kosten für eine Pachtminderung zu decken. Er hat seinen Pächtern geholfen, die schlechten Erträge der letzten Jahre auszugleichen.« Alex trommelte mit den Fingern einen Moment lang auf den Tisch. »Reine Idiotie«, sagte er dann verächtlich. »Mein Bruder beteiligt sich auf dilettantische Art an irgendwelchen Geschäften – und tut das nach dem Motto *noblesse oblige*.«

Sie verschluckte sich an ihrem Lachen. Sie kam einfach nicht dagegen an; Alex sah so unglaublich pikiert aus. Doch wie surreal begann diese Szene zu werden – sich gegenüberzusitzen und so höflich miteinander über Fragen des *Grundbesitzes* zu reden. Aber zumindest hatte ihre Verwunderung vorübergehend ihr Elend betäubt. »Andererseits – Heverley End? Warum ist es *dir* übertragen worden?«

»Das war mein Preis«, erwiderte Alex. »Gerry hat mir Heverley End übertragen, und dafür überlasse ich ihm die große Ehre, Barrington den Behörden zu übergeben. Sonst hätte ich es selbst getan, und Gott weiß, dass ich auch Gerry an den Hammelbeinen zu fassen gekriegt hätte.«

»Nein, das hättest du nicht«, sagte sie sofort.

Er zögerte und betrachtete sie neugierig. Endlich tauchte ein Lächeln auf seinem Gesicht auf. »Nein, vermutlich nicht. Aber das weiß Gerry nicht.«

Wie in einem stummen Übereinklang lehnten sie sich beide in ihrem Stuhl zurück. Als ein warmer Wind über die Terrasse strich, neigte Alex das Gesicht in die Sonne und schloss die Augen. Der Anblick stach wie ein Messer durch Gwens Herz und setzte ein Gefühl von schrecklicher Intensität frei: Solange sich ihre Unterhaltung um alles andere drehte, konnte er bleiben. Er konnte so lange bleiben, wie er wollte.

Doch das würde nicht lange dauern.

Es würde ihr das Herz brechen, wenn es endete, und sie konnte das Warten darauf nicht ertragen. »Du würdest hier niemals glücklich sein«, platzte es aus ihr heraus.

»Nein? Warum nicht?«

»Du hasst das Landleben«, sagte sie. »Die Stadt ist es, wohin sich Menschen mit Ambitionen begeben. Das Land ist dagegen träge. Es ist der langweilige Cousin der Stadt – deine Worte sind das.«

»Gott im Himmel, manchmal bin ich wirklich ein aufgeblasener Scheißkerl«, sagte er und öffnete die Augen. »Gwen, ich habe Gerard veranlasst, mir Heverley End zu überschreiben.

Hättest du mich vor einem Jahr gefragt, hätte ich es, von allen Orten dieser Welt, als den Ort bezeichnet, an dem ich als Allerletztes würde leben wollen. Und jetzt gehört es mir. Denk darüber nach, nur einen Moment.«

Sie zögerte, voller Angst, etwas zu sagen. »Ich kann dir nicht folgen«, wisperte sie schließlich.

Sein Mund verzog sich leicht. »Es ist der einzige Grundbesitz, den ich habe. Ich habe immer daran gedacht, in Land zu investieren, aber – nun, kommen wir zum Wesentlichen. Ich habe dir gesagt, wenn du das nächste Mal beschließt zu heiraten, solltest du dir einen Mann mit einem eigenen Dach über dem Kopf aussuchen. Mit einem Dach, durch das es nicht hindurchregnet. Das Dach von Heverley End ist dicht.«

Der Atem schien direkt in ihre Lungen gesprungen zu sein; es war mehr ein stummes Keuchen als wirklich ein Luftholen. »Alex – «

»Es würde dir gefallen«, sagte er. »Ich hatte es gestern auch nicht eilig, dorthin zurückzukehren. Ich bin durch die Zimmer gegangen und habe halbwegs befürchtet, dass mir der Atem wegbliebe. Und dann – dann habe ich angefangen mir vorzustellen, dich an meiner Seite zu haben. Ich habe mich gefragt, was du wohl sehen würdest, wenn du aus den Fenstern schaust. Und dabei habe ich entdeckt, dass es dort eigentlich recht schön ist. Sogar mehr als schön. Das Gefängnis meiner Kindheit hat viel Charme. Und es würde kein Gefängnis sein, wärest du dort mit mir. Es würde ein … Zuhause sein.«

»Heverley End«, sagte sie fassungslos. »Du würdest … dort leben wollen. Wieder.«

»Mit dir«, sagte er. Seine hellen Augen verließen ihr Gesicht nicht. »Überall mit dir, Gwen. *Das* ist die Freiheit, nach der ich immer gesucht habe. Nicht irgendeinem Ort verbunden zu sein, sondern mit einem Menschen – einem einzigen. *Dir*. Und ohne dich …« Er lächelte ein wenig, ein fast verloren wirkendes Lächeln. »Welchen Unterschied macht es, wo ich bin? Auf einer Straße in einer Stadt, überfüllt mit Menschen, auf einem Schiff, auf seinem Weg zu einem neuen Hafen … ohne dich wird all das nicht wichtig sein. Dann könnte ich ebenso gut noch jener Junge geblieben sein, der allein ist und Angst hat zu ersticken, während er auf Schritte wartet, die näher kommen. Ich werde immer auf deine Schritte warten, Gwen. Nur auf deine.«

Er sah sie lange an, während sie mit dem kämpfte, was sie sagen wollte – und sagen musste.

Und sie sagte es. »Du liebst mich. Du liebst mich wirklich.« Sie sprang auf, doch er blieb sitzen. Er blickte zu ihr hoch, beschattete die Augen mit der Hand vor der Sonne.

»Um Gottes willen, Gwen«, sagte er sanft. »Was zählt es, dass ich dich liebe? Das ist doch nicht das bisschen, das immer gefehlt hat.«

Ihre Lippen öffneten sich. Sie wollten eine Frage stellen, aber sie konnte es nicht über sich bringen, sie auszusprechen. Alex war niemals unehrlich. Er könnte nicht die Antwort geben, die sie hören wollte.

Also formulierte sie es nicht als Frage. »Du wirst mich nie verlassen«, sagte sie.

Er holte tief Luft. »*Darum* geht es also«, sagte er ruhig und stand auf. »*Das* ist die Antwort auf das Rätsel. Die Versprechen, die ich dir geben kann, und das eine, das ich dir nicht geben kann, Gwen.« Seine Hände schlossen sich um ihre Handgelenke, so fest, bis sie schluckte und ihren Mut wiederfand, ihn anzusehen. »Ich werde dich niemals willentlich verlassen, Gwen. Das Leben ist ein Risiko, und die Liebe ist es auch. Aber ich schwöre bei Gott, dass du das Spiel niemals bereuen wirst.«

Das Sonnenlicht war so hell, dass es Tränen in ihre Augen trieb. Statt sie zuzudrücken, öffnete sie die Augen noch weiter, bis die Sonne sie blendete. Sie sah Alex als Silhouette gegen den Himmel, eine dunkle Gestalt. Ganz leicht begann sein Gesicht zu verschwimmen.

Aber sie kannte seine Gesichtszüge gut genug, ihn auch im Dunkeln zu erkennen. Und seine Hände waren warm und lebendig und stark. Die Kraft in ihm war gewaltig. Gwen spürte es daran, wie fest seine Hände sie hielten.

»Ich liebe dich«, wisperte sie.

Wie erschreckend und wie berauschend. Es fühlte sich wie ein Geheimnis an, ein Bekenntnis, eine Verhöhnung: eine Herausforderung des Schicksals.

Aber Alex schien es nicht für bemerkenswert oder herausfordernd zu halten. »Ich weiß«, sagte er, und seine Daumen strichen über ihre Handgelenke. Ein einziges Mal. »Wir lieben uns. Und schau, Liebling, die Welt dreht sich weiter.«

Sie löste sich aus seinem Griff. Er ließ sie gehen, seine Finger glitten leicht über ihre, das Streicheln eines Geliebten. Sie trat um ihn herum, um die Sonne im Rücken zu haben, und er wandte sich zu ihr. Seine Gesichtszüge wurden klarer. Er lächelte, und dann umfing ein scharfer, süßer Schmerz ihr Herz.

Seit Richards Tod hatte sie nie Angst gehabt, jemanden zu verlieren. Sie hatte niemals einen Bewerber in Betracht gezogen, der diese Angst wieder hätte wecken können.

Ich habe so große Angst, ihn zu verlieren.

Und – was folgte daraus? Dass sie ihn jetzt sofort verlieren musste, so schnell wie möglich?

Was für eine Art Logik war das?

Sie sah ihn an, seine Augen, die so blau waren, sein Haar, durch das der Wind strich. Wie entspannt er dastand, die Hände in die Taschen geschoben, voller Lässigkeit in dem Augenblick, wenn von einem Gentleman nicht erwartet wurde, dass er lässig war. Und hinter ihm lag ein gefällter Pagodenbaum im

Garten und zwei weitere warteten auf die Axt, und dahinter lagen die Kornfelder in der Sonne und dahinter war der Himmel und noch weiter dahinter das Meer. »Ich *liebe* dich«, sagte sie.

»Ja«, sagte er. »Sag es noch einmal. Und etwas lauter, bitte.«

Sie lachte. Sie konnte es sagen. Sie *konnte* es auch laut sagen. Sie konnte es sogar herausschreien. Er würde nicht fortgehen; kein Blitz würde den Himmel spalten. Das Spiel war ehrlich und aufrichtig, und es hielt keine Strafe bereit. Wie könnte das Schicksal grausam sein? Hatte es doch *ihn* zu ihr gebracht. Alex, der unmöglichste Mann von ganz England, er liebte sie!

Sie machte erst einen Luftsprung, und dann lachte sie laut auf. Sie fühlte sich verrückt – wahnsinnig –, aber wen kümmerte das? »Ich *liebe* dich«, sagte sie. Was konnte sie jetzt nicht alles tun? Besonders mit diesem Garten! »Alex – hilf mir, eine Axt zu holen!« Sie machte auf dem Absatz kehrt und lief ins Haus.

An der Tür holte er sie ein und hielt sie am Ellbogen fest, lachend und atemlos. Seine Augen blitzten. »Eine *Axt*, Gwen?«

»Für die – ach egal!«, rief sie. »Später!« Und warf sich an seine Brust, ihre Arme schlangen sich um seinen Nacken, ihr Mund fand seinen. Er drehte sie herum und drückte sie mit dem Rücken gegen die Wand. Seine Hand glitt ihren Arm hinauf, als er sie gegen die Wand drückte, gefangen hielt und sie küsste. Für einen kurzen Moment hob er den Kopf, um etwas zu sagen – eine Bemerkung, die für immer verloren war, als er an ihr vorbei durch die Tür in den Garten schaute. Sein Blick verengte sich plötzlich.

»Die Pagodenbäume«, sagte er.

»Die Axt«, sagte sie.

»Auf jeden Fall.« Er sah sie an. »Aber erst später«, sagte er noch. Und dann küsste er sie wieder. Gwen vergrub die Hände in seinem Haar und zog ihn zu sich herunter – herunter, herunter, herunter. Sie machte sich keine Gedanken um den

Boden, um ihre unvermeidlich harte Landung auf dem Marmorboden oder über die Dienstboten oder über morgen oder den nächsten Tag oder was in zehn Jahren sein würde. Er hielt sie in seinen Armen, und er küsste sie, und sie dachte: *Ich will das. Ich will dich.* Und dann, als seine Lippen zu ihrem Hals glitten, auch noch: *Ich brauche dich.* Und als sich seine Arme fest um sie schlossen, und die Sonne hell und warm auf sie herunterschien:

Du bist mein, Alex.

Du bist mein.

Danksagung

Mein großer Dank gilt all jenen, deren Hilfe, Aufmunterung und unerschütterliche Zuversicht mir beim Schreiben dieses Buches geholfen haben: Margaret und Bob McGuire; Steven Kosiba, der Kontinente überquert hat, um mit mir auf Hausdächern in Rajasthan über tiefschürfende Gedanken zu sinnieren; Stephanie Rohlfs; Liz Carlyle; Megan McKeever und dem Produktionsteam bei Pocket Books, dessen Mitglieder so anstandslos Änderungen akzeptiert haben; und dann auch Lauren McKenna, deren unglaublicher Einfallsreichtum eine halbe Weltreise von ihr entfernt umso offenkundiger wurde. Ihr alle habt dies möglich gemacht, und jedem Einzelnen von euch sage ich meinen großen Dank.

Kate Noble

Ein Spion in erlauchter Gesellschaft

Roman

Schöne Adlige trifft auf berüchtigten Spion

Philippa Benning gilt als schönste Frau Englands. Als sie einem berüchtigten englischen Spion begegnet, verspricht sie, ihm Zutritt zu Adelskreisen zu verschaffen, wenn er dafür seine wahre Identität enthüllt. Schon bald muss Philippa feststellen, dass diese Vereinbarung sie in ein wahres Gefühlschaos stürzt ...

496 Seiten, kartoniert mit Klappe
€ 9,99 [D]
ISBN 978-3-8025-8865-5

Band 2: Der Sommer der Lady Jane
384 Seiten, kartoniert mit Klappe
€ 9,99 [D]
ISBN 978-3-8025-8866-2

www.egmont-lyx.de

LYX
EGMONT

Sabrina Jeffries

Lord Stonevilles Geheimnis

Roman

Mit seinem haltlosen Lebensstil sorgt Oliver Sharpe, Marquess von Stoneville, in der vornehmen Gesellschaft für Skandale, bis seine Großmutter ihn eines Tages vor die Wahl stellt: Entweder Oliver sucht sich eine Frau oder er verliert sein Erbe. Kurz darauf begegnet Oliver der Amerikanerin Maria und heckt mit ihr einen Plan aus. Maria soll sich als seine Verlobte ausgeben. Doch Oliver hätte niemals vermutet, dass er sich in die hübsche Maria tatsächlich verlieben könnte ...

Band 1: Lord Stonevilles Geheimnis
400 Seiten, kartoniert mit Klappe
€ 9,99 [D]
ISBN 978-3-8025-8673-6

Band 2: Spiel der Herzen
400 Seiten, kartoniert mit Klappe
€ 9,99 [D]
ISBN 978-3-8025-8683-5

Band 3: Ein vortrefflicher Schurke
416 Seiten, kartoniert mit Klappe
€ 9,99 [D]
ISBN 978-3-8025-9085-6

www.egmont-lyx.de

LYX
EGMONT